Robin Cook ist Absolvent der medizinischen Fakultät der Columbia University. Seine Assistentenzeit leistete er an der Harvard University ab. Als es ihm schon mit seinem ersten Roman gelang, die internationalen Bestsellerlisten zu erobern, ließ er sich von seinen Aufgaben beim »Massachusetts Eye And Ear Institute« beurlauben. Zur Zeit lebt Robin Cook mit seiner Frau Barbara in Florida.

Vollständige Taschenbuchausgabe August 1990
Droemersche Verlagsanstalt Th. Knaur Nachf., München
Titel der Originalausgabe »Mindbend«

Umschlaggestaltung Manfred Waller
Umschlagfoto Photodesign Mall
Druck und Bindung Ebner Ulm
Printed in Germany 5 4 3 2
ISBN 3-426-02845-X

Robin Cook:
Pharmakon

Roman

Aus dem Amerikanischen von Hans Jürgen Jacobs

Knaur

FÜR BARBARA

PROLOG

Fötalforschungen verboten

Neue Vorschriften für medizinische Forschung

von Harold Barlow
Sonderberichterstatter der New York Times

WASHINGTON, 12. Juli 1974 Präsident Richard M. Nixon unterschrieb heute das Nationale Forschungsgesetz (Pub. L. 93-348). Das Gesetz fordert die Einsetzung einer Nationalen Kommission zum Schutze des menschlichen Lebens im Bereich der biomedizinischen Forschung. Das ethische Problem, Kinder, zurückgebliebene Menschen, Gefangene, rettungslos Erkrankte und insbesondere Embryos in der Forschung als Objekte zu benutzen, hat schon seit langem zu wachsender Besorgnis geführt.

Durch das Erlassen von angemessenen Richtlinien hofft man, einige der schockierenden Mißbräuche, die in letzter Zeit entdeckt worden sind, verhindern zu können. Zu diesen Mißbräuchen zählt zum Beispiel die absichtliche Infizierung einer großen Zahl behinderter Kinder mit Hepatitis, um die natürliche Entwicklung der Krankheit studieren zu können, oder die Entdeckung eines Dutzend verstümmelter, abgetriebener Fötusse in einem Bostoner Krankenhaus.

Die erste Phase der Gesetzesausführung schließt ein Moratorium ein über »Forschungen in den Vereinigten Staaten am lebenden, menschlichen Embryo, vor oder nach einer Schwangerschaftsunterbrechung, falls solche Forschungen nicht zum Zweck durchgeführt werden, das Überleben des Fötus sicherzustellen«.

Offensichtlich ist also das Problem der Forschungen am Fötus unmittelbar mit der höchst emotional geladenen

Frage der Abtreibung verknüpft.

Die Reaktion auf die neue Gesetzgebung war in wissenschaftlichen Kreisen recht unterschiedlich. Dr. George C. Marstons vom Cornell Medical Center begrüßte das neue Gesetz und bestätigte, daß »Richtlinien für das ethische Verhalten in bezug auf Experimente am Menschen schon seit langem überfällig seien. Der konkurrenzmäßige ökonomische Druck, Durchbrüche in der Forschung zu erzielen, hat eine Atmosphäre geschaffen, in der Mißbrauch unvermeidlich ist.«

Dr. Clyde Harrison von Arolen Pharmaceuticals widersprach Dr. Marston und betonte, daß »Politiker, die gegen Abtreibung seien, die Wissenschaft als Geisel hielten und so dringend benötigte Forschungen zum Wohl der menschlichen Gesundheit verhinderten«. Dr. Harrison erklärte weiterhin, die Embryo-Forschung habe zu vielen bedeutenden wissenschaftlichen Errungenschaften geführt. Unter den bedeutendsten sei eventuell eine mögliche Heilung von Diabetes. Es sei bewiesen, daß die Implantation von Bauchspeicheldrüsenzellen von Embryos die Funktion der Drüse, Insulin zu produzieren, wiederherstelle. Gleichermaßen bedeutend sei der experimentelle Gebrauch von embryonalem Gewebe, um bislang unheilbare Lähmungen zu heilen, die von Verletzungen des Rückenmarks herrührten. Wenn man das embryonale Gewebe an die Stelle der Verletzung injiziere, führe das zu einer selbsttätigen Heilung, indem es das Wachstum von neuen, gesunden Zellen stimuliere.

Es ist noch zu früh, die Effektivität dieses Gesetzes abzuschätzen, bevor die verschiedenen Kommissionen, die vom Gesetzgeber dazu beauftragt sind, Minister Caspar Weinberger ihre Empfehlungen zukommen lassen. Im Bereich der Forschung wird das neue Gesetz augenblickliche Auswirkungen haben, da es die Bereitstellung von embryonalem Gewebe ernstlich einschränkt. Augenscheinlich sind geplante Abtreibungen die Hauptquelle für derartiges Gewebe gewesen, obgleich nicht bekannt ist, ob dieser Bedarf nicht etwa bei der Entscheidung der Ärzte abzutreiben eine Rolle spielte.

27. November 1984
Julian-Klinik, New York City

Candice Harley fühlte, wie die Nadel die Haut in ihrem Lendenwirbelbereich durchdrang. Dem folgte eine scharfe, brennende Empfindung. Es ähnelte etwa dem Stich einer Biene, nur daß der Schmerz hier schnell verflog.

»Ich gebe Ihnen nur eine geringe lokale Betäubung, Candy«, sagte Dr. Stephen Burnham, ein dunkelhäutiger, gutaussehender Anästhesist, der Candy versichert hatte, sie werde nicht das geringste spüren. Das Problem war, daß sie dennoch bereits Schmerz empfunden hatte – zwar nicht viel, aber immerhin genug, sie einen Teil des Glaubens an das verlieren zu lassen, was Dr. Burnham ihr gesagt hatte. Sie hatte eine Vollnarkose gewünscht. Aber Dr. Burnham hatte sie belehrt, die epidurale Anästhesie sei sicherer und gewährleiste, daß sie sich besser fühlen würde, wenn die Abtreibung und das Sterilisationsverfahren vorbei seien.

Candy biß sich auf die Unterlippe. Wieder empfand sie einen stechenden Schmerz. Wieder war es nicht schlimm, sie fühlte sich aber verletzlich und schlecht auf das vorbereitet, was ihr bevorstand. Mit ihren sechsunddreißig Jahren war Candy noch nie im Krankenhaus gewesen, viel weniger hatte sie sich einer Operation unterziehen müssen. Sie hatte entsetzliche Angst und das Dr. Burnham auch gesagt. Wieder fühlte sie das brennende Gefühl, und in einem Reflex streckte sie ihren Rücken.

»Sie dürfen sich jetzt nicht bewegen«, ermahnte sie Dr. Burnham.

»Tut mir leid«, stieß Candy aus lauter Angst hervor, sie würden sich nicht mehr richtig um sie kümmern, wenn sie sich jetzt nicht kooperativ zeige. Sie saß auf der Kante eines Rollbettes in einer Kabine gleich neben dem Operationssaal. Eine Krankenschwester stand direkt vor ihr, und rechts neben ihr war ein Vorhang, den man zugezogen hatte, um die Kabine von dem viel benutzten OP-Korridor abzutrennen. Candy konnte hinter dem Vorhang gedämpfte Stimmen und das Geräusch von fließendem Wasser hören. Gleich vor ihr befand sich eine Tür mit einem kleinen Fenster, durch das sie den Operationssaal beobachten konnte.

Das einzige, das Candy anhatte, war ein dünnes Krankenhaushemd, das im Rücken offen war, so daß der Arzt tun konnte, was immer er gerade tat. Er hatte Candy umständlich erklärt, was mit ihr geschehen würde; ihre Konzentrationsfähigkeit war jedoch durch die einschüchternde Umgebung erheblich beeinträchtigt. Alles war für sie neu und beängstigend.

»Hohl-Nadel, bitte«, sagte Dr. Burnham. Candy fragte sich, was eine Hohl-Nadel wohl sei. Es klang schrecklich. Sie hörte, wie eine Zellophan-Verpackung aufgerissen wurde.

Dr. Burnham betrachtete die sechs Zentimeter lange Nadel in seiner behandschuhten Rechten und ließ die Sonde auf- und abgleiten, um sicherzustellen, daß sie sich leicht bewegen ließ. Dann trat er ein wenig nach links, um beurteilen zu können, ob Candy auch gerade sitze, und brachte die Nadel über dem Bereich in Position, wo er gerade die lokale Betäubung gesetzt hatte.

Indem er beide Hände zur Hilfe nahm, drückte er die Nadel in Candys Rücken. Seine erfahrenen Finger konnten fühlen, wie die Nadel durch die Haut drang und zwischen die knöchernen Vorsprünge von Candys Lendenwirbelsäule glitt. Er hielt ganz dicht vor dem ligamentum flavum an, der vorgelagerten Barriere, die den Rückenmarkskanal umschloß. Eine epidurale Anästhesie war eine heikle Sache, und das war ein Grund, weshalb sie Dr. Burnham gerne einsetzte. Er wußte, daß sie nicht jeder so gut wie er verabreichen konnte, und dieses Wissen befriedigte ihn ungemein. Mit Schwung zog er die Sonde heraus. Wie erwartet, trat keine cerebrospinale Flüssigkeit aus. Nachdem er die Sonde wieder eingeführt hatte, drückte er die Hohl-Nadel noch einen weiteren Millimeter vor, bis er fühlte, wie sie durch das ligamentum flavum drang. Eine Testmenge Luft ging leicht hinein. Perfekt! Nachdem er den leeren Spritzenkörper durch einen ersetzt hatte, der mit Tetracain gefüllt war, injizierte Dr. Burnham Candy eine kleine Dosis.

»Ich habe ein merkwürdiges Gefühl an der Seite meines Beines«, sagte Candy beunruhigt.

»Das bedeutet nur, daß wir genau da sind, wo wir auch sein sollten«, sagte Dr. Burnham. Mit geschickten Händen entfernte er die Spritze mit dem Tetracain und führte dann einen kleinen Plastikkatheter durch die Hohl-Nadel ein. Sobald der Katheter an Ort und Stelle war, entfernte er die Nadel. Ein Stück Papierpflaster schützte die punktierte Stelle.

»Das wär's«, sagte Dr. Burnham, während er seine sterilen Gummihandschuhe abstreifte und Candy eine Hand auf die Schulter legte, um sie dazu zu bewegen, sich hinzulegen. »Sie können aber wirklich nicht sagen, das habe sehr weh getan.«

»Ich fühle die Betäubung aber nicht mehr«, sagte Candy voller Angst, sie würden mit der Operation fortfahren, selbst wenn die Betäubung nicht mehr ausreiche.

»Das ist ganz in Ordnung, ich habe Ihnen nämlich noch nichts gegeben«, sagte Dr. Burnham.

Candy ließ zu, daß man sie auf das Rollbett ausstreckte, die Krankenschwester half ihr, die Beine hochzuheben, und deckte sie dann mit einer dünnen Baumwolldecke zu. Candy preßte die Decke an ihre Brust, als ob sie ihr einen gewissen Schutz gewähre. Dr. Burnham hantierte mit einem kleinen Plastikschlauch herum, der sich unter ihr hervorschlängelte.

»Fühlen Sie sich immer noch so nervös?« fragte Dr. Burnham.

»Noch schlimmer!« gestand Candy.

»Ich werde Ihnen noch ein wenig mehr von dem Beruhigungsmittel geben«, sagte Dr. Burnham und drückte beruhigend Candys Schulter. Während sie zusah, injizierte er etwas in den Periduralkatheter.

»O.k., es kann losgehen«, sagte Dr. Burnham.

Das Rollbett, auf dem Candy lag, wurde geräuschlos in den OP gefahren, der vor lauter Aktivität pulsierte. Candys Augen überflogen den Raum. Er war blendend weiß mit weißgekachelten Wänden und Boden unter einer ebenfalls weißen akustischen Decke. Demonstrationsschirme bedeckten eine Wand und futuristisch anmutende, elektronische Monitorgeräte eine andere.

»O.k., Candy«, sagte die Krankenschwester, die Dr. Burnham geholfen hatte. »Wir möchten gerne, daß Sie mal kurz hier herauf hüpfen.« Sie stand auf der anderen Seite des Operationstisches, den sie ermutigend tätschelte. Einen Augenblick fühlte sich Candy irritiert, von ihr herumkommandiert zu werden. Das Gefühl verging jedoch schnell wieder. Sie hatte keine Alternative. Sie war mit einem achtzehnwöchigen Fötus schwanger. Sie zog es vor, das Wort »Fötus« zu benutzen. Es war leichter, daran zu denken, als an »Baby« oder »Kind«. Gehorsam legte sich Candy auf den Operationstisch.

Eine andere Krankenschwester zog Candys Hemdchen hoch und brachte winzige Elektroden auf ihrer Brust an. Ein piepsendes Geräusch setzte ein, es dauerte aber eine Weile, bevor Candy erkannte, daß dieses Piepsen ihrem Herzschlag entsprach.

»Ich werde den Tisch ein wenig neigen«, sagte Dr. Burnham, als Candy bereits fühlte, wie sich ihre Position veränderte, so daß ihre Füße nun tiefer lagen als ihr Kopf. In dieser Position konnte sie das Gewicht des Uterus in ihrem Becken spüren. Gleichzeitig fühlte sie ein schnelles Hin- und Herbewegen, das sie im Laufe der letzten Woche schon mehrmals bemerkt hatte. Sie hatte geglaubt, es sei der Fötus, der sich in ihrem Leib bewegte. Dankenswerterweise hörte das bald auf.

Im nächsten Augenblick sprang die Tür zum Korridor auf, und Dr. Lawrence Foley kam rücklings herein, indem er seine tropfenden Hände hochhielt, genau wie es Chirurgen im Film immer machten. »Nun«, sagte er in seiner merkwürdig betonungslosen Stimme, »wie geht es meinem Mädchen?«

»Ich kann die Betäubung nicht fühlen«, sagte Candy ängstlich. Sie war erleichtert, Dr. Foley zu sehen. Er war ein großer Mann mit feinen Gesichtszügen und einer langen geraden Nase, deren Spitze den Mundschutz der Chirurgen zu einem kleinen Zelt werden ließ. Bald waren seine graugrünen Augen das einzige, das Candy von seinem Gesicht sehen konnte. Der Rest einschließlich des silberweißen Haares war hinter der Operationsmaske versteckt.

Candy hatte Dr. Foley hin und wieder zu gynäkologischen Routineuntersuchungen konsultiert und dem Mann immer absolut vertraut. Seit achtzehn Monaten vor ihrer Schwangerschaft hatte sie keine Routineuntersuchung mehr machen lassen, und als sie vor ein paar Wochen in seine Praxis gegangen war, überraschte es sie, wie sehr sich Dr. Foley verändert hatte. Sie erinnerte sich an ihn als einen aus sich herausgehenden Mann mit einem Schuß trokkenen Humors. Candy fragte sich, wie viel von dieser »neuen« Persönlichkeit auf seine Mißbilligung der Tatsache zurückzuführen sei, daß sie, ohne verheiratet zu sein, jetzt schwanger war.

Dr. Foley sah Dr. Burnham an, der sich verlegen räusperte: »Ich habe ihr gerade 8 Milligramm Tetracain über den epiduralen Katheter gegeben.« Er trat an das Ende des Operationstisches und hob das Tuch hoch. Candy konnte ihre Füße sehen, die in dem hellen fluoreszierenden Licht der Demonstrationsschirme außergewöhnlich bleich aussahen. Sie konnte sehen, wie Dr. Burnham sie berührte, spürte aber nichts, wie er langsam ihren Körper hochstrich, bis er mit der Hand direkt unter ihren Brüsten war. Dann fühlte sie das Stechen einer Nadel und sagte ihm das. Er lächelte und sagte: »Perfekt!«

Einen Augenblick lang stand Dr. Foley mitten im Operationssaal, ohne sich zu bewegen. Niemand sagte etwas; alle warteten nur. Candy fragte sich, woran der Mann, der sie jetzt direkt anzusehen schien, gerade wohl denke. Er hatte das gleiche getan, als sie ihn in der Klinik konsultiert hatte. Schließlich kniff er die Augen zu und sagte: »Sie haben den besten Anästhesisten im Haus. Ich möchte, daß Sie sich jetzt entspannen. Wir werden fertig sein, bevor sie es auch nur ahnen.«

Candy konnte hinter sich unbestimmte Bewegungen hören, dann das gummiartige Knallen von OP-Handschuhen. Sie sah zu, wie Dr. Burnham ein Drahtgestell über ihrem Kopf anbrachte. Eine der Krankenschwestern befestigte mit dem Laken, das den Operationstisch bedeckte, ihren linken Arm mit Pflasterband an eine Vorrichtung, die im rechten Winkel vom OP-Tisch abstand. Das war der Arm, in den die Infusion führte. Dr. Foley erschien wieder in Candys Sichtfeld, jetzt allerdings mit dem unumgänglichen OP-Gewand und den Gummihandschuhen, und half einer der OP-Schwestern dabei, große Tücher, die neun Zehntel ihres Sichtbereiches wirksam abdeckten, über sie auszubreiten. Direkt über ihr konnte sie die Infusionsflaschen sehen. Und hinter ihr, wenn sie den Kopf zurückrollte, konnte sie gerade noch Dr. Burnham erkennen.

»Sind wir soweit?« fragte Dr. Foley.

»Alles o.k.«, sagte Dr. Burnham. Er blickte zu Candy hinunter und zwinkerte ihr zu. »Sie machen das sehr gut«, versicherte er ihr. »Sie werden vielleicht ein wenig Druck oder ein kleines Ziehen verspüren, sollten aber keine Schmerzen haben.«

»Sind Sie sicher?« fragte Candy.

»Absolut sicher.«

Candy konnte Dr. Foley nicht sehen, sie konnte ihn jedoch hören, besonders, als er »Skalpell« sagte. Sie hörte das Geräusch des Skalpells, als es leicht auf den Gummihandschuh klatschte. Candy schloß ihre Augen und erwartete den Schmerz. Das einzige, was sie jedoch empfinden konnte, war das Gefühl von Leuten, die sich über sie beugten. Zum erstenmal erlaubte sie sich den Luxus, sich vorzustellen, dieser ganze Alptraum gehe tatsächlich einmal vorüber.

Das Ganze hatte vor etwa neun Monaten begonnen, als sie sich entschlossen hatte, nicht mehr die Pille zu nehmen. Sie lebte bereits seit fünf Jahren mit David Kirkpatrick zusammen. Er hatte geglaubt, sie sei ihrer Tanzkarriere so ergeben, wie er es seinem Schreiben war, aber irgendwann nach ihrem fünfunddreißigsten Geburtstag hatte sie begonnen, David zu drängen, sie zu heiraten und eine Familie zu gründen. Als er ablehnte, entschloß sie sich, schwanger zu werden – dann würde er mit Sicherheit seine Meinung ändern. Er war aber steinhart geblieben, als sie ihm ihren Zustand mitteilte. Wenn sie darauf bestehe, die Schwangerschaft weiter fortzusetzen, werde er sie verlassen. Nach zehn verheulten Tagen und zahllosen Szenen hatte sie schließlich dieser Abtreibung zugestimmt.

»Oh!« stöhnte Candy, als sie einen glühenden Schmerz irgendwo tief in ihrem Innern spürte. Das ähnelte dem Gefühl, wenn ein Zahnarzt eine empfindliche Stelle traf. Gott sei Dank dauerte der Schmerz nicht lange an.

Dr. Burnham blickte von seinem Anästhesie-Protokoll hoch, stand dann auf und blickte über die Abschirmung auf die Operationsstelle. »Zieht ihr Kerls etwa an den kleinen Därmen?«

»Wir haben sie nur aus dem Operationsfeld entfernt«, gab Dr. Foley zu.

Dr. Burnham setzte sich wieder hin und blickte direkt in Candys Augen. »Sie sind sehr tapfer. Es ist absolut normal, daß man Schmerz empfindet, wenn der Dünndarm berührt wird, sie werden das aber nicht wieder tun. O.k.?«

»O.k.«, sagte Candy. Es war eine Erleichterung, versichert zu bekommen, alles gehe planmäßig. Sie war allerdings nicht davon überrascht. Obgleich Lawrence Foleys Verhalten die alte Wärme zu fehlen schien, hatte sie immer noch volles Vertrauen in ihn als Arzt. Er war von Anfang an wunderbar zu ihr gewesen: voller Verständnis und Unterstützung, besonders, als er ihr half, die Frage der Abtreibung zu entscheiden. Er hatte mehrere Termine ausschließlich damit verbracht, nur mit ihr zu reden, hatte in aller Ruhe auf die Schwierigkeiten hingewiesen, als alleinstehendes Elternteil ein Kind aufzuziehen, und die Einfachheit einer Abtreibung unterstrichen, obgleich sich Candy bereits in der sechzehnten Woche befand.

In Candys Denken gab es keinen Zweifel, daß es Dr. Foley und die Ärzte in der Julian-Klinik gewesen waren, die es für sie möglich gemacht hatten, die Abtreibung doch noch durchzuführen. Die einzige Bedingung, die Candy gestellt hatte, war, anschließend sterilisiert zu werden. Dr. Foley hatte erfolglos versucht, ihre Ansicht in bezug auf die Sterilisation zu ändern. Sie war sechsunddreißig Jahre alt und wollte nicht mehr in Versuchung gebracht werden, die biologische Uhr zu schlagen, indem sie schwanger würde, denn es war offensichtlich, daß eine Verheiratung nicht in ihrer unmittelbaren Zukunft lag.

»Nierenschale«, kommandierte Dr. Foley und brachte damit Candys Aufmerksamkeit wieder zur Gegenwart zurück. Sie hörte das Klappern von Metall.

»Babcock-Klemme«, forderte Dr. Foley.

Candy rollte ihre Augen zurück und blickte zu Dr. Burnham hinauf. Das einzige, was sie von ihm sehen konnte, waren seine Augen. Der Rest seines Gesichtes war von seinem Mundschutz verdeckt. Dennoch konnte sie erkennen, daß er sie anlächelte. Sie ließ ihre Gedanken wandern, und das nächste, was sie hörte, war, wie Dr. Burnham sagte: »Schon alles vorbei, Candy.«

Mit einigen Schwierigkeiten zwinkerte sie mit den Augen und versuchte, einen Sinn in die Szene zu bekommen, die langsam vor ihren Augen klar wurde. Es war wie eine altmodische Fernsehwiederholung: zuerst waren Geräusche und Stimmen da, dann trat langsam das Bild und der Zusammenhang dazu. Die Tür zum Korridor öffnete sich, und ein Krankenpfleger schob ein leeres Rollbett in den Saal.

»Wo ist Dr. Foley?« fragte Candy.

»Er wird Sie im Aufwachraum besuchen«, sagte Dr. Burnham. »Alles ist einwandfrei verlaufen.« Er hängte Candys Tropf an das Rollbett.

Candy nickte, während ihr eine Träne die Wange hinunterlief. Glücklicherweise ergriff eine der Operationsschwestern ihre Hand, bevor sie sich in den Gedanken versenken konnte, nun für immer kinderlos zu bleiben, und sagte: »Candy, wir werden Sie jetzt auf das andere Rollbett heben.«

In dem angrenzenden Aufwachraum widmete Dr. Foley seine Aufmerksamkeit einem flecklosen Stahlbecken, das säuberlich mit einem weißen Tuch überdeckt war. Um sich zu überzeugen, daß das Exemplar nicht verletzt sei, hob er einen Zipfel des Tuches hoch. Zufriedengestellt nahm er das Becken auf, ging den Korridor entlang und stieg die Treppe zur Pathologie-Abteilung hinunter.

Er ignorierte die in dieser Abteilung Arbeitenden und die Techniker, obgleich ihn mehrere namentlich ansprachen, schritt durch den Hauptoperationsbereich und betrat einen langen, sich daran anschließenden Korridor. An dessen Ende hielt er vor einer unbezeichneten Tür an. Indem er das Becken mit dem Exemplar in einer Hand balancierte, zog er seine Schlüssel hervor und öffnete die Tür. Das Zimmer dahinter stellte ein kleines und fensterloses Laboratorium dar. Dr. Foley bewegte sich langsam, aber überlegt, als er in das Zimmer trat, schloß hinter sich die Türe und stellte das Becken ab.

Ein paar Augenblicke stand er wie gelähmt, bis ein scharfer, stechender Schmerz in seinen Schläfen ihn zurücktaumeln ließ. Er stieß gegen den Labortisch und suchte daran Halt. Als er einen Blick auf die große Institutsuhr an der Wand warf, stellte er überrascht fest, daß der Minutenzeiger fünf Minuten übersprungen zu haben schien.

Schweigend und mit raschen Bewegungen führte Dr. Foley mehrere Aufgaben durch. Dann ging er zu einer großen hölzernen Kiste, die mitten im Zimmer stand, und öffnete sie. In ihr befand sich ein zweiter isolierter Kontainer. Dr. Foley ließ das Schloß aufschnappen, hob den Deckel hoch und blickte hinein. Auf einem Bett aus Trockeneis lagen eine Reihe anderer Exemplare. Dr. Foley legte seine neueste Errungenschaft auf das Eis und schloß wieder den Deckel.

Zwanzig Minuten später schob ein mit einem weißen Hemd und einer blauen Hose bekleideter Krankenpfleger einen Transportwagen in das kleine unbezeichnete Laboratorium, holte die Eistruhe ab und packte sie in die hölzerne Kiste. Er benutzte den Lastaufzug, brachte sie zur Laderampe und verstaute sie in einem Lieferwagen.

Vierzig Minuten danach wurde die hölzerne Kiste aus dem Wagen gehoben und auf dem Teterboro-Flughafen in New Jersey in das Gepäckabteil eines Golfstrom-Jets befördert.

KAPITEL 1

Adam Schonbergs Augen öffneten sich langsam; in der Dunkelheit seines Schlafzimmers hörte er das auf- und abschwellende Kreischen einer Sirene, die wieder einmal eine Katastrophe anzeigte. Allmählich verminderte sich der Lärm, als der Polizeiwagen oder Ambulanz oder, was immer es gewesen sein mochte, in der Ferne verschwand. Es wurde Morgen in New York City.

Adam ließ eine Hand unter den warmen Decken hervorkriechen, tastete nach seiner Brille und drehte dann das Radio so herum, daß er die Uhr auf der Vorderseite sehen konnte: 4.47 h. Erleichtert stellte er den Wecker ab, der um 5.00 h hätte losgehen sollen, und zog dann seine Hand wieder unter die Decken zurück. Er hatte also noch fast fünfzehn Minuten, bevor er sich aus dem Bett hieven und in das eisige Badezimmer gehen mußte. Normalerweise würde er nie das Risiko eingehen, den Wecker abzustellen, weil er Angst hatte, er könne sich verschlafen. Aber so aufgeputscht, wie er sich an diesem Morgen fühlte, war das wohl nicht möglich.

Nachdem er sich auf die linke Seite gewälzt hatte, schmiegte er sich an die schlafende Gestalt Jennifers, seiner dreiundzwanzigjährigen Frau, die er vor anderthalb Jahren geheiratet hatte. Er spürte das rhythmische Auf und Ab ihrer Brust. Er griff nach unten und ließ seine Hand leicht ihre Schenkel hinaufwandern, die aufgrund ihres täglichen Tanztrainings schlank und fest waren. Ihre

Haut war weich und bemerkenswert glatt, fast ohne den geringsten Fleck, der ihre Oberfläche beeinträchtigt hätte. Sie hatte einen delikaten olivenfarbenen Ton, der auf eine südeuropäische Abstammung hinwies, was allerdings nicht der Fall war. Jennifer bestand darauf, daß ihre Genealogie auf väterlicher Seite englisch und irisch sei und deutsch und polnisch in der mütterlichen Linie.

Jennifer streckte ihre Beine aus, seufzte und wälzte sich auf den Rücken, wodurch sie Adam zwang, ihr Platz zu machen. Er lächelte; selbst noch im Schlaf hatte sie eine starke Persönlichkeit. Auch wenn ihr starker Charakter sich Adam manchmal als frustrierender Eigensinn darstellen konnte, war das doch einer der Gründe, weshalb Adam sie so sehr liebte.

Nachdem er einen weiteren Blick auf den Wecker geworfen hatte, der jetzt 4.58 h anzeigte, zwang sich Adam dazu aufzustehen. Als er durch das Zimmer zur Dusche ging, stieß er mit einem Zeh an eine alte Pullman-Truhe, die Jennifer mit einer Decke überzogen hatte, damit sie als Tisch dienen könne. Er knirschte mit den Zähnen, um nicht laut aufzuschreien, und humpelte zur Kante der Badewanne, auf die er sich setzte, um den entstandenen Schaden zu begutachten. Er hatte eine bemerkenswert niedrige Schmerzgrenze.

Adam hatte das zum erstenmal während seiner verheerend kurzen Football-Karriere auf der Hochschule erkannt. Da er einer der größeren Jungen war, hatte jedermann, einschließlich Adam selbst, erwartet, er würde in das Team aufgenommen werden, insbesondere da David, Adams verstorbener älterer Bruder, einer der Stars der Stadt gewesen war. Das war aber nicht der Fall gewesen. Alles war gut gelaufen, bis man Adam den Ball und die Order gegeben hatte, einen Spielzug durchzuführen, den er pflichtbewußt auswendig kannte. In dem Augenblick, als er angegriffen wurde, hatte er Schmerzen empfunden, und bis zu dem Augenblick, als alle anderen wieder auf ihren

Beinen standen, hatte sich Adam entschieden, das sei ein weiteres Gebiet, in dem er nicht mit dem Ruf seines Bruders konkurrieren könne.

Adam schüttelte die Erinnerung ab, duschte sich schnell, rasierte sich – er hatte einen starken Bartwuchs, der sein Gesicht bereits um fünf Uhr nachmittags wieder dunkel erscheinen ließ – und kämmte sein dichtes, schwarzes Haar. Er bürstete schnell über seine Kleider, warf jedoch kaum einen Blick in den Spiegel, denn er maß seinem dunklen attraktiven Aussehen wenig Bedeutung bei.

Weniger als zehn Minuten, nachdem er aus dem Bett aufgestanden war, stand er in der zwei-mal-vier Meter großen Küche und kochte Kaffee. Er ließ seinen Blick über das enge, schlecht möblierte Apartment schweifen und schwor wieder, er werde für Jennifer augenblicklich eine anständige Wohnung suchen, sobald er das Medizinstudium beendet habe. Dann ging er zum Schreibtisch im Wohnzimmer und blickte auf das Material, an dem er am vorigen Abend gearbeitet hatte.

Eine Welle der Unruhe wogte durch seinen Körper. In weniger als vier Stunden würde er vor dem einschüchternden Dr. Thayer Norton stehen, dem Chef der Internistischen Abteilung. Die restlichen Studenten im dritten Studienjahr, die gegenwärtig zusammen mit Adam in der Internistischen Abteilung turnusmäßig abwechselten, würden in einer Gruppe zusammenstehen. Ein paar der Studenten, wie Charles Hanson, würden ihm vielleicht Mut machen. Der ganze Rest würde jedoch mehr oder weniger hoffen, er würde sich zum Narren machen, was eine ausgesprochen gegebene Möglichkeit war. Adam hatte nie gut vor einer Gruppe abgeschnitten, was eine weitere Enttäuschung für seinen Vater darstellte, der selbst ein anerkannter und sehr umworbener Redner war. Zu Beginn des Rotationsverfahrens hatte Adam mitten in der Vorstellung eines Falles einen völligen Blackout gehabt, und Dr. Norton hatte ihn das nie vergessen lassen. Konsequenterweise hatte Adam seine wichtigste Fallvorstellung bis zum Ende der Rotation aufgeschoben und gehofft, er werde mit der Zeit selbstsicherer werden. Das war auch so, wenn es sich auch nicht entscheidend gebessert hatte. Es würde heute hart werden, und das war auch der Grund, weshalb er vor Sonnenaufgang aufgestanden war. Er wollte sein Material noch ein weiteres Mal durchgehen.

Er räusperte sich, versuchte, den betriebsamen Lärm des New Yorker Morgens auszuschalten, und begann dann seine Präsentation noch einmal. Er sprach laut vor sich hin, so, als ob er tatsächlich vor Dr. Norton stünde.

☆

Jennifer hätte bis zehn Uhr geschlafen, wenn sie nicht zwei Dinge daran gehindert hätten: zum einen hatte sie um neun Uhr einen Arzttermin, und zum anderen war gegen sieben Uhr fünfzehn die Temperatur im Schlafzimmer auf ein geradezu tropisches Niveau angestiegen. Schweißnaß strampelte sie die Decken weg und blieb einen Augenblick lang still liegen, bis sich der Schock der gestrigen Entdeckung wieder in ihrem Bewußtsein festsetzte. Gestern – nach einem Monat, während dem sie die Möglichkeit zu verleugnen versucht hatte – war Jennifer endlich zur Apotheke gegangen und hatte sich einen Schwangerschaftstest für zu Hause gekauft. Sie hatte nicht nur bereits zweimal ihre Periode verpaßt, sondern sogar mittlerweile begonnen, sich morgens zu übergeben. Die Übelkeit mehr als irgend etwas anderes hatte sie dazu gebracht, den Test zu kaufen. Sie wollte Adam nicht verstimmen, der seit ein paar Monaten reizbar und angespannt war, bis sie selbst nicht absolut sicher war. Der Heimtest war jedoch positiv gewesen, und heute würde sie ihren Gynäkologen konsultieren.

Vorsichtig stieg sie aus dem Bett und fragte sich, ob irgend jemand auch nur die leiseste Ahnung hätte, daß Tänzer trotz ihrer geschmeidigen Anmut auf der Bühne dennoch morgens immer steif seien. Als sie ihre Beinmuskeln spannte, fühlte sie, wie Panik über sie hinwegwogte und die Übelkeit vergessen ließ.

»Oh, Gott«, stöhnte sie. Wenn sie wirklich schwanger wäre, wie sollten sie es dann weiterhin schaffen? Das Geld, das sie von den Jason Conrad Dancers bekam, stellte ihr einziges Einkommen dar, abgesehen von den Beträgen, die ihre Mutter ihr hinter dem Rücken ihres Vaters und Adams zusteckte. Wie sollten sie nur ein Baby ernähren? Nun, vielleicht stimmte der Test auch nicht. Sie benutzte eine Spirale, die nach der Pille als wirkungsvollste Verhütungsmethode angesehen wurde. Dr. Vandermer würde zumindest die Spannung beenden. Jennifer wußte, daß der Arzt nur zugestimmt hatte, sie trotz seines vollgepackten Terminkalenders zu behandeln, weil Adam Medizinstudent war.

Sie drehte sich um und warf einen Blick auf die Sony-Radiouhr, die ihr ihre Mutter geschenkt hatte. Sie hatte Adam nichts von dem Geschenk erzählt, weil er wegen der Großzügigkeit ihrer Eltern, oder, wie er es ausdrückte, ihre Einmengerei, empfindlich geworden war. Jennifer hatte den Verdacht, dies sei nur aufgrund des Geizes seines eigenen Vaters zu einer wunden Stelle geworden. Es war für Jennifer kein Geheimnis, daß Dr. David Schonberg so sehr gegen ihre Ehe gewesen war, daß er seinen Sohn, als er sie doch eigensinnig durchgesetzt hatte, im Grunde genommen enteignet hatte. Jennifer empfand ein gewisses Vergnügen dabei, sich vorzustellen, wie sehr sich der alte Doktor ärgern würde, wenn sie wirklich schwanger wäre. Widerstrebend bürstete sie ihr langes, glänzend braunes Haar, während sie ihre steifen Gelenke in eine bequeme Position brachte. Dann unterzog sie ihr Gesicht einer genauen Prüfung im Spiegel, um sicherzustellen, daß seine attraktiven ovalen Ebenen und klaren blauen Augen nicht ihre innere Besorgtheit verrieten. Es gab keinen Grund, Adam zu verärgern, bevor es nicht unbedingt sein mußte.

Sie zwang sich ein fröhliches Lächeln auf und stürmte in das Wohnzimmer, wo Adam seine Rede gerade zum zehnten Male durchging.

»Ist es nicht das erste Anzeichen von Schwachsinn, wenn jemand mit sich selbst spricht?« neckte ihn Jennifer.

»Sehr klug!« gab Adam zu. »Besonders, da ich nicht dachte, Dornröschen könne vor Mittag so gescheit denken.«

»Wie kommst du mit deiner Fallvorstellung voran?« fragte sie, indem sie ihre Arme um ihn schlang und ihm ihr Gesicht für einen Kuß hochhielt.

»Ich habe sie auf die geforderten fünfzehn Minuten zusammengestrichen. Das ist so ziemlich alles, was ich sagen kann.« Er beugte sich vor und gab ihr einen Kuß.

»Oh, Adam. Du wirst das schon schaffen. Ich sage dir was: Warum hältst du deine Fallvorstellung nicht vor mir?« Sie goß sich etwas Kaffee ein und nahm dann im Wohnzimmer Platz. »Welche Krankheit hat denn der Patient?«

»Tardives Dyskinesiesyndrom lautet die augenblickliche Diagnose.«

»Was im Himmel ist das denn?« fragte Jennifer.

»Das ist eine neurologische Erkrankung, die alle möglichen unfreiwilligen Bewegungen mit sich bringt. Sie wird in Zusammenhang gesehen mit verschiedenen Medikamenten, die bei psychiatrischen Problemen verabreicht werden...«

Jennifer nickte und versuchte, interessiert zu wirken, aber Adam war kaum eine Minute in seiner vorbereiteten Rede fortgefahren, als ihre Aufmerksamkeit wieder zu ihrer möglichen Schwangerschaft zurückglitt.

KAPITEL 2

Dr. Clark Vandermers Praxis war gleich an der Park Avenue in der Sechsunddreißigsten Straße. Jennifer war dorthin gelangt, indem sie mit der Lexington-Avenue-Untergrundbahn bis zur Dritten Straße fuhr und dann in nördliche Richtung ging. Das Gebäude war ein großer Wohnblock mit Markise über dem Eingang und livriertem Portier. Der Eingang zu den Büros lag rechts neben dem eigentlichen Haupteingang. Als Jennifer die Türe öfffnete, ließ der leichte Geruch medizinischen Alkohols sie zurückfahren. Sie hatte es nie gemocht, zum Frauenarzt gehen zu müssen, und die Vorstellung, womöglich schwanger zu sein, machte dieses besondere Mal noch zusätzlich unangenehm.

Jennifer ging einen mit Wandteppich ausgelegten Korridor entlang und las die Namen, die mit goldenen Buchstaben auf die Türen geschrieben waren. Sie schritt an den Eingängen zu zwei Zahnarztpraxen und einer Kinderärztin vorbei und kam dann zu einer Tür, auf der »Fachärzte für Frauenheilkunde« geschrieben stand. Unter diesem Schild befand sich eine Liste mit Namen. Der zweite Name lautete Dr. Clark Vandermer.

Jennifer zog den Mantel aus, den sie für fünfunddreißig Dollar gebraucht in Soho gekauft hatte, und legte ihn über den Arm. Unter dem Mantel war sie recht gut gekleidet; sie trug ein hübsches Calvin-Klein-Hosenkleid, das ihr ihre Mutter vor kurzem bei Bloomingdales gekauft hatte.

Sobald sie die Tür geöffnet hatte, erinnerte sich Jennifer von ihren früheren Besuchen her an die Praxis. An der dem Eingang gegenüberliegenden Wand befand sich ein Glasfenster mit Schiebetüren, hinter der die Arzthelferin saß.

Im Wartezimmer saßen schon eine Reihe Frauen. Jennifer zählte sie nicht; es mußten aber mehr als zwölf sein. Alle waren gut gekleidet, und die meisten lasen entweder oder beschäftigten sich mit irgendeiner Stickarbeit.

Nachdem sie sich bei der Arzthelferin angemeldet hatte, die offen zugab, daß sie keine Ahnung habe, wie lange sie würde warten müssen, setzte sich Jennifer auf einen Stuhl in der Nähe des Fensters. Sie nahm von dem Kaffeetisch ein Exemplar des *New Yorker* zur Hand und versuchte zu lesen, konnte aber nicht anders, als sich über Adams Reaktion Sorgen zu machen, wenn sie ihm würde sagen müssen, sie sei schwanger.

Es dauerte zwei Stunden und fünfzehn Minuten, bevor Jennifer schließlich hereingerufen wurde. Sie folgte der Sprechstundenhilfe in das Untersuchungszimmer.

»Ziehen Sie Ihre Kleider aus und ziehen Sie dies hier an«, sagte die Frau und reichte Jennifer einen Umhang aus Papier. »Ich bin gleich zurück, und dann wird auch der Arzt sofort hier sein.«

Bevor Jennifer irgendwelche Fragen stellen konnte, war die Sprechstundenhilfe wieder verschwunden, und die Türe hatte sich hinter ihr geschlossen.

Der Raum maß etwa drei Meter im Quadrat. An einem Ende befand sich ein Fenster mit einem Vorhang, in der rechten Wand gab es eine zweite Türe, ansonsten waren die Wände absolut nackt. Das Mobiliar bestand aus einer Waage, einem Abfalleimer, der bereits überfloß, einem Untersuchungstisch mit Bügeln, einem offenen Schrank und einem Waschbecken. Das Zimmer war kaum gemütlich zu nennen, und Jennifer erinnerte sich, daß Dr. Vandermer brüsk bis fast zur Unhöflichkeit war. Adam hatte sie zu ihm geschickt, weil er als der beste galt, aber »beste« schien keine Wertung seiner Art zu beinhalten, mit Kranken umzugehen.

Da sie nicht wissen konnte, wann die Arzthelferin zurück sein würde, beeilte sich Jennifer. Sie legte ihren großen Mantel und ihre Tasche auf den Boden und benutzte das Schließfach für ihre Kleider. Als sie splitternackt dastand, versuchte sie, sich darüber klarzuwerden, wie der Umhang anzuziehen sei. Ihr war nicht klar, ob die offene Seite nach vorne oder hinten kommen sollte. Schließlich entschied sie sich für ersteres. Dann versuchte sie zu entscheiden, was sie nun mit sich anfangen solle. Sollte sie sich auf den Untersuchungstisch legen oder einfach herumstehen? Sie bekam auf dem gekachelten Boden mittlerweile kalte Füße und setzte sich deshalb auf die Kante des Untersuchungstisches.

Einen Augenblick danach kehrte die Arzthelferin – offensichtlich in Eile – zurück.

»Tut mir leid, daß Sie so lange haben warten müssen«, sagte sie mit einer angenehmen, wenn auch etwas gequälten Stimme. »Es sieht so aus, als ob wir mehr und mehr Patientinnen bekommen. Muß wohl ein neuer Baby-Boom sein.« Sie kontrollierte schnell Jennifers Gewicht und Blutdruck und schickte sie dann in die Toilette für eine Urinprobe. Als Jennifer zurückkam, wartete Dr. Vandermer schon auf sie.

Jennifer war gutaussehenden Gynäkologen gegenüber immer argwöhnisch gewesen, und Dr. Vandermer rief diesen alten Vorbehalt wieder wach. Er sah eher wie ein Schauspieler aus, der eine Rolle spielte, als ein wirklicher Arzt. Er war groß und hatte dunkles Haar, das an den Schläfen silbrig wurde. Sein Gesicht war gleichmäßig mit einer scharfen Kinnlinie und einem geraden Mund. Er hatte eine Lesebrille auf der Nasenspitze und blickte über sie hinweg Jennifer an.

»Guten Morgen«, sagte er mit einer Stimme, die nicht

zur Unterhaltung einlud. Seine blauen Augen huschten zuerst über sie und dann über ihre Karteikarte. Die Sprechstundenhilfe schloß die Tür hinter ihnen und beschäftigte sich am Waschbecken mit dem Inhalt eines rostfreien Stahlbeckens.

»Ah, ja. Sie sind Mrs. Schonberg, die Frau Adam Schonbergs, dieses Studenten im dritten Studienjahr«, sagte Dr. Vandermer.

Jennifer wußte nicht, ob das eine Feststellung oder eine Frage sei, nickte aber und bestätigte, sie sei Adams Frau.

»Das wäre wohl nicht die beste Zeit für sie, ein Kind zu bekommen, Mrs. Schonberg«, sagte Dr. Vandermer.

Jennifer war schockiert. Wenn sie nicht nackt und verletzlich vor ihm gestanden hätte, wäre sie wütend geworden. Statt dessen fühlte sie sich in die Defensive gedrängt.

»Ich hoffe, ich bin nicht schwanger«, sagte Jennifer. »Sie haben mir doch vor einem Jahr eine Spirale eingesetzt.«

»Was ist mit der Spirale passiert?« fragte Dr. Vandermer.

»Ich glaube, sie ist immer noch da«, sagte Jennifer.

»Was wollen Sie damit sagen, Sie glauben, sie sei noch da?« fragte sie Dr. Vandermer. »Sie wissen es nicht?«

»Ich habe es heute morgen noch kontrolliert. Die Fäden sind noch da.«

Dr. Vandermer schüttelte den Kopf und deutete Jennifer damit an, er finde sie weniger als verantwortungsbewußt. Er beugte sich vor und schrieb schnell etwas auf die Karteikarte. Dann blickte er wieder auf und nahm seine Lesebrille ab. »In der Krankengeschichte, die Sie hier vor einem Jahr ausgefüllt haben, haben Sie angegeben, Sie hätten einen Bruder gehabt, der nur ein paar Wochen gelebt hat.«

»Das stimmt«, sagte Jennifer. »Er war ein mongoloides Baby.«

»Wie alt war Ihre Mutter zu der Zeit?« fragte Dr. Vandermer.

»Ich glaube, ungefähr sechsunddreißig«, sagte Jennifer.

»Das ist etwas, das Sie genau wissen sollten«, sagte Dr. Vandermer mit nur oberflächlich verschleiertem Ärger. »Stellen Sie das mit Sicherheit fest. Ich möchte diese Information auf der Karte.«

Nachdem er seinen Kugelschreiber hingelegt hatte, nahm er sein Stethoskop heraus und unterzog Jennifer einer schnellen, aber gründlichen Untersuchung: er blickte in ihre Augen und Ohren und horchte ihre Brust und ihr Herz ab. Er schlug gegen ihre Knie und Fußgelenke, kratzte über ihre Fußsohlen und inspizierte jeden Zoll ihres Körpers. Er arbeitete in völligem Schweigen. Jennifer fühlte sich, als ob sie lediglich ein Stück Fleisch in Händen eines sehr fachgerechten Metzgers sei. Sie wußte, daß Dr. Vandermer gut war, und dennoch hätte sie etwas Wärme gebrauchen können.

Als er fertig war, setzte sich der Arzt hin und hielt die Ergebnisse seiner Untersuchung schnell auf der Karteikarte fest. Dann befragte er Jennifer nach ihrer menstrualen Geschichte und nach dem Datum ihres Zyklus. Bevor sie irgendwelche Fragen stellen konnte, deutete er ihr mit einer Geste an, eine Steinschmittposition auf dem Gyn-Stuhl einzunehmen, und begann, das Becken zu untersuchen.

»Entspannen Sie sich jetzt«, sagte Dr. Vandermer, der sich anscheinend daran erinnert hatte, daß seine Patientin wohl voller Sorgen war. Jennifer fühlte, wie irgendein Objekt in sie eindrang. Alles ging sanft und fachkundig vonstatten. Sie empfand keinen Schmerz, nur ein unangenehmes Völligkeitsgefühl. Sie hörte, wie Dr. Vandermer mit der Arzthelferin sprach. Dann hörte sie, wie sich die Tür öffnete und die Helferin hinausging.

Dr. Vandermer stand auf, so daß Jennifer ihn sehen konnte. »Die Spirale ist immer noch an Ort und Stelle, es sieht aber aus, als ob sie verbraucht sei. Ich meine, sie sollte entfernt werden.«

»Ist das schwierig?« fragte Jennifer.

»Sehr einfach«, sagte Dr. Vandermer. »Nancy ist gerade hinausgegangen, um mir ein Instrument zu holen. Es wird nur eine Sekunde dauern.«

Nancy kehrte mit etwas zurück, das Jennifer nicht sehen konnte. Sie empfand einen vorübergehenden stechenden Schmerz. Dr. Vandermer stand auf und hielt eine Plastikspirale in seiner behandschuhten Rechten.

»Sie sind unbezweifelbar schwanger«, sagte er, indem er sich wieder an seinen Schreibtisch setzte und von neuem etwas auf die Karte schrieb.

Jennifer fühlte eine Welle der Panik, die der glich, die sie bekommen hatte, als sie das positive Resultat des Heimtests gesehen hatte.

»Sind Sie sicher?« brachte sie mit zitternder Stimme hervor.

Dr. Vandermer blickte nicht auf. »Wir werden es durch einen Labortest bestätigen, aber ich bin sicher.«

Nancy war mit dem Schreiben von Reagenzglasetiketten fertig und kam zu Jennifer herüber, um ihr zu helfen, ihre Beine aus den Bügeln zu nehmen. Jennifer schwang sich herum, so daß sie auf der Kante des Untersuchungstisches saß.

»Ist alles in Ordnung?« fragte sie.

»Alles ist absolut normal«, versicherte ihr Dr. Vandermer. Er beendete die Aufzeichnungen auf der Karteikarte und drehte sich dann herum, um sie anzusehen. Sein Gesichtsausdruck war so neutral, wie ganz zu Beginn, als er den Raum betreten hatte.

»Können Sie mir eine Vorstellung geben, was ich zu erwarten habe?« fragte Jennifer. Sie verschränkte ihre Hände, um sie ruhig halten zu können, und legte sie in ihren Schoß.

»Natürlich. Nancy Guenther wird Ihre Schwangerschaftsgymnastin sein«, sagte Dr. Vandermer und nickte der Arzthelferin zu. »Sie wird derartige Dinge mit Ihnen besprechen. Ich werde Sie in den ersten sechs Monaten zu

Routineuntersuchungen jeweils einmal im Monat sehen und dann alle zwei Wochen bis zum letzten Monat. Anschließend wöchentlich, falls es keine Komplikationen gibt.« Dr. Vandermer stand auf und schickte sich an, das Untersuchungszimmer zu verlassen.

»Werde ich jedes Mal von Ihnen persönlich untersucht werden, wenn ich hierher komme?« fragte Jennifer.

»Generell ja«, sagte Dr. Vandermer. »Gelegentlich werde ich vielleicht einmal zu einer Entbindung geholt. Dann würde sich einer meiner Kompagnons oder Nancy um Sie kümmern. In jedem Falle würden sie mir direkt Bericht erstatten. Sonst noch irgendwelche Fragen?«

Jennifer hatte noch so viele Fragen, daß sie nicht wußte, wo sie anfangen sollte. Sie hatte das Gefühl, ihr Leben würde sich an den Nähten auflösen. Davon abgesehen hatte sie gleichfalls den Eindruck, Dr. Vandermer wolle gehen, jetzt wo die Untersuchung zu Ende sei. »Was geschieht denn, wenn es Zeit für die Entbindung wird?« fragte sie. »Ich habe nichts dagegen, jemand anderes für eine Routineuntersuchung zu sehen, wenn es aber um die Entbindung geht, denke ich anders. Sie haben nicht zufällig einen Urlaub in der Zeit meiner Entbindung geplant?«

»Mrs. Schonberg«, setzte Dr. Vandermer an. »Ich habe seit fünf Jahren keinen Urlaub mehr gehabt. Ich reise hin und wieder zu einem medizinischen Kongreß und ich habe vor, in ein paar Monaten bei einem Kreuzfahrtseminar Vorlesungen zu halten. Das wird aber mit Sicherheit nicht mit Ihrem angenommenen Termin in Konflikt geraten. Und wenn Sie jetzt keine Fragen mehr haben, übergebe ich Sie Nancy.«

»Nur noch eines«, sagte Jennifer. »Sie haben mich nach meinem Bruder gefragt. Glauben Sie, es sei bedeutungsvoll, daß meine Mutter ein geschädigtes Kind zur Welt gebracht hat? Kann das heißen, mir könne das gleiche passieren?«

»Ich bezweifle das sehr«, sagte Dr. Vandermer und näherte sich der Tür. »Hinterlassen Sie den Namen des Arztes Ihrer Mutter bei Nancy, und wir werden ihn anrufen und die Details herauszufinden versuchen. In der Zwischenzeit habe ich vor, eine einfache Chromosomenuntersuchung bei Ihnen vorzunehmen. Ich glaube aber nicht, daß es etwas gibt, über das Sie sich Sorgen machen müßten.«

»Wie steht es mit einer Fruchtwasseruntersuchung?« fragte Jennifer.

»Zum jetzigen Zeitpunkt finde ich nicht, daß zu einer solchen Maßnahme Grund besteht, und selbst wenn es diesen Grund gäbe, könnte das nicht vor Ihrer sechzehnten Woche durchgeführt werden. Wenn Sie mich jetzt entschuldigen wollen, werde ich Sie in einem Monat sehen.«

»Wie steht es mit einer Abtreibung?« fragte Jennifer ängstlich. Sie wollte nicht, daß Dr. Vandermer ginge. »Wenn wir uns entscheiden sollten, dieses Kind nicht zu bekommen, ist es dann schwierig, eine Abtreibung zu arrangieren?«

Dr. Vandermer, der bereits eine Hand auf dem Türknopf hatte, trat wieder vor Jennifer hin und baute sich wie ein Turm vor ihr auf. »Wenn Sie an einer Abtreibung interessiert sind, glaube ich, konsultieren Sie den falschen Arzt.«

»Ich sage ja nicht, daß ich eine will«, sagte Jennifer und duckte sich unter seinem Blick. »Es ist nur so, daß das jetzt kein guter Zeitpunkt für mich ist, schwanger zu sein, wie Sie schon selbst gesagt haben. Ich habe es Adam noch nicht gesagt, und ich weiß nicht, wie er reagieren wird. Wir sind von meinem Einkommen abhängig.«

»Ich führe keine Abtreibungen aus, wenn es nicht aus medizinischen Gründen ist«, sagte Dr. Vandermer.

Jennifer nickte. Der Mann fühlte anscheinend in bezug auf dieses Thema sehr intensiv. Um das Thema zu wechseln, fragte sie: »Wie steht es mit meiner Arbeit? Ich bin Tänzerin. Wie lange werde ich meine Arbeit noch fortführen können?«

»Nancy wird solche Fragen mit Ihnen besprechen«, sagte Dr. Vandermer, indem er einen Blick auf seine Armbanduhr warf. »Sie weiß mehr über derartige Dinge als ich. Wenn es sonst nichts mehr gibt...« Dr. Vandermer ging langsam vom Untersuchungstisch fort.

»Es gibt noch etwas«, sagte Jennifer. »Es ist mir morgens schlecht geworden. Ist das normal?«

»Ja«, sagte Dr. Vandermer, indem er die Tür zum Korridor öffnete. »Eine derartige Übelkeit ist bei mindestens fünfzig Prozent aller Schwangerschaften anzutreffen. Nancy wird Ihnen ein paar Vorschläge machen, wie Sie diese Übelkeit in den Griff bekommen, indem Sie Ihre Diät ändern.«

»Gibt es nichts, das ich einnehmen könnte?« fragte Jennifer.

»Ich halte nichts davon, Medizin gegen Morgenübelkeit zu verschreiben, wenn sie nicht mit der Ernährung der Mutter in Konflikt gerät. Und wenn Sie mich jetzt entschuldigen, werde ich Sie in einem Monat sehen.«

Bevor Jennifer ein weiteres Wort sagen konnte, war Dr. Vandermer durch die Tür verschwunden und hatte sie mit Nancy allein gelassen.

»Diät ist ein sehr bedeutsamer Faktor in der Schwangerschaft«, sagte Nancy und reichte Jennifer mehrere gedruckte Broschüren.

Jennifer seufzte und ließ ihre Augen von der geschlossenen Tür auf die Blätter in ihren Händen wandern. Ihr Verstand war ein Wirbel widersprüchlicher Gedanken und Gefühle.

KAPITEL 3

Adam wandte sich auf der Zwölften Straße in westliche Richtung und mußte daher direkt gegen Wind und Regen ankämpfen. Es war bereits völlig dunkel, obgleich es erst sieben Uhr dreißig war. Nur noch ein halber Straßenzug. Er hatte einen Schirm, der aber leider in einem schlechten Zustand war, und er mußte mit ihm ringen, um zu verhindern, daß der Wind ihn umklappen würde. Adam war kalt und naß, aber schlimmer noch – er war erschöpft, sowohl geistig wie auch körperlich. Diese für ihn so überaus wichtige Fallvorstellung war nicht gut abgelaufen. Dr. Norton hatte ihn nicht nur einmal sondern zweimal wegen grammatikalischer Fehler unterbrochen, was Adams Gedankenfluß abgeschnitten hatte. Als Konsequenz hatte Adam einen bedeutenden Teil seiner Fallgeschichte ausgelassen. Am Ende hatte Dr. Norton lediglich genickt und den Chef der Abteilung um einen weiteren Patienten gebeten.

Dann war Adam, um den Tag abzurunden, in das Notfallzimmer gerufen worden, weil man dort zu wenig Personal hatte. Dort hatte man ihm aufgetragen, den Magen eines jungen Mädchens auszupumpen, das versucht hatte, Selbstmord zu begehen. Da er in solchen Verfahren unerfahren war, hatte Adam das Mädchen zum Übergeben gebracht, was ihn direkt an der Brust getroffen hatte. Und als ob das alles nicht genug gewesen wäre, bekam er noch fünfzehn Minuten, bevor er hätte Feierabend machen können, eine komplizierte Einlieferung: einen zweiundfünfzigjährigen Mann mit Pankreatitis. Das war der Grund, weshalb er so spät nach Hause kam.

Als er an dem Durchgang vorbeiging, der mit dem malerischen Luftschacht draußen vor ihrer Wohnung verbunden war, betrachtete Adam die Ansammlung von Abfallkübeln, die die Müllabfuhr dreimal in der Woche morgens lautstark ausleerte. Heute waren die Mülleimer voll bis überfließend, und ein paar struppige Straßenkatzen hatten dem Regen die Stirn geboten, um der Sache auf den Grund zu gehen.

Adam betrat das Gebäude durch die vordere Eingangstür und klappte den wertlosen Schirm zusammen. Einen Augenblick lang stand er in dem altertümlichen Foyer und tropfte auf den gekachelten Boden. Dann schloß er die innere Türe auf und begann, die drei Etagen zu ihrer Wohnung hochzusteigen.

Um seine Ankunft anzukündigen, drückte er die Klingel, während er den Schlüssel in das erste von mehreren Schlössern steckte. Man hatte zweimal innerhalb der anderthalb Jahre, die sie jetzt dort wohnten, bei ihnen eingebrochen. Es war allerdings nichts gestohlen worden. Die Diebe hatten wohl sofort erkannt, daß sie einen Fehler gemacht hatten, sobald sie das abgetakelte Mobiliar sahen.

»Jen!« rief Adam, als er die Tür öffnete.

»Ich bin in der Küche. Komme in einer Minute.«

Adam zog die Augenbrauen hoch. Da seine Arbeitszeit im Krankenhaus so unregelmäßig war, wartete Jennifer gewöhnlich, bis er zu Hause war, um mit dem Abendessen zu beginnen. Er sog das wohlriechende Aroma ein, ging zum Schlafzimmer und zog sein Jackett aus. Als er zurück zum Wohnzimmer ging, wartete Jennifer schon auf ihn. Adam schnappte nach Luft. Zuerst schien es ihm, als ob sie nur eine Schürze trüge. Nackte Beine erstreckten sich vom Rand der Schürze bis zu den hochhackigen Pantoffeln. Ihr Haar war glatt gebürstet, aber mit Kämmen aus ihrem Gesicht zurückgehalten. Ihr ovales Gesicht schien von innen zu strahlen.

Indem sie ihre Arme hob und ihre Finger in eine Position brachte, als ob sie ein klassisches Ballett tanzte, drehte sich Jennifer langsam um ihre eigene Achse. Als sie sich umwandte, sah Adam, daß sie unter der Schürze einen blaßlila Teddy trug, der mit Spitze umfaßt war.

Adam lächelte. Begierig griff er nach der Schürze, um deren vorderen Teil hochzuheben.

»Oh, nein!« neckte ihn Jennifer, indem sie seinem Griff auswich. »Nicht so schnell.«

»Was ist eigentlich los?« lachte Adam.

»Ich versuche nur, die vollkommene Frau zu sein«, witzelte Jennifer.

»Wo um Himmels willen hast du dieses... dieses Ding gekauft?«

»Dieses Ding nennt man einen Teddy.« Jennifer hob den vorderen Teil ihrer Schürze hoch und drehte wieder eine Pirouette. »Ich habe ihn heute nachmittag bei Bonwit gekauft.«

»Wozu um Gottes willen?« fragte Adam, der sich ganz gegen seinen eigenen Willen fragte, wieviel es gekostet haben mochte. Er wollte Jennifer nichts versagen, was sie wollte, aber dennoch mußten sie mit ihrem Budget vorsichtig umgehen.

Jennifer hörte zu tanzen auf. »Ich habe es gekauft, weil ich immer attraktiv und sexy für dich sein möchte.«

»Wenn du noch attraktiver und sexyer für mich wirst, werde ich nie das Medizinexamen schaffen. Du mußt dich nicht in solch gekräuseltes Zeug kleiden, um mich anzumachen. Du bist bei weitem sexy genug, so wie du bist.«

»Es gefällt dir nicht.« Jennifers Gesicht bewölkte sich.

»Ich mag es«, stotterte Adam. »Es ist nur, weil du es gar nicht brauchst.«

»Magst du es wirklich?« fragte Jennifer.

Adam wußte, daß er auf dünnem Eis ging. »Ich liebe es. Du siehst aus, als ob du in den *Playboy* gehörtest. Nein, *Penthouse*.«

Jennifers Gesicht hellte sich auf. »Wundervoll! Ich wollte, daß es direkt auf der Grenze zwischen sexy und frivol sei. Und jetzt will ich, daß du gleich ins Badezimmer zurückmarschierst und dich duschst. Wenn du wieder rauskommst, werden wir ein Abendessen haben, das dich hoffentlich wie ein König fühlen lassen wird. Abmarsch!«

Jennifer trieb Adam zurück in das Schlafzimmer. Bevor er auch nur ein Wort sagen konnte, schloß sie ihm die Tür vor der Nase zu.

Als er mit seiner Dusche fertig war, entdeckte er, daß das Wohnzimmer umgestaltet worden war. Der Kartentisch war aus der Küche hereingebracht worden und diente als Eßtisch. Zwei leere Weinflaschen mit Kerzen, die Jennifer in sie hineingesteckt hatte, gaben das einzige Licht ab. Das Tafelsilber funkelte. Sie besaßen nur zwei Sätze Bestecke. Beide waren ein Geschenk von Jennifers Eltern gewesen, das eine hatten sie an ihrem Hochzeitstag bekommen und das andere an ihrem ersten Jahrestag. Sie benutzten sie selten und ließen sie gewöhnlich in Stanniolpapier eingewickelt im Gefrierfach.

Adam ging zur Küche herüber und lehnte sich gegen den Türrahmen. Jennifer arbeitete fieberhaft trotz der Behinderung durch die hochhackigen Slipper. Adam mußte lächeln. Diese Frau, die durch die Küche stolperte, sah gar nicht wie die Jennifer aus, die er kannte. Falls sie ihn bemerkt hatte, ließ sie es sich nicht anmerken.

Adam räusperte sich. »Jennifer, ich würde gerne wissen, was los ist.«

Jennifer antwortete nicht. Statt dessen nahm sie den Deckel von einem Topf und rührte den Inhalt um. Adam konnte an dem Löffel, den sie anschließend auf die Arbeitsplatte legte, erkennen, daß es sich um wilden Reis handelte. Adam fragte sich, wie viel das koste. Dann erblickte er die gebratene Ente, die auf dem Zuschneidebrett abkühlte.

»Jennifer!« rief Adam ein bißchen eindringlicher.

Jennifer drehte sich um und schob eine Weinflasche und einen Korkenzieher in Adams Arme. Er war gezwungen, beide schnell zu fassen, wenn sie nicht zu Boden fallen sollten. »Ich bereite das Essen vor«, sagte sie einfach. »Wenn du dich nützlich machen willst, kannst du schon die Flasche öffnen.«

Verwirrt brachte Adam die Flasche in das Wohnzimmer und zog den Korken heraus. Er goß ein wenig Wein in ein Glas und hielt ihn gegen das Kerzenlicht. Der Wein hatte eine intensive, rubinrote Färbung. Bevor er ihn kosten konnte, rief ihn Jennifer in die Küche.

»Ich brauche hier einen Chirurgen«, sagte sie und reichte ihm ein großes Messer.

»Was soll ich denn damit machen?« fragte er.

»Schneide die Ente in zwei Teile.«

Adam versuchte ein paar zögernde Schnitte, aber mit wenig Erfolg. Schließlich setzte er all seine Kraft hinter das Messer und teilte die Ente.

»Und wie wäre es jetzt, wenn du mir endlich sagen würdest, was all das soll.«

»Ich möchte nur, daß du dich entspannst und ein gutes Abendessen genießt.«

»Gibt es ein verstecktes Motiv für all das?«

»Na ja, ich habe dir etwas zu sagen, werde das aber nicht tun, bevor wir nicht dieses Festessen gehabt haben.«

Und es war wirklich ein Festessen. Auch wenn die Kichererbsen ein wenig überkocht waren und der wilde Reis noch etwas länger hätte kochen können, war die Ente absolut sensationell; und das galt auch für den Wein. Wie das Festessen seinen Fortgang nahm, spürte Adam, daß er immer müder wurde. Nachdem er sich wieder wachgerüttelt hatte, konzentrierte er seine Aufmerksamkeit auf seine Frau. Jennifer sah in dem Kerzenlicht außerordentlich schön aus. Sie hatte die Schürze ausgezogen und war jetzt nur noch in ihren provokativ hauchdünnen blaßlila Teddy gekleidet. Ihr Bild verschwamm in Adams Bewußtsein, und für einen kurzen Augenblick schlief er am Kartentisch ein.

»Bist du in Ordnung?« fragte Jennifer, die gerade dabei war, den Schwangerschaftshaustest zu beschreiben.

»Mir geht es prima«, sagte Adam, nicht bereit zuzugeben, daß er eingeschlafen war.

»Ich habe mich also genau an die Anweisungen gehalten«, fuhr Jennifer fort. »Und rate mal was?«

»Was?«

»Er war positiv.«

»Was war positiv?« Adam wußte, daß er einen Schlüsselsatz verpaßt haben mußte.

»Adam, hast du mir überhaupt nicht zugehört?«

»Natürlich habe ich zugehört. Meine Gedanken sind wohl einen Augenblick lang abgeschweift. Tut mir leid. Vielleicht fängst du besser noch einmal an.«

»Adam, ich versuche dir gerade zu sagen, daß ich schwanger bin. Gestern habe ich einen dieser Schwangerschaftsheimtests gemacht, und heute bin ich zu Dr. Vandermer gegangen.«

Eine Minute lang war Adam zu schockiert, um sprechen zu können.

»Du machst Spaß«, sagte er endlich.

»Ich mache keinen Spaß«, sagte Jennifer und sah ihm in die Augen. Sie spürte, wie ihr Herz in einem beschleunigten Rhythmus schlug. Unwillkürlich ballte sie ihre Hände zu Fäusten.

»Du machst keinen Spaß?« sagte Adam ungewiß, ob er lachen oder weinen solle. »Du meinst das ernst?«

»Ich meine das ernst. Glaub mir, ich meine es ernst.« Jennifers Stimme zitterte. Sie hatte gehofft, daß Adam glücklich sein würde, zumindest zu Anfang. Später könnten sie sich dann mit der Unmenge an Problemen befassen, die ihre Schwangerschaft mit sich bringen würde. Jennifer stand auf, ging um den Tisch zu Adam und legte ihm ihre Hände auf die Schultern.

»Darling, ich liebe dich sehr.«

»Ich liebe dich auch, Jennifer«, sagte Adam. »Aber das ist gar nicht die Frage.« Er stand auf und schüttelte ihre Hände ab.

»Ich finde, das ist die Frage«, sagte Jennifer und sah ihm zu, wie er sich wegbewegte. Mehr als alles andere wünschte sie sich, festgehalten zu werden und versichert zu bekommen, daß alles in Ordnung kommen werde.

»Und was ist mit deiner Spirale?« fragte Adam.

»Sie hat versagt. Ich würde sagen, wir sollten an dieses Baby als an eine Art Wunder denken.« Jennifer zwang sich zu lächeln.

Adam begann in dem kleinen Zimmer auf und ab zu gehen. Ein Baby! So hielten sie gerade eben den Kopf über Wasser. Sie hatten fast schon zwanzigtausend Dollar Schulden.

Jennifer beobachtete Adam schweigend. Von dem Augenblick an, als sie Dr. Vandermers Praxis verlassen hatte, hatte sie Adams Reaktion gefürchtet. Das war der Grund, weshalb sie sich das Festessen hatte einfallen lassen. Aber jetzt, wo das Essen vorbei war, stand sie der Realität gegenüber, daß sie schwanger sei und daß ihr Gatte nicht davon erfreut war.

»Du hast immer Kinder gewollt«, sagte sie wehmütig.

Adam hielt mitten auf dem abgetretenen Teppich an und sah seine Frau an. »Ob ich Kinder haben möchte, ist auch nicht die Frage. Natürlich möchte ich Kinder, aber jetzt nicht. Ich meine, wie sollen wir leben? Du wirst sofort mit dem Tanzen aufhören müssen, nicht?«

»Bald«, gab Jennifer zu.

»Nun, da hast du es. Was werden wir dann in finanzieller Hinsicht tun? Es ist ja nicht so, als ob ich nach der Schule Zeitungen austragen könnte. Oh, Gott, was für eine Katastrophe. Ich kann es einfach nicht glauben.«

»Da ist immer noch meine Familie«, sagte Jennifer und kämpfte mit Tränen.

Adam blickte auf. Seine Lippen hatten sich zusammengezogen.

Jennifer sah seinen Gesichtsausdruck und fügte schnell hinzu: »Ich kenne deine Einstellung in bezug auf Unterstützung von seiten meiner Familie, aber wenn wir ein Kind erwarten, wird es anders sein. Ich weiß, daß sie uns liebend gerne helfen würden.«

»Oh, sicher!« sagte Adam sarkastisch.

»Wirklich«, sagte Jennifer. »Ich bin heute nachmittag nach Hause gegangen und habe mit ihnen geredet. Mein Vater hat gesagt, wir seien willkommen, in ihrem Haus in Englewood zu wohnen. Weiß Gott, es ist groß genug. Und dann können wir, sobald ich wieder tanzen kann oder du deine Praxis beginnst, wieder ausziehen.«

Adam schloß seine Augen und schlug sich mit einer geballten Faust auf den Scheitel. »Ich glaube einfach nicht, daß das alles wirklich geschieht.«

»Meine Mutter wird uns gerne bei sich haben«, fügte Jennifer hinzu. »Wegen des Babys, das sie verloren hat, ist sie besonders wegen mir beunruhigt.«

»Da gibt es keinen Zusammenhang«, brauste Adam auf. »Sie hatte ein mongoloides Baby, weil sie schon gut in den Dreißigern war.«

»Sie weiß das. Aber dennoch empfindet sie so. Oh, Adam! Das wäre nicht so schlecht. Wir hätten viel Platz, und du könntest das Dachzimmer als Studierzimmer benutzen.«

»Nein!« brüllte Adam. »Vielen Dank, aber wir werden keine Mildtätigkeit von deinen Eltern annehmen. Sie mischen sich so schon genug in unser Leben ein. Alles auf diesem gottverdammten Müllhaufen ist von deinen Eltern«, sagte er und deutete auf das Zimmer.

Mitten in ihrer Angst fühlte Jennifer, wie Ärger in ihr hochwogte. Manchmal konnte Adam so frustrierend halsstarrig sein, und alles weniger als dankbar. Gleich von Anfang an in ihrer Beziehung war seine Zurückweisung der

Großzügigkeit ihrer Eltern außerhalb jedes Verhältnisses gewesen. Sie hatte sich bis zu einem gewissen Punkt damit abgefunden und seine besondere Sensibilität in dieser Beziehung erkannt, aber jetzt, wo sie schwanger war, erschien es ihr unvernünftig egoistisch.

»Meine Eltern haben sich nicht eingemischt. Ich finde, es ist für dich an der Zeit, deinen Stolz zu kontrollieren, oder was immer es ist, daß dich so wütend werden läßt, wenn meine Eltern uns zu helfen versuchen. Denn Tatsache bleibt, daß wir Hilfe brauchen.«

»Du kannst es nennen, wie du willst. Ich nenne es Einmischung. Und ich will es nicht, heute nicht und nicht morgen, nie! Wir stehen alleine da und wir werden auch alleine damit fertig werden.«

»O. k.«, sagte Jennifer. »Wenn du keine Hilfe von meiner Familie akzeptieren kannst, dann bitte doch deinen Vater um Hilfe. Es ist an der Zeit, daß er etwas tut.«

Adam hielt in seinem Auf- und Abgehen inne und starrte Jennifer an. »Ich nehme einen Job an«, sagte er leise.

»Wie willst du denn einen Job bekommen?« fragte Jennifer. »Jede Sekunde, die du wach bist, verbringst du entweder in der Universität oder im Krankenhaus.«

»Ich werde ein Semester an der Universität aussetzen«, sagte Adam.

Jennifers Mund klappte auf. »Du kannst die Universität nicht verlassen. Ich werde einen anderen Job annehmen.«

»Sicher«, sagte Adam. »Welche Art Job? Cocktail-Kellnerin? Sei ernsthaft, Jennifer. Ich will nicht, daß du arbeitest, während du schwanger bist.«

»Dann werde ich eine Abtreibung durchführen lassen«, sagte Jennifer trotzig.

Adam wirbelte herum, so daß er seiner Frau gegenüberstand. Langsam hob er seine Hand und deutete mit dem Zeigefinger auf ihre Nase. »Du wirst keine Abtreibung machen lassen. Ich will dieses Wort nicht einmal hören.«

»Dann geh zu deinem Vater«, sagte Jennifer.

Adam biß die Zähne aufeinander. »Wir würden zu niemandem gehen müssen, wenn du dich nicht hättest schwanger werden lassen.«

Die Tränen, die Jennifer den ganzen Tag lang zurückgehalten hatte, liefen ihr nun die Wangen hinunter. »Man braucht zwei dazu, weißt du. Ich habe das nicht alleine gemacht«, sagte sie und brach in Schluchzen aus.

»Du hast mir gesagt, ich bräuchte mir wegen Babys keine Sorgen zu machen«, brauste Adam auf und ignorierte ihre Tränen. »Du hast gesagt, das sei deine Zuständigkeit. Das hast du wirklich prima gemacht!«

Jennifer versuchte nicht einmal zu antworten. Schluchzend rannte sie in das Schlafzimmer und knallte die Tür hinter sich zu.

Einen Augenblick lang starrte Adam ihr nach. Er fühlte sich nicht wohl. Sein Mund war trocken von all dem Wein, den er getrunken hatte. Er warf einen Blick auf das Wirrwarr auf dem Tisch mit den Überbleibseln ihres Essens, die vor ihm ausgebreitet lagen. Er brauchte nicht in die Küche zu blicken. Er wußte bereits, in welchem Zustand sie sein würde. Die Wohnung war eine Katastrophe und erschien ihm in beängstigender Weise symbolisch für sein Leben.

KAPITEL 4

Dr. Lawrence Foley bog in seine lange, gewundene Auffahrt ein. Das weitläufige Steinhaus lag immer noch außer Sicht, als er einen Knopf drückte, der die Garagentür öffnete. Als er um die letzte Gruppe von Ulmen fuhr, konnte er die Türme des Gebäudes als Silhouette gegen den Nachthimmel sehen. Das neogotische Schloß in Greenwich war in den frühen Zwanzigern von einem exzentrischen Millionär gebaut worden, der dann allerdings alles in dem Börsenzusammenbruch des Jahres 1929 verloren und als Folge dessen mit einer Elefantenbüchse sein Gehirn herausgeblasen hatte.

Laura Foley war im oberen Wohnzimmer, als sie hörte, wie der Jaguar in die Garage gefahren wurde. Ihr zu Füßen hob Ginger, ihr aprikotfarbener Pudel, den Kopf und knurrte, als ob er ein Wachhund sei. Sie legte das Buch, das sie gerade las, zur Seite und blickte auf die Uhr. Es war Viertel vor zehn, und sie war wütend. Sie hatte das Abendessen für acht Uhr vorbereitet, aber Larry hatte sich nicht einmal die Mühe gemacht, sie anzurufen, um ihr mitzuteilen, er würde später kommen. Das war das sechste Mal, daß er das bereits in diesem Monat getan hatte. Sie hatte ihm nicht nur einmal, sondern hunderte Male gesagt, er möge sie in solchen Fällen bitte anrufen. Das war alles, worum sie bat. Sie wußte, auch andere Ärzte hatten Notfälle, aber ein Telefonanruf dauerte nur eine Minute.

Wie sie so auf der Couch saß, überlegte sich Laura, was

sie tun sollte. Sie könnte bleiben, wo sie war, und Larry sich alleine in der Küche versorgen lassen, auch wenn sie das schon zuvor ohne Ergebnis versucht hatte. Bis vor kurzem war ihr Gatte sensibel für ihre Stimmungen gewesen. Aber aus irgendeinem Grunde war er generell kühl und rücksichtslos, seit er vor etwa vier Monaten von einem medizinischen Kongreß zurückgekommen war.

Geräusche drangen über die hintere Treppe aus der Küche herauf und deuteten an, daß Larry sich bereits etwas zu essen machte. Daß er nicht einmal hochgekommen war und hallo gesagt hatte, fügte der Kränkung noch eine Beleidigung hinzu. Laura hob ihre Beine von dem Sitzkissen, zog ihre Slipper an und stand auf. Nachdem sie zu einem goldumrahmten Spiegel gegangen war, begutachtete sie ihre Erscheinung. Für sechsundfünfzig Jahre sah sie verdammt gut aus. Aber in den letzten acht Wochen hatte Larry nicht das geringste sexuelle Interesse an ihr erkennen lassen. Konnte sein neuer Ausbruch an beruflichem Enthusiasmus der Grund sein? Larry und Clark Vandermer hatten zwanzig Jahre gebraucht, ihre Praxis bis zu einem Punkt aufzubauen, daß sie sich auf Gynäkologie anstatt auf Geburtshilfe konzentrieren konnten. Und dann hatte Larry auf einmal alles fallenlassen. Nachdem er von diesem medizinischen Kongreß zurückgekommen war, hatte er seelenruhig verkündet, er gebe die Praxis auf und nehme eine Position in der Julian-Klinik an. Damals war Laura so verblüfft gewesen, daß sie nicht in der Lage gewesen war zu antworten. Und seit er sich der Julian-Klinik angeschlossen hatte, hatte Larry mehr und mehr Geburtshilfefälle angenommen, obgleich er das gleiche Gehalt bezog, gleich wie hart er arbeitete.

Ein Krachen unterbrach Lauras Gedanken. Das war ein weiteres Problem. Larry war in letzter Zeit so tolpatschig geworden; auch hatte er Konzentrationsausfälle. Laura fragte sich, ob er am Rande eines Zusammenbruches stehen könnte.

Nachdem sie sich entschieden hatte, es sei an der Zeit, ihrem Gatten gegenüberzutreten, strich Laura ihr Kleid glatt und begann, die hintere Treppe herunterzusteigen. Ginger folgte ihr auf den Fersen.

Sie fand Larry an der Arbeitsplatte in der Küche, wie er ein großes Sandwich aß und gleichzeitig in einem medizinischen Magazin las. Er hatte sein Jackett ausgezogen und es über eine Stuhllehne geworfen. Als er sie eintreten hörte, blickte er auf. Sein Gesicht hatte diese merkwürdige Schlaffheit, die es in den letzten Wochen entwickelt hatte.

»Hallo, Liebes«, sagte er mit klangloser Stimme.

Laura blieb am Fuße der Treppe stehen und gestattete ihrem Ärger, sich aufzubauen. Ihr Gatte blickte sie einen Augenblick an und richtete seine Aufmerksamkeit dann wieder auf sein Magazin.

»Warum hast du nicht angerufen?« schnappte Laura, rasend wegen seines Versuches, sie zu ignorieren.

Larry hob langsam den Kopf und drehte sich ihr zu. Er sagte nichts.

»Ich habe dich was gefragt«, sagte Laura. »Ich verdiene zumindest eine Antwort. Ich habe dich ein dutzendmal gebeten, mir Bescheid zu sagen, wenn du zu spät kommst.«

Larry bewegte sich nicht.

»Hast du mich gehört?« Laura trat näher auf ihn zu und sah ihrem Gatten in die Augen. Die Pupillen waren groß, und er schien direkt durch sie hindurchzublicken.

»Hallo«, sagte Laura, indem sie die Hand vor seinem Gesicht hin- und herbewegte. »Erinnerst du dich an mich? Ich bin deine Frau.«

Larrys Pupillen zogen sich zusammen, und er zwinkerte, als ob er sie gerade erst bemerkt hätte.

»Tut mir leid, daß ich nicht angerufen habe«, sagte er. »Wir haben uns entschlossen, eine Abendklinik für die Nachbarschaft um die Julian-Klinik zu eröffnen, und die Reaktion darauf war besser, als wir erwartet hatten.«

»Larry, was fehlt dir? Willst du mir sagen, du seist bis

nach neun Uhr geblieben, um eine kostenlose Klinik zu versorgen?«

»Mir fehlt nichts. Ich fühle mich gut. Das hat mir Spaß gemacht. Ich habe drei Fälle unvermuteter Geschlechtskrankheiten herausgefunden.«

»Wunderbar«, sagte Laura, hob hilflos die Arme und setzte sich auf einen der Küchenstühle. Sie starrte Larry an und holte tief und erbost Atem. »Wir müssen einmal miteinander reden. Hier geht etwas Merkwürdiges vor. Entweder du wirst verrückt oder ich.«

»Ich fühle mich gut«, sagte Larry.

»Es mag zwar sein, daß du dich gut fühlst, aber du verhältst dich wie eine ganz andere Person. Du scheinst die ganze Zeit müde zu sein, als ob du wochenlang nicht geschlafen hättest. Diese ganze Idee, deine Praxis aufzugeben, war verrückt. Es tut mir leid, aber es ist absolut verrückt, etwas aufzugeben, das aufzubauen man ein ganzes Leben gebraucht hat.«

»Ich bin diese Kassen- und Privatpatienten-Behandlung satt«, sagte Larry. »Die Julian-Klinik ist aufregender, und ich kann dort mehr Menschen helfen.«

»Das ist alles gut und schön«, sagte Laura, »aber das Problem ist, daß du Familie hast. Du hast einen Sohn und eine Tochter auf dem College und eine Tochter, die Medizin studiert. Ich muß dir nicht sagen, wie teuer das alles ist. Und auch dieses lächerliche Haus zu unterhalten, das du vor zehn Jahren unbedingt kaufen mußtest, kostet ein Vermögen. Wir brauchen keine dreißig Zimmer, besonders jetzt nicht, wo die Kinder außer Haus sind. Das Gehalt, das du in der Julian-Klinik bekommst, deckt kaum unseren Bedarf an Lebensmitteln, viel weniger unsere Verpflichtungen.«

»Wir können das Haus verkaufen«, sagte Larry tonlos.

»Ja, wir können das Haus verkaufen«, wiederholte Laura. »Die Kinder gehen aber auf die Universität, und unglücklicherweise haben wir wenig Erspartes. Larry, du mußt in die Praxis zurückkehren.«

»Ich habe meine Partnerschaft aufgegeben«, sagte Larry.

»Clark Vandermer wird sie dir zurückgeben«, sagte Laura. »Du kennst ihn lange genug. Sag ihm, du hättest einen Fehler gemacht. Wenn du deine berufliche Situation ändern willst, solltest du mindestens warten, bis die Kinder mit ihrer Ausbildung fertig sind.«

Laura hielt inne und beobachtete das Gesicht ihres Gatten. Es war, als ob es aus Stein gemeißelt sei. »Larry«, rief sie. Er gab keine Antwort.

Laura stand auf und winkte mit ihrer Hand vor seinem Gesicht. Er bewegte sich nicht. Er schien wie in Trance. »Larry«, schrie sie, während sie ihn an den Schultern packte und schüttelte. Sein Körper war merkwürdig steif. Dann zwinkerte er mit den Augen und blickte sie an.

»Larry, ist dir bewußt, daß du abzuschalten scheinst?« Sie hielt ihre Hände auf seinen Schultern, während sie sein Gesicht betrachtete.

»Nein«, sagte Larry. »Ich fühle mich gut.«

»Ich glaube, wir sollten vielleicht jemanden konsultieren. Warum rufen wir nicht einfach Clark Vandermer an und bitten ihn, herüberzukommen und dich zu untersuchen. Er wohnt nur drei Häuser weiter, und ich bin sicher, es würde ihm nichts ausmachen. Gleichzeitig können wir mit ihm darüber reden, wie du deine Praxis zurückbekommen kannst.«

Larry antwortete nicht. Statt dessen nahmen seine Augen wieder diesen leeren Blick an, als sich seine Pupillen erweiterten. Laura starrte ihn einen Augenblick an und ging dann schnell zum Telefon in der Küche. Ihre Wut hatte sich in Sorge verwandelt. Sie suchte Vandermers Telefonnummer in dem Adreßbuch, das an der schwarzen Tafel aus Kork hing, und war gerade dabei zu wählen, als Larry ihr das Telefon aus der Hand riß. Zum erstenmal seit Monaten war die Schlaffheit aus seinem Gesicht gewichen. Statt dessen waren seine Zähne in einer unnatürlichen Grimasse entblößt.

Laura schrie. Sie wollte das nicht, konnte es aber nicht unterdrücken. Sie wich zurück und stieß einen der Küchenstühle um. Ginger bellte und knurrte.

Trotz des schrecklichen Gesichtsausdruckes reagierte Larry nicht auf Lauras Schrei. Er legte den Hörer auf und wandte sich dann um. In gequälter Zeitlupenbewegung griff er sich mit beiden Händen an die Schläfen, während ein schmerzvolles Wimmern seinen Lippen entschlüpfte. Laura floh in Panik die hintere Treppe hinauf.

Als sie oben angekommen war, lief sie durch das Wohnzimmer und dann den Korridor hinunter. Das riesige Haus war in Form des Buchstabens H gebaut, wobei der obere Korridor den Querstrich bildete. Das Hauptschlafzimmer war über dem Wohnzimmer in dem der Küche gegenüberliegenden Flügel.

Nachdem sie das Schlafzimmer erreicht hatte, warf Laura hinter sich die getäfelte Tür zu und verriegelte sie. Sie lief zu ihrem Bett und setzte sich auf dessen Kante; ihr Atem kam in kurzen Stößen. Auf dem Nachttisch lag ein weiteres Adreßbuch. Sie schlug es bei dem Buchstaben V auf. Indem sie den Finger unter Vandermers Nummer hielt, hob sie das Luxus-Telefon an ihr Ohr und begann zu wählen. Aber bevor das Telefonat durchkommen konnte, wurde einer der Hörer im unteren Geschoß abgehoben.

»Laura«, sagte Larry mit kalter, mechanischer Stimme. »Ich möchte, daß du sofort herunterkommst. Ich will nicht, daß du irgend jemanden anrufst.«

Eine Welle von Entsetzen wogte über Laura und drückte ihr die Kehle zusammen. Die Hand, mit der sie den Hörer hielt, begann zu zittern.

Die Verbindung kam durch, und Laura konnte das Telefon der Vandermers klingeln hören. Aber als jemand das Klingeln beantwortete, war die Verbindung tot. Laura sah das Telefon hilflos an. Larry mußte das Kabel durchgeschnitten haben.

»Mein Gott«, flüsterte sie. Langsam legte sie den Hörer

wieder auf und versuchte, sich zu sammeln. In Panik zu verfallen, würde jetzt nichts nützen. Sie mußte nachdenken. Es war offensichtlich, daß sie Hilfe brauchte; die Frage war nur, wie sie sie bekommen sollte. Sie wandte sich um und blickte aus dem Schlafzimmerfenster. Die Nachbarn hatten noch Licht an. Wenn sie das Fenster öffnete und schrie, würde sie jemand hören, und wenn sie sie hörten, wie würde man darauf reagieren?

Laura versuchte sich zu überzeugen, daß sie überreagiere. Vielleicht sollte sie einfach nach unten gehen, wie Larry vorgeschlagen hatte, und ihm einfach sagen, er habe einfach jemand zu holen, der ihm helfe.

Ein dumpfer Schlag gegen die Tür ließ sie mit einem Ruck kerzengerade sitzen. Sie horchte und war erleichtert, als sie ein scharfes Bellen hörte. Sie ging zur Tür und drückte ihr Ohr dagegen. Das einzige, das sie hören konnte, war Gingers Winseln. Schnell schloß sie die Türe auf, damit der Pudel zu ihr hereinkommen könnte.

Die Tür flog weit auf, verletzte dabei ihre Hand und krachte gegen die Wand. Zu Lauras Schock stand Larry im Türrahmen. Ginger sprang zu Lauras Füßen und begann, auf und ab zu springen; er wollte hochgenommen werden.

Laura schrie wieder. Larrys Gesicht war immer noch in grotesker Weise verzerrt. In seiner linken Hand hielt er ein 12-mm-Remington-Jagdgewehr.

Von absoluter Panik getrieben, wandte sich Laura um und floh in das Badezimmer, knallte die Tür hinter sich zu und verriegelte sie. Ginger war ihr gefolgt und zitterte ihr zu Füßen. Sie hob den bebenden Hund hoch, wich langsam zurück und beobachtete die Tür. Sie wußte, daß sie kein allzu bedeutendes Hindernis darstellte.

Ein entsetzliches Krachen echote in dem gekachelten Raum, als ein Teil der Tür zersplitterte und weggerissen wurde. Umherfliegende Holzteile trafen Laura ins Gesicht; der Hund ließ ein hilfloses Gekläff hören.

Das Badezimmer hatte eine weitere Tür; Laura ließ Ginger fallen und kämpfte mit dem Riegel. Sie war benommen, bekam jedoch die Tür auf und lief in das Ankleidezimmer, das wiederum in das Schlafzimmer führte. Als sie über ihre Schulter zurückblickte, konnte sie Larrys Hand sehen, wie sie durch das Loch griff, das der Schuß aus dem Jagdgewehr gerissen hatte.

Als sie durch das Schlafzimmer raste, konnte Laura einen kurzen Blick auf Larry werfen, wie er gerade in das Badezimmer verschwand. Da sie wußte, daß sie nur ein paar Augenblicke Vorsprung hatte, stürzte sie auf den Korridor und lief halb, halb fiel sie die Treppe herunter. Ginger blieb ihr auf den Fersen.

Umsonst riß sie an der Haustüre; sie war verschlossen. Der alte Mann, der das Haus gebaut hatte, war so paranoid gewesen, alle Türen mit Schlössern auszustatten, die von beiden Seiten gesichert werden konnten. Irgendwo in der Kommode in der Eingangshalle waren Schlüssel, aber Laura hatte keine Zeit, nach ihnen zu suchen. Ihre eigenen Schlüssel befanden sich in ihrer Handtasche in der Küche. Als sie hörte, wie Larry die Treppe herunterkam, lief Laura den Korridor des Erdgeschosses hinunter.

Normalerweise legte sie ihre Tasche auf den kleinen Tisch neben das Küchentelefon, aber sie war nicht da. Sie versuchte die hintere Tür, die aber – wie sie schon erwartet hatte – ebenfalls verschlossen war. Mit zunehmender Panik versuchte sie zu überlegen, was sie tun könnte. Die Tatsache, daß Larry tatsächlich das Jagdgewehr auf die Badezimmertür abgefeuert hatte, ließ ihr Herz hämmern. Ginger sprang ihr in die Arme, und sie drückte ihn gegen ihre Brust. Dann hörte sie Larrys Hacken, wie sie auf dem Marmorboden der Säulenhalle klackten.

Voller Verzweiflung öffnete Laura die Kellertüre, knipste das Licht an und zog die Türe hinter sich zu. So leise sie konnte, stieg sie die gewundene Kellertreppe hinunter. Es gab einen Weg aus dem Keller heraus, der mit einem Eichenbalken anstatt eines Schlosses gesichert war.

Sie hatten das Kellergeschoß nie genutzt, weil sie oben genug Platz hatten. Folglich war es muffig und mit allem möglichen Gerümpel von früheren Besitzern angefüllt. Es war ein Labyrinth von kleinen Räumen und nur hin und wieder mittels Glühbirnen notdürftig ausgeleuchtet. Laura stolperte über Schutt in dem Kellerkorridor und drückte Ginger an sich, während sie ihre seltsam umständliche Route zu finden versuchte. Sie war fast am Ausgang, als das Licht ausging.

Die Dunkelheit war plötzlich und absolut. Laura blieb starr mitten in der Bewegung stehen und verlor sofort die Orientierung. Das Entsetzen verzehrte sie. Verzweifelt griff sie mit der linken Hand vor sich und suchte nach einer Wand. Ihre Finger berührten ungehobeltes Holz. Vorwärts stolpernd, suchte sie ihren Weg an der Wand entlang, bis sie an eine Tür kam. Hinter sich konnte sie hören, wie Larry die Kellertreppe hinunterzusteigen begann. Der Klang seiner Schritte schien weit entfernt, als ob er sich sehr langsam und bedacht bewegte. Ein flackerndes Licht zeigte ihr an, daß er eine Taschenlampe bei sich hatte.

In dem Wissen, sie würde in der Dunkelheit nie den Ausgang finden können, erkannte Laura voller Verzweiflung, daß sie sich würde verstecken müssen. Bei dieser Anzahl von Räumen und der Menge herumstehenden Gerümpels glaubte sie, eine Chance zu haben. Sie trat durch die Tür, die sie gefunden hatte, und tastete in der Dunkelheit herum. Fast sofort trafen ihre Hände auf Fensterläden, die gegen die Wand gelehnt worden waren. Indem sie langsam um sie herumschritt, stieß sie mit dem Fuß gegen einen hölzernen Gegenstand. Es war ein großes Faß, das auf der Seite lag.

Nachdem sie überprüft hatte, ob das Faß auch leer sei, ließ sich Laura auf Hände und Knie nieder und rutschte rückwärts in das Faß hinein; Ginger zog sie hinter sich her. Sie mußte sich nicht lange fragen, ob ihr Versteck ausreichend sei. Kaum hatte sie aufgehört, sich zu bewegen, als sie hörte, wie Larry sich durch den Korridor näherte. Obgleich die Öffnung des Fasses in die andere Richtung wies, konnte sie den schwachen Schein seiner Taschenlampe sehen.

Larrys Schritte kamen näher und näher, und Laura mußte sich zwingen, ruhig zu atmen. Der Schein der Taschenlampe drang in die Dunkelheit des Zimmers, und Laura hielt den Atem an. Dann knurrte Ginger und bellte. Lauras Herz setzte einen Schlag aus, als sie das Nachladen des Jagdgewehrs hörte. Sie spürte, wie Larry gegen das Faß trat und sie herumrollte. Ginger heulte auf und verschwand. Außer sich versuchte Laura, sich aufzurichten.

KAPITEL 5

Das Pendelflugzeug der Eastern-Linie nach Washington verschaffte Adam die ersten friedvollen Minuten seit der vergangenen Nacht. Nachdem Jennifer die Türe zugeknallt hatte, hatte Adam sich auf die unbequeme viktorianische Couch gelegt. Er hatte etwas über Pankreatitis nachlesen wollen, es aber unmöglich gefunden, sich zu konzentrieren. Es gab keinen Weg, mit seinem Medizinstudium weiterzumachen, wenn sie Jennifers Einkommen einbüßen würden. Im Morgengrauen rief er nach ein paar Stunden ruhelosen Schlafes das Krankenhaus an und hinterließ eine Notiz für seinen Chef in der internistischen Abteilung, in der er ihm bestellen ließ, er würde heute nicht ins Krankenhaus kommen können. Auf die eine oder andere Art mußte Adam eine Lösung finden.

Adam starrte aus dem Fenster auf die ruhige Landschaft von New Jersey. Der Pilot verkündete, sie flögen gerade über den Delaware River, und Adam schätzte, es würde noch weitere zehn Minuten nach Washington dauern. Er würde demnach um acht Uhr dreißig in der City sein und gegen neun Uhr im Büro seines Vaters in der Aufsichtsbehörde für Lebensmittel und Medikamenten eintreffen können.

Adam freute sich nicht im geringsten auf das Zusammentreffen, besonders nicht unter den gegebenen Umständen. Er hatte seinen Vater das letzte Mal gesehen, als er gerade ein halbes Jahr Medizin studierte, und auch damals war es ein traumatisches Treffen gewesen. Adam hatte den alten Herrn damals davon informiert, er habe sich entschlossen, Jennifer doch zu heiraten.

Adam versuchte immer noch, sich zu entscheiden, wie er die Konversation eröffnen solle, als er bereits durch die Drehtür des Gebäudes ging, in dem sein Vater arbeitete. Als Kind hatte Adam seinen Vater nicht allzu oft in seinem Büro besucht, war aber genügend häufig dort gewesen, um ihn immer mit einem Gefühl von Abscheu zu verlassen. Sein Vater hatte immer so reagiert, als ob sein Junge eine Verlegenheit darstellte.

Adam war das mittlere Kind gewesen, wie die Butter zwischen zwei Broten, einem übererfolgreichen älteren Bruder, David, und einer jüngeren Schwester, Ellen, dem Liebling der Familie. David war ein aus sich herausgehendes Kind und hatte sich schon in frühen Jahren entschieden, wie sein Vater Arzt zu werden. Adam hingegen hatte sich nie entschließen können, was er eigentlich werden wollte. Lange Zeit glaubte er, er wolle Farmer werden.

Adam betrat den Fahrstuhl und drückte den Knopf für die achte Etage. Er konnte sich daran erinnern, wie er mit David in diesem Fahrstuhl hinaufgefahren war, als David sein Medizinstudium bereits begonnen hatte. David war zehn Jahre älter als Adam, und trat – Adams Meinung nach – eher wie ein Erwachsener als wie ein Bruder auf. Adam war gewöhnlich im Wartezimmer seines Vaters zurückgelassen worden, während David weiter mitgenommen wurde, um Ärztekollegen kennenzulernen.

Adam stieg in der achten Etage aus und wandte sich nach rechts. Je größer und attraktiver die Büros wurden, desto schlichter die Sekretärinnen. Adam konnte sich daran erinnern, daß es David gewesen war, der ihn auf diesen Zusammenhang hingewiesen hatte.

Als er kurz vor den Büros der Geschäftsführung zögerte, fragte sich Adam, wie die Beziehung zu seinem Vater wohl sein würde, wenn David nicht in Vietnam gestorben wäre. Nicht allzu viele Ärzte waren dort drüben umgekommen, aber David hatte es geschafft. Er war immer jemand gewesen, der sich für alles freiwillig melden würde. Es war im letzten Kriegsjahr gewesen; Adam war zu jener Zeit fünfzehn Jahre alt gewesen.

Dieses Ereignis hatte die Familie verkrüppelt. Adams Mutter war in eine schreckliche Depression verfallen, die eine Schocktherapie-Behandlung erforderlich machte. Sie war immer noch nicht ihr altes Selbst. Adams Vater hatte die Nachricht nicht viel besser überstanden. Nach mehreren Monaten Schweigen in Zurückgezogenheit war Adam zu ihm gegangen und hatte ihm mitgeteilt, er habe sich gleichfalls entschieden, Arzt zu werden. Anstatt sich zu freuen, hatte sein Vater geweint und sich abgewandt.

Adam hielt vor dem Büro seines Vaters inne, sammelte all seinen Mut und ging zu Mrs. Margaret Weintrobs Schreibtisch. Sie war eine riesige Frau, die ihren Drehstuhl völlig überdeckte. Ihr Kleid war eine zeltähnliche Angelegenheit, die aus einer blumenbedruckten Baumwolle hergestellt worden war. Ihre Oberarme hatten enorme Fettrollen, die ihre immer noch ansehnlichen Unterarme vergleichsweise schlank erscheinen ließen.

Aber abgesehen von ihrem Gewicht war sie außergewöhnlich gut gepflegt. Sie lächelte, als sie Adam sah, und streckte ihm, ohne aufzustehen, eine Hand zum Gruß hin.

Adam schüttelte die leicht feuchte Hand und erwiderte das Lächeln. Sie hatten sich immer gut verstanden. Sie war schon, solange Adam sich erinnern konnte, Sekretärin seines Vaters und sie war immer in bezug auf Adams Schüchternheit feinfühlig gewesen.

»Wo sind Sie denn gewesen?« fragte sie und tat so, als sei sie mit ihm böse. »Es ist Menschengedenken her, daß Sie uns das letzte Mal besucht haben.«

»Das Medizinstudium läßt einem nicht viel Zeit«, sagte Adam. Sein Vater hielt weniges vor Margaret geheim, aber

Adam war sicher, sie wußte dennoch, weshalb er nicht mehr gekommen war.

»Wie gewöhnlich telefoniert Ihr Vater gerade. Er wird in einer Minute frei sein. Kann ich Ihnen einen Kaffee oder Tee holen?«

Adam schüttelte den Kopf und hing seinen Mantel an den Messing-Kleiderständer. Er setzte sich auf die Vinyl-Bank. Er erinnerte sich daran, daß sein Vater nicht gerne den Eindruck machte, die Regierung verschwende öffentliche Gelder für solche Kinkerlitzchen wie bequeme Sitzmöbel. Das ganze äußere Büro hatte ein funktionales Gepräge. Für Dr. Schonberg senior war das eine prinzipielle Frage. Aus dem gleichen Grund wies er das Auto und den Chauffeur zurück, der mit dieser Position zusammenkam.

Adam saß auf dieser Bank und versuchte, seine Argumente zu ordnen; dennoch war er nicht sehr zuversichtlich. Als er früher an diesem Morgen angerufen hatte, um dieses Treffen zu vereinbaren, war sein Vater schroff gewesen, als ob er schon wisse, daß Adam ihn um Geld bitten würde.

Er hörte ein Summen. Margaret lächelte. »Ihr Vater erwartet Sie.«

Als Adam mit düsterer Miene aufstand, streckte sie eine Hand aus und legte sie auf seinen Unterarm.

»Er leidet immer noch unter Davids Tod«, sagte sie. »Versuchen Sie zu verstehen. Er liebt Sie.«

»David ist vor neun Jahren umgekommen«, sagte Adam.

Margaret nickte und tätschelte Adams Arm. »Ich wollte nur, daß Sie wissen, was in seinem Kopf vor sich geht.«

Adam öffnete die Tür und ging in das Büro seines Vaters. Es war ein großes quadratisches Zimmer mit hohen Fenstern, von denen aus man auf einen hübschen Innengarten blicken konnte. Die anderen Wände waren mit Bücherschränken bedeckt. In der Mitte des Zimmers stand ein großer Eichenschreibtisch. Zwei recht große Büchereitische waren an jeder Seite des Schreibtisches rechtwinklig zugeordnet, so daß ein geräumiges Arbeitsgebiet in Form eines U entstand.

Adam ähnelte seinem Vater genügend, daß Fremde ihre Verwandtschaft erraten konnten. Auch Dr. Schonberg hatte dichtes, lockiges Haar, wenn es auch an den Schläfen zu ergrauen begann. Der größte Unterschied zwischen den beiden Männern war ihre Größe; der Vater war mehr als zehn Zentimeter kleiner als sein Sohn.

Als Adam hereinkam und die Tür hinter sich schloß, hatte Dr. Schonberg einen Kugelschreiber in der Hand. Vorsichtig schob er ihn in die dazugehörende Kappe.

»Hallo«, sagte Adam. Er bemerkte, daß sein Vater älter geworden war, seit er ihn das letzte Mal gesehen hatte. Er entdeckte viele neue Furchen auf seiner Stirn.

Dr. Schonberg erwiderte Adams Gruß, indem er mit dem Kopf nickte. Er stand nicht auf.

Adam ging zu dem Schreibtisch und sah in die tief umschatteten Augen seines Vaters, fand jedoch nichts in ihnen, das seit dem letzten Male sanfter geworden wäre.

»Und welchem Umstand verdanken wir diesen unerwarteten Besuch?« fragte Dr. Schonberg.

»Wie geht es Mutter?« fragte Adam voller Ahnung, daß seine Befürchtungen richtig gewesen waren. Das Treffen ging jetzt schon schlecht.

»Nett, daß du fragst. Ja, es geht ihr in Wirklichkeit nicht gut. Sie hat sich wieder einer Schockbehandlung unterziehen müssen. Ich will dich aber nicht mit diesen Nachrichten belasten. Besonders da die Tatsache, daß du dieses Mädchen geheiratet hast, viel mit ihrem Zustand zu tun hat.«

»Der Name dieses Mädchens ist Jennifer. Ich hätte gehofft, du würdest dich nach anderthalb Jahren an ihren Namen erinnern können. Mutters Zustand hat mit Davids Tod begonnen, nicht mit meiner Heirat mit Jennifer.«

»Sie war gerade dabei, sich davon zu erholen, als du sie geschockt hast, indem du dieses Mädchen geheiratet hast.«

»Jennifer!« korrigierte Adam. »Und das war sieben Jahre nach Davids Tod.«

»Sieben Jahre, zehn Jahre, was bedeutet das schon? Du wußtest, was es deiner Mutter antun würde, dich aus deiner Religion heraus zu verheiraten. Aber hat dir das was ausgemacht? Und wie steht es mit mir? Ich habe dir gesagt, du solltest nicht so früh in deiner medizinischen Laufbahn heiraten. Aber du hast ja nie Rücksicht auf die Familie gekannt. Es ging immer nur darum, was du wolltest. Nun, du hast bekommen, was du wolltest.«

Adam starrte seinen Vater an. Er hatte nicht die Energie, gegen solche Irrationalität anzugehen. Er hatte das bei ihrem letzten Zusammenkommen vor anderthalb Jahren ohne jedes Ergebnis versucht.

»Interessiert es dich nicht, wie es mir geht, was das Medizinstudium macht?« fragte Adam fast bittend.

»Unter den Umständen nein«, sagte Dr. Schonberg.

»Nun, dann war es ein Fehler, daß ich hierher gekommen bin«, sagte Adam. »Wir sind in einer finanziellen Notlage, und ich dachte, es sei genügend Zeit vergangen, es möglich zu machen, mit dir darüber reden zu können.«

»Also jetzt will er über Geld reden!« sagte Dr. Schonberg und warf die Arme hoch. Er starrte seinen Sohn an, seine Augen mit ihren schweren Lidern hatten sich zusammengezogen. »Ich hatte dich gewarnt, wenn du eigensinnig auf der Heirat mit diesem Mädchen bestehen würdest, daß ich dich dann abschneiden würde. Hast du geglaubt, ich mache Spaß? Hast du geglaubt, ich meine nur für ein paar Jährchen?«

»Gibt es keine Umstände, die dich dazu bringen würden, deine Position noch einmal zu überdenken?« fragte Adam ruhig. Er kannte die Antwort, bevor er gefragt hatte, und entschied sich augenblicklich, sich nicht einmal die Mühe zu machen, seinem Vater mitzuteilen, daß Jennifer schwanger war.

»Adam, du wirst lernen müssen, die Verantwortung für

deine Entscheidungen zu übernehmen. Wenn man etwas entschieden hat, dann muß man dabei bleiben. Es gibt keinen Spielraum für Abkürzungen oder Kompromisse in der Medizin. Hörst du mich?«

Adam machte sich auf den Weg zur Tür. »Danke für die Lektion, Dad. Sie kommt sehr gelegen.«

Dr. Schonberg kam um seinen Schreibtisch herum. »Du bist immer ein Klugscheißer gewesen, Adam. Aber Verantwortung für deine Entscheidungen zu übernehmen, ist eine Lektion, die du lernen mußt. Das ist die Art, mit der ich diese Abteilung der Zulassungsbehörde für Arzneimittel leite.«

Adam nickte und öffnete die Tür. Margaret trat unbeholfen zurück und gab nicht einmal vor, sie habe nicht gelauscht. Adam holte seinen Mantel.

Dr. Schonberg folgte seinem Sohn in das Wartezimmer. »Und ich führe mein Privatleben auf die gleiche Art. Und so hat es auch mein Vater vor mir getan. Und so solltest du es auch tun.«

»Ich werde mich daran erinnern, Dad. Grüß Mom von mir. Und vielen Dank für alles.«

Adam ging den Korridor hinunter bis zum Fahrstuhl. Nachdem er den Knopf gedrückt hatte, sah er sich um. In der Ferne winkte Margaret. Adam winkte zurück. Er hätte nie kommen sollen. Es gab keine Möglichkeit, aus seinem Vater Geld herauszubekommen.

☆

Es regnete nicht, als Jennifer ihr Apartmentgebäude verließ, aber der Himmel sah bedrohlich aus. In vielerlei Hinsicht fand sie, der März sei der schlimmste Monat in New York. Auch wenn offiziell der Frühling bald beginnen würde, hielt der Winter die Stadt doch fest in seinem Griff.

Indem sie ihren Mantel fester um sich zog, machte sie sich auf den Weg zur Siebten Avenue. Unter dem Mantel war sie in einen alten Leotard, eine Strumpfhose, Beinwärmer und einen uralten grauen Pullover gekleidet, dessen Ärmel sie abgeschnitten hatte. In Wirklichkeit wußte Jennifer nicht, ob sie tanzen würde, da sie sich vorgenommen hatte, Jason heute mitzuteilen, sie sei schwanger. Sie hoffte, er werde ihr erlauben, noch ein paar Monate mit der Truppe weiterzumachen. Sie und Adam brauchten das Geld so dringend, und der Gedanke, Adam könne das Medizinstudium aufgeben, ängstigte sie sehr. Wenn er nur nicht so halsstarrig wäre, Hilfe von ihren Eltern anzunehmen.

Auf der Siebten Avenue wandte sich Jennifer nach Süden und kämpfte gegen die Menschenmassen an, die ihr zu dieser Stunde des Stoßverkehrs entgegenkam. Als sie an einer Ampel stehenbleiben mußte, fragte sie sich, wie Adam wohl von seinem Vater empfangen würde. Als sie an diesem Morgen aufgestanden war, hatte sie einen Zettel gefunden, auf dem er ihr mitteilte, er sei nach Washington gereist. Wenn der alte Bastard ihm nur helfen würde, dachte Jennifer; das würde alle Probleme lösen. Ja, Adam wäre wahrscheinlich sogar bereit, Hilfe von ihren Eltern anzunehmen, wenn Dr. Schonberg ihnen Unterstützung anbieten würde.

Sie überquerte die Siebte Avenue und gelangte nun in das eigentliche Greenwich Village. Ein paar Minuten später ging sie auf den Eingang vom Café Cézanne zu, sprang die drei Stufen mit einem einzigen Satz hinunter und drückte die geschliffene Glastüre auf. Drinnen war die Luft schwer vom Rauch der Gauloise-Zigaretten und dem Geruch von Kaffee. Wie gewöhnlich war das Lokal gerammelt voll.

Auf den Zehenspitzen versuchte Jennifer die Menschenmenge nach einem bekannten Gesicht abzusuchen. Auf halbem Weg in den engen Raum hinein sah sie eine Gestalt, die ihr zuwinkte. Es war Candy Harley, die eine der Jason Conrad Dancers gewesen war, jetzt aber Verwaltungsarbeiten erledigte. Gleich neben ihr stand Cheryl Tedesco, die Sekretärin der Truppe, die in ihrem weißen Sportanzug bleicher als gewöhnlich aussah. Es war eine Gewohnheit der drei, zusammen vor der Probe noch einen Kaffee zu trinken.

Jennifer arbeitete sich aus ihrem Mantel heraus, rollte ihn zu einem großen Ball zusammen und legte ihn auf den Boden an die Wand. Obendrauf ließ sie ihren leeren Kleidersack plumpsen. Als sie sich endlich setzte, war Peter, der österreichische Kellner, bereits am Tisch und fragte, ob sie das Gewöhnliche wünsche. Sie sagte ja. Cappuccino und Croissants mit Butter und Honig.

Nachdem sie sich gesetzt hatte, beugte sich Candy vor und sagte: »Wir haben gute und schlechte Nachrichten. Was willst du zuerst hören?«

Jennifer blickte zwischen den beiden Frauen hin und her. Sie war nicht für Späße aufgelegt, aber Cheryl starrte in ihre Expresso-Tasse, als ob sie ihren besten Freund verloren hätte. Jennifer kannte sie als eine recht melancholische Zwanzigjährige mit einem Gewichtsproblem, das in letzter Zeit schlimmer zu werden schien. Sie hatte koboldhafte Gesichtszüge mit einer kleinen, nach oben gebogenen Nase und großen Augen. Im Gegensatz dazu war Candy auffallend makellos in ihrer Erscheinung mit ihrem blonden Haar, das sie zu einem ordentlichen französischen Zopf geflochten hatte.

»Vielleicht solltest du mir die gute Nachricht zuerst sagen«, meinte Jennifer unsicher.

»Man hat uns einen CBS-Auftritt angeboten«, sagte Candy. »Die Jason Conrad Dancers gehen großen Zeiten entgegen.«

Jennifer versuchte, freudig erregt zu erscheinen, obgleich sie erkannte, daß sie für Fernsehaufnahmen dann wahrscheinlich zu weit in ihrer Schwangerschaft vorgeschritten sein würde. »Das ist ja wunderbar!« zwang sie sich, mit Enthusiasmus zu sagen. »Wann soll es denn soweit sein?«

»Wir wissen das genaue Datum noch nicht; die Show soll aber in ein paar Monaten aufgezeichnet werden.«

»Und was ist die schlechte Nachricht?« fragte Jennifer, um das Thema zu wechseln.

»Die schlechte Nachricht ist, daß Cheryl vier Monate schwanger ist und daß sie sich morgen einer Abtreibung unterziehen muß«, sagte Candy schnell.

Jennifer wandte sich wieder Cheryl zu, die immer noch in ihren Expresso starrte und versuchte, die Tränen zu unterdrücken.

»Niemand hat das gewußt«, fügte Candy hinzu. »Cheryl hat es geheimgehalten, bis sie hörte, daß ich auch eine Abtreibung hatte. Dann hat sie sich mir anvertraut, und das war auch gut so. Ich habe sie zu meinem Arzt geschickt, der eine Fruchtwasseruntersuchung empfahl, weil Cheryl zugeben mußte, während ihres gesamten zweiten Monats Drogen genommen zu haben. Sie hatte nicht gewußt, daß sie schwanger war.«

»Was haben die Tests ergeben?« fragte Jennifer.

»Daß das Baby mißgestaltet ist. Irgend etwas ist mit seinen Genen nicht in Ordnung. Danach suchen sie, wenn sie eine Fruchtwasseruntersuchung durchführen.«

Jennifer wandte sich wieder Cheryl zu, die immer noch in ihren Expresso starrte und versuchte, nicht zu heulen.

»Was meint denn der Vater dazu?« fragte Jennifer und bedauerte dann sofort die Frage, denn Cheryl hatte die Hände vor das Gesicht gelegt und begann, bitterlich zu schluchzen. Candy legte ihren Arm um Cheryl, während Jennifer einen Blick auf die Tische in der Nähe warf. Aber niemand schenkte ihnen Beachtung. Nur in New York kann man eine solche Vertraulichkeit in einem öffentlichen Lokal haben. Cheryl nahm ein Papiertaschentuch aus ihrer Tasche und putzte sich geräuschvoll die Nase.

»Der Name des Vaters ist Paul«, sagte sie traurig.

»Was hält er denn davon, daß du eine Abtreibung machen lassen willst?« fragte Jennifer.

Cheryl wischte sich die Augen und betrachtete einen dunklen Streifen ihres Lidschattens auf dem Taschentuch. »Ich weiß es nicht. Er ist abgehauen und hat mich sitzenlassen.«

»Nun«, sagte Candy, »das macht es ziemlich klar, was er davon hält. Der Bastard! Ich wünschte, Männer könnten die Last auf sich nehmen, schwanger zu sein, sagen wir alle zwei Jahre. Ich glaube, sie würden sich etwas verantwortungsbewußter verhalten, wenn das der Fall wäre.«

Cheryl wischte sich wieder die Augen, und Jennifer erkannte plötzlich, wie jung und verletzlich das Mädchen war. Es ließ das Problem, das sich ihr durch ihre eigene Schwangerschaft stellte, vergleichsweise klein erscheinen.

»Ich habe solche Angst«, sagte Cheryl. »Ich habe es niemandem gesagt, weil mich mein Vater, wenn er es herausbekommt, bestimmt umbringt.«

»Nun, ich hoffe, du gehst nicht alleine ins Krankenhaus«, sagte Jennifer beunruhigt.

»Es wird nicht so schlimm sein«, sagte Candy beruhigend. »Vor meiner Abtreibung habe ich mir auch Sorgen gemacht, und alles ging absolut problemlos. Die Leute in der Julian-Klinik sind außergewöhnlich warmherzig und feinfühlig. Davon abgesehen wird Cheryl den besten Gynäkologen der Welt bekommen.«

»Wie heißt der denn?« fragte Jennifer und dachte, sie könne das gleiche nicht von Dr. Vandermer sagen.

»Lawrence Foley«, sagte Candy. »Ich habe seinen Namen von einem anderen Mädchen bekommen, die auch eine Abtreibung machen lassen mußte.«

»Scheint, als ob er eine Menge Abtreibungen durchführt«, sagte Jennifer.

Candy nickte. »Das ist eine große Stadt.«

Jennifer schlürfte ihren Cappuccino und fragte sich, wie sie ihren Freunden sagen sollte, sie habe selbst gerade herausgefunden, daß auch sie schwanger sei. Sie stellte den Augenblick zurück, indem sie sich Cheryl zuwandte und sagte: »Vielleicht möchtest du, daß ich morgen mit dir komme. Mir scheint, du könntest ein bißchen Gesellschaft gebrauchen.«

»Das wäre lieb«, sagte Cheryl, und ihr Gesicht leuchtete auf.

»Nicht so schnell, Mrs. Schonberg«, sagte Candy. »Wir haben morgen Probe.«

Jennifer zog ihre Augenbrauen hoch und lächelte. »Nun, auch ich habe eine Neuigkeit. Ich habe gestern herausgefunden, daß ich selbst zweieinhalb Monate schwanger bin.«

»Oh, nein!« rief Candy.

»Oh, ja!« sagte Jennifer. »Und wenn ich das Jason sage, wird es ihm vielleicht egal sein, ob ich zur Probe komme oder nicht.«

Candy und Cheryl waren zu verblüfft, um sprechen zu können. Schweigend tranken die drei ihren Kaffee aus, zahlten die Rechnung und machten sich auf den Weg zum Studio.

Jason war nicht anwesend, als sie ankamen, und Jennifer fühlte sich gleichzeitig erleichtert und enttäuscht. Sie zog ihren Mantel aus und fand eine freie Stelle auf dem Tanzboden. Indem sie sich seitlich stellte, hob sie ihren Pullover, um sich im Profil betrachten zu können. Sie mußte zugeben, daß man es bereits ein wenig sehen konnte.

☆

Adam wusch sich in der Herrentoilette auf der ersten Etage des Krankenhauskomplexes die Hände. Als er einen kurzen Blick auf sein abgezehrtes Spiegelbild warf, erkannte er, wie erschöpft er aussah. Nun, vielleicht würde es den Dekan mitfühlender machen. Nach dem katastrophalen Zusammentreffen mit seinem Vater hatte sich Adam entschieden, seine einzige Zuflucht sei ein weiteres Darlehen vom medizinischen Zentrum. Er zog seinen abgetragenen Kragen gerade und fand, er sehe mit Sicherheit arm und bedürftig aus und sollte direkt zum Büro des Dekans gehen, bevor er den Mut dazu verliere.

Nachdem er in das Büro der Sekretärin hereingeplatzt war, um nach einem Termin zu fragen, war Adam fast bestürzt, als die Frau meinte, sie glaube, der Dekan habe ein paar Augenblicke zwischen den nächsten Terminen frei. Sie ging zu ihm hinein, um das zu überprüfen. Als sie zurückkehrte, sagte sie, Adam könne gleich hineingehen.

Dr. Markowitz stand gerade, als Adam über die Schwelle seines Büros trat. Er war ein kleiner, stämmig gebauter Mann mit dunklem, lockigem Haar, das Adams nicht unähnlich war. Er hatte einen tiefbraunen Teint, obgleich es erst März war. Er ging mit ausgestreckter Hand auf Adam zu. Als sie sich gegenseitig die Hände schüttelten, schloß sich seine andere Hand um die Adams.

»Setzen Sie sich doch, bitte.« Der Dekan deutete auf einen schwarzen Bürostuhl vor seinem Schreibtisch.

Von seinem Stuhl aus konnte Adam einen Manila-Umschlag mit einem Schildchen sehen, auf dem sein Name stand. Adam hatte den Dekan nur ein paar Mal getroffen, aber jedes Mal hatte Dr. Markowitz so reagiert, als ob er mit Adams Situation absolut vertraut sei. Er hatte offensichtlich in den ein oder zwei Minuten, die Adam gewartet hatte, den Hefter durchgeblättert.

Adam räusperte sich. »Dr. Markowitz, es tut mir leid, Ihre Zeit in Anspruch zu nehmen, aber ich habe ein Problem.«

»Sie sind zur richtigen Stelle gekommen«, sagte Dr. Markowitz, obgleich sein Lächeln spürbar nachließ. Adam erkannte, daß der Dekan mehr Politiker als Arzt war. Er hatte das unglückliche Gefühl, dieses Zusammentreffen werde nicht besser ausgehen als das mit seinem Vater. Er schlug seine Beine übereinander und umfaßte seine Knie, um nicht zu verraten, wie sehr seine Hände zitterten.

»Ich habe gerade herausgefunden, daß meine Frau

schwanger ist«, begann er und beobachtete Dr. Markowitz' Gesicht, um irgendwelche Anzeichen von Mißbilligung zu entdecken. Sie waren nicht allzu subtil. Zuerst verschwand das Lächeln des Dekans, und dann verengten sich seine Augen, während er seine Arme in Abwehrstellung vor der Brust kreuzte.

»Es ist überflüssig festzustellen«, fuhr Adam in dem Versuch fort, seinen Mut aufrechtzuerhalten, »daß uns das in eine finanzielle Notlage bringt. Meine Frau und ich sind von ihrem Einkommen abhängig, und jetzt, wo ein Kind unterwegs ist...« Adams Stimme verklang. Man brauchte kein Wahrsager zu sein, um den Rest zu ahnen.

»Nun«, sagte Dr. Markowitz mit einem gezwungenen Lachen, »ich bin Internist, kein Geburtshelfer. Bin nie sehr gut darin gewesen, Babys zur Welt zu bringen.«

Auch eine Art Humor, dachte Adam.

»Meine Frau ist bei Dr. Vandermer in Behandlung«, sagte Adam.

»Er ist der beste«, meinte Dr. Markowitz. »Man kann keine bessere Geburtshilfe bekommen als bei Dr. Vandermer. Er hat auch unsere beiden Kinder geholt.«

Danach trat eine peinliche Pause ein. Adam wurde sich des Tickens einer antiken Howard-Uhr bewußt, die zu seiner Linken an der Wand hing. Dr. Markowitz beugte sich vor und öffnete die Mappe auf seinem Schreibtisch. Er las einen Augenblick und blickte dann auf.

»Adam, haben Sie sich überlegt, daß das nicht unbedingt ein besonders günstiger Augenblick ist, eine Familie zu gründen?«

»Es war ein Unfall«, sagte Adam, der einen Vortrag vermeiden wollte, wenn es das war, was der Dekan vorhatte. »Ein Versagen des Verhütungsmittels. Ein statistischer Fehler. Aber jetzt, wo es geschehen ist, müssen wir damit fertig werden. Wir brauchen finanzielle Unterstützung, oder ich muß ein Jahr oder so mit dem Medizinstudium aussetzen. So einfach ist das.«

»Haben Sie daran gedacht, diese Schwangerschaft zu unterbrechen?« fragte Dr. Markowitz.

»Wir haben daran gedacht, aber keiner von uns beiden ist bereit, das zu tun.«

»Wie steht es mit Unterstützung seitens der Familien?« fragte Dr. Markowitz. »Ich bin nicht der Ansicht, daß das Aussetzen des Medizinstudiums eine weise Entscheidung wäre. Sie haben eine Menge investiert, dahin zu kommen, wo Sie heute stehen. Ich würde das nur sehr ungern in Gefahr gestellt sehen.«

»Für Familienunterstützung gibt es keine Chance«, sagte Adam. Er wollte nicht in eine Diskussion über die Unnachgiebigkeit seines Vaters oder die Einmischung seiner Schwiegereltern gezogen werden. »Meine einzige Hoffnung besteht darin, mehr Geld von der Universität leihen zu können. Wenn nicht, muß ich ein Urlaubsjahr nehmen.«

»Unglücklicherweise haben wir schon das erlaubte Maximum ausgeliehen«, sagte Dr. Markowitz. »Unsere Hilfsquellen in bezug auf Studentendarlehen sind limitiert. Wir müssen das wenige, was wir haben, so verteilen, daß jeder, der Unterstützung braucht, Zugang dazu hat. Es tut mir leid.«

Adam stand auf. »Nun, danke, daß Sie Zeit für mich hatten.«

Auch Dr. Markowitz stand auf. Sein Lächeln kehrte auf sein Gesicht zurück. »Ich wünschte, ich hätte Ihnen mehr helfen können. Ich sehe es ungern, daß Sie uns verlassen. Sie haben bislang eine exzellente Notenliste. Vielleicht sollten Sie noch einmal darüber nachdenken, ob es ratsam ist, die Schwangerschaft durchzuführen.«

»Wir werden das Kind bekommen«, sagte Adam. »Ja, ich freue mich sogar darauf, jetzt, wo der erste Schock vorbei ist.«

»Wann wird Ihre Unterbrechung des Medizinstudiums beginnen?« fragte Dr. Markowitz.

»Ich beende die Internistische Abteilung in ein paar Tagen«, sagte Adam. »Sobald das vorbei ist, sehe ich mich nach einem Job um.«

»Ich nehme an, wenn Sie wirklich vorhaben, das Studium zu unterbrechen, dann ist dieser Zeitpunkt so gut wie jeder andere. An welche Art Job hatten Sie gedacht?«

Adam zuckte mit den Schultern. »Ich habe noch keine besonderen Pläne.«

»Ich könnte Ihnen vielleicht eine Forschungsstelle hier am medizinischen Zentrum verschaffen.«

»Danke für das Angebot«, sagte Adam, »aber Forschung bringt nicht das Geld, das wir brauchen werden. Ich muß mir einen Job mit einem anständigen Gehalt suchen. Ich dachte eher daran, eine der großen Pharmafirmen draußen in New Jersey zu versuchen. Arolen hat unserem Semester all diese ledernen Ärztetaschen geschenkt. Vielleicht sollte ich es bei ihnen versuchen.«

Dr. Markowitz zuckte, als ob er eine Ohrfeige bekommen hätte. »Da steckt das Geld«, sagte er und seufzte. »Und dennoch muß ich sagen, daß ich es empfinde, als ob Sie zum Feind desertieren würden. Die pharmazeutische Industrie hat in der letzten Zeit mehr und mehr Kontrolle über die medizinische Forschung ausgeübt, und ich bin selbstverständlich sehr beunruhigt.«

»Ich bin nicht verrückt auf diese Idee«, gab Adam zu. »Sie sind aber die einzigen Leute, die ernsthaft an einem Medizinstudenten im dritten Studienjahr interessiert sein könnten. Wenn es nicht klappt, bin ich vielleicht bald wegen Ihrer Forschungsposition wieder hier.«

Dr. Markowitz öffnete die Tür. »Tut mir leid, daß wir nicht mehr Quellen für finanzielle Hilfe haben. Viel Glück, und lassen Sie es mich so bald wie möglich wissen, wann Sie wieder mit dem Studium anfangen wollen.«

Adam verließ das Büro und war entschlossen, Arolen noch an diesem Nachmittag anzurufen. Er würde sich über pharmazeutischen Druck auf die Forschung Gedanken machen, sobald er seinen ersten Gehaltsscheck eingelöst hätte.

☆

»Du bist was!« schrie Jason Conrad, Chef der Jason Conrad Dancers. Er warf seine Hände in übertriebener Verzweiflung hoch.

In den vier Jahren, die ihn Jennifer nun kannte, hatte Jason immer zum Theatralischen geneigt, ob er nun das Mittagessen bestellte oder mit den Tänzern die Choreographie einstudierte. Folglich hatte sie eine derartige Reaktion erwartet.

»Nur, daß ich das richtig verstehe«, stöhnte er. »Du willst mir sagen, daß du ein Kind bekommen wirst. Ist das richtig? Nein, sag mir, ich hätte unrecht. Sag mir, das sei alles ein schlechter Traum. Bitte!«

Jason sah Jennifer mit einem bittenden Gesichtsausdruck an. Er war ein großer Mann – ein Meter siebenundachtzig –, der trotz seiner dreiunddreißig Jahre knabenhaft aussah. Ob er schwul war oder nicht, konnte Jennifer nicht sagen. So wenig wie bei einem der anderen Tänzer. Tanzen war Jasons Leben, und darin war er ein Genie.

»Ich werde ein Baby bekommen«, bestätigte Jennifer.

»Oh, mein Gott!« rief Jason und ließ seinen Kopf in die Hände sinken.

Jennifer und Candy, die zur moralischen Unterstützung in der Nähe geblieben war, warfen sich gegenseitig Blicke zu.

»Das bin doch nicht ich, dem das alles passiert«, heulte Jason. »Im Augenblick unseres großen Durchbruchs läßt sich eine unserer führenden Tänzerinnen schwanger machen. Oh, mein Gott!«

Jason hielt in seinem Hin- und Herlaufen inne. Er hielt einen Zeigefinger hoch und sah Jennifer an. »Wie steht es denn mit einer Abtreibung? Sicherlich ist das kein geplantes Kind.«

»Tut mir leid«, sagte Jennifer.

»Aber du kannst doch immer noch ein anderes Kind haben«, protestierte Jason.

Jennifer schüttelte nur den Kopf.

»Du willst also nicht auf Vernunftgründe hören?« heulte Jason wieder los. Er drückte eine Hand dramatisch gegen seine Brust und begann, tiefe Atemzüge zu machen, als ob er schwere Brustschmerzen auszustehen habe. »Du ziehst es also vor, mich so zu quälen und mein Herz zu foltern. O Gott, der Schmerz ist schrecklich.«

Jennifer fühlte sich schuldig, schwanger zu werden, gerade zu dem Zeitpunkt, wenn der Truppe ihr großer Durchbruch gelang. Sie haßte es, jemanden im Stich zu lassen. Aber Jasons Reaktion war egoistisch, und sie nahm es ihm übel, daß er versuchte, sie in dieser Art in etwas hineinzumanövrieren, das so ernst wie eine Abtreibung war.

Candy nahm Jasons Arm. »Ich hoffe, du machst Spaß mit diesen Brustschmerzen.«

Jason öffnete die Augen. »Ich Spaß? Mit so etwas mache ich nie Spaß. Diese Frau treibt mich auf ein frühes Grab zu, und du fragst mich, ob ich Spaß mache?«

»Ich kann wahrscheinlich noch einen weiteren Monat oder so tanzen«, warf Jennifer ein.

»Oh, nein, nein, nein!« sagte Jason und vergaß seine Brustschmerzen augenblicklich. Er fing wieder an, vor dem alten Kartenschalter auf und ab zu gehen. »Wenn du, Jennifer, gefühllos genug bist, uns in dieser Situation im Stich zu lassen, müssen wir sofort eine Neuregelung vornehmen.« Er hielt inne und deutete auf Candy. »Wie steht es mit dir? Könntest du Jennifers Rolle tanzen?«

Candy war überrumpelt. »Ich weiß nicht«, stammelte sie.

Jason beobachtete Jennifer aus dem Augenwinkel heraus. Er wußte, daß Jennifer und Candy Freunde waren. Er glaubte, Eifersucht könne bewirken, was der Vernunft nicht mehr zugänglich sei. Er brauchte Jennifer, zumindest bis die TV-Show aufgezeichnet war, aber Jennifer reagierte nicht. Sie schwieg auch weiterhin, selbst als Candy schließlich antwortete: »Ich würde sagen, ich bin in guter Form. Ich würde es gewiß versuchen und mein Bestes geben.«

»Hurra«, sagte Jason. »Es ist gut zu hören, daß hier noch jemand bereit ist, irgendwelche Opfer auf sich zu nehmen.« Dann sagte er zu Jennifer: »Vielleicht solltest du dich zum Büro auf den Weg machen und Cheryl Bescheid sagen, daß sie dich von der Gehaltsliste nimmt. Wir sind schließlich keine Sozialinstitution.«

Candy meldete sich zu Wort. »Sie sollte ihr Grundgehalt noch zwei weitere Wochen lang bekommen. Das ist nur fair.«

Jason winkte mit der Hand, als ob ihm das gleich sei! Er ging zum Tanzboden zurück.

»Ich glaube«, rief ihm Candy nach, »es würde leichter für deine Abrechnungen sein, wenn wir sie auf Mutterschaftsurlaub setzen.«

»Wie auch immer«, sagte Jason mit nur noch geringem Interesse. Er öffnete die Tür zur Tanzbühne. Sie konnten hören, wie die anderen Tänzer ihre Routineübungen machten. »Laß uns an die Arbeit gehen, Candy«, rief er über die Schulter zurück, als er durch die Tür verschwand.

Die beiden Frauen sahen einander an. Beide fühlten sich ein wenig unangenehm. Candy zuckte mit den Schultern. »Ich hätte nie vermutet, daß er mir eine Tanzposition anbieten würde.«

»Ich freue mich für dich«, sagte Jennifer. »Wirklich.«

Zusammen kehrten sie zur Tanzbühne zurück.

Jasons hohe Stimme hallte in dem großen Raum wider. »O.k., wir wollen mit Tanz-Variation Nummer zwei von vorne anfangen. Auf die Positionen!« Er klatschte in die Hände, und das Echo klang wie ein Gewehrschuß. »Mach schon, Candy«, schrie er.

Ein paar Minuten lang beobachtete Jennifer die Probe. Dann machte sie sich auf den Weg den Korridor hinunter zu Cheryls Büro und versuchte, das Gefühl der Reue abzuschütteln.

Cheryl hatte sich in ihrem Stuhl zurückgelehnt und las einen Liebesroman.

»Du sollst mich auf Mutterschaftsurlaub setzen«, sagte Jennifer resigniert.

»Tut mir leid«, sagte Cheryl. »Hat Jason eine Szene gemacht?« Sie legte ihr Buch weg. Jennifer konnte den Titel lesen: *The Flames of Passion*.

»Eine seiner besten«, gab Jennifer zu. »Aber ich nehme an, man kann ihn verstehen. Das ist ein schlechter Zeitpunkt für mich, eine Pause einzulegen.« Sie sank in einen Sessel vor dem Schreibtisch. »Jason hat zugestimmt, mir zwei weitere Wochen das Grundgehalt zu zahlen. Und natürlich bekomme ich noch meinen Prozentanteil von den letzten Auftritten.«

»Was wirst du jetzt tun?« fragte Cheryl.

»Ich weiß noch nicht«, sagte Jennifer. »Vielleicht kann ich zeitweilig einen Job bekommen. Hast du vielleicht irgendwelche Ideen? Wie hast du diese Position hier gefunden?«

»Ich bin zu einer Agentur gegangen«, sagte Cheryl. »Wenn du aber nach einer Teilzeitstelle suchst, dann versuch doch eine der Sekretärinnenvermittlungsdienste für Teilzeitarbeit. Die brauchen immer Leute.«

»Ich könnte nicht tippen, und wenn es mein Leben kostete«, sagte Jennifer.

»Dann versuch die großen Warenhäuser. Viele meiner Freundinnen haben das gemacht.«

Jennifer lächelte. Das klang vielversprechend.

»Willst du immer noch morgen mit mir kommen?« fragte Cheryl.

»Aber klar«, sagte Jennifer. »Ich würde nicht im Traum daran denken, dich alleine gehen zu lassen. Warst du alleine, als du die Fruchtwasseruntersuchung gemacht bekommen hast?«

»Ja«, sagte Cheryl stolz. »War so schlimm nicht. Hat kaum weh getan.«

»Klingt ganz, als ob du mehr Mut hast als ich«, sagte Jennifer. Jennifer dachte wieder an ihren mongoloiden Bruder und fragte sich, ob sie den Test machen lassen solle.

Cheryl beugte sich vor und senkte die Stimme. »Wie Candy gesagt hat, ich habe eine ganze Menge Drogen genommen. Hasch, LSD, was du dir nur vorstellen kannst. Dr. Foley sagte, der Test sollte gemacht werden, um die Chromosomen zu überprüfen. Er hat es aber leicht gemacht. Wenn du den Test auch machen lassen mußt, dann mach dir keine Sorgen. Ich war wirklich nervös, würde es aber sofort wieder tun.« Sie setzte sich zufrieden mit sich selbst wieder zurück.

Jennifer starrte Cheryl an, während sie sich an Dr. Vandermer und seine chauvinistische Haltung erinnerte. »Und dieser Dr. Foley, magst du ihn?«

Cheryl nickte. »Dr. Foley ist der netteste Arzt, den ich je kennengelernt habe. Wenn er nicht gewesen wäre, hätte ich es nicht getan. Und die Krankenschwestern sind auch nett. Ja, die ganze Julian-Klinik ist richtig prima. Ich bin sicher, Candy würde anrufen und einen Termin für dich machen lassen, wenn du möchtest.«

Jennifer lächelte. »Danke, aber mein Mann hat mich zu jemandem am medizinischen Zentrum geschickt. Nun, um zu finanziellen Fragen zurückzukommen: Was muß ich tun, um Mutterschaftsurlaub zu bekommen?«

Cheryl krauste ihre Nase. »Weiß ich nicht, um die Wahrheit zu sagen. Ich muß Candy fragen.«

Nachdem sie Verabredungen getroffen hatte, wo sie Cheryl am nächsten Morgen treffen sollte, nahm Jennifer ihren Mantel und ihre Tasche und ging auf die Straße hinaus. Während sie zur U-Bahn ging, kämpfte sie gegen eine fast überwältigende Depression an. Sie hatte immer erwartet, Schwangerschaft würde eine wundervolle Erfahrung werden, aber jetzt, wo sie selbst ein Kind trug, war sie verwirrt und wütend, anstatt sich glücklich zu fühlen. Und was das Schlimmste an allem war: sie wußte, sie würde diese Gefühle mit niemandem teilen können, weil sie sich sicher war, daß niemand sie verstehen würde.

Jennifer biß sich auf die Unterlippe und entschied sich, zuerst das Warenhaus Macy zu versuchen.

☆

Es war fast sechs Uhr, als Jennifer die Treppe zu ihrer Wohnung hochstapfte. Als sie die Tür öffnete, war sie erstaunt, Adam auf der Couch zu finden. Gewöhnlich war er zu dieser Zeit noch nicht zu Hause. Dann dämmerte ihr, daß er sich den Rest des Tages wohl freigenommen hatte, nachdem er seinen Vater gesprochen hatte.

»Wie war deine Besprechung?« fragte sie mit wirklichem Bemühen, nett zu klingen. »War dein Vater hilfreich?«

»Er war entzückend«, schnappte Adam. »Er gab mir eine wertvolle Lektion über Verantwortlichkeit und Beständigkeit.«

Jennifer hing ihren Mantel auf, ging zu ihm hinüber und setzte sich neben ihn. Seine Augen waren gerötet und hatten dunkle Ringe. »War es so schlimm?«

»Schlimmer«, sagte Adam. »Jetzt glaubt er, ich sei der Grund für die Depression meiner Mutter.«

»Aber ihre Depression hat doch mit dem Tod deines Bruders begonnen.«

»Das scheint er vergessen zu haben.«

»Was hat er gesagt, als du ihm mitgeteilt hast, wir würden ein Kind bekommen.«

»Hab' ich ihm nicht gesagt«, sagte Adam. »Ich hatte keine Gelegenheit dazu. Er hat es sehr klargemacht, daß ich alleine dastünde, bevor ich auch nur das Thema streifen konnte.«

»Tut mir leid«, sagte Jennifer.

Jennifer betrachtete Adams Gesicht. Sie mochte nicht, was sie dort sah. Er schien distanziert und kalt. Sie wollte ihn nach Dr. Foley fragen, entschied sich aber, ihre Frage zu verschieben. »Ich glaube, ich werde mich duschen gehen«, sagte sie mit einem Seufzer, als sie aufstand und in das Schlafzimmer ging.

Zuerst blieb Adam sitzen und grübelte. Allmählich erkannte er, daß er sich wie ein Halbwüchsiger benahm. Er stand auf, ging ins Schlafzimmer und entkleidete sich. Dann öffnete er die Tür zum Badezimmer. »Laß das Wasser laufen«, rief er über das Geräusch der Dusche weg. Während er sich die Zähne putzte, kam Jennifer aus der Dusche und ging, ohne ihn anzusehen, in das Schlafzimmer. Obgleich sie das Wasser, wie gewünscht, laufen ließ, war sie offensichtlich verärgert.

Adam hatte es immer schwierig gefunden, sich zu entschuldigen. Vielleicht sollten sie etwas Verrücktes tun, wie zum Beispiel zum Abendessen auszugehen. Während er in die Duschkabine trat, entschied er sich, Jennifer in ein Restaurant auszuführen, das »One by Land, Two by Sea« hieß. Es lag nahe genug, so daß sie zu Fuß gehen konnten. Sie hatten noch nie dort gegessen, aber einer von Adams Seminarkameraden war mit seinen Eltern hingegangen und hatte gesagt, es sei fantastisch und teuer. Was zum Teufel, dachte Adam. Er würde bald einen wirklichen Job haben, und sie mußten einfach feiern.

»Hab' gerade eine großartige Idee«, sagte Adam, als er ins Schlafzimmer trat. »Wie wär's, wenn wir ausgingen, essen gingen?«

Jennifer sah vom Fernseher auf und schüttelte düster den Kopf.

»Was meinst du mit ›nein‹?« sagte Adam. »Mach doch. Wir müssen hier raus gehen. Es wird ein richtiger Festschmaus.«

»Wir können uns das nicht leisten«, sagte Jennifer. Sie

wandte ihre Aufmerksamkeit wieder dem Fernseher zu, als ob die Angelegenheit damit beendet sei.

Adam trocknete sein Haar mit einem Handtuch und machte sich Gedanken über diese unerwartet negative Antwort. Jennifer war gewöhnlich bereit, so gut wie alles zu versuchen. Er setzte sich neben sie und drehte ihren Kopf vom Bildschirm weg. »Hallo«, sagte er. »Ich versuche, mit dir zu reden.«

Jennifer hob das Gesicht, und er erkannte, daß sie ebenso erschöpft aussah wie er.

»Ich hörte dir ja zu«, sagte sie. »Ich habe Lebensmittel eingekauft. Sobald die Nachrichten vorbei sind, mache ich das Abendessen.«

»Heute abend möchte ich etwas anderes als Hamburger«, sagte Adam.

»Ich habe keine Hamburger gekauft«, sagte Jennifer verärgert.

»Das war nur so eine Redewendung«, sagte Adam. »Nun komm doch. Laß uns ausgehen. Ich finde, wir brauchen eine Abwechslung. Ich habe heute nachmittag den Dekan gesprochen und mich versichert, daß wir kein Geld mehr bei der Universität borgen können. Dann habe ich ihm eben gesagt, ich würde mein Studium unterbrechen.«

»Du brauchst die Uni nicht zu verlassen«, sagte Jennifer. »Ich habe bereits einen anderen Job angenommen.«

»Was für einen Job?« fragte Adam.

»Im Kaufhaus Macy. In der Schuhabteilung. Das einzige Problem ist, daß ich jedes zweite Wochenende arbeiten muß, aber wir werden das wohl mit deinem Bereitschaftsdienst koordinieren können. Überraschenderweise kriege ich das gleiche Gehalt wie beim Tanzen. Wie auch immer, du brauchst nicht aus dem Studium auszusteigen.«

Adam stand vom Bett auf. »Du wirst nicht bei Macy arbeiten, und das ist endgültig.«

»Oh«, sagte Jennifer und machte in gespielter Überraschung große Augen. »Hat der König gesprochen?«

»Jennifer, das ist kaum der richtige Zeitpunkt für Sarkasmus.«

»Nicht?« sagte Jennifer. »Schien mir so, als ob du erst vor ein paar Augenblicken sarkastisch gewesen wärst. Bei dir ist das in Ordnung, aber nicht bei mir?«

»Ich bin zum Streiten nicht in der richtigen Stimmung«, sagte Adam, während er zur Kommode ging, um sich frische Unterwäsche zu holen. »Du wirst bei Macy nicht arbeiten gehen. Ich will nicht, daß du lange Stunden stehst, während du schwanger bist. Und damit ist das Thema beendet.«

»Du vergißt, daß das *mein* Körper ist«, sagte Jennifer.

»Das stimmt«, sagte Adam. »Es ist aber auch wahr, daß es *unser* Kind ist.«

Jennifer spürte, wie ihr das Blut ins Gesicht stieg.

»Jedenfalls habe ich mich schon entschieden«, sagte Adam. »Ich werde mein Studium unterbrechen, um ein oder zwei Jahre arbeiten zu können. Dein Job wird es sein, dich um dich selbst und das Baby zu kümmern, und das bedeutet nicht, in einem Warenhaus herumzustehen.« In der Hoffnung, damit die Diskussion zu beenden, ging Adam in das Wohnzimmer. Aufgrund der geringen Größe des Schlafzimmerschrankes waren seine Kleider im Flurschrank verstaut.

»Warum kannst du nicht hier bleiben und darüber diskutieren?« rief ihm Jennifer nach.

Adam kam in das Schlafzimmer zurück. »Es gibt nichts mehr zu diskutieren.«

»O doch, das gibt es«, sagte Jennifer und ließ ihrer Wut freien Lauf. »Ich habe darüber gerade so viel zu sagen wie du. Niemand stimmt dir zu, dein Studium zu unterbrechen, und der Grund ist einfach: du solltest das nicht tun. Ich bin absolut in der Lage, bis zum letzten Monat zu arbeiten, sogar bis zur letzten Woche. Warum sollten wir beide unsere Karriere unterbrechen? Da ich offensichtlich nicht weiter tanzen kann, ist es nur vernünftig, einen anderen Job anzunehmen. Daß du auf der Uni bleibst, wird auf lange Sicht für uns alle das beste sein. Davon abgesehen habe ich bereits eine Stelle, und du hast noch überhaupt keine Idee, was du tun könntest.«

»O doch, die habe ich«, brauste Adam auf. »Ich werde zu Arolen-Pharmaceuticals in New Jersey gehen. Ich habe sie heute nachmittag angerufen, und sie sind geradezu darauf erpicht, mich kennenzulernen. Ich habe bereits morgen ein Vorstellungsgespräch.«

»Warum bist du in dieser Angelegenheit so dickschädlig?« sagte Jennifer. »Du brauchst die Uni nicht zu verlassen. Ich kann arbeiten.«

»Wenn du meinen Wunsch dickschädlig nennst, dich gesund zu halten und deine Eltern davon abzuhalten, sich in unser Leben zu mischen, dann, ja, dann bin ich dickschädlig. Wie dem auch sei, das Thema ist beendet, die Diskussion ist vorbei. Ich werde das Studium unterbrechen, und du wirst nicht bei Macy arbeiten. Irgendwelche Fragen?« Adam wußte, daß er Jennifer verspottete, aber er hatte das Gefühl, sie hätte es verdient.

»Ich habe noch viele Fragen«, sagte Jennifer. »Aber ich muß erkennen, daß es sinnlos ist, sie zu stellen. Ich frage mich, ob du weißt, wie ähnlich du deinem Vater bist.«

»Halt nur den Mund über meinen Vater«, schrie Adam. »Wenn hier irgendwer meinen Vater kritisiert, dann bin ich das. Davon abgesehen, ähnele ich meinem Vater nicht im geringsten.«

Er trat die Schlafzimmertür mit einem Knall zu. Einen Augenblick lang stand er mitten im Wohnzimmer und fragte sich, was er an die Wand werfen könnte. Dann zog er sich jedoch fertig an, anstatt etwas Dummes zu tun, und trocknete sein Haar. Als er ruhiger war, entschloß er sich zu versuchen, mit Jennifer Frieden zu schließen. Er wollte gerade die Schlafzimmertür öffnen, als er sie voller Bestürzung verschlossen fand.

»Jennifer«, rief er über die Lautstärke des Fernsehers

hinweg. »Ich werde ausgehen und etwas essen. Ich hätte gerne, daß du mitkommst.«

»Geh nur«, rief Jennifer. »Ich möchte eine Weile alleine sein.«

Adam hörte, daß sie weinte, und er fühlte sich schuldig.

»Jennifer, mach auf«, bettelte er. Der Fernseher spielte weiter. »Jennifer, mach sofort auf.«

Immer noch keine Antwort. Adam spürte, wie seine Wut wie eine Woge zurückkam. Er trat zurück und sah die Türe an. Eine Sekunde erschien sie ihm als Symbol für alle seine Probleme. Ohne zu denken, erhob er sein rechtes Bein und trat mit aller Kraft gegen die Türe. Das Holz um das Schloß herum gab nach, und die Tür flog auf und krachte gegen die Schlafzimmerwand. Jennifer saß in einem engen Knäuel zusammengekauert am Kopfteil des Bettes.

Adam sah, daß sie außer sich vor Angst war, und fühlte sich augenblicklich dumm. »Die Türen sind auch nicht mehr, was sie mal waren«, sagte er stockend und versuchte zu lachen. Jennifer sagte nichts. Adam zog die Tür von der Wand weg. Wo der Türknopf die Wand getroffen hatte, war jetzt ein Loch im Putz.

»Nun, das war dumm«, sagte er und versuchte, fröhlich zu klingen. »Jedenfalls, wie ich sagte, laß uns ausgehen und etwas essen.«

Jennifer schüttelte den Kopf.

Adam sah sich befangen um, peinlich berührt von seinem Wutanfall. »O.k.«, sagte er unterwürfig. »Ich bin bald zurück.«

Jennifer nickte, sagte aber nichts. Sie beobachtete, wie Adam wegging, und hörte, wie er die Tür zum Korridor schloß und verriegelte. Was ging nur mit ihnen vor sich? fragte sie sich. Adam erschien wie eine andere Person. Er war nie gewalttätig gewesen, und Gewalt entsetzte sie. Würde diese Schwangerschaft alles verändern?

KAPITEL 6

Als sie die dritte und letzte Etage in Cheryl Tedescos Haus emporstieg, war Jennifer entsetzt. Sie hatte gemeint, ihr eigenes Haus sei schlecht, aber Cheryls ließ es wie den Helmsley-Palace erscheinen. Ein paar Weinsäufer – Jennifer hoffte, sie würden wenigstens nicht in dem Haus wohnen – hatten in der Eingangshalle kampiert.

Als sie die Nummer auf der Tür zu Cheryls Wohnung sah, zögerte Jennifer einen Augenblick, bevor sie klopfte. Dann mußte sie warten, während sie mehrere Male ein klickendes Geräusch hörte und schließlich, wie die Kette entfernt wurde, bevor die Tür aufgezogen wurde.

»Hi! Komm rein«, sagte Cheryl. »Tut mir leid, wenn das so lange gedauert hat. Mein Dad hat darauf bestanden, alle möglichen Schlösser anzubringen.«

»Ich halte das für eine gute Idee«, sagte Jennifer und trat schnell ein. Cheryl ging in das Badezimmer und zog sich fertig an, während sich Jennifer in der ungepflegten Wohnung umsah.

»Ich hoffe, du hast den Anweisungen der Ärzte Folge geleistet«, rief sie, da sie wußte, daß man Cheryl angeraten hatte, abgesehen von einer kleinen Menge Wasser gleich nach dem Aufwachen nichts mehr zu trinken oder essen.

»Ich habe nichts gegessen«, rief Cheryl.

Jennifer trat von einem Bein auf das andere. Da sie spürte, daß das ganze Haus schmutzig war, wollte sie sich nicht setzen. Die ganze Idee, Cheryl zu begleiten, begann sie zu verstimmen, aber sie konnte sie nicht alleine gehen lassen. Zumindest würde sie den sagenhaften Dr. Foley kennenlernen, auch wenn sie nicht vorhatte, Adam zudem noch mit dem Thema Geburtshelfer herauszufordern. Sie hatten den in der vorigen Nacht versäumten Schlaf halb wieder wettgemacht, aber Jennifer war immer noch außer sich bei dem Gedanken, Adam würde sein Studium unterbrechen. Sie drückte die Daumen, daß dieses Vorstellungsgespräch bei Arolen erfolglos bleiben werde.

»Fertig«, sagte Cheryl, als sie aus dem Badezimmer auftauchte. Sie hatte eine Tasche mit ihren Nachtsachen über die Schulter geworfen. »Wir wollen die Sache ins Rollen bringen.«

Der schwierigste Teil der Anfahrt zur Julian-Klinik bestand darin, Cheryls Treppe herunterzusteigen, ohne zu fallen, und an den Weinsäufern vorbei zu kommen. Cheryl machte sich wegen der Gammler keine Gedanken und sagte, wenn der Hausmeister aufstünde, würde er sie wohl schon rauswerfen.

Sie gingen zur Station der Untergrundbahn auf der Lexington Avenue und nahmen die Linie Nr. 6 zur Hundertzehnten Straße. Es war nicht die beste Gegend, aber sie wurde besser, je näher sie der Klinik kamen. Ja, ein gesamter Wohnblock war niedergerissen worden, um für das neue Gesundheitszentrum Platz zu schaffen. Das Gebäude war eine fünfzehnstöckige, zeitgenössische Struktur aus Spiegelglas, das das Bild der umliegenden Wohngebäude aus dem frühen neunzehnten Jahrhundert reflektierte. Einen Straßenzug in jede Richtung waren die alten Häuser renoviert, mit Sandstrahl gesäubert und neu angestrichen worden, so daß sie nun in einem anheimelnden Glanz erstrahlten. Und noch einen weiteren Straßenzug darüber hinaus waren viele der Häuser von Gerüsten verdeckt, was anzeigte, daß auch sie noch renoviert wurden. Es hatte den Anschein, als ob die Klinik einen ganzen Stadtteil übernehme.

Jennifer trat durch den vorderen Eingang und erwartete

das gewöhnliche Krankenhausmobiliar, war aber von einer Eingangshalle angenehm überrascht, die sie eher an ein Luxushotel erinnerte. Alles war neu und makellos sauber. Die große Rezeption war so gut mit Personal versehen, daß Jennifer und Cheryl nicht lange warten mußten, bevor eine hübsche schwarze Sekretärin sagte: »Kann ich Ihnen helfen?« Sie war in eine weiße Bluse und einen blauen Pullover gekleidet und trug ein Namensschildchen, auf dem zu lesen war: »Hallo! Ich bin Louise.«

Cheryls Antwort war kaum hörbar. »Ich bin bei Dr. Foley angemeldet. Ich soll eine Abtreibung gemacht bekommen.«

Louises Gesicht bewölkte sich vor Sorge. »Sind Sie in Ordnung, Mrs. . . .«

»Tedesco«, sagte Jennifer. »Cheryl Tedesco.«

»Es geht mir gut«, beharrte Cheryl. »Es geht mir wirklich gut.«

»Wir haben Psychologen in Bereitschaft für Neueinweisungen, wenn Sie mit einem sprechen möchten. Wir möchten Ihnen den Aufenthalt hier so angenehm wie möglich machen.«

»Danke«, sagte Cheryl. »Ich habe aber meine Freundin hier.« Sie deutete auf Jennifer. »Ich wollte Sie fragen, ob es ihr erlaubt ist, mit mir nach oben zu kommen.«

»Selbstverständlich«, sagte Louise. »Wir ermutigen Patienten, Gesellschaft mitzubringen. Aber lassen Sie mich zuerst auf meinem Computer ihre Kartei abrufen und dann die Sie betreuende Krankenschwester holen. Warum gehen Sie beide nicht dort zum Wartezimmer und entspannen sich. Wir werden Sie in ein paar Minuten abholen.«

Als Cheryl und Jennifer zu dem bequemen Sitzarrangement herübergingen, sagte Jennifer: »Ich fange an zu verstehen, warum du und Candy in so hohen Tönen von dieser Klinik sprecht. Wenn Louise ein Beispiel ist, wie man hier behandelt wird, dann bin ich wirklich beeindruckt.«

Sie hatten kaum genügend Zeit, ihre Mäntel auszuziehen, als sich ihnen ein älterer Herr näherte und einen Serviertisch mit Kaffee und einem Teespender vor sie stellte. Er war in ein rosa Jackett gekleidet und stellte stolz fest, diese Kleidung werde von freiwilligen Helfern getragen.

»Sind auch die Krankenschwestern so freundlich?« fragte Jennifer.

»Hier ist jeder freundlich«, sagte Cheryl, aber trotz ihres Lächelns merkte Jennifer, wie sie sich ängstigte.

»Wie geht's?« fragte sie, reichte zu ihr herüber und drückte Cheryls Hand.

»Gut«, sagte Cheryl und nickte wieder und wieder, als ob sie sich selbst überzeugen wollte.

»Entschuldigen Sie, sind Sie Cheryl Tedesco?« fragte eine weitere, nett aussehende junge Frau, die in einen weißen Rock mit einem blauen Pullover gekleidet war. Ihr Namensschildchen sagte: »Hallo! Ich bin Karen.«

»Ich bin Karen Krinitz«, sagte sie und streckte die Hand aus, die Cheryl unsicher schüttelte. »Ich bin beauftragt worden, Ihren Fall zu koordinieren und sicherzustellen, daß alles reibungslos funktioniert. Wenn Sie irgendwelche Probleme haben sollten, dann wenden Sie sich nur an mich.« Sie tätschelte ein kleines Plastikding, das an einem blauen Gürtel befestigt war, der farblich zu ihrem Pullover paßte. »Wir möchten, daß Ihr Aufenthalt hier so angenehm wie möglich ist.«

»Wird allen Patienten ein Koordinator zugewiesen?« fragte Jennifer.

»Natürlich«, sagte Karen stolz. »In dieser Klinik ist es der oberste Grundsatz, daß der Patient zuerst kommt. Wir wollen nichts dem Zufall überlassen. Es gibt zu viele Gelegenheiten für Mißverständnisse, besonders jetzt, wo die Medizin so hochtechnologisch geworden ist. Ärzte können manchmal so vertieft in die Behandlung sein, daß der Patient augenblicklich vergessen wird. Es ist unsere Aufgabe, das zu verhindern.«

Jennifer sah zu, wie die Frau auf Wiedersehen sagte und

um eine Pflanzenecke verschwand. Irgend etwas an ihr fand Jennifer seltsam, sie konnte es allerdings nicht genau bezeichnen.

»Ist dir ihre Rede merkwürdig vorgekommen?« fragte sie Cheryl.

»Ich habe nicht verstanden, was sie sagen wollte. Meinst du das?«

»Nein«, sagte Jennifer und wandte sich um, um die Frau vielleicht noch irgendwo sehen zu können. »Ich hatte den Eindruck, da sei etwas Merkwürdiges in der Art, wie sie redete. Aber vielleicht liegt es nur an mir. Die morgendliche Übelkeit schlägt mir wohl aufs Hirn.«

»Zumindest war sie freundlich«, sagte Cheryl. »Warte nur, bis du Dr. Foley kennenlernst.«

Ein paar Minuten später kam ein Mann zu ihnen und stellte sich als Rodney Murray vor. Er trug ein blaues Jakkett, das aus der gleichen schweren Baumwolle hergestellt war wie Karens Pullover, mit einem gleichen Namensschildchen, das seinen Namen verkündete. Seine Stimme hatte ebenfalls eine merkwürdig klanglose Tonlage, und Jennifer bemerkte, während sie ihn anstarrte, daß seine Augen nicht zu blinzeln schienen.

»Es ist alles für Sie bereit, Miß Tedesco«, sagte er, während er ein Identitätskettchen aus Plastik an Cheryls Handgelenk befestigte. »Ich werde Sie hinaufbegleiten, aber zuerst müssen wir für einige Bluttests und andere Tests ins Labor gehen.«

»Kann Jennifer mit uns kommen?« fragte Cheryl.

»Natürlich«, antwortete Rodney.

Der Mann war außergewöhnlich aufmerksam Cheryl gegenüber, und nach ein paar Minuten gab Jennifer ihren ursprünglichen Eindruck als Ergebnis einer überspannten Phantasie auf.

Das Labor erwartete Cheryl bereits, sie brauchten also nicht zu warten. Und wieder war Jennifer beeindruckt. Sie war nie in der Praxis eines Arztes oder in einem Krankenhaus gewesen, wo sie nicht für alles hatte warten müssen. Cheryl war nach wenigen Minuten fertig.

Als sie im Lift nach oben fuhren, erklärte Rodney, Cheryl käme in eine spezielle Abteilung, die das Krankenhaus für »Schwangerschaftsunterbrechungen« eingerichtet habe. Jennifer bemerkte, daß jeder in der Julian-Klinik das Wort »Abtreibung« geflissentlich vermied. Sie hatte das Gefühl, das sei eine gute Idee. Abtreibung war ein häßliches Wort.

Sie stiegen auf der sechsten Etage aus. Wieder erinnerte nichts an das gewöhnliche Krankenhaus. Anstelle von glänzendem Vinyl war der Boden mit Teppichen belegt. Die Wände waren in einem Blaßblau gehalten und mit attraktiven Drucken geschmückt.

Rodney brachte sie zu einem zentralen Bereich, der sorgfältig dekoriert worden war, so daß er eben nicht wie ein Schwesternzimmer aussah. Vor dem Empfangstisch befand sich eine geschmackvoll eingerichtete Sitzecke, wo fünf Leute warteten, die gekleidet waren, wie es nach Einschätzung Jennifers der Julian-Uniform entsprach. Drei der Frauen trugen Namensschildchen, die anzeigten, sie seien Krankenschwestern. Jennifer mochte es, sie nicht in das traditionelle gestärkte Weiß gekleidet zu sehen. Sie hatte das Gefühl, Karen habe recht gehabt: die Julian-Klinik hatte an alles gedacht. Sie begann sich zu fragen, ob Dr. Vandermer Zulassungsprivilegien habe, denn sie war fest davon überzeugt, die Entbindungsstation würde die gleiche Aufmerksamkeit dem Wohlergehen der Patienten gegenüber widerspiegeln.

»Miß Tedesco, Ihr Zimmer ist gleich hier drüben«, sagte eine der Krankenschwestern, die sich als Marlene Polaski vorgestellt hatte. Sie war eine breite, starkknochige Frau mit kurzem blonden Haar, die sich in Cheryls Zimmer umsah, als ob sie jedes einzelne Detail kontrolliere. Sie öffnete sogar die Tür zur Toilette. Zufriedengestellt klopfte sie auf das Bett und bat Cheryl, ihre Kleider auszuziehen und es sich bequem zu machen.

Das Zimmer war wie der Korridor genau so angenehm möbliert wie in einem guten Hotel, abgesehen von dem standardisierten Krankenhausbett. Ein Fernsehgerät war in einem solchen Winkel in die Decke eingebaut, daß man sowohl vom Bett wie auch von einem bequemen Sessel aus problemlos fernsehen konnte. Die Wände waren hellgrün mit vielen eingebauten Wandschränken. Der Boden war mit einem grünen Teppich belegt.

Nachdem sie ihren eigenen Pyjama angezogen hatte, kletterte Cheryl ins Bett.

Marlene trat wieder in das Zimmer und schob einen Infusions-Ständer vor sich her. Sie erklärte Cheryl, sie würden nur aus Sicherheitsgründen eine Infusion vorbereiten. Sie legte geschickt eine Braunüle an Cheryls linkem Arm an und befestigte vorsichtig eine kleine Armschiene. Jennifer und Cheryl beobachteten, wie die Tropfen in die Tropf-Kammer fielen. Urplötzlich erschien der Raum nicht mehr so sehr wie ein Hotelzimmer.

»So«, sagte Marlene, als sie den letzten Pflasterstreifen anbrachte. »Wir werden Sie in ein paar Augenblicken hinunter in den Behandlungsraum bringen.« Dann wandte sich sich zu Jennifer um und sagte: »Sie sind willkommen, wenn Sie mitkommen wollen. Das heißt natürlich, wenn Cheryl das erlaubt. Sie ist hier der Boß.«

»Oh, ja!« sagte Cheryl schnell, und ihr Gesicht hellte sich auf. »Jennifer, du kommst mit, nicht?«

Das Zimmer schien sich einen Augenblick zu drehen. Jennifer fühlte sich, als ob sie vorgehabt hätte zu waten, statt dessen aber am tiefen Ende des Beckens hineingeworfen worden sei. Sowohl Marlene wie Cheryl sahen sie erwartungsvoll an.

»Einverstanden, ich komme mit«, sagte sie schließlich.

Eine weitere Krankenschwester rauschte mit einer Spritze herein.

»Hier haben wir eine kleine Beruhigungsspritze für Sie«, sagte sie fröhlich, während sie Cheryls Laken herunterzog.

Jennifer wandte sich dem Fenster zu und betrachtete oberflächlich die Dächerszenerie, die sie durch die Spalten der Jalousie sehen konnte. Als sie sich wieder umwandte, war die Krankenschwester mit der Spritze verschwunden.

»Platz bitte«, rief eine andere Stimme, als eine mit Kittel und Haube bekleidete Krankenschwester ein Rollbett in das Zimmer schob und es an die Längsseite von Cheryls Bett brachte.

»Mein Name ist Gale Schelin«, sagte sie zu Cheryl. »Ich weiß, Sie brauchen dieses Rollbett eigentlich nicht und könnten selbst in das Behandlungszimmer gehen; unser Standardverfahren sieht aber vor, daß Sie gefahren werden.«

Bevor Jennifer Zeit hatte, darüber nachzudenken, half sie Cheryl auf das Rollbett herüber und schob sie dann aus dem Zimmer.

»Ganz bis ans Ende des Korridors«, dirigierte Gale.

Draußen vor dem Behandlungszimmer übernahmen mehrere Schwestern das Rollbett. Als sich die Türen hinter Cheryl geschlossen hatten, fühlte sich Jennifer erleichtert. Dann nahm Gale sie am Arm und sagte: »Sie müssen hier eintreten.«

»Ich glaube nicht, daß es eine gute Idee ist...«, begann Jennifer.

»Unsinn«, unterbrach Gale. »Ich weiß, was Sie jetzt sagen werden. Aber dieser Teil des Verfahrens ist nichts. Der bedeutendste Teil ist Cheryls Sichtweite. Es ist wichtig für sie, die Art von Unterstützung zu haben, die eine Familie geben kann.«

»Aber ich gehöre nicht zu ihrer Familie«, sagte Jennifer und fragte sich, ob sie hinzufügen sollte, »und ich bin selbst schwanger.«

»Familie oder Freund«, sagte Gale. »Ihre Anwesenheit ist entscheidend. Hier. Ziehen Sie das über Ihre Kleider und das hier über Ihr Haar. Stellen Sie sicher, daß all Ihr Haar eingesteckt ist.« Sie reichte Jennifer ein steriles Gewand und eine Haube. »Und dann kommen Sie herein.« Gale verschwand durch eine Verbindungstür.

Verdammt, dachte Jennifer. Sie befand sich in einem Lagerraum mit Bettlaken und großen Maschinen aus Edelstahl, die wie Boiler aussahen. Jennifer vermutete, es handele sich um Sterilisatoren. Widerstrebend zog sie die Haube an und schob ihr Haar hinein, wie es gewünscht worden war. Dann schlüpfte sie in das Gewand und verschnürte es über ihrem Bauch.

Die Verbindungstür öffnete sich, und Gale kehrte zurück und betrachtete Jennifer, während sie den Verschluß eines Sterilisators öffnete. »In Ordnung. Gehen Sie einfach rein und bleiben Sie links stehen. Wenn es Ihnen nicht gut ist oder irgendwas, dann gehen Sie wieder hier herein.« Jennifer hörte ein Zischen, als Dampf aus der Maschine austrat.

Jennifer atmete tief ein und betrat den Behandlungsraum.

Er sah gerade so aus, wie sie es sich vorgestellt hatte. Die Wände waren weiß gekachelt, und der Boden bestand aus einer Art weißem Vinyl. An einer Wand hing ein weißes Porzellanbecken, und Laborschränke mit gläserner Vorderseite, die mit medizinischen Geräten angefüllt waren, standen an einer Wand entlang.

Cheryl war auf einen Untersuchungstisch gebracht worden, der mitten im Raum plaziert war. Gleich daneben befand sich ein Gestell, das eine Kollektion rostfreier Schalen und Plastikröhrchen trug. Gegen die gegenüberliegende Wand war ein Anästhesie-Wagen gelehnt, auf dem die bekannten Gaszylinder befestigt waren.

In dem Zimmer hielten sich noch zwei Krankenschwestern auf. Eine von ihnen wusch Cheryls Unterleib, während die andere damit beschäftigt war, verschiedene Packungen zu öffnen und den jeweiligen Inhalt auf das Instrumententablett zu legen.

Die Tür zum Behandlungszimmer öffnete sich, und ein

in ein steriles Gewand gekleideter Arzt mit Gummihandschuhen trat ein. Er ging sofort zum Instrumententablett und arrangierte die Instrumente nach seinem Wunsch. Cheryl, die bislang ruhig dagelegen hatte, richtete sich auf einem Ellbogen auf.

»Miß Tedesco«, sagte eine der Krankenschwestern. »Sie müssen sich für den Arzt zurücklegen.«

»Das ist nicht Dr. Foley«, sagte Cheryl. »Wo ist Dr. Foley?«

Einen Augenblick lang bewegte sich niemand in dem Raum. Der Arzt und die Krankenschwestern warfen sich Blicke zu.

»Ich mache das hier nicht mit, wenn Dr. Foley nicht hier ist«, sagte Cheryl, und ihre Stimme überschlug sich.

»Ich bin Dr. Stephenson«, sagte der Mann. »Dr. Foley kann nicht hier sein, aber die Julian-Klinik hat mich autorisiert, seine Stelle zu übernehmen. Das Verfahren ist sehr einfach.«

»Das ist mir gleich«, schmollte Cheryl. »Ich werde die Abtreibung nicht haben, wenn er sie nicht durchführt.«

»Dr. Stephenson ist einer unserer besten Chirurgen«, sagte eine Krankenschwester. »Bitte legen Sie sich zurück, und lassen Sie uns mit dieser Sache weitermachen.« Sie legte eine Hand auf Cheryls Schulter und begann, sie herunterzudrücken.

»Einen Augenblick«, sagte Jennifer, selbst überrascht über ihr anmaßendes Eingreifen. »Es ist offensichtlich, daß Cheryl Dr. Foley will. Ich finde nicht, daß Sie sie zwingen sollten, jemand anderes zu akzeptieren.«

Jeder in dem Raum wandte sich Jennifer zu, als ob sie erst in diesem Augenblick bemerkten, daß sie dort stand. Dr. Stephenson kam zu ihr herüber und begann, sie aus dem Raum zu führen.

»Einen Augenblick«, sagte Jennifer. »Ich gehe hier nicht raus. Cheryl sagt, sie will sich dem Verfahren nicht unterziehen, wenn Dr. Foley es nicht durchführt.«

»Wir haben dafür Verständnis«, sagte Dr. Stephenson. »Wenn Miß Tedesco es so will, werden wir natürlich ihre Wünsche respektieren. In der Julian-Klinik kommt der Patient immer an erster Stelle. Wenn Sie schon mal zu Miß Tedescos Zimmer gehen wollen, wird sie gleich wieder bei Ihnen sein.«

Jennifer warf Cheryl einen Blick zu, die mittlerweile auf der Kante des Untersuchungstisches saß. »Mach dir keine Sorgen«, rief sie Jennifer nach. »Ich werde sie nichts tun lassen, wenn Dr. Foley nicht kommt.«

Verwirrt ließ sich Jennifer aus dem Behandlungszimmer führen. Das Rollbett, auf dem Cheryl hierher gefahren worden war, wurde wieder hineingerollt, was Jennifer sich besser fühlen ließ. Sie entfernte die Haube und den Umhang und warf sie in einen Korb auf dem Korridor.

Fast augenblicklich erschien Marlene Polaski. »Ich habe gerade gehört, was geschehen ist«, sagte sie zu Jennifer. »Es tut mir schrecklich leid. Gleich, wie sehr man es versucht, in einem so großen Institut geht doch schon mal etwas schief. Die letzten vierundzwanzig Stunden waren so chaotisch. Wir hatten geglaubt, Sie hätten von dem armen Dr. Foley gewußt.«

»Wovon sprechen Sie?« fragte Jennifer.

»Dr. Foley hat vorletzte Nacht Selbstmord begangen«, sagte Marlene. »Er hat zuerst seine Frau und dann sich selbst erschossen. Es stand in allen Zeitungen. Wir dachten, Sie hätten es gelesen.«

Jennifer ging auf den Korridor zurück. Cheryl wurde gerade an ihr vorbeigerollt. Jennifer seufzte und war froh, trotz allem bei Dr. Vandermer zu sein.

☆

Als Adam in Montclair, New Jersey, den Bus verließ, dankte er dem Fahrer, der ihn ansah, als ob er verrückt sei. Adam war tatsächlich in einer merkwürdig hochgestochenen Stimmung, einer Kombination von Nervosität wegen des bevorstehenden Vorstellungsgepräches und seines Schuldgefühles aufgrund seines Benehmens am vorigen Abend. Er hatte versucht, sich bei Jennifer zu entschuldigen, aber das beste, was er hervorgebracht hatte, war zu sagen, es täte ihm leid, die Tür beschädigt zu haben. Er hatte sein Denken über ihr ganztägiges Auf-den-Beinen-Sein und Schuheverkaufen während ihrer Schwangerschaft nicht geändert.

Adam erblickte den Wagen von Arolen genau an der Stelle, wo die Sekretärin gesagt hatte, daß er auf ihn warten würde: vor der Montclair National Bank. Adam überquerte die geschäftige Geschäftsstraße und klopfte an das Fahrerfenster. Der Mann las gerade die New York *Daily News*. Er griff über seine Schulter nach hinten und schloß die hintere Tür auf.

Es war eine kurze Fahrt von der Stadt zum Hauptquartier von Arolen, das erst vor kurzem erbaut worden war. Adam saß mit seinen Händen zwischen die Knie gepreßt und versuchte, alles in sich aufzunehmen. Sie hielten an einem Sicherheitsposten an, und eine uniformierte Wache mit einem Kontrollbrett beugte sich vor und starrte Adam durch das Fenster an. Der Fahrer sagte »Schonberg«, und die Wache öffnete, augenscheinlich zufriedengestellt, das schwarz-weiß gestreifte Tor.

Als sie die gewundene Anfahrt hochfuhren, war Adam verblüfft über den Reichtum. In der Mitte einer außergewöhnlich gepflegten Rasenfläche lag umgeben von Bäumen ein Teich, in dem sich die Sonne spiegelte. Das Hauptgebäude bestand aus einer riesigen bronzierten Struktur, deren Oberfläche wie ein Spiegel wirkte. Die Seiten des Gebäudes verjüngten sich, je höher sie in den Himmel stiegen. Auf beiden Seiten gab es zwei kleinere Gebäude, die mit durchsichtigen Brücken mit dem Hauptgebäude verbunden waren.

Der Fahrer fuhr um den Teich, auf dessen Wasseroberfläche sich die Sonne spiegelte, und hielt direkt vor dem Haupteingang an. Adam dankte dem Mann und ging auf die Türen zu. Während er näher darauf zuging, überprüfte er sein Aussehen in der spiegelähnlichen Oberfläche. Er trug seine besten Kleidungsstücke, einen blauen Blazer, ein weißes Hemd, eine gestreifte Krawatte und eine graue Hose. Das einzige Problem war, daß am linken Ärmel des Jacketts zwei Knöpfe fehlten.

Hinter der Eingangstüre wurde ihm ein besonderes Abzeichen gegeben; man sagte ihm, er solle den Aufzug zur zwölften Etage nehmen. Als er in einsamem Glanz hochfuhr, bemerkte er eine TV-Kamera, die sich langsam hin- und herbewegte, und fragte sich, ob er beobachtet werde. Als sich die Türen öffneten, wurde er von einem Mann in seinem Alter begrüßt.

»Mr. McGuire?« fragte Adam.

»Nein, ich bin Tad, Mr. McGuires Sekretär. Würden Sie mir bitte folgen.«

Er führte Adam zu einem Vorzimmer, bat ihn zu warten und verschwand durch eine Tür, die ein Schild trug mit der Beschriftung »Distrikt-Manager, Nordosten«.

Adam blickte sich um. Das Mobiliar war nachgemachtes Chippendale, der Teppichboden aus einem üppigen Beige. Adam konnte nicht anders, als diese Umgebung mit dem verfallenden Medizinzentrum zu vergleichen, das er vor kurzem verlassen hatte, und erinnerte sich an die Warnung des Dekans. Er hatte keine Zeit für weitere Zweifel, bevor Clarence McGuire die Tür öffnete und Adam herein bat. Er ging zu einer Couch herüber und setzte sich, während McGuire Tad noch ein paar abschließende Anweisungen gab, bevor er ihn entließ.

McGuire war ein jugendlicher, stämmiger Mann, ein paar Zentimeter kleiner als Adam. Sein Gesicht hatte ein zufriedenes Aussehen, und seine Augen schlossen sich fast, wenn er lächelte.

»Darf ich Ihnen einen Drink anbieten?« fragte er.

Adam schüttelte den Kopf.

»Dann finde ich, sollten wir gleich anfangen«, sagte Mr. McGuire. »Was hat zu Ihrem Interesse an Arolen geführt?«

Adam räusperte sich nervös. »Ich habe mich entschieden, das Medizinstudium aufzugeben, und dachte, die pharmazeutische Industrie würde meine Ausbildung vielleicht nützlich finden. Arolen hat meinem Semester diese schwarzen Taschen gegeben, und der Name war bei mir haftengeblieben.«

Mr. McGuire lächelte. »Ich schätze Ihre Offenheit. O.k., erzählen Sie mir, weshalb Sie an Pharmazie interessiert sind.«

Adam zappelte ein bißchen unruhig herum. Es widerstrebte ihm, den wahren demütigenden Grund für sein Interesse anzugeben: Jennifers Schwangerschaft und ihre verzweifelte Geldnot. Statt dessen versuchte er die Taktik, die er sich im Bus zurechtgelegt hatte. »Ich bin zu einem großen Teil durch meine allmähliche Desillusionierung mit der Praxis der Medizin beeinflußt worden. Mir scheint, Ärzte betrachten nicht länger den Patienten als ihre vorrangige Verantwortlichkeit. Technologie und Forschung sind intellektuell und finanziell lohnender geworden, und die Medizin hat sich mehr zu einem Handel anstatt einem Beruf entwickelt.« Adam war sich nicht sicher, was er mit diesem Satz meinte, er hatte aber einen hübschen Klang, und so ließ er ihn unverändert stehen. Davon abgesehen schien Mr. McGuire ihn zu akzeptieren.

»Im Verlauf der letzten zweieinhalb Jahre habe ich zu glauben begonnen, daß die pharmazeutischen Gesellschaften dem Patienten mehr zu bieten haben als der individuelle Arzt. Ich glaube, daß ich mehr für die Menschen tun kann, wenn ich für Arolen arbeite, als das der Fall ist, wenn ich bei der Medizin bleibe.«

Adam lehnte sich auf dem Sofa zurück. Er dachte, was er gesagt habe, klinge ziemlich gut.

»Interessant«, sagte McGuire. »Klingt, als ob Sie viel darüber nachgedacht haben. Ich muß Ihnen jedoch sagen, daß unsere gewöhnliche Methode, Leute wie Sie einzustellen, zuerst einen Einsatz in der Vertreterabteilung vorsieht. Was die Mediziner gerne ›den Nachschubmann‹ nennen. Ich weiß aber nicht, ob das Ihnen das ›Dienstgefühl‹ gibt, das Sie suchen.«

Adam lehnte sich vor. »Ich habe erwartet, im Verkauf zu beginnen, und weiß, daß es ein paar Jahre dauern wird, bevor ich einen wirklichen Beitrag leisten kann.« Er beobachtete McGuire für Anzeichen von Skeptizismus, der Mann lächelte jedoch weiterhin.

»Da ist noch eines, das ich besonders fragen wollte...« sagte McGuire. »Ist Ihr Vater in der Lebensmittel- und Medikamenten Verwaltung beschäftigt?«

Adam fühlte, wie sich die Muskeln in seinem Nacken anspannten. »Mein Vater ist David Schonberg der LMV«, sagte er, »das hat aber nichts mit meinem Interesse an Arolen zu tun. Ja, mein Vater und ich sprechen kaum miteinander; ich könnte also seine Entscheidungen in keiner Weise beeinflussen.«

»Ich verstehe«, sagte Mr. McGuire. »Ich kann Ihnen aber versichern, daß wir an Ihnen und nicht an Ihrem Vater interessiert sind. Und jetzt würde ich gerne etwas über Ihre Ausbildung und Ihre Arbeitserfahrungen hören.«

Adam schlug ein Bein über das andere und begann ganz am Anfang mit der Volksschule und beendete seinen Bericht mit dem Medizinstudium. Er beschrieb alle Ferienjobs. Alles in allem brauchte er etwa fünfzehn Minuten.

»Sehr schön«, sagte McGuire, als Adam zu Ende gekommen war. »Wenn Sie ein paar Minuten draußen warten wollen, werde ich in Kürze zu Ihnen kommen.« Sobald sich die Türe hinter Adam geschlossen hatte, nahm McGuire den Telefonhörer ab und rief seinen Chef, William Shelly, an. Shellys Sekretärin antwortete, und McGuire bat Joyce, ihn mit dem Vize-Präsidenten zu verbinden.

»Worum geht es?« fragte Bill Shelly, dessen Stimme knapp und befehlend klang.

»Ich habe gerade das Vorstellungsgespräch mit Adam Schonberg beendet«, sagte Mr. McGuire, »und Sie hatten recht. Er ist David Schonbergs Sohn und gleichfalls einer der besten Kandidaten, den ich im Verlauf der letzten fünf Jahre gesehen habe. Er ist vollkommenes Material für die obere Etage von Arolen bis durch zu seinem Denken über die augenblickliche Praxis in der Medizin.«

»Klingt gut«, stimmte Bill zu. »Wenn er sich bewährt, kriegen Sie einen Bonus.«

»Ich fürchte, ich kann mich nicht rühmen, ihn gefunden zu haben«, sagte Clarence. »Der Bursche hat mich angerufen.«

»Sie kriegen den Bonus trotzdem«, sagte Bill. »Gehen Sie mit ihm essen und bringen Sie ihn dann in mein Büro. Ich würde mich gerne selbst mit ihm unterhalten.«

Clarence hängte auf und kehrte zu der Sitzgruppe vor seinem Büro zurück. »Ich habe gerade mit dem Vize-Präsidenten gesprochen, der das Marketing leitet und mein direkter Vorgesetzter ist. Er würde sich nach dem Essen gerne selbst mit Ihnen unterhalten. Was sagen Sie dazu?«

»Ich fühle mich geschmeichelt«, sagte Adam.

☆

Jennifer wandte sich von dem Fenster in Cheryls Zimmer ab und sah ihre Freundin an. Sie erschien mit ihrer weißen Haut und dem frisch gewaschenen blonden Haar fast wie ein Engel. Das Beruhigungsmittel, das man ihr gegeben hatte, tat offensichtlich seine Wirkung. Cheryl schlief, ihr Kopf war bequem von einem Kissen gestützt.

Jennifer wußte nicht, was sie tun sollte. Cheryl war aus dem Behandlungszimmer zurückgebracht worden; dann hatte man ihr von Dr. Foleys Tod erzählt. Marlene Polanski hatte versucht, Cheryl zu überzeugen, Dr. Stephenson sei ein genau so guter Arzt wie Dr. Foley, und Cheryl solle weitermachen und das Verfahren durchführen lassen. Sie erinnerte Cheryl daran, jeder weiterhin vergehende Tag mache die Abtreibung riskanter.

Jennifer hatte allmählich Marlene zugestimmt und gleichfalls versucht, Cheryl umzustimmen, aber das Mädchen beharrte weiter darauf, niemand außer Dr. Foley werde sie berühren. Es war fast, als ob sie sich weigerte zu glauben, daß der Mann Selbstmord begangen habe.

Während sie auf die bewegungslose Gestalt in dem Bett starrte, bemerkte Jennifer, wie sich die Augen ihrer Freundin langsam öffneten.

»Wie fühlst du dich?«

»Gut«, sagte Cheryl schläfrig.

»Ich glaube, ich sollte mich auf den Weg machen«, sagte Jennifer. »Ich muß noch das Abendessen machen, bevor Adam nach Hause kommt. Ich rufe dich später an. Ich kann morgen wiederkommen, wenn du willst. Bist du sicher, daß du nicht von Dr. Stephenson behandelt werden willst?«

Cheryls Kopf rollte auf die Seite. Wenn sie sprach, waren ihre Worte genuschelt. »Was hast du gesagt? Ich habe dich nicht ganz genau verstanden.«

»Ich habe gesagt, ich mache mich wohl auf den Weg«, sagte Jennifer und lächelte unwillkürlich. »Haben sie dir Champagner gegeben, bevor sie dich hier heraufgebracht haben? Du klingst, als ob du betrunken bist.«

»Kein Champagner«, murmelte Cheryl, während sie an den weißen Laken herumfummelte. »Ich gehe mit dir zum Fahrstuhl.« Cheryl schlug das Laken zurück und zog versehentlich an dem Tropf, der immer noch an ihrem linken Arm befestigt war.

»Ich glaube, du bleibst besser, wo du bist«, sagte Jennifer. Ihr Lächeln verschwand, und sie empfand das ursprüngliche Rühren der Angst. Sie griff nach Cheryl, um sie zurückzuhalten.

Aber Cheryl hatte ihre Beine bereits über die Kante des Bettes gebracht und richtete sich zu einer unsicheren sitzenden Position auf. An diesem Punkt bemerkte sie, daß sie sich die Braunüle herausgezogen hatte und an der Stelle blutete, an der das Röhrchen in ihrem Arm gesessen hatte.

»Sieh dir an, was ich angestellt habe«, sagte Cheryl. Sie deutete auf das Röhrchen, und indem sie das tat, verlor sie die Balance.

Jennifer versuchte, ihre Schultern zu fassen, aber Cheryl glitt in einer schlappen, flüssigen Bewegung vom Bett auf den Boden. Jennifer konnte nur noch ihren Fall mildern. Am Ende stand sie weit nach vorn vorgebeugt, so daß ihr Gesicht fast die Knie berührte.

Jennifer wußte nicht, was sie tun sollte: um Hilfe rufen oder Cheryl hochheben. Da sich Cheryl in einer so unnatürlichen Position befand, entschloß sie sich, ihr zurück ins Bett zu helfen und dann die Krankenschwester zu holen, als sie aber Cheryls Arm hob, sah sie überall Blut.

»Oh, Gott!« schrie sie. Aus Cheryls Mund und Nase floß das Blut in Strömen. Jennifer drehte sie auf den Rücken und bemerkte, daß die Haut um ihre Augen schwarz und blau war, als ob sie geschlagen worden wäre. An ihren Beinen war noch mehr Blut, das unter dem Krankenhaushemd durchkam.

Ein paar Sekunden lang war Jennifer wie betäubt. Dann stürzte sie zum Rufknopf für die Schwester und drückte ihn wiederholt. Cheryl hatte sich immer noch nicht bewegt. Jennifer gab den Knopf auf, rannte zur Tür und rief wie außer sich um Hilfe. Marlene erschien fast sofort, drückte sich an Jennifer vorbei, die sich gegen die Wand des Korridors lehnte und die Hände gegen den Mund preßte. Mehrere andere Krankenschwestern eilten in das Zimmer. Dann stürzte jemand hinaus und sandte ein Notsignal über das zuvor stille Kommunikationssystem.

Jennifer fühlte, wie jemand ihren Arm nahm. »Mrs. Schonberg. Können Sie uns sagen, was passiert ist?«

Jennifer wandte sich Marlene zu. An der Wange der Krankenschwester klebte Blut. Jennifer spähte in das Zimmer. Sie versuchten, Cheryl Mund-zu-Mund-Beatmung zu geben.

»Wir redeten gerade«, sagte Jennifer. »Sie hat sich über nichts beklagt. Sie hat nur betrunken geklungen. Als sie versuchte, aus dem Bett zu steigen, ist sie zusammengebrochen, und dann war da all das Blut.«

Mehrere Ärzte, einschließlich Dr. Stephenson, kamen den Korridor herunter gelaufen und eilten in Cheryls Zimmer. Bald erschien ein weiterer Arzt mit etwas, das wie eine Beatmungs-Maschine aussah. Marlene verließ Jennifer und half ihm, sie in das Zimmer zu manövrieren. Jennifer lehnte sich gegen die Wand; sie fühlte sich schwindlig. Sie war sich vage der Tatsache bewußt, daß auch andere Patienten in den Türen ihrer Zimmer standen.

Zwei Krankenpfleger erschienen mit einem Rollbett. Einen Augenblick später sah Jennifer Cheryl zum letztenmal, als sie in das Behandlungszimmer zurückgebracht wurde. Über ihr schockierend weißes Gesicht war eine Atemmaske befestigt. Zumindest ein Dutzend Menschen umgaben sie und riefen Anweisungen.

»Sind Sie in Ordnung?« fragte Marlene, die plötzlich vor Jennifer auftauchte.

»Ich glaube schon«, sagte Jennifer. Ihre Stimme war klanglos wie die Dr. Stephensons. »Was ist denn mit Cheryl los?«

»Ich glaube nicht, daß das schon jemand weiß«, sagte Marlene.

»Sie wird doch sicher in Ordnung kommen«, sagte Jennifer eher als Feststellung denn als Frage.

»Dr. Stephenson ist einer unserer besten«, sagte Marlene. »Warum kommen Sie nicht zur Sitzecke gegenüber dem Schwesternzimmer. Ich möchte nicht, daß Sie hier alleine sitzen.«

»Meine Tasche ist noch in Cheryls Zimmer« sagte Jennifer.

»Warten Sie hier. Ich hole sie«, sagte Marlene.

Nachdem sie ihr die Tasche gebracht hatte, nahm Marlene Jennifer mit zur Sitzecke und bot ihr etwas zu trinken an, aber Jennifer versicherte ihr, es gehe ihr gut.

»Wissen Sie, was sie jetzt tun werden?« fragte Jennifer, wenn sie auch nicht sicher war, ob sie die Antwort wirklich hören wollte.

»Das steht ganz im Gutdünken der Ärzte«, sagte Marlene. »Sie werden sicherlich den Fötus herausnehmen. Davon abgesehen weiß ich es nicht.«

»Verursacht das Baby das Bluten?«

»Sehr wahrscheinlich. Das Bluten wie auch den Schock. Das ist der Grund, warum sie es herausnehmen müssen.«

Nachdem sie sich von Jennifer hatte versprechen lassen zu rufen, wenn sie irgend etwas bräuchte, ging Marlene wieder an ihre Arbeit. Alle paar Minuten winkte sie jedoch Jennifer zu, und Jennifer winkte zurück.

Jennifer hatte Krankenhäuser nie gemocht, und diese Erfahrung bestätigte ihre langjährige Abneigung.

Fast eine Stunde war vergangen, bevor Dr. Stephenson wieder auftauchte. Sein Haar klebte ihm auf der Stirn, sein Gesicht war verzerrt. Jennifers Herz setzte einen Schlag aus.

»Wir haben getan, was wir konnten«, sagte er und setzte sich ihr gegenüber.

»Ist sie ...« begann Jennifer, die sich fühlte, als ob sie bei einer Soap Opera zusehe.

Dr. Stephenson nickte. »Sie ist tot. Wir haben sie nicht retten können. Sie hatte DIK, Diffuse Intravasculäre Verbrauchskoagulopathie. Das ist eine Krankheit, die wir wirklich nicht allzu gut verstehen, gelegentlich tritt sie in Verbindung mit Abtreibungen auf. Wir haben nur einen einzigen Fall davon hier in der Julian-Klinik gehabt, und glücklicherweise ging es der Patientin gut. Bei Cheryl wurde die Situation jedoch durch unkontrollierbare Blutungen kompliziert. Selbst wenn wir es geschafft hätten, sie wiederzubeatmen, fürchte ich, hätte sie ihre Nierenfunktion verloren.«

Jennifer nickte, auch wenn sie das alles nicht im geringsten verstanden hatte. Es war unglaublich.

»Kennen Sie ihre Familie?« fragte Dr. Stephenson.

»Nein«, sagte Jennifer.

»Das ist schade«, sagte er. »Cheryl war nicht bereit, uns die Adresse oder Telefonnummer ihrer Eltern zu geben. Das wird es schwierig machen, sie aufzuspüren.«

Marlene und Gale tauchten vor Jennifer auf. Beide hatten geweint. Jennifer war verblüfft. Sie hatte nie gehört, daß Krankenschwestern heulten.

»Uns ist das allen sehr nahegegangen«, sagte Dr. Stephenson. »Das ist das Problem, wenn man Medizin praktiziert. Man tut sein Bestes, aber manchmal ist es einfach nicht gut genug. Ein junges, lebenslustiges Mädchen wie Cheryl zu verlieren, ist eine Tragödie. Hier in der Julian-Klinik nehmen wir diese Art Niederlage sehr persönlich.«

Fünfzehn Minuten später verließ Jennifer die Klinik, durch die gleiche Tür, durch die sie sie nur Stunden zuvor mit Cheryl betreten hatte. Sie konnte die Tatsache, daß ihre Freundin tot sei, absolut noch nicht begreifen. Sie wandte sich um und blickte die spiegelnde Fassade der Julian-Klinik hinauf. Trotz dem, was geschehen war, hatte sie immer noch ein gutes Gefühl in Beziehung auf dieses Krankenhaus. Es war ein Ort, wo Menschen zählten.

☆

Als Adam auf der neunten Etage nach dem Mittagessen McGuire aus dem Aufzug folgte, hielt er inne. Wiederum war er sowohl beeindruckt wie auch abgestoßen von dem teuren Mobiliar. Die Einrichtung war so verschwenderisch, daß sie McGuires Etage vergleichsweise utilitaristisch erscheinen ließ.

Adam beschleunigte seine Schritte und holte McGuire

ein, gerade als er das spektakulärste Büro betrat, das Adam je gesehen hatte. Eine ganze Wand bestand aus Glas, hinter der sich die Landschaft Jerseys in ihrer winterlichen Majestät darbot.

»Mögen Sie den Ausblick?« fragte eine Stimme. Adam drehte sich um. »Ich bin Bill Shelly«, sagte der Mann und ging um seinen Schreibtisch herum. »Freue mich, daß Sie kommen und uns besuchen konnten.«

»Die Freude ist ganz auf meiner Seite«, sagte Adam, der von Mr. Shellys Jugendlichkeit überrascht war. Adam hatte als leitenden Angestellten jemanden zumindest fünfzig Jahre älter erwartet. Mr. Shelly schien nicht mehr als dreißig zu sein. Er war von Adams Größe mit kurz geschnittenem blonden Haar, in das er einen rasiermesserscharfen Scheitel gekämmt hatte. Seine Augen waren von einem verblüffend hellen Blau. Er hatte ein weißes Hemd an, dessen Ärmel heraufgerollt waren, eine rosa Krawatte und eine lohfarbene Hose.

Mr. Shelly wies zum Fenster hinaus. »Diese Gebäude dort in der Ferne sind Newark. Selbst Newark sieht aus der Entfernung gut aus.« Hinter Adam gluckste McGuire vergnügt.

Als er aus dem Fenster blickte, erkannte Adam, daß er sogar den diesseitigen Teil Manhattans sehen konnte. Es waren viele Wolken am Himmel, und Sonnenstrahlen drangen zwischen ihnen durch und beleuchteten einige der Wolkenkratzer New Yorks, während andere in blaue Schatten getaucht blieben.

»Wie wäre es mit einer Erfrischung«, sagte Mr. Shelly, indem er zu einem Kaffeetisch herüberging, das ein Silberservice trug. »Wir haben Kaffee, Tee und so ziemlich alles andere.«

Die drei Männer setzten sich. McGuire und Adam baten um Kaffee. Bill Shelly schenkte sich selbst eine Tasse Tee ein.

»McGuire hat mir schon ein wenig von Ihnen erzählt«,

sagte Shelly, der Adam einschätzend betrachtete, während er redete.

Adam begann zu sprechen und wiederholte im wesentlichen das, was er auch schon McGuire gesagt hatte. Die beiden Arolen-Angestellten tauschten Blicke aus und nickten unmerklich. Bill hatte keinen Zweifel, daß McGuires Einschätzung zutreffend war. Das Ergebnis des Persönlichkeitsprofils, das Bill während des Essens hatte aufstellen lassen, bestätigte Bills Eindruck, Adam stelle eine besonders gute Wahl für ihr Manager-Trainings-Programm dar. Kandidaten zu finden, war eine absolute Priorität, denn die Gesellschaft expandierte rapide. Bill hatte nur einen einzigen Vorbehalt, nämlich der Bursche könne sein Medizinstudium wieder aufnehmen, aber auch dieser Punkt könnte sicher geklärt werden.

Als Adam fertig war, stellte Bill seine Teetasse ab und sagte: »Wir haben den Eindruck, daß Ihre Einstellung zu den medizinischen Berufen unserer eigenen recht nahe steht. Auch wir sind uns des Mangels von sozialer Verantwortung bei den Ärzten bewußt. Ich glaube, Sie sind zu den richtigen Leuten gekommen. Arolen könnte sehr gut eine vollkommene Heimat für Sie sein. Haben Sie irgendwelche Fragen an uns?«

»Wenn ich angestellt werde, würde ich gerne in der Nähe von New York bleiben«, sagte Adam. Es widerstrebte ihm, von dem medizinischen Seminar wegzuziehen, und er wollte, daß Jennifer am Zentrum entbunden würde.

Bill wandte sich McGuire zu. »Ich glaube, wir könnten eine freie Stelle finden, was meinen Sie, Clarence?«

»Sicher«, stimmte Clarence schnell zu.

»Sonst noch irgendwelche Fragen?« fragte Mr. Shelly.

»Keine, die sich mir im Augenblick aufdrängen würde«, sagte Adam. Da er glaubte, die Besprechung sei vorbei, begann er aufzustehen, aber Bill lehnte sich vor und stoppte ihn. »Warten Sie nur noch eine kleine Weile.« Indem er seinen Kollegen entließ, sagte er: »Clarence, ich schicke ihn in Kürze zu Ihnen ins Büro.« Als sich die Tür hinter McGuire schloß, stand Bill auf.

»Lassen Sie mich zuerst sagen, daß wir sehr an Ihnen interessiert sind. Ihre medizinische Ausbildung ist erstklassig. Zum zweiten möchte ich Ihnen versichern, daß wir Sie aufgrund Ihrer eigenen Verdienste einstellen, nicht wegen irgendeines Einflusses, den Sie vielleicht auf Ihren Vater haben könnten, oder auch nicht.«

»Es freut mich, daß Sie das sagen«, meinte Adam, beeindruckt von Mr. Shellys Offenheit.

Indem er das Persönlichkeitsprofil hochhob, das McGuire zusammengestellt hatte, fügte Shelly hinzu: »Es wird Sie verblüffen, daß wir bereits einen vollständigen Bericht über Sie haben.«

Adam empfand einen Augenblick lang eine ziemliche Wut, daß Arolen es wagen würde, in seine Privatsphäre einzudringen, aber bevor er protestieren konnte, sagte Bill: »Alles in diesem Bericht ermutigt mich, Sie nicht nur einzustellen, sondern Ihnen eine Stelle in unserem Manager-Ausbildungs-Programm anzubieten. Was sagen Sie dazu?« Verwirrt versuchte Adam seine Haltung wiederzugewinnen. Die Dinge stürzten schneller auf ihn ein, als er erwartet hatte. »Findet die Managerausbildung auch hier statt?« fragte er.

»Nein«, sagte Mr. Shelly. »Die Verkaufsausbildung findet hier statt, die Managerausbildung jedoch in unserem Hauptforschungszentrum in Puerto Rico.«

Puerto Rico! dachte Adam. Und er hatte sich Sorgen gemacht, Manhattan zu verlassen. »Das ist ein sehr großzügiges Angebot«, sagte er schließlich. »Ich glaube aber, ich würde lieber etwas langsamer anfangen. Meine ursprüngliche Idee war, als Verkaufsrepräsentant anzufangen, um alles in der Geschäftswelt lernen zu können.«

»Ich schätze das«, sagte Mr. Shelly. »Aber das Angebot bleibt bestehen. Ich sollte Ihnen sagen, daß Arolen beabsichtigt, seine Verkaufsmannschaft zu Beginn des nächsten Jahres zu verkleinern. Sie sollten das nicht vergessen.«

»Heißt das, daß Sie mir eine Stelle als Verkaufsrepräsentant angeboten haben?« fragte Adam.

»Allerdings«, sagte Bill. »Und da ist noch eine Person in unserer Organisation, von der ich möchte, daß Sie sie kennenlernen.« Er schaltete seine Sprechanlage an und bat seine Sekretärin, bei Dr. Nachman nachzufragen, ob er nicht einen Augenblick herunterkommen und den Neuling begrüßen könnte, über den sie zuvor gesprochen hätten.

»Dr. Heinrich Nachman ist Chef unseres Forschungszentrums in Puerto Rico. Er ist zufällig aufgrund einer Sitzung des Direktoriums am heutigen Morgen in der Stadt. Ich möchte gerne, daß Sie ihn kennenlernen. Er ist ein bekannter Neurochirurg und eine faszinierende Persönlichkeit. Wenn Sie mit ihm geredet haben, werden Sie vielleicht das Puerto-Rico-Angebot ernsthafter in Erwägung ziehen.«

Adam nickte und fragte dann: »Wann soll ich anfangen? Ich wäre jederzeit bereit.«

»Ich mag Ihre Haltung«, sagte Shelly. »Ich werde Sie in unseren nächsten Kurs für Verkaufsrepräsentanten aufnehmen, der, wie ich glaube, in einer Woche beginnt. Sie werden einen Tag vor diesem Termin mit einem Verkaufsrepräsentanten verbringen müssen, aber ich bin sicher, daß Clarence McGuire das für Sie arrangieren kann. Und was Ihr Gehalt angeht, kommen Sie sofort auf die Gehaltsliste. Nachdem ich Ihre Akte gelesen habe, könnte ich mir auch vorstellen, daß Sie gerne etwas mehr über unsere Mutterschafts-Vergünstigungen wissen wollen.«

Adam fühlte, wie sich sein Gesicht rötete. Er wurde von der Notwendigkeit einer Antwort durch Dr. Heinrich Nachmans Eintreten enthoben.

Der Neurochirurg war außergewöhnlich groß und dünn. Er hatte schütteres dunkles Haar und Augen, denen sehr wenig zu entgehen schien. Er begrüßte Adam mit einem breiten Lächeln und starrte ihn mehrere Minuten intensiv an. Adam wollte gerade beginnen, sich unter dem unentwegten Blick zu winden, als der Doktor sagte: »Wir werden diesen jungen Mann in Puerto Rico sehen?«

»Unglücklicherweise noch nicht«, sagte Shelly. »Adam hat das Gefühl, er würde lieber noch ein bißchen vom Geschäft lernen, bevor er sich zu der Managerausbildung verpflichtet.«

»Ich verstehe«, sagte Dr. Nachman. »Von dem, was Bill mir gesagt hat, würden sie ein wirklicher Aktivposten für unsere Organisation sein. Unsere Forschung macht schneller Fortschritte, als wir erwartet hatten. Es wäre eine fantastische Gelegenheit für Sie. Sie machen sich da keine Vorstellung.«

»Welches Gebiet umfaßt Ihre Forschung?« fragte Adam.

»Psychotropische Medikamente und Fötologie«, sagte Dr. Nachman.

Es trat eine Pause ein. Adam sah von einem Mann zum anderen. Sie starrten ihn beide an. »Das ist sehr interessant«, meinte er unsicher.

»Jedenfalls«, sagte Dr. Nachman, »willkommen bei Arolen-Pharmaceuticals.« Der Forscher streckte seine Hand aus, und Adam schüttelte sie.

☆

Auf der Busfahrt zurück zur Stadt fühlte Adam, wie sich einige Zweifel in ihm regten. Er erinnerte sich an Dr. Markowitz' Bemerkung über sein Desertieren zum Feind. Die Vorstellung, eine Gesellschaft könne so viel Geld verdienen, indem sie Medikamente an kranke, hilfsbedürftige Leute verkaufte, stand konträr zu seinen Idealen. Es war ihm klar, daß Ärzte im grundsätzlichen das gleiche taten. Aber da war noch etwas anderes, was Adam in bezug auf Arolen Sorgen machte, etwas, das er noch nicht genau festmachen konnte. Vielleicht hatte es damit zu tun, daß sie einen »vollständigen Bericht« über ihn hatten anfertigen lassen.

Immerhin war er keine lebenslange Verpflichtung eingegangen, und im Augenblick brauchte er ja das Geld. Wenn er und Jennifer vorsichtig sparen würden, gab es keinen Grund, weshalb er nicht in anderthalb Jahren wieder mit dem Medizinstudium anfangen sollte.

Als der Bus in den Lincoln-Tunnel hineinfuhr, zog Adam seine abgenutzte Brieftasche hervor und warf einen verstohlenen Blick hinein. Und da waren sie: zehn neue Hundertdollarnoten, die sich an ein halbes Dutzend ausgefranster Eindollarscheine schmiegten. Adam hatte noch nie so viel Bargeld gesehen. Bill hatte darauf bestanden, Adam einen Vorschuß zu geben, und darauf hingewiesen, er bräuchte vielleicht ein paar neue Kleidungsstücke. Er würde ja keinen weißen Kittel bei der Arbeit tragen.

Aber tausend Dollar! Adam konnte es immer noch nicht glauben.

☆

Obgleich er mit zwei Bloomingdales-Taschen zu kämpfen hatte, die Hemden und ein Jackett für ihn selbst und ein in Geschenkpapier eingepacktes neues Kleid für Jennifer enthielten, nahm Adam die U-Bahn von der Lexington Avenue zur Vierzehnten Straße und ging von dort zu Fuß zu ihrer Wohnung.

Sobald er die Tür geöffnet hatte, hörte er Jennifer am Telefon, wie sie mit ihrer Mutter sprach. Er warf einen Blick in die Küche und entdeckte keine Vorbereitungen für ein Abendessen. Ja, er bemerkte sogar gleichfalls keinerlei Anzeichen von Lebensmitteln. Nachdem er sich selbst versprochen hatte, er würde an diesem Abend nicht wieder böse sein, ging er in das Schlafzimmer, in dem sich Jennifer gerade am Telefon verabschiedete. Sie legte den Hörer auf und wandte sich zu ihm um.

Sie sah entsetzlich aus. Das Make-up auf ihren Wangen war streifig, und ihre Augen waren vom Weinen rot. Ihr

Haar war halb in einen Knoten gefaßt, halb hing es schlaff auf ihre Schultern herunter.

»Sag es mir nicht«, meinte Adam. »Deine Eltern ziehen nach Bangladesh.«

Große Tränen traten in ihre Augen, und Adam wünschte, er hätte seinen großen Mund gehalten. Er setzte sich neben sie und legte seinen Arm um sie.

»Ich hatte früher versucht, dich anzurufen«, sagte Adam. »Es war besetzt.«

Jennifer ließ ihre Hände in den Schoß fallen. »Warum wolltest du anrufen?«

»Nur um dir zu sagen, ich würde ein bißchen später kommen. Ich habe eine kleine Überraschung für dich. Interessiert?«

Jennifer nickte. Adam ging hinaus und holte das kleine Päckchen. Sie öffnete es langsam. Schließlich schlug sie, nachdem sie vorsichtig das Papier entfernt hatte, die Schachtel auf.

Da er natürlich Entzücken erwartet hatte, war Adam verärgert, als Jennifer einfach da saß und das hübsche Belle-France-Kleid in Händen hielt, und die Tränen wieder ihre Wangen hinunterzurollen begannen.

»Gefällt es dir nicht?« fragte er.

Jennifer wischte ihre Augen und zog das Kleid aus der Schachtel und hielt es unter ihr Kinn, so daß sie sich im Spiegel sehen konnte. »Es ist wundervoll«, sagte sie. »Aber woher hast du das Geld?«

Adam zog die Schultern hoch. »Wenn es dir nicht gefällt, können wir es sicher umtauschen.«

Jennifer ging zu Adam zurück und küßte ihn, mit dem Kleid immer noch gegen ihre Brust gedrückt, auf den Mund. »Ich liebe es. Es ist eines der hübschesten Kleider, die ich je gesehen habe.«

»Warum heulst du dann?«

»Weil ich einen solch schrecklichen Tag gehabt habe. Hast du je Cheryl kennengelernt, Jasons Sekretärin?«

»Ich glaube nicht«, sagte Adam.

»Macht nichts«, sagte Jennifer. »Aber sie war erst neunzehn oder zwanzig. Heute bin ich mit ihr zu einem Krankenhaus gegangen, das Julian-Klinik genannt wird...«

»Davon habe ich gehört«, sagte Adam. »Eine riesige, neue Klinik ähnlich der Mayo-Klinik. Einige der Studenten, die aufgrund verschiedener Ausbildungsgänge dorthin mußten, haben gesagt, sie sei ein wenig merkwürdig.«

»Nicht das Krankenhaus an sich war merkwürdig«, sagte Jennifer, »sondern das, was geschehen ist. Cheryl ist dorthin gegangen, um eine Abtreibung durchführen zu lassen.«

Adam krümmte sich. »Wunderbar!« sagte er voller Sarkasmus. »Du bist mit jemandem mitgegangen, der eine Abtreibung machen lassen wollte? Jennifer, bist du verrückt?«

»Sie hatte sonst niemanden«, erklärte Jennifer. »Ich konnte sie nicht alleine gehen lassen.«

»Natürlich nicht«, sagte Adam. »Aber wenn es dir nichts ausmacht, daß ich frage, wo war ihre Familie oder ihr Freund? Warum mußtest du es sein? Jennifer?«

»Weiß ich nicht«, gab Jennifer zu. »Jedenfalls bin ich mitgegangen. Und dann ist sie gestorben!«

»Gestorben!« wiederholte Adam voller Entsetzen. »Woran ist sie gestorben? War sie krank?«

Jennifer schüttelte den Kopf »Sie war augenscheinlich ziemlich gesund. Sie waren gerade soweit, die Abtreibung durchzuführen, als Cheryl erkannte, daß ihr eigener Arzt nicht anwesend war, und sie weigerte sich, das Verfahren machen zu lassen. Sie erwartete einen Dr. Foley, aber der Mann ist tot. Er hat Selbstmord begangen. Deshalb sollte ein anderer Arzt die Abtreibung durchführen.«

»In einigen Gruppenpraxen kann der Patient nicht wählen, welchen Arzt er konsultieren möchte«, warf Adam ein.

»Das mag vielleicht so sein«, sagte Jennifer, »es scheint

mir jedoch, der Patient sollte im voraus informiert werden, wenn der Arzt, den er erwartet, nicht anwesend sein wird.«

»Das kann ich nicht bestreiten«, sagte Adam. »Aber, wenn sie die Abtreibung verweigerte, woran ist sie dann gestorben?«

»Sie haben gesagt, es sei Diffuse intravasculäre Verbrauchskoagulopathie. Sie ist direkt vor mir gestorben. In der einen Minute war sie vollkommen in Ordnung und in der nächsten fiel sie auf den Boden und blutete. Es war schrecklich.« Jennifer sog ihre Unterlippe zwischen die Zähne und biß darauf. Ihre Augen füllten sich mit Tränen.

Adam legte beide Arme um sie und tätschelte ihren Rücken.

Beide schwiegen ein paar Augenblicke. Adam ließ Jennifer sich beruhigen, während er an der Geschichte herumrätselte. Wie konte Cheryl an DIK gestorben sein, wenn die Abtreibung nicht durchgeführt worden war? Er vermutete, daß es sich um eine durch Salz herbeigeführte Abtreibung gehandelt habe und daß die Lösung bereits eingegeben worden war. Er war versucht, weitere Fragen zu stellen, dachte jedoch, es sei am besten, wenn Jennifer jetzt nicht zu lange an diese Erfahrung erinnert würde.

Aber Jennifer war nicht bereit, das Thema fallen zu lassen. »Was ist Diffuse intravasculäre Koagulopathie?« fragte sie. »Ist es eine häufige Erkrankung?«

»Nein, nein«, versicherte ihr Adam. »Sie ist sehr selten. Ich weiß nicht sehr viel darüber. Ich glaube auch nicht, daß andere wesentlich mehr wissen. Irgend etwas führt dazu, daß der Gerinnungsprozeß in den Blutgefäßen einsetzt. Ich glaube, dieses Phänomen tritt in Verbindung mit extensiven traumatischen Erlebnissen und schweren Verbrennungen und gelegentlich bei Abtreibungen auf. Aber jedenfalls ist das sehr selten.«

»Das geschieht nicht mit Menschen, die nur schwanger sind«, fragte Jennifer.

»Absolut nicht!« sagte Adam. »Und ich will auch nicht,

daß du die Medizinstuditis bekommst und glaubst, du würdest jede exotische Krankheit bekommen, von der du auch nur hörst. Viel lieber hätte ich, daß du dich duschst und dieses neue Kleid anprobierst, und dann werden wir etwas essen.«

»Ich habe keine Lebensmittel eingekauft«, gestand Jennifer.

»Habe ich bemerkt«, sagte Adam. »Macht nichts. Ich habe eine Brieftasche voller Geld, und ich kann kaum an mich halten, dir zu erzählen, wie ich es bekommen habe. Du duschst dich jetzt, und dann gehen wir in ein feines Restaurant und feiern, o.k.?« Jennifer nahm ein Papiertaschentuch und putzte sich die Nase. »Ich hoffe, daß ich eine gute Gesellschaft sein werde. Ich bin so außer mir.«

Während Jennifer sich duschte, ging Adam ins Wohnzimmer und schlug DIK nach. Wie er erwartet hatte, war die Erkrankung nicht mit Schwangerschaft in Verbindung zu bringen. Als er das Medizinbuch in das Regal zurückstellte, bemerkte er das Arzneimittelverzeichnis. Seine Neugierde war geweckt, er zog den Band aus dem Regal und schlug in der Sektion unter Arolen-Pharmaceuticals nach. Abgesehen von einer langen Liste von genetischen Antibiotika hatte Arolen nicht viele exklusive Produkte in der Kategorie für patentierte verschreibungspflichtige Medikamente. Es gab mehrere Beruhigungsmittel, die Adam nicht kannte, wie auch einige Präparate gegen Übelkeit, einschließlich eines für schwangere Frauen, Pregdolen genannt.

Adam fragte sich, wie Arolen es schaffe, mit einer so kleinen Liste neuer Produkte so gute Erträge zu erzielen. Sie würden wohl eine Menge Medikamente verkaufen müssen, um ein solches beeindruckendes Hauptgebäude bezahlen zu können. Er legte das Buch zurück und entschied sich, die finanzielle Basis von Arolen gehe ihn nichts an. Zumindest nicht, solange sie sein großzügiges Gehalt weiterhin zahlen würden.

KAPITEL 7

Zwei Tage später wartete Adam auf der Straße vor seinem Wohnhaus auf den Arolen-Vertreter, der ihn abholen sollte. McGuire hatte ihn am Abend zuvor angerufen und ihm mitgeteilt, Percy Harmon würde Adam um acht Uhr dreißig abholen und mit auf seine Runde von Verkaufsgesprächen nehmen.

Adam hatte schon fast zwanzig Minuten draußen gestanden, aber trotz des kalten Nieselregens war er froh, aus der Wohnung heraus zu sein. Obgleich er und Jennifer ihren Streit bereinigt hatten, war sie immer noch verärgert, daß er sein Medizinstudium unterbrochen und einen Job bei einer pharmazeutischen Gesellschaft angenommen hatte. Er wußte, ein Teil des Grundes, weshalb ihre Reaktion ihm so viel ausmachte, liege in seiner eigenen Ambivalenz, für Arolen zu arbeiten. Doch es war ja nicht für immer und es löste ihre finanziellen Probleme. Vielleicht würden ihr sogar seine Schwiegereltern sagen, er habe das Richtige getan, wenn sie sie heute besuchen würde, allerdings bezweifelte er das.

Ein blauer Chevy näherte sich ihm langsam. Der Fahrer hielt an und drehte das Fenster herunter. »Können Sie mir sagen, wo Nummer 514 ist?«

»Percy Harmon?« fragte Adam.

»Ja, absolut korrekt«, antwortete der Fahrer, während er sich herüberlehnte und die Beifahrertür öffnete.

Adam schloß seine Jacke gegen den Regen, lief die Treppenstufen herunter und stieg in den Wagen.

Percy entschuldigte sich, sich verspätet zu haben, und erklärte, der Verkehr auf der FDR-Route sei aufgrund eines Unfalls auf der Ausfahrt zur Neunundvierzigsten Straße mörderisch gewesen.

Adam mochte Percy augenblicklich und schätzte seine Freundlichkeit. Er war ein wenig älter als Adam und in einen dunkelblauen Anzug mit einer roten polka-getupften Krawatte und ein dazu passendes Taschentuch gekleidet. Er sah geschäftsmännisch und erfolgreich aus.

Er bog auf der Park Avenue nach Norden ab und fuhr auf die oberen Stadtviertel zu.

»Clarence McGuire war am Telefon ziemlich enthusiastisch über Sie«, sagte Percy. »Was ist Ihr Trick?«

»Ich bin mir nicht sicher«, sagte Adam, »aber ich nehme an, das ist nur so, weil ich ein Student im dritten Jahr am Medizinzentrum war.«

»Guter Gott, natürlich ist es das!« rief Percy. »Kein Wunder, daß sie Sie lieben. Mit Ihrem Hintergrund werden Sie weit vor uns Fußvolk kommen.«

Adam war weit davon entfernt, überzeugt zu sein. Er hatte eine Menge Fakten über Knochen und Enzyme und die Funktion von T-Lymphozyten gelernt. Aber wie nützlich waren diese Informationen für Arolen? Davon abgesehen hatten solche Fakten die beunruhigende Angewohnheit, aus Adams Gedächtnis zu verschwinden, sobald ein bestimmter Test vorbei war. Er blickte sich in Percys Wagen um. Auf dem Rücksitz standen Kartons mit Pamphleten. Gleich neben den Kartons lagen Schnellhefter, Computer-Auszüge und ein Stapel von Bestellformularen. Gedruckte Memoranda waren in die Nischen des Armaturenbrettes gesteckt. Der Wagen hatte das Aussehen eines vor Arbeit überlasteten Büros. Adam war nicht überzeugt, sein medizinischer Hintergrund würde ihm bei seinem neuen Job von irgendeinem Nutzen sein. Er blickte Percy verstohlen an, der alle Hände voll zu tun hatte, den Wagen durch den Verkehr New Yorks zu lenken. Der Mann sah entspannt und selbstbewußt aus, und Adam war neidisch.

»Wie sind Sie denn an Arolen gekommen?« fragte Adam.

»Ich bin direkt aus dem Betriebswirtschaftsstudium rekrutiert worden«, sagte Percy. »Ich hatte ein paar Gesundheitsökonomie-Kurse am Kollege absolviert und war an dem Bereich Gesundheit interessiert. Irgendwie hat das Arolen herausgefunden und mich zu einem Vorstellungsgespräch eingeladen. Ich informierte mich über die Gesellschaft und war beeindruckt. Verkaufsrepräsentant zu sein, hat Spaß gemacht, aber ich freue mich auf den nächsten Schritt. Und dank Ihrer Person steuere ich auf die Manager-Ausbildung in Puerto Rico zu.«

»Was meinen Sie mit ›dank meiner Person‹?«

»Clarence hat mir gesagt, Sie würden mein Ersatzmann sein. Seit einem Jahr versuche ich schon, nach Puerto Rico zu kommen.«

»Sie haben mir die gleiche Chance angeboten«, sagte Adam.

»Direkt nach Puerto Rico zu gehen?« rief Percy aus. »Mein Gott, Mann, nehmen Sie sie beim Wort. Ich habe keine Ahnung, ob Sie das wissen, aber Arolen gehört einer extrem schnell wachsenden Finanzgruppe. Vor etwa zehn Jahren haben ein paar clevere Jungs eine Organisation ins Leben gerufen, die sie MTIC nannten, um in die Gesundheitsindustrie investieren zu können. Arolen war eine ihrer ersten Erwerbungen. Als sie Kontrolle über die Gesellschaft gewannen, war es ein belangloses Medikamentenhaus. Und jetzt fordert es die Großen wie etwa Lilly und Merck heraus. Wenn Sie sich der Gesellschaft jetzt anschließen, treten Sie immer noch im Erdgeschoß ein. Wen außer Clarence McGuire haben Sie bei Arolen denn sonst noch kennengelernt?«

»Bill Shelly und Dr. Nachman.«

Percy stieß einen Pfiff aus und nahm seine Augen lange

genug vom New Yorker Verkehr, um Adam einen würdigenden Blick zuwerfen zu können. »Da haben Sie ja gleich zwei der ursprünglichen Gründer kennengelernt. Es geht das Gerücht um, beide säßen gleichermaßen im Direktorium von MTIC und hätten leitende Positionen bei Arolen inne. Und wie haben Sie Dr. Nachman kennengelernt? Er ist der Chef des Forschungszentrums in Puerto Rico.«

»Er war gerade aufgrund einer Konferenz da«, erklärte Adam kurz angebunden. Percys Reaktion warf in ihm von neuem die Frage auf, ob Arolen an ihm oder, trotz ihrer Versicherungen, an seinem Vater interessiert sei.

»Die andere Sache in bezug auf Puerto Rico«, sagte Percy, »ist, daß das Zentrum dort so luxuriös wie ein Seebad ist. Ich bin nur einmal dort gewesen, aber es ist wie in einer anderen Welt. Ich freue mich schon darauf, dort ausgebildet zu werden. Es wird mir wie ein bezahlter Urlaub erscheinen.«

Indem er beobachtete, wie der Regen gegen die Windschutzscheibe prasselte, fragte sich Adam, wie gut die Wöchnerinnenstationen auf Puerto Rico wohl sein würden. Die Vorstellung von strahlendem Sonnenschein wie auch die Möglichkeit, Jennifer von ihren Eltern weg zu bekommen, hatte eine gewisse Anziehungskraft. Er seufzte. Es war schön tagzuträumen, aber es war nun einmal Tatsache, daß er so nahe wie möglich am Medizinzentrum bleiben wollte. Puerto Rico stand außer Frage.

»Da wären wir«, sagte Percy, während er den Wagen am Bordstein vor einem typischen New-York-City-Wohnblock anhielt. Er parkte in einer »Halteverbot«-Abschleppzone, öffnete das Handschuhfach und nahm ein kleines Schildchen heraus, auf dem »Arztbesuch« geschrieben stand. »Das stellt eine kleine Verschiebung der gewöhnlichen Bedeutung des Wortes dar, stimmt aber nichtsdestoweniger«, sagte er und lächelte Adam an. »Und jetzt wollen wir den Angriff planen. Sie sollen hier eine Vorstellung bekommen, wie es ist, einen typischen Arzt zu besuchen. Der Name dieses Burschen ist Dr. Jerry Smith. Er ist zufällig ein sehr erfolgreicher Park-Avenue-Geburtshelfer. Er ist daneben auch ein Esel. Er hält sich für einen intellektuellen Giganten, es wird also außergewöhnlich leicht sein, ihn einzuseifen. Er mag auch kostenlose Probepackungen, eine Vorliebe, der wir gerne nachkommen werden. Irgendwelche Fragen, bevor wir zum Angriff übergehen?«

Adam sagte nein, aber Dr. Markowitz' Bemerkung, zum Feind zu desertieren, verfolgte ihn, als er aus dem Wagen ausstieg. Percy öffnete den Kofferraum und gab Adam einen großen Schirm, den er halten sollte, während er einen Haufen Medikamentenproben hervorholte.

»Smiths Lieblingsproben sind Beruhigungstabletten«, sagte Percy. »Was er mit dem ganzen Zeug anfängt, weiß der Teufel.« Percy stopfte einen kleinen Karton mit verschiedenen Präparaten voll und schloß dann den Kofferraum.

Dr. Smiths Praxis war überfüllt mit Frauen. Die Luft war stickig und roch nach feuchter Wolle.

Adam eilte hinter Percy her, der direkt auf die Empfangsdame zusteuerte. Widerstrebend blickte sich Adam um und sah, wie viele Augenpaare ihn über Magazine hinweg betrachteten.

»Hallo, Carol«, sagte Percy gerade. »Was für ein phantastisches Kleid. Und Ihr Haar! Irgendwas ist anders. Sagen Sie nichts. Lassen Sie mich raten. Sie haben eine Dauerwelle. Gott, sieht absolut toll aus. Und wie geht es unserem Kleinen? Gut, ja? Nun, darf ich Ihnen Adam Schonberg vorstellen. Er wird meine Kunden übernehmen. Hätten Sie was dagegen, wenn er einen Blick auf dieses umwerfende Photo Ihres Jungen wirft? Das mit dem Eisbärfell.«

Adam hielt urplötzlich eine Plexiglasplatte mit verschiedenen Photos auf beiden Seiten in der Hand. Percy richtete sie in seiner Hand, so daß er auf ein molliges Baby blickte, das auf einem Badetuch lag.

»Und Carol, wie geht es Ihrem Vater?« fragte Percy, indem er die Photoplatte aus Adams Hand nahm und sie wieder auf den Schreibtisch stellte. »Ist er schon aus dem Krankenhaus entlassen worden?«

Zwei Minuten später standen Percy und Adam in dem Behandlungszimmer des Arztes und warteten darauf, daß Smith auftauchen würde. »Das war eine tolle Vorstellung«, flüsterte Adam.

»Einfache Sache«, sagte Percy mit einer wegwerfenden Handbewegung. »Ich will Ihnen aber was sagen. Die Arzthelferin oder die Sprechstundenhilfe ist die Person, die Sie in einer Ärztepraxis beeindrucken müssen. Sie kontrolliert den Zutritt zum Arzt, und wenn Sie sie nicht richtig behandeln, dann sterben Sie an Altersschwäche, während Sie darauf warten, vorgelassen zu werden.«

»Sie haben aber so getan, als ob sie mit dieser Frau schon lange befreundet wären«, sagte Adam. »Wie haben Sie all diese Dinge über ihr Privatleben wissen können?«

»Arolen versorgt Sie mit dieser Art Information«, sagte Percy einfach. »Arolen unterhält eine vollständige Akte über jedes Mitglied im Personal eines jeden Arztes, wie auch über den Arzt selbst. Man füttert den Computer mit diesen Dingen. Und wenn man dann Fragen hat, kriegt man sofort die Antworten. Da ist nichts Mysteriöses dran. Es ist nur die Aufmerksamkeit dem Detail gegenüber.«

Adam blickte sich in Smiths Praxis um. Sie war elegant möbliert, zusammengesetzt aus dunkellackierten Laborschränken und Bücherregalen vom Boden bis an die Dekke. Dem Raum zugewandt stand ein großer Mahagoni-Schreibtisch, auf dem sich Magazine hoch stapelten. Adam warf einen Blick auf das Datum der obersten Ausgabe des *American Journal of Obstetrics and Gynecology*. Sie war älter als ein Jahr. Die Zustellbinde für Zeitschriften war immer noch um das Magazin geschlungen, das also nie benutzt worden war.

Die Tür öffnete sich. Dr. Smith hielt auf der Schwelle inne und rief den Korridor hinunter. »Bitten Sie die nächsten Patienten in Behandlungsraum sechs und sieben.«

Eine Stimme antwortete, aber sie war zu weit entfernt, um verstanden werden zu können.

»Ich weiß, daß ich spät dran bin«, rief Dr. Smith. »Was sonst ist neu? Sagen Sie ihnen, ich hätte eine wichtige Besprechung.« Er trat in sein Behandlungszimmer und warf die Tür hinter sich zu. »Sprechstundenhilfen, Scheiße!« Er war ein großer Mann mit einem beeindruckenden Bauch. Seine schweren Kinnladen ließen ihn wie eine alte Bulldogge aussehen.

»Dr. Smith, wie geht es Ihnen?« strahlte Percy. Smith gestattete, daß der Vertreter seine Hand schüttelte, und zog sich dann schnell hinter seinem Schreibtisch zurück, wo er eine Packung Camel-Filter hervorzog. Er steckte sich eine an und blies den Rauch durch die Nasenlöcher aus.

»Ich würde Ihnen gerne Adam Schonberg vorstellen«, fuhr Percy fort und deutete auf Adam. »Er hat bei Arolen die Ausbildung begonnen, und ich nehme ihn auf meine Runde mit, damit er ein paar meiner angeseheneren Klienten kennenlernt.«

Der Arzt lächelte und sagte: »Nun, und was habt Ihr Jungs denn heute morgen für mich?«

»Alle möglichen Proben«, sagte Percy, stellte den Karton auf die Kante des Schreibtisches und öffnete ihn. Dr. Smith beugte sich begierig auf seinem Stuhl vor.

»Ich weiß, wie sehr Sie Marlium mögen, Arolens bestes Beruhigungsmittel, deshalb habe ich Ihnen einen guten Vorrat mitgebracht. Sie werden feststellen, daß die Pakkung verbessert worden ist. Patienten lieben diese neuen strahlendgelben Flaschen. Ich habe auch eine Broschüre für Sie. Studien, die erst vor kurzem hier in New York in der Julian-Klinik beendet worden sind, beweisen, daß Marlium die geringsten Nebenwirkungen aller auf dem Markt befindlicher Beruhigungsmittel hat. Aber das brauche ich Ihnen ja nicht zu sagen. Sie haben uns das ja selbst immer wieder gesagt, solange ich mich überhaupt erinnern kann.«

»Verdammt wahr«, sagte Dr. Smith.

Percy stellte die anderen Medikamentenproben in ordentlichen Reihen auf Dr. Smiths Schreibtisch auf und gab die ganze Zeit einen laufenden Kommentar über die bewiesene Außergewöhnlichkeit der verschiedenen Präparate. Bei jedem möglichen Einschnitt machte er Dr. Smith für dessen Scharfblick Komplimente, seinen Patienten Arolen-Medikamente zu verschreiben.

»Und last not least«, sagte Percy, »habe ich Ihnen fünfzig Einführungsproben von Pregdolen mitgebracht. Ich weiß, daß ich Sie nicht von den Vorzügen dieses Medikamentes gegen die Morgenübelkeit überzeugen muß. Sie waren einer der ersten, die seinen Wert erkannt haben. Ich habe jedoch einen Neudruck eines erst kürzlich veröffentlichten Artikels, von dem ich gerne möchte, daß Sie ihn mal lesen, wenn Sie eine Gelegenheit bekommen. Dieser Artikel vergleicht Pregdolen mit anderen ähnlichen Medikamenten auf dem Markt und beweist, daß Pregdolen schneller von der Leber abgebaut wird als irgend etwas, das die Konkurrenz anbietet.«

Percy legte eine glänzende Broschüre auf einen der Stapel auf Dr. Smiths Schreibtisch.

»Wie geht es übrigens noch ihrem Jungen, David? Hat er nicht gerade mit dem Studium an der Universität in Boston angefangen? Adam, Sie sollten diesen Burschen kennenlernen. Sieht wie Tom Selleck aus, nur besser.«

»Er macht sich sehr gut, danke«, strahlte Dr. Smith. Er machte einen letzten Zug an seiner Zigarette, bevor er sie in seinem Aschenbecher ausdrückte. »Der Junge hat einen in die Medizin einführenden Kurs belegt, wissen Sie.«

»Ich weiß«, sagte Percy. »Er wird sicherlich keine Schwierigkeiten haben, für das Medizinstudium zugelassen zu werden.«

Fünfzehn Minuten später sah sich Adam wieder auf den

Beifahrersitz des Chevy Celebrity klettern. Percy warf den Schirm auf den Boden vor den Rücksitzen und setzte sich dann hinter das Steuerrad. Hinter dem Scheibenwischer war ein Protokoll wegen falschen Parkens geklemmt.

»Na ja«, sagte Percy. »Mein Schildchen funktioniert auch nicht immer.« Er schaltete die Wischer an, und das Schildchen verschwand. »Hokuspokus!« sagte er und hob die Hände, als ob er gerade ein Zauberkunststück vollbracht hätte. »Der Wagen ist auf Arolen zugelassen, und die Rechtsabteilung kümmert sich um diese Dinge. Jetzt wollen wir mal sehen, wer als nächster dran ist.« Er nahm seinen Terminkalender zur Hand und schlug die nächste Seite des Computerausdruckes auf.

Der Morgen ging schnell vorbei, während Adam beobachtete, wie Percy Empfangsdamen fachgemäß behandelte und Arolen-Produkte geschäftigen Ärzten aufdrängte. Adam war verblüfft, wie effektiv Percy mit den Ärzten umging. Nachdem er den ganzen Morgen mit ihm geredet hatte, war er sich bewußt, wie wenig wissenschaftliche Informationen Percy hatte, deren er sich bedienen konnte. Doch das schien keinen Unterschied zu machen. Percy wußte gerade genug, es so klingen zu lassen, als ob er eine ganze Menge wisse, und bewaffnet mit einer Unmenge aktueller Medikamentenbroschüren war er in der Lage, die Ärzte einzuwickeln. Adam fing an, die geringschätzige Haltung Arolens in bezug auf die Intelligenz des durchschnittlichen Arztes anzuerkennen.

Gegen elf Uhr dreißig stieg Percy, nachdem sie die Praxis eines Internisten am Sutton Place South verlassen hatten, in den Wagen und lehnte den Kopf auf das Steuerrad. »Ich glaube, ich bekomme einen hypoglykämischen Anfall. Ich muß unbedingt etwas zu essen haben. Ist es für Sie noch zu früh?«

»Für mich ist es nie zu früh!« antwortete Adam.

»Sehr gut!« sagte Percy. »Da Arolen bezahlt, werden wir das richtig machen.«

Adam hatte in der Vergangenheit über das Four Season-Restaurant als Symbol der Reichen gelästert, obgleich er selbst nie dort gewesen war. Als Percy vorschlug, in das Four Season zu gehen, hatte Adam geglaubt, er mache Witze. Als er in das Grill-Zimmer voranging, wurde Adam fast ohnmächtig.

Indem er seine leinene Serviette auf den Schoß ausbreitete, versuchte sich Adam zu erinnern, wie es jetzt wohl in der dichtgedrängten Krankenhaus-Cafeteria sein würde. Sie schien Millionen Kilometer entfernt zu sein. Ein Kellner fragte Adam, ob er einen Drink wünsche. Unsicher blickte er zu Percy hinüber, der ruhig einen Martini bestellte. Was, zum Teufel, dachte Adam, der schnell sagte, er bekäme das gleiche.

»Was ist denn Ihr Eindruck von der ganzen Sache, jetzt, wo Sie zum erstenmal nasse Füße bekommen haben?«

»Es ist interessant«, sagte Adam ausweichend. »Essen Sie jeden Tag hier?«

»Nein, um Ihnen die Wahrheit zu sagen. Aber McGuire hat mir aufgetragen, Sie zu beeindrucken.«

Adam lachte. Er mochte Percys Offenheit. »Ich bin genügend von Ihren Fähigkeiten beeindruckt. Sie sind sehr gut.«

Percy schüttelte den Kopf. »Es ist leicht. Wie in einem Forellenteich Fische zu fangen. Aus irgendeinem unerklärlichen Grund wissen Ärzte sehr wenig über Medikamente. Vielleicht können Sie mir den Grund nennen.«

Adam überlegte einen Augenblick. Wie alle anderen hatte er Seminare in Pharmakologie absolviert, aber es traf zu, daß auch er sehr wenig über die tatsächliche Verwendung der Medikamente wußte. Man hatte ihm nur ihre Wirkung auf einer zellularen Ebene beigebracht. Das wenige, das er über das Verschreiben von Medikamenten wußte, hatte er auf den Stationen gelernt. Bevor er Percys Frage beantworten konnte, kamen die Drinks.

»Auf Ihre Karriere bei Arolen«, sagte Percy und hielt sein Glas hoch.

»Was hat es mit diesem Pregdolen auf sich, für das Sie Reklame gemacht haben?« fragte Adam und erinnerte sich an Jennifers kürzliche Beschwerden. »Meine Frau hat einige Schwierigkeiten mit morgendlicher Übelkeit. Vielleicht könnte ich ein paar dieser Einführungsproben mitnehmen.«

»Würde ich nicht machen, wenn ich Sie wäre«, sagte Percy, nun plötzlich ernst. »Ich weiß, Arolen verkauft das Zeug tonnenweise, und eine Menge Leute glauben, es sei das Beste seit der Erfindung der Eieruhr, ich glaube aber nicht, daß das Medikament funktioniert, und es besteht sogar die Möglichkeit, daß es toxisch ist.«

»Was wollen Sie damit sagen?« fragte Adam.

»In einigen der bedeutenderen medizinischen Magazine ist darüber berichtet worden«, sagte Percy, während er einen weiteren Schluck seines Drinks nahm. »Natürlich beziehe ich mich nicht auf diese Artikel, wenn ich mit einem Arzt rede. Offensichtlich haben die Ärzte diese Artikel nicht gelesen, denn sie bestellen das Zeug wie verrückt. Das wirft ganz sicher die Theorie über den Haufen, Ärzte bezögen ihre Informationen über Medikamente aus den medizinischen Journalen. Für die meisten praktizierenden Ärzte ist das Blödsinn. Sie bekommen ihre Medikamenteninformationen, das bißchen, das sie überhaupt bekommen, von Leuten wie mir, und ich erzähle ihnen nur, was ich ihnen erzählen will.«

Percy zuckte mit den Schultern, als er Adams schockierten Gesichtsausdruck bemerkte. »Sie müssen eher als irgend jemand anderes wissen, daß Ärzte aus Gefühl und Gewohnheit verschreiben. Es ist unsere Aufgabe, Arolen zum Teil dieser Gewohnheit zu machen.«

Adam schwenkte langsam sein Glas und beobachtete, wie sich die Olive drehte. Er begann zu verstehen, wo er in diesem Geschäft seine Augen würde schließen müssen.

Percy ahnte Adams schlimme Befürchtungen und fügte hinzu: »Um Ihnen die ehrliche Wahrheit zu sagen, es wird eine Wohltat für mich sein, dem Vertreterdasein in dieser Branche den Rücken kehren zu können.«

»Warum?« fragte Adam.

Percy seufzte. »Ich weiß nicht, wie viel von alledem ich Ihnen sagen sollte. Ich möchte Ihren Enthusiasmus nicht dämpfen. Aber in meinem Gebiet sind einige merkwürdige Dinge passiert. Zum Beispiel sind einige Ärzte, die ich regelmäßig besucht habe, von meiner Liste genommen worden. Zuerst dachte ich, sie wären verzogen oder gestorben, aber dann fand ich heraus, daß die meisten von ihnen auf eine Arolen-Kreuzfahrt-Konferenz gegangen waren, zurückgekommen waren, dann ihre Praxen aufgegeben und an der Julian-Klinik angefangen hatten.«

»Julian-Klinik« rief eine merkwürdige Reaktion in Adams Magen hervor, als er sich an den Namen in Jennifers Geschichte erinnerte.

»Einige dieser Ärzte hatte ich ziemlich gut kennengelernt«, fuhr Percy fort, »und deshalb habe ich sie doch besucht, auch wenn die Julian-Klinik nicht mein Territorium ist. Was mir auffiel, war, daß sie alle irgendwie verändert waren. Ein gutes Beispiel war ein Dr. Lawrence Foley, den ich besucht habe, seit ich für Arolen arbeite. Er verschrieb Arolen-Produkte nicht allzu häufig, aber dennoch besuchte ich ihn, weil ich den Mann mochte. Wir spielten sogar ungefähr zweimal im Monat zusammen Tennis.«

»Der Lawrence Foley, der gerade Selbstmord begangen hat?« fragte Adam.

»Der gleiche«, sagte Percy. »Und sein Selbstmord ist Teil der Veränderung, von der ich rede. Ich hatte wirklich das Gefühl, ich kenne den Mann. Er hatte eine Partnerschaft in einer der vielbeschäftigtesten Geburtshelfer-Gynäkologen-Praxen in der Stadt. Dann ging er auf eine Arolen-Kreuzfahrt, kam zurück und gab alles auf, um an der Julian-Klinik arbeiten zu können. Als ich ihn besuchte, war er ein völlig anderer Mann. Er war so eingenommen von seiner Arbeit, daß er sich nicht mehr die Zeit frei machen konnte, um Tennis zu spielen. Und er war nicht der Selbstmordtyp. Der Mann war nie in seinem Leben auch nur einen Tag depressiv, und er liebte seine Arbeit und seine Frau. Als ich hörte, was geschehen war, konnte ich es zuerst gar nicht glauben. Nachdem er seine Frau erschossen hatte, steckte er die Mündung seines Gewehrs in den Mund und...«

»Ich verstehe schon«, sagte Adam schnell. »Wie war das mit dieser Arolen-Kreuzfahrt-Konferenz?«

»Das sind sehr beliebte medizinische Seminare, die auf einem Kreuzer in der Karibik abgehalten werden. Die berühmtesten Professoren und Forscher geben dort in verschiedenen Gebieten Vorlesungen. Diese Treffen haben den besten Ruf von allen medizinischen Fortbildungen im Lande«, sagte Percy. »Aber das ist alles, was ich weiß. Da ich neugierig bin, habe ich Clarence McGuire danach gefragt, aber er sagte, er wisse nicht viel mehr, außer, daß sie von MTIC organisiert würden.«

»Wenn Sie wirklich neugierig sind«, sagte Adam, »warum fragen Sie dann nicht Bill Shelly? Wenn das stimmt, was Sie mir sagen, daß nämlich Arolen Informationen über Ärzte haben möchte, dann scheint es mir doch, daß sie von Ihrer Beobachtung fasziniert sein müßten. Davon abgesehen kann ich Ihnen sagen, daß Bill Shelly ein überraschend junger und angenehmer Bursche ist.«

»Im Ernst?« sagte Percy. »Vielleicht haben Sie recht. Vielleicht gehe ich heute nachmittag mal rüber. Ich habe Mr. Shelly immer mal kennenlernen wollen, und vielleicht ist das meine Chance.«

☆

Als Adam Percy bat, ihn am späten Nachmittag am Medizinzentrum abzusetzen, hatte er das Gefühl, er würde nach seiner Zeit bei Arolen nicht mehr der gleiche Arzt sein. Sie hatten sechzehn Praxen von niedergelassenen Ärzten besucht und nach Percys Angaben mehr als fünfhundert Probeflaschen verteilt. Die meisten Ärzte waren wie Smith gewesen: Begierig, die Proben zu bekommen, und schnell dabei, Percys Tour anzunehmen.

Adam betrat das Krankenhaus durch den Eingang des medizinischen Seminars und begab sich auf den Weg zum Raum mit den Magazinen in der Bücherei. Er wollte Pregdolen in den letzten periodischen Journalen nachschlagen. Percys Bemerkungen hatten ihn neugierig gemacht, und er mochte die Vorstellung nicht, ein Medikament mit wirklich schlimmen Nebenwirkungen zu verkaufen.

Was er suchte, fand er in einer zehn Monate alten Ausgabe des *New England Journal of Medicine.* Es wäre für einen praktizierenden Arzt nicht einfach gewesen, das zu übersehen.

Genau wie Percy angegeben hatte, hatte sich Pregdolen in Tests im Vergleich mit einem Placebo als wirkungslos erwiesen. Ja, in Wirklichkeit hatte das Placebo in allen Fällen – mit Ausnahme von dreien – eine bessere Wirkung in der Kontrolle von Morgenübelkeit gehabt. Aber wichtiger war, daß die Studien ergaben, daß Pregdolen oft krebserregend war und in den Föten schwere Entwicklungsabnormalitäten hervorrief.

Nachdem er sich dem *Journal of Applied Pharmacology* zugewandt hatte, fand Adam heraus, daß die Verkaufszahlen von Pregdolen trotz der ungünstigen Veröffentlichungen im Laufe der Jahre ein beständiges Ansteigen aufwiesen mit einem besonders beeindruckenden Aufwärtstrend im letzten Jahr. Adam schloß das Magazin und fragte sich, ob er sich mehr vor den Vermarktungsfähigkeiten von Arolen oder der Ignoranz des durchschnittlichen Geburtshelfers fürchte. Indem er das Magazin zurücklegte, entschied er sich, die Frage gehe unentschieden aus.

☆

Percy Harmon fühlte sich, als ob ihm die ganze Welt gehöre, als er mit einem phantastischen Gericht von Steak Sukiyaki unter der Gürtellinie aus dem Parkplatz seines japanischen Lieblingsrestaurants herausfuhr. Das Restaurant lag ausgerechnet in Fort Lee, New Jersey, aber zu dieser Nachtstunde um zehn Uhr dreißig würde er nicht mehr als zwanzig Minuten brauchen, um zu seiner Wohnung in Manhattan zurückzukehren.

Er bemerkte den unauffälligen Mann in einem blauen Blazer und einer lohfarbenen Hose nicht, der sich die ganze Zeit, während der Percy in dem Restaurant gewesen war, an der Bar aufgehalten hatte. Der Mann sah ihm nach, bis der blaue Chevy außer Sicht war, und ging dann zu der Telefonzelle in der Nähe. »Er hat das Restaurant gerade verlassen. Sollte in fünfzehn Minuten in der Garage sein. Ich rufe den Flugplatz an.«

Ohne auf eine Antwort zu warten, legte der Mann den Hörer auf und warf zwei weitere Münzen in den Apparat. Er drückte die Wähltasten langsam, fast mechanisch.

Als er den Harlem River Drive hinunterfuhr, wunderte sich Percy, warum er nie daran gedacht hatte, schon früher zu Bill Shelly zu gehen. Der Mann hatte Percys Beobachtungen nicht nur willkommen geheißen, er war sogar absolut freundlich gewesen. Ja, er hatte Percy sogar dem Vize-Präsidenten vorgestellt, und diese Art Kontakte innerhalb einer Organisation wie Arolen zu machen, war unschätzbar. Percy hatte das Gefühl, seine Zukunft habe noch nie so vielversprechend ausgesehen.

Percy stoppte vor der Garage, die Arolen für ihn nur vier Blocks von seiner Wohnung an der Vierundsiebzigsten Straße gefunden hatte. Unangenehm war das nur, wenn es regnete. Es handelte sich um einen riesigen warenhausähnlichen Bau, der das Gesicht der von Schlaglöchern übersäten Straße bestimmte. Das Eingangstor war von einem beeindruckenden Metallgitter versperrt. Percy drückte auf die Fernbedienung im Handschuhfach, und das Tor hob sich. Über dem Eingang war ein einfaches Schild angebracht, das angab »Parken – Tag, Woche oder Monat«, gefolgt von einer örtlichen Telefonnummer.

Nachdem Percy hineingefahren war, wurde das Metallgitter wieder eingeschaltet und schloß sich unter schrecklichem Kreischen und einem abschließenden Krach. Es gab keine reservierten Parkplätze, und Percy kurvte einmal hoffnungsvoll herum, bevor er auf die Rampe zur nächsttieferen Etage zufuhr. Er parkte lieber im Erdgeschoß; die schlecht beleuchteten Plätze in den Geschossen unterhalb den Straßenniveaus machten ihn immer nervös.

Wegen der späten Stunde mußte Percy drei weitere Etagen hinunterfahren, bevor er eine freie Stelle fand. Er schloß den Wagen ab und ging auf die Treppe zu. Dabei pfiff er vor sich hin, um seinen Mut aufrecht zu halten. Seine Absätze echoten auf dem ölbefleckten Betonboden, und in der Ferne konnte er Wasser tropfen hören. Als er die Treppe erreichte, warf er die Tür auf und wurde vor Schock fast ohnmächtig. Zwei Männer mit altmodischen Bürstenschnitten, die einfache blaue Blazer trugen, standen ihm gegenüber. Sie bewegten sich nicht, sie sprachen nicht. Sie standen nur da und blockierten seinen Weg.

Angst durchzuckte Percys Körper wie ein elektrischer Schlag. Er ließ die Tür fahren und trat zurück. Einer der Männer griff nach der Tür und ließ sie mit einem lauten Krachen gegen die Wand fliegen. Percy drehte sich um und floh und raste auf die Treppe am gegenüberliegenden Ende der Garage zu. Seine lederbesohlten Schuhe glitten auf dem Beton aus und erschwerten es ihm, das Gleichgewicht zu halten.

Als er über seine Schulter blickte, war er erleichtert, daß ihn keiner der beiden Männer verfolgte. Er erreichte die Tür am anderen Ende und versuchte, sie zu öffnen. Die Klinke ließ sich nicht bewegen. Sein Herz setzte aus! Die Tür war verschlossen!

Das einzige, was er hören konnte, war das Röcheln seines eigenen Atems und das ständige Wassertropfen. Der einzige andere Weg hinaus führte über die Rampe, und er startete in diese Richtung. Er war fast da, als er einen der Männer unbeweglich mit den Armen an der Seite am Fuße der Auffahrt stehen sah. Percy duckte sich hinter ein geparktes Auto und versuchte zu überlegen, was er nun tun sollte. Offensichtlich hatten sich die beiden Männer getrennt; einer paßte auf die Treppe auf, der andere auf die Auffahrt. In diesem Augenblick erinnerte sich Percy an den alten Autoaufzug in der Mitte des Gebäudes.

Geduckt bewegte er sich vorsichtig auf ihn zu. Als er ihn erreicht hatte, hob er das hölzerne Tor hoch, schlüpfte unten durch und ließ es hinter sich wieder runter. Die anderen drei Wände des Aufzugs waren mit einem schweren Drahtgeflecht umgeben. Das einzige Licht stammte von einer bloßen Glühbirne, die direkt über ihm hing. Percys zitternder Finger drückte auf den Knopf, der die »1« trug.

Der Aufzug wurde mit einem Schnapplaut aktiviert, dem das hohe Winseln des Elektromotors folgte. Zu Percys Erleichterung bewegte sich die Plattform und begann dann langsam hochzufahren.

Der Fahrstuhl bewegte sich mit quälender Langsamkeit, und Percy war nicht mehr als zwei Meter vom Straßenniveau entfernt, als die beiden Männer unter ihm auftauchten.

Ohne Eile ging einer der beiden zu den Kontrollschaltern des Fahrstuhls und kehrte dessen Richtung zu Percys Entsetzen um. Voller Panik drückte Percy wiederholt auf den Knopf, aber der Aufzug behielt gnadenlos seine Richtung bei. Allmählich erkannte er, daß sie beabsichtigt hatten, er solle den Fahrstuhl benutzen. Das war der Grund, weshalb sie ihn nicht gejagt hatten. Sie hatten ihn in eine Falle locken wollen.

»Was wollen Sie?« schrie er. »Sie können mein Geld haben.« Verzweifelt zog er seine Brieftasche hervor und stieß sie durch die hölzernen Latten auf den Garagenboden. Einer der Männer bückte sich und hob sie auf. Ohne sie durchzusehen, ließ er sie in seine Manteltasche gleiten. Der andere Mann hatte etwas hervorgezogen, von dem Percy zuerst glaubte, es sei eine Pistole. Als er aber näher kam, erkannte er, daß es sich um eine Spritze handelte.

Percy drückte sich an die hintere Wand des Fahrstuhls und fühlte sich wie ein gefangenes Tier. Als der Motor zu einem Halt kam, griff einer der Männer nach dem hölzernen Tor und hob es an. Percy kreischte vor Entsetzen und glitt auf den Boden.

Kaum mehr als eine Stunde später fuhr ein blauer Lieferwagen auf die Rollbahn des Teterboro-Flughafens und kam vor einem Golfstrom-Jet zum Halten. Zwei Männer stiegen hinten aus dem Wagen und hievten eine große hölzerne Kiste heraus. Geräuschlos glitt die Laderaumtur des Flugzeugs auf.

KAPITEL 8

Es mußten sich mehr als hundert Leute in dem Konferenzzimmer aufhalten. Alle waren gekommen, um dabeizusein, wenn ihre Freunde und Verwandten das Diplom des Arolen-Vertreterkursus bekämen. Arnold Wiseman, der den Kursus geleitet hatte, saß vor dem Podium direkt neben Bill Shelly. Zu ihrer Rechten befand sich eine große schlaffe amerikanische Flagge.

Adam war irgendwie von der ganzen Zeremonie peinlich berührt und sich bewußt, Arolen mache mehr aus der Sache, als die vierwöchige Ausbildung verdiente. Doch es paßte in das Gesamtbild, da Adam gelernt hatte, daß neun Zehntel dessen, was der Medikamenten-Vertreter verkaufte, reine Show war.

Wenn er darüber nachdachte, war Adam verblüfft, wie schnell diese vier Wochen vorbeigegangen waren. Vom ersten Tag an hatte er erkannt, daß seine zweieinhalb Jahre Medizinstudium ihm vor allen anderen einen Vorsprung gaben. Die Hälfte der anderen Studenten hatten einen Abschluß in Pharmakologie, fünf hatten Abschlüsse in Ökonomie und der Rest stammte aus verschiedenen Abteilungen von Arolen-Pharmaceuticals selbst.

Adam suchte die Menschenmenge nach Jennifer ab, vielleicht hätte sie – so dachte er – in letzter Minute ihre Meinung geändert und wäre gekommen, aber als er seine Blikke umherschweifen ließ, erkannte er, daß seine Hoffnung umsonst war. Sie war von Anfang an gegen sein Arbeiten bei Arolen gewesen, und selbst wenn sie ihre Abneigung gegen den neuen Job überwunden hätte, ihre morgendliche Übelkeit war mittlerweile so ernst geworden, daß sie die Wohnung selten vor Mittag verlassen konnte. Dennoch konnte er sich nicht davon abhalten, alle dunkelhaarigen Frauen im Publikum hoffnungsvoll anzustarren, falls sie durch irgendein Wunder doch gekommen wäre.

Plötzlich blieb sein umherstreifender Blick an einem kleinen Mann mit dunklem lockigem Haar haften, der in einen schwarzen Regenmantel gekleidet war. Er stand mit tief in die Taschen gesteckten Händen am Eingang. Eine einfache Brille mit einem Drahtgestell saß auf einer gebogenen Nase.

Adam wandte sich ab und dachte, seine Augen spielten ihm einen Streich. Dann wandte er sich langsam wieder um und sah den Mann an. Es gab keinen Zweifel. Es war sein Vater.

Adam verbrachte den Rest der Zeremonie im Zustand des Schocks. Als die Formalitäten beendet waren und der Empfang begonnen hatte, bahnte er sich einen Weg zur Tür, wo der Mann stand. Es war tatsächlich sein Vater.

»Dad?« sagte Adam.

Dr. Schonberg wandte sich um. Er hielt eine auf einem Zahnstocher aufgespießte Garnele in der Hand. Weder auf seinen Lippen noch in seinen Augen war ein Lächeln zu entdecken.

»Welche Überraschung«, sagte Adam voller Unsicherheit, wie er reagieren sollte. Er fühlte sich geschmeichelt, daß sein Vater gekommen war, allerdings auch nervös.

»Es ist also wahr«, sagte Dr. Schonberg finster. »Du arbeitest für Arolen-Pharmaceuticals!«

Adam nickte.

»Was ist mit deinem Medizinstudium?« fragte Dr. Schonberg wütend. »Was soll ich deiner Mutter sagen? Und das alles, nachdem ich mich so ins Zeug gelegt habe, dich zugelassen zu bekommen!«

»Ich glaube, mein Zeugnis mit Durchschnittsnote ›1‹ hatte eher etwas damit zu tun«, sagte Adam. »Davon abgesehen werde ich zurückgehen. Ich habe mein Studium nur unterbrochen.«

»Warum?« fragte Dr. Schonberg.

»Weil wir Geld brauchen«, sagte Adam. »Wir werden ein Kind bekommen.«

Einen Augenblick dachte Adam, er sehe ein Weicherwerden im Gesichtsausdruck seines Vaters. Dann blickte Dr. Schonberg mit Abscheu im Raum umher. »Du hast dich also hiermit verbündet, mit diesem...« Er deutete mit einer wegwerfenden Geste auf den kostspielig ausgestatteten Saal. »Erzähl mir nicht, du seist dir nicht bewußt, daß Geschäftsinteressen versuchen, das medizinische Gewerbe zu übernehmen.«

»Arolen stellt einen öffentlichen Dienst bereit«, sagte Adam verteidigend.

»Erspar mir das«, sagte Dr. Schonberg. »Ich bin nicht an ihrer Propaganda interessiert. Die pharmazeutischen Häuser und die Eignergesellschaften, die sie kontrollieren, wollen wie jede andere Industrie Geld machen, und doch werfen sie Millionen Dollar für Public Relations hinaus und versuchen, die Öffentlichkeit vom Gegenteil zu überzeugen. Nun, das ist eine Lüge. Um sich vorzustellen, sein eigener Sohn sei ein Teil davon geworden und das nur wegen dieses Mädchens, das er geheiratet hat...«

»Ihr Name ist Jennifer«, schnappte Adam und fühlte, wie ihm das Blut ins Gesicht stieg.

»Dr. David Schonberg.« Bill Shelly war mit einem Champagnerglas in der Hand hinter Adam getreten. »Willkommen bei Arolen. Ich bin sicher, Sie sind so stolz auf Ihren Sohn wie wir. Mein Name ist Bill Shelly.«

Dr. Schonberg ignorierte die ausgestreckte Hand. »Ich weiß, wer Sie sind«, sagte er. »Und um absolut ehrlich zu sein, ich bin eher entsetzt als stolz, meinen Sohn hier zu sehen. Der einzige Grund, weshalb ich Ihre Einladung angenommen habe, besteht darin sicherzustellen, daß Arolen keine speziellen Rücksichtnahmen erwartet, weil Adam sich Ihrer Organisation angeschlossen hat.«

»Dad!« zischte Adam.

»Ich habe Ehrlichkeit immer geschätzt«, sagte Bill und zog seine Hand zurück, »und ich kann Ihnen versichern, wir haben Adam nicht eingestellt, weil sein Vater bei der FDA arbeitet.«

»Ich hoffe, das stimmt«, sagte Dr. Schonberg. »Ich würde nicht wollen, daß Sie glauben, Arolen hätte es nun leichter, neue Medikamente zugelassen zu bekommen.«

Ohne auf eine Antwort zu warten, warf Dr. Schonberg seine Garnele in einen Papiereimer und drängte sich durch die Menge zur Tür.

Adam schüttelte vor Unglauben den Kopf. »Tut mir schrecklich leid«, sagte er zu Bill Shelly.

»Kein Grund, sich zu entschuldigen«, unterbrach ihn Bill. »Sie sind nicht verantwortlich für die Ansichten Ihres Vaters. Er hat eine Menge Erfahrungen mit den weniger ehrlichen Gesellschaften in unserer Branche. Es tut mir nur leid, daß er nicht genug Kontakt mit Arolen hatte, um den Unterschied schätzenzulernen.«

»Das stimmt vielleicht«, sagte Adam, »aber das entschuldigt sein Verhalten immer noch nicht.«

»Vielleicht könnten wir eines Tages Ihren Vater überzeugen, eine Einladung zu einer Arolen-Kreuzfahrt-Konferenz anzunehmen. Haben Sie davon gehört?«

Adam nickte und erinnerte sich an Percy Harmon. Er hatte seit über einem Monat nicht mehr an den Mann gedacht, aber jetzt fragte sich Adam, warum der geniale Vertreter nicht mit ihm in Kontakt geblieben war, wie er versprochen hatte.

»Wir haben Ihren Vater viele Male eingeladen«, fuhr Bill fort. »Nicht nur auf die Kreuzfahrt, sondern auch zu einem Besuch unserer Forschungsstätten auf Puerto Rico.

Vielleicht sind Sie in der Lage, ihn zu überreden, unsere Einladung anzunehmen. Ich bin sicher, wenn er das täte, würde sich seine Meinung über Arolen ändern.«

Adam zwang sich zu lachen. »In der gegenwärtigen Lage in meinem Leben könnte ich meinen Vater nicht dazu überreden, ein Rembrandt-Gemälde gratis anzunehmen. Wir sprechen kaum miteinander. Offen gestanden war ich schockiert, ihn heute hier zu sehen.«

»Das ist schade«, sagte Bill. »Wir hätten Ihren Vater sehr gerne als einen unserer Hauptdozenten. Sie wissen, die Seminare genießen den besten Ruf im Lande. Und natürlich würden alle Auslagen Ihres Vaters bezahlt. wenn er zustimmen würde, einen Vortrag zu halten.«

»Klingt, als ob Sie versuchen sollten, an meine Mutter zu appellieren«, lachte Adam.

»Ehegatten sind nicht eingeladen«, sagte Bill, als er Adam zum Champagner-Tisch geleitete.

»Warum nicht?« fragte Adam und nahm ein Glas.

»Die Kreuzfahrten sind streng akademisch«, entgegnete Bill.

»Ja, sicher«, sagte Adam.

»Ich meine das ernst«, sagte Bill. »Die Kreuzfahrten werden von Arolen finanziert, werden aber von MTIC geleitet. Der einzige Grund, weshalb sich die Gesellschaft entschloß, ein Schiff zu nehmen, liegt darin, die Ärzte von ihren gewöhnlichen Ablenkungen zu befreien: keine Telefone, keine Patienten und keine Makler. Jede Kreuzfahrt konzentriert sich auf ein besonderes klinisches oder forschungsmäßiges Thema, und wir laden die Spitzenleute aus jedem Bereich zu Vorträgen ein. Die Qualität der Seminare ist wirklich superb.«

»Das Schiff fährt also nur auf See hinaus und geht dort vor Anker?« fragte Adam.

»Oh, nein«, sagte Bill. »Das Schiff startet in Miami, fährt dann zu den Jungfern-Inseln, dann weiter nach Puerto Rico und dann zurück nach Miami. Einige der Gäste, gewöhnlich die Dozenten, gehen in Puerto Rico von Bord, um unser Forschungsinstitut zu besichtigen.«

»Es ist also alles Arbeit und kein Spiel. Nicht einmal ein bißchen Poker?«

»Nun, vielleicht ein Spielchen hier und da«, gab Bill mit einem Lächeln zu. »Jedenfalls würde Ihrem Vater diese Erfahrung gefallen, wenn Sie also irgendwelchen Einfluß haben, was diese Frage angeht, dann könnten Sie vielleicht versuchen, ihn einzusetzen.«

Adam nickte, aber er dachte immer noch an Percy Harmon. Er hatte einen so aufrichtigen Eindruck gemacht, daß Adam überrascht war, daß er sich nicht mehr gemeldet hatte. Er holte gerade Atem, um Shelly zu fragen, wann der Vertreter Manhattan verlassen habe, als Bill sagte: »Haben Sie unserem Angebot zu einer Managerausbildung schon irgendwelche Gedanken gewidmet?«

»Um die Wahrheit zu sagen«, antwortete Adam, »ich bin völlig von dem Verkaufskurs in Anspruch genommen worden. Aber ich verspreche, darüber nachzudenken.«

»Tun Sie das«, sagte Bill, und seine Augen leuchteten über dem Rand seines Champagnerglases auf.

☆

Später an diesem Nachmittag saß Adam in McGuires Büro und ging mit ihm sein Vertretergebiet durch. »Sie übernehmen Percy Harmons Gebiet«, sagte McGuire. »Normalerweise würden wir dort einen erfahreneren Vertreter einsetzen, aber wie Sie wissen, haben wir viel Vertrauen zu Ihnen. Hier, lassen Sie es mich Ihnen zeigen.«

Clarence schlug eine Straßenkarte von Manhattan auf, auf der ein großer Teil des östlichen Bezirks mit einem gelben Stift umrandet war. Das Gebiet begann mit der Vierunddreißigsten Straße und erstreckte sich von dort nach Norden, wurde im Westen von der Fünften Avenue und im Osten vom Hudson begrenzt. Adam war enttäuscht, daß es nicht das Medizinzentrum einschloß, auf der anderen Seite lagen jedoch das New Yorker Krankenhaus, Mount Sinai und die Julian-Klinik innerhalb seiner Grenzen.

Als ob er Adams Gedanken läse, sagte Clarence: »Sie verstehen natürlich, daß Sie nicht für Krankenhäuser und große Gesundheitsorganisationen wie die Julian-Klinik verantwortlich sind.«

»Warum nicht?« fragte Adam.

»Sie sind ehrgeizig!« lachte Clarence. »Ich kann Ihnen jedoch versichern, daß Sie mit den privat niedergelassenen Ärzten in Ihrem Distrikt vollauf zu tun haben werden. Alle Krankenhäuser werden direkt vom Hauptbüro aus versorgt.«

»Die Julian-Klinik ist mehr als ein Krankenhaus«, sagte Adam.

»Das stimmt«, sagte Clarence. »Es gibt tatsächlich eine besondere Beziehung zwischen Arolen und der Julian, da beide von MTIC kontrolliert werden. Folglich räumt die Julian Arolen direkten Zugang zu klinischen Informationen ein, und Arolen umgekehrt versorgt die Julian mit besonderen Möglichkeiten zur Weiterbildung.«

Indem er sich vorlehnte, nahm Clarence eine Computer-Druckschrift und legte sie auf Adams Schoß. »Wenn Sie sich Sorgen machen sollten, Sie würden nicht genügend beschäftigt sein, dann werfen Sie nur einen flüchtigen Blick auf Ihre Klienten.«

Das Gewicht des Materials auf Adams Schoß war beträchtlich. Die Titelseite sagte: »Oberer östlicher Distrikt von Manhattan, Liste praktizierender Ärzte.« Darunter stand: »Eigentum von Arolen-Pharmaceuticals, Montclair, New Jersey.« Und in der unteren Ecke stand nur das Wort »Vertraulich.«

Adam blätterte die Seiten durch und sah eine alphabetische Liste von Ärzten, gefolgt von ihren Adressen und Telefonnummern. Der erste Name auf der letzten Seite war Clark Vandermer, 67 East 36th Street.

Gerade als sich Adam vorstellte, wie es sein würde, Jennifers Gynäkologen zu besuchen, ließ McGuire eine lange Beschreibung der verschiedenen Arten von Ärzten vom Stapel, die Adam kennenlernen würde.

»Irgendwelche Fragen?« fragte er zum Schluß.

»Ja«, sagte Adam und erinnerte sich an die eine, die er Shelly an diesem Morgen zu stellen vergessen hatte. »Wissen Sie, was aus Percy Harmon geworden ist?«

Clarence schüttelte den Kopf. »Ich habe gehört, er sollte auf den Managerkurs auf Puerto Rico gehen, weiß aber nicht, ob er das auch tatsächlich getan hat. Keine Idee. Warum fragen Sie?«

»Kein besonderer Grund«, sagte Adam.

»Nun, wenn Sie keine weiteren Fragen haben, können Sie jetzt anfangen. Wir stehen immer zur Verfügung, wenn Sie uns brauchen, und, damit ich es nicht vergesse, hier sind die Schlüssel zu Ihrem Arolen-Wagen. Es ist ein Buick Century.«

Adam nahm die Schlüssel.

»Und hier ist die Adresse einer Parkgarage. Sie liegt so nahe an Ihrer Wohnung, wie mein Mitarbeiterstab das nur einrichten konnte. Wir zahlen natürlich die Platzmiete.«

Adam nahm das Papier, wieder eingeschüchtert durch die Großzügigkeit der Gesellschaft. Ein Parkplatz in der City war soviel wert wie ein ganzer Wagen.

»Und last not least, hier ist Ihr Code, der Ihnen Zugang zum Computer ermöglicht, wie Ihnen während Ihres Verkaufskursus erklärt worden ist. Ihr Personalcomputer befindet sich im Kofferraum Ihres Wagens. Viel Glück.«

Adam nahm auch diesen letzten Umschlag an sich und schüttelte noch einmal die Hand des Verkaufsmanagers dieses Distrikts. Er war nun offiziell Arolen-Vertreter.

☆

Nachdem er auf dem Radio einen UKW-Rock-Sender gesucht hatte, kurbelte Adam das Fenster hinunter und steckte munter einen Ellbogen hinaus. Er fuhr etwa achtzig Kilometer in der Stunde und fühlte sich grundlos unbeschwert. Dann erinnerte er sich an den verhöhnenden Unglauben seines Vaters, und sein Lächeln verschwand.

»Wir brauchen das Geld!« sagte er laut. »Wenn du uns geholfen hättest, wäre ich noch im Medizinstudium.«

Seine Stimmung verbesserte sich nicht, als er die Wohnung erreichte, nur um sie leer vorzufinden mit einer kleinen Notiz, die am Kühlschrank angeklebt worden war: »Bin nach Hause gefahren.« Adam riß sie ab und warf sie quer durch das Zimmer.

Er zog die Kühlschranktür auf und blickte hinein. Von dem letzten gebratenen Hähnchen war noch ein Rest übrig. Er nahm es zusammen mit einem Mayonnaise-Glas und zwei Scheiben Roggenbrot heraus. Nachdem er sich ein Sandwich gemacht hatte, ging er ins Wohnzimmer und stellte seinen Personalcomputer auf. Er schaltete ihn ein und fütterte ihn mit seinem Zugangscode. Welchen Arzt sollte er abrufen? Er zögerte einen Augenblick und gab dann Vandermers Namen ein. Dann nahm er den Telefonhörer von der Gabel und schloß ihn an den Bildschirm an. Als alles bereit war, drückte er auf die Ausführungstaste, lehnte sich zurück und nahm einen kräftigen Bissen von seinem Sandwich. Kleine rote Lichter erschienen auf dem Bildschirm, die anzeigten, er sei nun mit dem Arolen-Hauptsystem verbunden.

Der Bildschirm vor Adam flackerte, und dann erschien ein Text. Adam hörte einen Augenblick mit dem Kauen auf und beugte sich vor, um besser lesen zu können.

CLARK VANDERMER, M.D., F.A.C.O.G.

– biographische Daten
– persönliche Daten
– wirtschaftliche Daten

– berufliche Daten
– Daten über den Gebrauch von Pharmazeutika
(zur Auswahl Leertaste betätigen)

Sein Interesse war geweckt, und Adam betätigte die Leertaste, bis der Cursor (Pfeil) auf »Persönliche Daten« zeigte. Dann betätigte er wieder die Ausführungstaste. Wieder erhielt er ein Register:

PERSÖNLICHE DATEN

– Familiengeschichte (vergangen) einschließlich Eltern und Verwandte
– Familiengeschichte (gegenwärtig) einschließlich Frau und Kinder
– Interessen und Hobbys
– gesellschaftliche Vergangenheit (einschließlich Ausbildung)
– Krankheitsgeschichte
– Persönlichkeitsprofil
(Zur Auswahl Leertaste betätigen)

Mein Gott, dachte Adam, das ist ja Orwells *»1984«*. Er bewegte den Cursor auf »Familiengeschichte (gegenwärtig)« und drückte wieder die Ausführungstaste. Augenblicklich füllte sich der Bildschirm mit einem ausgedehnten Text. In den nächsten zehn Minuten las Adam einen Bericht über Clark Vandermers Frau und Kinder. Zum großen Teil waren es unbedeutende Details, es gab aber auch einige wichtige Dinge. Adam erfuhr zum Beispiel, Vandermers Frau sei dreimal im Krankenhaus gewesen aufgrund von Depressionen, die nach der Geburt ihres dritten Kindes aufgetreten waren. Er entdeckte auch, das ihr mittleres Kind, ein Mädchen, laut Diagnose an Anorexia nervosa litt.

Adam sah angewidert vom Bildschirm auf. Es gab keinen Grund, weshalb eine Medikamentenfirma wie Arolen eine solch vollständige Akte über einen Arzt haben sollte.

Er hatte den Verdacht, daß alles, was sie würden nutzen können, unter der Überschrift »Daten über den Gebrauch von Pharmazeutika« kommen würde. Um diesen Punkt zu beweisen, rief Adam diese Kategorie ab und bekam, was er erwartet hatte, nämlich eine Analyse von Vandermers Verschreibungsgewohnheiten, einschließlich der Menge jedes Medikamententypus, die er jedes Jahr verschrieb.

Nachdem er zum Register zurückgekehrt war, gab Adam dem Computer die Anweisung, auf dem Matrix-Drucker den vollständigen Bericht über Dr. Vandermer auszuwerfen. Der Drucker sprang an, und Adam ging in die Küche zurück, um sich eine Cola zu holen.

Es dauerte zweiunddreißig Minuten, bevor der Drucker stehenblieb. Adam riß das letzte Blatt ab und hob den langen Schweif an Papier auf, der sich hinter dem Computer angesammelt hatte. Es waren fast fünfzig Seiten. Adam fragte sich, ob der gute Doktor auch nur die geringste Ahnung von dem Material habe, das Arolen über ihn zusammengestellt hatte.

Der Inhalt des Berichtes war trocken und ermüdend detailliert. Er schloß selbst Vandermers Investitionen ein. Adam überflog viele Seiten, bis er zu einer Beschreibung von Vandermers Praxis kam. Er fand heraus, daß der Arzt zusammen mit Lawrence Foley, ein Mitbegründer von GYN-Associates war! Lawrence Foley, der Arzt, der so unerwartet Selbstmord begangen hatte. Adam fragte sich, ob Jennifer wußte, daß Foley einmal eine Partnerschaft mit ihrem eigenen Arzt gehabt hatte.

Als er weiterlas, entdeckte er, Vandermers gegenwärtige Teilhaberärzte hießen Dr. John Stens und Dr. June Baumgarten.

Da seine Neugierde angestachelt war, entschied er sich, Dr. Vandermer würde sein erster Kunde werden. Adam erinnerte sich an Percy Harmons Rat, der Weg zum Arzt gehe über seine Empfangsdame, und ließ Informationen über sie auf dem Bildschirm erscheinen. Ihr Name war

Christine Morgan. Sie war achtundzwanzig Jahre alt, mit einem gewissen David Morgan, einem Maler, verheiratet und hatte ein männliches Kind, David jun., mit Spitznamen DJ.

Indem er versuchte, Percy Harmons selbstbewußte Haltung heraufzubeschwören, wählte er die Nummer der Frauenarztpraxis. Als Christine antwortete, erklärte er ihr, er habe Percys Job übernommen. Sozusagen im Vorbeigehen erwähnte er, der Vertreter habe so liebenswürdig von ihrem hübschen Sohn erzählt. Er mußte das Richtige getroffen haben, denn Christine sagte ihm, er könne gleich zu ihnen kommen; sie würde versuchen, ihn einzuschieben.

Fünf Minuten später war Adam in nördlicher Richtung auf der Park Avenue unterwegs und versuchte sich zu erinnern, welche Arolen-Medikamente er den Geburtshelfern der Frauenarztpraxis Dr. Vandermers aufdrängen sollte. Er entschloß sich, sich auf die generische Reihe von Vitaminpräparaten zu konzentrieren, für die Arolen bei Schwangerschaften Reklame machte.

In der Gegend der Sechsunddreißigsten Straße und der Park Avenue war es sogar schwer, eine unbesetzte Lücke in den Abschleppzonen zu finden. Adam mußte sich mit einem Platz direkt an einem Feuerhydranten zwischen der Park Avenue und der Lexington Avenue zufriedengeben. Nachdem er den Wagen verschlossen hatte, ging er zum Heck und öffnete den Kofferraum, der mit dem vollständigen Sortiment von Arolen-Proben, Drucken und anderen Paraphernalia ausgestattet war. Es gab ein Dutzend Cross-Federhalter, auf denen die Arolen-Insignien eingraviert waren. Adam sollte sie nach Gutdünken verschenken.

Adam wählte eine angemessene Zusammenstellung von Medikamenten und Broschüren aus und stopfte sie in seine Aktentasche. Er ließ einen der Cross-Federhalter in die Seitentasche seines Jacketts gleiten. Nachdem er den Kofferraum verschlossen hatte, machte er sich mit schnellem Schritt auf den Weg zu Vandermers Praxis.

Christine Morgan war eine Frau mit stark gekräuseltem Haar und dem Gehabe eines verängstigten Vogels. Sie schob ihre Brille auf der Nase zurück und fragte, ob sie ihm helfen könne.

»Ich bin Adam Schonberg von Arolen«, sagte er mit einem so breiten Lächeln, wie er es nur zustande brachte, während er seine erste Arolen-Visitenkarte überreichte. Sie erwiderte sein Lächeln und winkte ihm, in den Empfangsbereich einzutreten. Nachdem er ihr jüngstes Photo von DJ bewundert hatte, führte ihn Christine in eines der freien Untersuchungszimmer und versprach, sie würde die Chefsprechstundenhilfe wissen lassen, daß er da sei.

Adam saß auf dem Schemel vor dem kleinen weißen Schreibtisch. Er blickte zu dem Untersuchungstisch mit den rostfreien Beinbügeln herüber. Es war schwer, sich Jennifer hier als Patientin vorzustellen.

Mehrere Minuten später flog die Tür auf, und Dr. Vandermer trat ein. Um sich die Zeit zu vertreiben, hatte Adam eine Schublade aufgezogen und blickte beiläufig auf die Sammlung von Kugelschreibern, Verschreibungsblocks und Laboretiketten. Jetzt lief er tiefrot an, schloß die Schublade wieder und stand auf.

»Gab es etwas Besonderes, das Sie suchten?« fragte Dr. Vandermer sarkastisch. Er hielt Adams Visitenkarte in der Hand und blickte zwischen ihr und Adams verlegenem Gesicht hin und her. »Wer, zum Teufel, hat Sie hier hereingelassen?«

»Ihr Personal«, brachte Adam mühsam heraus, absichtsvoll vage bleibend.

»Ich werde mit denen mal reden müssen«, sagte Dr. Vandermer, als er sich umwandte, um zu gehen. »Ich werde jemanden bitten, Sie hinauszubegleiten. Ich muß mich um meine Patienten kümmern.«

»Ich habe ein paar Proben für Sie«, sagte Adam schnell. »Und auch einen Cross-Federhalter.« Hastig fischte er den Federhalter aus der Tasche und hielt ihn Vandermer entgegen, der gerade dabei war, Adams Visitenkarte zu zerreißen.

»Sind Sie vielleicht zufällig mit Jennifer Schonberg verwandt?« fragte Vandermer.

»Sie ist meine Frau«, sagte Adam eifrig, »und eine Ihrer Patientinnen.«

»Ich dachte, Sie wären Medizinstudent«, sagte Dr. Vandermer.

»Das stimmt«, sagte Adam.

»Und was zum Teufel soll dann dieser Unsinn?« sagte Vandermer und gestikulierte mit der Visitenkarte.

»Ich habe das Studium unterbrochen«, sagte Adam verteidigend. »Da Jennifer schwanger ist, brauchten wir Geld.«

»Das ist nicht die Zeit für Leute wie Sie, Kinder zu kriegen«, sagte Vandermer pedantisch. »Aber wenn Sie so unvernünftig sind, eins zu bekommen, dann kann doch Ihre Frau noch arbeiten.«

»Sie ist Tänzerin«, sagte Adam. Er erinnerte sich an die privaten Probleme des Arztes und fand es nicht fair von ihm, einfache Lösungen anbieten zu wollen.

»Nun, es ist ein Verbrechen, daß Sie das Medizinstudium verlassen haben. Und dann noch als Nachschubmann für eine Medikamentenfirma zu arbeiten. Mein Gott, welche Verschwendung!«

Adam biß sich auf die Lippe. Vandermer fing an, ihn an seinen Vater zu erinnern. In der Hoffnung, den Vortrag beenden zu können, fragte er Vandermer, ob es nichts gebe, das man gegen Jennifers morgendliche Übelkeit tun könne.

»Fünfzig Prozent meiner Patientinnen bekommen Morgenübelkeit«, sagte Vandermer mit einem Winken seiner Hand. »Wenn es keine natürlichen Ernährungsprobleme verursacht, ist es am besten, symptomatisch zu behandeln. Ich benutze nicht gerne Medikamente, wenn ich es vermeiden kann, und ganz besonders nicht Arolens Pregdolen.

Und fangen Sie bloß nicht an, Arzt spielen zu wollen und Ihr von diesem Mist zu geben. Das Medikament ist nicht sicher, trotz seiner Popularität.«

Adams Meinung über Dr. Vandermer stieg ein wenig. Er war vielleicht unangenehm brüsk, aber zumindest war er in seiner medizinischen Belesenheit auf dem laufenden.

»Da Sie schon mal hier sind«, sagte Dr. Vandermer, »können Sie mir einen Telefonanruf ersparen. Ich soll nächste Woche auf der Arolen-Kreuzfahrt-Konferenz einen Vortrag halten. Wann spätestens kann ich in Miami an Bord des Schiffes gehen?«

»Ich habe nicht die geringste Ahnung«, gab Adam zu.

»Wunderbar«, sagte Dr. Vandermer und nahm wieder seinen sarkastischen Tonfall auf. »Würden Sie jetzt bitte mit mir kommen.«

Adam griff sich schnell seine Aktentasche und folgte dem Mann aus dem Untersuchungszimmer den engen Korridor hinunter. Nach etwa zwanzig Schritten hielt Vandermer an, öffnete eine Tür, trat zur Seite und ließ Adam vorangehen. Während Adam durch die Tür ging, drückte Vandermer unsanft die Visitenkarte wieder in seine Hand und schloß dann die Türe hinter ihm. Verblüfft dreinblickend fand sich Adam in dem überfüllten Wartezimmer wieder.

»Haben Sie den Doktor gesprochen?« fragte Christine.

»Das habe ich wirklich«, sagte Adam und fragte sich, warum im Himmel sie auf den Verkaufskursen nicht die Kreuzfahrten besprochen hatten. Wenn er die Antwort auf Vandermers Frage gewußt hätte, wäre er vielleicht in der Lage gewesen, seine Masche anzusetzen.

»Ich habe Ihnen ja gesagt, ich würde Sie vorlassen können«, sagte Christine stolz.

Adam wollte gerade fragen, ob er jemand von den anderen Ärzten in der Gruppe sprechen könnte, als er die Namensschilder an der Wand hinter der Empfangsdame bemerkte. Zusätzlich zu Vandermer, Baumgarten und Stens waren auch Dr. Lawrence Foley und Dr. Stuart Smyth aufgeführt. Adam erinnerte sich nicht, einen Dr. Smyth in Vandermers Akte gesehen zu haben.

Adam griff in seine Seitentasche und zog den Cross-Federhalter heraus. »Hab' da eine kleine Überraschung für Sie«, sagte er, indem er ihn Christine gab. Indem er ihren Dank wegwischte, wies er auf Dr. Smyths Namen. »Ist das ein neuer Arzt in der Gruppe?«

»Oh, nein«, sagte Christine. »Dr. Smyth gehört schon seit fünfzehn Jahren zu uns. Unglücklicherweise ist er sehr krank. Aber ich habe ihn sowieso nie sonderlich oft gesehen. Er bestellt die meisten seiner Patienten zur Julian-Klinik.«

Adam blickte wieder auf die Namensschilder. »Ist das der Dr. Foley, der Selbstmord begangen hat?«

»Ja. Was für eine Tragödie«, sagte Christine. »Er war mein Lieblingsdoktor. Aber auch ihn haben wir im Verlaufe der letzten sechs Monate nicht viel gesehen. Auch er hat begonnen, seine Patienten zur Julian-Klinik zu bestellen.«

Christines Bemerkung half Adams Gedächtnis nach. Percy Harmon hatte sich verwundert gezeigt, daß so viele Ärzte, einschließlich Dr. Foley, ihre Praxen verließen, um sich der Julian-Klinik anzuschließen.

»Waren Sie hier, als das mit Dr. Foley passierte?« fragte Adam.

»Unglücklicherweise«, gab Christine zu. »Es war ein Alptraum, weil alle seine Patienten angerufen und für einen neuen Termin bestellt werden mußten.«

»Ist er nicht auf einer Reise gewesen, bevor er weggegangen ist?« fragte Adam.

»Ich glaube ja«, sagte Christine. »Wenn ich mich richtig erinnere, war es eine Art medizinischer Kongreß. Ich glaube, es war eine Kreuzfahrt.«

»Wie steht es denn mit Dr. Baumgarten und Dr. Stens?« fragte Adam. »Sind sie heute hier?«

»Tut mir leid«, sagte Christine. »Sie operieren beide.«

☆

»Ich verstehe das nicht«, sagte Adam zwei Stunden später und fuchtelte mit seinem Kotelett vor Jennifer herum. »Wie kommt es, daß es dir heute morgen zu schlecht ging, um zu Arolen hinauszufahren, dann aber gut genug, den ganzen Nachmittag mit deiner Mutter einkaufen zu gehen?«

Jennifer senkte die Augen und spielte mit dem fritierten Gemüse auf ihrem Teller. Zuvor hatte sie bereits versucht, Adam zu erklären, warum es für sie wichtig war, mit ihrer Mutter zu reden. Aber Adam hatte ihre Erklärung abgetan, und jetzt entschloß sie sich, anstatt etwas Gemeinem überhaupt nichts zu sagen.

Adam trommelte mit seinen Fingern auf der Formica-Tischplatte. Seit Jennifer festgestellt hatte, sie sei schwanger, schienen sie nicht mehr in der Lage zu sein, miteinander vernünftig über irgend etwas zu reden. Adam fürchtete, wenn er sie weiter kritisierte, würde sie wieder zu heulen anfangen.

»Sieh mal«, sagte er, »vergiß das mit heute. Wir wollen unser Essen genießen. Du siehst gut aus. Ist das ein neues Kleid?«

Sie nickte, und er erriet, daß es ein Geschenk ihrer Mutter war.

»Es ist wirklich hübsch«, sagte er diplomatisch, aber Jennifer ließ sich nicht beschwichtigen.

»Das Kleid ist vielleicht o.k., aber ich sehe schrecklich aus. Ich hatte geglaubt, die Schwangerschaft würde mich vor Weiblichkeit erglühen lassen, aber ich fühle mich nur fett und unattraktiv.« Als Adam nicht antwortete, fügte sie hinzu: »Ich glaube, viel hat mit dieser schrecklichen Übelkeit zu tun. Ich weiß nicht, weshalb sie sie Morgenübelkeit nennen, wenn sie den ganzen Tag anzuhalten scheint.«

Adam reichte über den Tisch hinüber und drückte ihre Hand. In der Hoffnung, sie aufzumuntern, begann er, ihr von seinem katastrophalen Besuch bei Dr. Vandermer zu erzählen. Während er redete, begann sich ihr Gesicht zu entspannen.

»Ich habe es dir ja gesagt, er hat schreckliche Manieren im Umgang mit den Patienten«, sagte Jennifer. »Hat er irgend etwas Nützliches über die Übelkeit gesagt?«

»Nein, nur daß es wieder weggehen würde, und daß du ganz in Ordnung wärst.«

Jennifer seufzte. Während sie von dem Restaurant nach Hause gingen, sagte sie wenig, und sobald sie zu Hause ankamen, ging sie zu Bett.

Niedergeschlagen von seinem ersten Tag als Vertreter und verärgert wegen des Schweigens seiner Frau, schaltete Adam ruhelos den Computer an. Nur zum Zeitvertreib rief er die Frauenarztpraxis ab, um Dr. Smyths Name hinzuzufügen. Zu seiner Überraschung war er bereits da. Er fragte sich, ob er am Nachmittag einen Fehler gemacht habe, und ging zu dem Ausdruck über Vandermer zurück. Smyths Name erschien nicht auf der Liste. Um das gegenzukontrollieren, rief Adam auch die anderen assoziierten Ärzte ab, Stens und Baumgarten. Weder Smyth noch Foley erschienen in ihren Akten.

Adam biß sich auf die Unterlippe. Es mußte Kontrollen im Programm geben, die eine solche Auslassung herausfinden würden. Oder vielleicht hatten die Programmierer vergessen, eine Gegenkontrolle einzugeben. Wenn das der Fall wäre, hatte Adam den Eindruck, sollte er Arolen wohl davon Mitteilung machen.

Adam fragte sich, welche Mitarbeiter in Smyths Akte auftauchen würden, und gab den Namen des Arztes ein. Der Monitor flackerte, und dann erschien eine knappe Information: »Geburtshelfer-GYN Kreuzfahrt 9/9/83. Auffrischungskurs 6/5/84 mit geplantem Besuch im Forschungszentrum Puerto Rico.« Adam rieb sich die Mundwinkel. Der Computer wußte offensichtlich von Dr. Smyth, hatte aber keine Akte über ihn. Adam konnte das nicht verstehen.

Er öffnete seine Kundenliste und ließ seinen Finger die Namenskolonne hinunterwandern. Smyth war nicht aufgeführt. Adam kam zu der Entscheidung, daß Arolen Smyth in der Julian-Klinik versorgte, auch wenn er technisch Mitglied von GYN-Associates war. Dennoch schien das alles sehr merkwürdig.

Verwirrt entschloß sich Adam, Lawrence Foleys Akte abzurufen. Die Maschine druckte ein einziges Wort aus: »Abgeschlossen.«

Einige Programmierer hatten da wohl einen ziemlich kranken Humor, dachte Adam.

☆

Im Verlaufe der nächsten drei Wochen verbesserte sich Adams Fertigkeit als Vertreter beträchtlich. Solange er die Ärzte auf seiner Liste mit Proben überhäufte, hörten ihm die meisten von ihnen erfreut zu, wenn er die Eigenschaften der Arolen-Produkte rühmte. Sie zogen seine Informationen selten in Zweifel oder fragten nach möglichen Nebenwirkungen. Adam drängte ihnen die gesamte Reihe von Arolen-Medikamenten auf mit einer Ausnahme: Pregdolen. Der Magazinartikel und Vandermers Warnung hatten ihn beeindruckt, und er wollte nicht dafür verantwortlich sein, den Gebrauch eines möglicherweise gefährlichen Medikamentes zu ermutigen.

An den Abenden informierte er sich am Computer gewöhnlich über die Ärzte, die er am nächsten Tag zu besuchen gedachte, aber nur in bezug auf die Bereiche, die dem Verkauf nützen konnten. Er entschloß sich, sich wegen möglicher Auslassungen oder Ungenauigkeiten wie die, die die GYN-Associates betraf, keine weiteren Gedanken zu machen.

Aber gerade dann, als er sich in seiner neuen Routine zu entspannen schien, geschah etwas, das seine Zweifel weckte. Er hatte einen Termin, eine Gruppe von vollbeschäftigten Internisten zu besuchen, aber als er in der Praxis ankam, sagte ihm die Empfangsdame, sie müßten alle den

Termin absagen. Einer der Partner war gerade von einer Arolen-Kreuzfahrt zurückgekommen und hatte verkündet, er werde die Praxis verlassen und fortan in der Julian-Klinik arbeiten. Die anderen Ärzte waren außer sich vor Wut und mit ihrem Latein am Ende und waren so gezwungen, jetzt seine Patienten noch zu versorgen.

Adam ging weg und erinnerte sich, wie Percy Harmon einen ähnlichen Vorfall beschrieben hatte. Und das wiederum erinnerte ihn daran, daß er nie erfahren hatte, weshalb Percy ihn nicht mehr angerufen hatte. Als er in New Jersey nachgefragt hatte, schien sich niemand sicher zu sein, wo sich Harmon befand, obgleich er augenscheinlich nicht wie geplant nach Puerto Rico gegangen war. Da er wußte, wie aufgeregt Percy über die Manager-Ausbildung gewesen war, fand Adam das extrem beunruhigend.

Eines Nachmittags, als er mit seiner Runde früh fertig war, entschloß er sich, zum Hauptquartier hinauszufahren und nachzuhören, ob Bill Shelly einige seiner Fragen beantworten könne. Er war zunehmend neugierig geworden über die mysteriösen Arolen-Kreuzfahrten. Auch wenn er nicht bereit war, nach Puerto Rico umzuziehen, glaubte er doch, ein fünftägiges medizinisches Seminar auf See könnte faszinierend sein. Es würde bei ihm den Eindruck erwecken, er sei wieder mitten im Medizinstudium. Und vielleicht würde ein kleiner Urlaub auch seine Ehe wieder in die richtige Perspektive setzen. Jennifers Übelkeit hatte sich verschlimmert, und sie verbrachte mehr und mehr Zeit bei ihren Eltern. Als Adam versucht hatte, sie für seinen neuen Job zu interessieren oder sie zu überreden, ein paar ihrer Freunde einzuladen, hatte sie ihn einfach vertröstet.

Es war fast drei Uhr dreißig, als Adam auf dem Arolen-Parkplatz anhielt. Shelly hatte am Telefon gesagt, er werde bis vier Uhr zur Verfügung stehen. Eine uniformierte Wache rief in Shellys Büro an, bevor sie Adam durchließ. Als Adam die Etage der leitenden Angestellten erreichte, wartete Bills Sekretärin Joyce schon bei der Empfangsdame.

»Schön, Sie wiederzusehen, Mr. Schonberg«, sagte sie. »Bill ist oben. Würden Sie mir bitte folgen.«

Am Ende des Korridors schloß Joyce die Tür zu einem kleinen Aufzug auf. Sie trat ein und drückte, nachdem sie den gleichen Schlüssel eingesteckt hatte, den Knopf für die einundzwanzigste Etage. Adam war verblüfft zu sehen, daß sie außen an dem Gebäude in einem Glaskäfig hinauffuhren. Es war kein angenehmes Gefühl, und er schloß vor der New-Jersey-Landschaft die Augen, bis der Fahrstuhl anhielt.

Er wurde von einem muskelbepackten Mann in einem T-Shirt und einer Khaki-Hose begrüßt.

»Adam Schonberg?« fragte er, bevor er Adam einen sonnenüberfluteten Korridor hinunterführte. Die gesamte äußere Wand bestand aus Glas, und Adam drängte sich so weit wie möglich davon weg. Er fürchtete sich eigentlich nicht vor Höhen, aber auf der anderen Seite genoß er sie auch nicht. Er fühlte sich besser, als sie in ein leeres Empfangszimmer eintraten. Ein Fernsehgerät war auf die Nachrichten eingeschaltet. Jenseits des Empfangszimmers war ein Nautilus-Zimmer und auf dessen anderer Seite ein Umkleideraum mit Massagekabinen. Eine breite Tür am anderen Ende führte zum Swimming-pool.

Der Mann im T-Shirt hielt die Tür auf, folgte Adam jedoch nicht hindurch. Einen Augenblick lang war das Licht so stark, daß Adam kaum sehen konnte. Die gesamte Wand bestand aus Glas; sie stieg zwei Etagen hoch an und krümmte sich als Teil des Daches zurück. Der Boden war aus glänzendem weißem Marmor, und das Schwimmbekken selbst bestand aus weißen Kacheln mit blauen Markierungen.

Ein einsamer Schwimmer zog kraftvoll seine Bahnen. Als er wendete, erblickte er Adam und schwamm zum Beckenrand. Er trug eine kleine Schwimmbrille, die gerade seine Augen bedeckte, und eine schwarze Gummikappe.

»Wie wäre es mit ein bißchen Schwimmen?« sagte Bill Shelly.

Adam schüttelte den Kopf. »Tut mir leid, aber ich habe meine Schwimmhose vergessen.«

»Jetzt brauchen Sie keine Badehose. Schwimmzeit für Männer. Kommen Sie, versuchen Sie es. Ich bin sicher, Paul findet noch irgendwo ein Handtuch.«

Adam zögerte. Es gab wirklich keinen Grund, sich zu weigern, und die Chance, einundzwanzig Etagen über dem Erdboden zu schwimmen, präsentierte sich auch nicht jeden Tag.

»O.k.«, sagte Adam. »Wo finde ich Paul?«

»Gehen Sie in den Umkleideraum zurück. An der Wand werden Sie einen Summer finden. Drücken Sie diesen Knopf, und Paul wird wie Jeanie erscheinen.«

Adam tat, wie man ihm gesagt hatte. Paul führte ihn in eine Kabine und versorgte ihn mit einem enormen Badetuch und einem weißen Frotteeumhang.

Adam zog seine Sachen aus und legte den Umhang um. Als er wieder zurückging, war er sich seines winterweißen Körpers extrem bewußt und fragte sich wiederum, wie Shelly seinen Teint beibehielt. Adam fühlte sich absolut unsicher, warf den schützenden Umhang ab und sprang hinein. Das Wasser war eiskalt.

»Wir halten den Pool kühl, damit das Schwimmen stimulierend wirkt«, erklärte Bill, als er Adams gequälten Gesichtsausdruck bemerkte.

Nachdem er zu schwimmen begonnen hatte, fühlte sich Adam besser, als er aber Bills Saltowende nachmachen wollte, bekam er nur die Nase voller Wasser. Er tauchte schnaufend und prustend wieder auf.

Bill zeigte Nachsicht mit ihm und führte ihn zum Umkleideraum zurück und schlug vor, sie würden sich beide eine kurze Massage gönnen.

»Weshalb wollen Sie mich eigentlich sprechen?« fragte Bill, als sie auf den nebeneinanderstehenden Tischen ruhten.

Adam zögerte. Obgleich Bill immer nett zu Adam gewesen war, ließ er nie seine kühle Haltung eines Mitglieds der Geschäftsführung fallen.

»Ich wollte mehr über die Kreuzfahrt-Konferenzen erfahren«, sagte Adam, als Paul andeutete, er solle sich auf den Rücken rollen. »Meine Kunden fragen immer danach.«

»Was wollen sie wissen?«

»Wer an ihnen teilnehmen kann. Wie Sie die verschiedenen Fachgebiete planen. Ob es jemand bei Arolen gibt, den sie für weitere Informationen anrufen können.«

»Sie können die gebührenfreie MTIC-Nummer anrufen«, sagte Bill steif. »Ich hatte gehofft, Sie würden mir sagen, daß Sie sich entschieden hätten, den Managerausbildungskurs anzunehmen.«

»Noch nicht«, sagte Adam, während Paul fortfuhr, seine Schultern zu kneten. »Aber ich frage mich, ob Sie es nicht in Erwägung ziehen würden, mich auf eine der Kreuzfahrten zu schicken. Fahren von den Vertretern welche mit?«

»Ich fürchte nein«, sagte Bill, stand auf und begann sich anzuziehen. »Es gibt eine Menge Leute, die gerne gehen würden. Unglücklicherweise ist die *Fjord* kein solch großes Schiff. Wie auch immer, Sie würden es langweilig finden. Da es der Zweck des Programmes ist, die praktizierenden Ärzte mit einer weiterführenden Ausbildung zu versorgen, sind die meisten Unterhaltungsräume des Schiffes zu Vorlesungsräumen umgebaut worden.«

»Ich würde dennoch gerne gehen.«

»Tut mir leid«, sagte Bill, der offensichtlich das Interesse an dem Thema verlor. Er ging zum Spiegel und band seine Krawatte. »Ich glaube, es wäre clever von Ihnen, sich auf die Arbeit zu konzentrieren, die man von Ihnen erwartet.«

Adam entschied sich, das sei nicht der Zeitpunkt, sich nach Ärzten zu erkundigen, die ihre Praxis aufgegeben hatten, nachdem sie von einer Kreuzfahrt wiedergekommen waren. Es war augenscheinlich, daß Adams Fragen Bill

Shelly verärgerten. Als er sich anzog und Bill zum Aufzug folgte, war Adam besonnen darauf bedacht, Fragen zu beantworten und nicht, sie zu stellen. Aber später, als er nach New York zurückfuhr, grübelte Adam weiter über einige der seltsamen Geschehnisse nach, die er jetzt mit der Arolen-Kreuzfahrt in Verbindung brachte. Percy Harmons Verschwinden im besonderen war beunruhigend. Als Adam erfahren hatte, Percy sei nicht nach Puerto Rico gefahren, hatte er versucht, ihn anzurufen, aber niemand erreicht. Als er durch den Lincoln-Tunnel in die Stadt fuhr, entschloß sich Adam, bei Percys Wohnung vorbeizufahren. Vielleicht würde einer der Nachbarn wissen, wo er steckte.

Percy wohnte in einem abgewirtschafteten Haus aus braunen Ziegelsteinen vier Eingänge von der Zweiten Avenue aus. Adam fand Percys Namen gleich neben der Klingel für 3c. Er drückte auf den Knopf und wartete.

Auf der anderen Seite der Straße warf ein Mann in einem zerknitterten blauen Anzug seine Zigarette weg und trat sie aus. Nachdem er sich in beide Richtungen umgesehen hatte, ging er über die Straße auf das braune Ziegelgebäude zu, während sich seine Hand zur Brusttasche bewegte.

Adam trat von einem Fuß auf den anderen und drückte auf die Klingel des Hausmeisters. Fast augenblicklich erfüllte das rauhe Summen das ganze Foyer, und Adam öffnete die Tür. Das Innere war gleichfalls heruntergekommen, aber viel sauberer als in Adams Haus. Auf der Etage darunter hörte er, wie eine Tür geöffnet wurde. Er ging zum Anfang der Treppe und blickte hinunter. Ein unrasierter Mann in einem ärmellosen Unterhemd war auf dem Weg nach oben.

»Was wollen Sie?« sagte der Hausmeister.

»Ich suche Percy Harmon«, sagte Adam.

»Sie und noch 'ne Menge anderer«, sagte der Hausmeister, offensichtlich nicht beeindruckt. »Er ist nicht hier, und ich hab' ihn auch schon über einen Monat nicht gesehen.«

»Entschuldigen Sie die Störung«, sagte Adam, als der Hausmeister wieder hinunterging. Als er sich umwandte, um das Haus zu verlassen, zögerte er an der Treppe einen Augenblick. Er hörte, wie sich die Tür des Hausmeisters schloß, und stieg, einer plötzlichen Eingebung folgend, geräuschlos die Treppe zur dritten Etage hinauf. Er klopfte bei 3c an, aber niemand antwortete darauf. Er versuchte die Tür zu öffnen, fand sie aber verschlossen. Er überlegte gerade, ob er einen Zettel dalassen sollte, als er ein Fenster am Ende des Korridors bemerkte, das zur Feuertreppe führte.

Obgleich er in seinem ganzen Leben noch nie etwas Ähnliches getan hatte, öffnete Adam das Fenster und kletterte hinaus. Er hatte ein intuitives Gefühl, irgend etwas sei mit Percy geschehen. Er wollte einen Blick in Harmons Wohnung werfen, um feststellen zu können, wie lange er schon weg war.

Die Feuertreppe war alt und rostig, und Adam versuchte, nicht durch das Metallgitter auf den Betonboden hinunterzublicken. Nachdem er sich Zentimeter für Zentimeter mit gegen das Gebäude gepreßten Händen an der Wand entlangbewegt hatte, erreichte Adam schließlich Percys Fenster. Es stand etwa vier Zentimeter weit offen. In der Hoffnung, daß ihn niemand sehen und die Polizei rufen würde, schob Adam das Fenster auf. Wo er schon so weit gegangen war, meinte er, habe er nichts zu verlieren, und kletterte in Percys muffiges Schlafzimmer hinein.

Mit pochendem Herz ging Adam um das ungemachte Bett herum und öffnete den Kleiderschrank. Er war voller Kleider. Er wandte sich um und warf einen Blick in das Badezimmer. Der Wasserspiegel in der Toilette war niedrig, ein Zeichen, daß sie seit einiger Zeit nicht mehr benutzt worden war.

Adam ging durch das Schlafzimmer zurück in die Küche. Auf dem Kaffeetisch lag eine Zeitung mit einem sieben Wochen alten Datum. Als er die Küche betrat, sah Adam, daß das Geschirr in der Spüle mit einem fellartigen schwarzen Schimmel überzogen war. Offensichtlich hatte Percy Harmon vorgehabt zurückzukehren. Und das war genau das, was Adam gefürchtet hatte. Etwas Unerwartetes mußte dem Mann geschehen sein.

Adam entschied sich, wieder durch das Fenster auszusteigen und die Polizei zu rufen. Bevor er die Küche verlassen konnte, ließ ihn ein fast unhörbares Geräusch erstarren. Es war das charakteristische Geräusch einer Tür, die gerade geschlossen wurde.

Adam wartete. Nur völlige Stille umgab ihn. Er spähte in das Wohnzimmer. Die Sicherheitskette an der Eingangstür baumelte langsam hin und her.

Adam wurde fast ohnmächtig vor Angst. Wenn es Percy gewesen wäre, der hereingekommen war, warum versteckte er sich dann? Adam blieb wie angeklebt auf seinem Fleck in der Küche stehen und strengte sich an, weitere Geräusche zu hören. Als der Kühlschrank gleich neben ihm ansprang, stöhnte er vor Angst auf. Nachdem er sich schließlich entschieden hatte, zumindest zehn Minuten mußten mittlerweile vergangen sein, und alles sei vielleicht Produkt seiner Phantasie gewesen, ging er in das Wohnzimmer zurück und spähte ins Schlafzimmer. Er konnte das zur Feuertreppe führende, offene Fenster sehen. Die Vorhänge wehten langsam im Zugwind. Adam schätzte, er würde nur eine Sekunde brauchen, das Zimmer zu durchqueren und hinauszuklettern.

So weit kam er jedoch nicht. Als er auf das Fenster zulief, tauchte eine Gestalt aus dem Kleiderschrank auf. Bevor Adam reagieren konnte, krachte eine Faust in seinen Magen und schickte ihn ausgestreckt zu Boden.

KAPITEL 9

Als Jennifer bei GYN-Associates für ihre monatliche Untersuchung erschien, bemerkte sie, daß weniger Leute im Wartezimmer waren als bei ihren früheren Besuchen. Sie setzte sich auf eine der Couchen, die sie jetzt ganz für sich alleine hatte, nahm eine Illustrierte zur Hand, konnte sich aber nicht konzentrieren. Statt dessen fragte sie sich verwundert, ob nichts Ungünstiges mit ihr oder ihrem ungeborenen Kind geschehen sei, während Dr. Vandermer außerhalb der Stadt auf einem Kongreß gewesen war. Sie war sich sicher, daß sie zu bluten begonnen hatte, während er weg war, und auch wenn sie sich mit seiner groben Art immer noch nicht versöhnt hatte, wollte sie keinen anderen Arzt konsultieren müssen.

In weniger als zehn Minuten wurde Jennifer in eines der Untersuchungszimmer geführt. Als sie ihre Straßenkleider ablegte und den Papierumhang anzog, fragte sie die Sprechstundenhilfe, ob Dr. Vandermer seinen Urlaub genossen habe.

»Ich vermute schon«, sagte Nancy ohne Enthusiasmus. Sie reichte Jennifer den Urinbehälter und winkte zur Toilettentür.

Irgend etwas in ihrem Ton beunruhigte Jennifer, aber als sie wieder aus der Toilette trat, wartete Dr. Vandermer bereits auf sie.

»Ich bin noch nicht mit Mrs. Schonberg fertig«, sagte Nancy. »Geben Sie mir bitte noch ein paar Minuten. Ich muß immer noch ihre Blutsenkung aufziehen und sie wiegen.«

»Ich wollte nur hallo sagen.« Seine Stimme war ungewöhnlich sanft und ohne ihren normalen brüsken Unterton. »Wie geht es Ihnen, Jennifer? Sie sehen gut aus.«

»Es geht mir gut«, sagte Jennifer überrascht.

»Nun, ich komme zurück, wenn Nancy fertig ist.« Er schloß die Tür, und Nancy stand einen Augenblick da und starrte ihm nach.

»Gott!« sagte sie. »Wenn ich ihn nicht besser kennen würde, würde ich schwören, er sei beschwipst. Seit er zurück ist, benimmt er sich so komisch. Er ist viel netter zu seinen Patienten, aber er hat meine Arbeit zehnmal schwieriger gemacht. Na ja...« Nancy wandte sich wieder zu Jennifer um. »Wir wollen ihr Blut abnehmen und sie wiegen.«

Sie war gerade fertig, als Dr. Vandermer zurückkehrte. »Ich übernehme schon«, sagte er mit der gleichen tonlosen Stimme. »Ihr Gewicht ist in Ordnung. Wie fühlen Sie sich im allgemeinen?«

»Ich habe sie noch nicht untersucht«, unterbrach Nancy.

»Das ist schon in Ordnung«, sagte Dr. Vandermer. »Warum lassen Sie nicht die Zentrifuge laufen, während ich mich mit Jennifer unterhalte.«

Mit einem hörbaren Seufzen nahm Nancy die Blutprobe und verließ das Zimmer.

»Wie fühlen Sie sich also?« fragte Dr. Vandermer wieder.

Jennifer starrte den Mann an, der ihr gegenüber saß. Er hatte das gleiche geschliffene gute Aussehen, aber sein Gesicht war schlaff, als ob er erschöpft sei. Auch sein Haar war ein wenig anders. Es schien lockerer, und statt seiner gewöhnlich übereilten Haltung gab er Jennifer den Eindruck, er wolle tatsächlich wissen, was sie auf der Seele habe.

»Ich würde sagen, ich fühle mich recht gut«, sagte sie.

»Sie klingen nicht sehr enthusiastisch.«

»Nun...«, sagte Jennifer, »ich bin weniger müde, aber die morgendliche Übelkeit hat sich verschlimmert, was ich auch immer an meiner Diät ändere.«

»Und wie empfinden Sie in Hinsicht auf diese Schwangerschaft?« fragte Dr. Vandermer. »Manchmal spielen Emotionen in unserem Wohlbefinden eine große Rolle.«

Jennifer blickte Dr. Vandermer ins Gesicht. Er schien wahrhaftig besorgt. »Um die Wahrheit zu sagen«, sagte sie, »ich fühle mich sehr zwiespältig in bezug auf die Schwangerschaft.« Bis zu diesem Augenblick war sie nicht bereit gewesen, es zuzugeben, selbst ihrer Mutter gegenüber nicht. Aber Dr. Vandermer schien nicht mißbilligend zu reagieren.

»Zweifel sind sehr häufig in dieser Lage«, sagte er sanft. »Warum erzählen Sie mir nicht, wie Sie sich wirklich fühlen.«

Ermutigt durch seine Haltung, hörte Jennifer plötzlich, wie sie ihm von all ihren Ängsten über ihre Karriere und ihre Beziehung mit Adam erzählte. Sie gab zu, Vandermer habe recht gehabt; es war nicht der richtige Zeitpunkt für sie, ein Kind zu bekommen. Sie redete fast zehn Minuten lang und wurde nur durch ein merkwürdiges Fehlen von Affekt in Vandermers Gesichtsausdruck vor Tränen gerettet. Er war interessiert, doch in gewisser Weise distanziert.

Als sie fertig war, sagte er sanft: »Ich weiß es zu würdigen, daß Sie mir vertrauen. Es ist nicht gesund, Gefühle zu unterdrücken. Das kann vielleicht sogar in Verbindung mit Ihrer andauernden morgendlichen Übelkeit stehen, die mittlerweile abgeklungen sein sollte. Ich glaube, wir werden bei Ihnen ein Medikament versuchen müssen.« Er wandte sich zu Nancy um, die gerade in das Zimmer zurückgekommen war, und sagte: »Würden Sie bitte zum Medikamentenraum gehen und mir eine Handvoll der Pregdolen-Proben bringen?«

Nancy ging, ohne ein Wort zu sagen.

»Nun denn«, sagte Dr. Vandermer, »wollen wir Sie uns mal genau ansehen.«

Die Untersuchung schloß eine Ultrasonographieuntersuchung ein, die Dr. Vandermer als eine Methode beschrieb, durch die die Ultraschallwellen als Bilder sichtbar würden, die von dem Gewebe des Babys zurückgeworfen würden. Jennifer war sich nicht völlig sicher, ihn richtig verstanden zu haben, aber Dr. Vandermer versicherte ihr, es sei sowohl schmerzlos wie auch harmlos für Mutter wie auch Fötus, und es stellte sich tatsächlich als völlig schmerzlos heraus. Obgleich ein Techniker hereinkam, um die Maschine zu bedienen, bestand Dr. Vandermer darauf, den Test selbst durchzuführen. Auf einem Bildschirm ganz ähnlich ihrem Fernseher konnte Jennifer die Umrisse ihres Babys erkennen.

»Möchten Sie das Geschlecht des Kindes wissen?« fragte Dr. Vandermer, als er sich aufrichtete.

»Warum nicht«, sagte Jennifer, die diesem Aspekt noch nicht viele Gedanken gewidmet hatte.

»Ich bin nicht ganz sicher«, sagte Vandermer, »wenn ich aber raten müßte, würde ich sagen, es sähe wie ein Junge aus.«

Jennifer nickte. Für den Augenblick machte es keinen Unterschied, ob es ein Junge oder ein Mädchen war, aber sie fragte sich, was Adam dazu sagen würde.

Als sie wieder in dem Untersuchungszimmer waren, setzte sich Dr. Vandermer an den kleinen Schreibtisch und zeichnete seine Untersuchungsergebnisse auf. Er schickte Nancy fort, die wieder ohne ein Wort ging, offensichtlich verärgert, daß ihre Aufgabe beschnitten worden war.

Jennifer saß auf dem Tisch und fragte sich, ob sie sich anziehen solle. Schließlich wandte sich Dr. Vandermer ihr wieder zu und sagte: »Abgesehen von der morgendlichen Übelkeit sind Sie in Ordnung, und vielleicht wird das die Übelkeit beenden.« Er stapelte die Proben vor ihr auf und schrieb auch noch ein Rezept. »Nehmen Sie dreimal am Tag je eine Tablette.«

Jennifer nickte. Sie war bereit, alles zu versuchen.

»Und jetzt«, sagte Dr. Vandermer in seiner monotonen Stimme, »gibt es noch zwei Dinge, die ich gerne mit Ihnen besprechen möchte. Zuerst: das nächste Mal werden wir uns in der Julian-Klinik sehen.«

Jennifer fühlte, wie ihr Herz einen Schlag ausließ. Das Bild, wie Cheryl auf den Boden rutschte, blitzte vor ihr auf. Sie konnte das Blut sehen und fühlte die eisige Panik.

»Jennifer, sind Sie in Ordnung?« fragte Dr. Vandermer.

»Vielleicht sollte ich mich etwas hinlegen«, sagte Jennifer, die sich plötzlich schwindlig fühlte.

Dr. Vandermer half ihr, sich zurückzulegen.

»Tut mir schrecklich leid«, sagte Jennifer. »Ich bin jetzt wieder in Ordnung. Warum muß ich zu Ihnen in die Julian-Klinik kommen?«

»Weil ich mich entschlossen habe, mich ihrem Mitarbeiterstab anzuschließen«, sagte Dr. Vandermer, während er ihren Puls überprüfte. »Ich bin nicht mehr am privaten Praktizieren interessiert. Ich kann Ihnen versichern, daß Sie als Patient in der Julian-Klinik eine bessere Versorgung bekommen. Fühlen Sie sich jetzt wieder in Ordnung?«

Jennifer nickte.

»Ist das das erste Mal in Ihrer Schwangerschaft, daß Sie sich einer Ohnmacht nahe gefühlt haben?«

»Ja«, sagte Jennifer und erzählte ihm von Cheryls unerwartetem Tod.

»Welch eine schreckliche Erfahrung für Sie«, sagte Dr. Vandermer. »Besonders wo Sie schwanger waren. Glücklicherweise ist eine solche Blutgerinnungserkrankung extrem selten, und ich hoffe, daß Sie nicht der Julian-Klinik die Schuld zuweisen. Ich habe von diesem Fall gehört und weiß zufällig, daß Miß Tedesco gewisse Informationen ihrer Krankengeschichte zurückgehalten hat. Ihre extensive Einnahme von Drogen hat Blutbildveränderungen verursacht, die bei den normalen Laboruntersuchungen nicht ausfindig gemacht werden konnten. Wäre Miß Tedesco offener gewesen, würde sie heute zweifellos noch leben. Ich erzähle Ihnen das nur, damit Sie in bezug auf die Klinik keine Zweifel behalten.«

»Ich hatte Gutes über sie gehört, bevor ich mit Cheryl hingegangen bin. Und ich muß zugeben, daß ich von der aufmerksamen Haltung des Personals beeindruckt war.«

»Das ist einer der Gründe, weshalb ich dorthin gehe. Die Ärzte haben nichts mit diesem ganzen wettbewerbsmäßigen Unsinn zu tun, der sich mit einer privaten Praxis verbindet.«

Jennifer setzte sich auf, erleichtert, daß das Schwindelgefühl völlig verschwunden war.

»Sind Sie sicher, daß Sie in Ordnung sind?« fragte Dr. Vandermer.

»Ich glaube, ja«, sagte Jennifer.

»Das zweite, was ich mit Ihnen besprechen wollte, ist die Möglichkeit, eine Amniocentesis, das ist eine Fruchtwasseruntersuchung, durchzuführen.«

Jennifer spürte wieder einen Anfall von Schwindel, aber dieses Mal ging er schnell vorbei. »Sie haben Ihre Meinung geändert«, sagte sie. Es war eine Feststellung, keine Frage.

»Das stimmt«, sagte Dr. Vandermer. »Ursprünglich war ich überzeugt, das Problem Ihres Bruders sei angeboren gewesen, was heißen soll eine Chromosomenveränderung nach der Empfängnis. Ich habe aber die Untersuchungspräparate des Krankenhauses bekommen, in dem Ihr Bruder starb, und das Labor meint, das Problem könne erblich sein. Wenn diese Möglichkeit besteht, wäre es ein Fehler, nicht alle Technologie, die uns zur Verfügung steht, zu nutzen.«

»Würde der Test erweisen, ob mein Kind das gleiche Problem hat?« fragte Jennifer.

»Absolut«, antwortete Dr. Vandermer. »Wir sollten den Test allerdings bald durchführen, da es mehrere Wochen dauert, bis wir die Resultate haben. Wenn wir zu lange warten, wird es schwierig werden, noch irgend etwas zu unternehmen, wenn das Resultat positiv ist.«

»Mit ›irgend etwas unternehmen‹ meinen Sie eine Abtreibung?« fragte Jennifer.

»Ja«, sagte Dr. Vandermer. »Die Möglichkeit eines Problems ist sehr gering, aber mit der Zwiespältigkeit, der Sie Ausdruck gegeben haben, glaube ich, daß Sie mit einer solchen Eventualität fertig werden würden.«

»Ich muß darüber mit meinem Mann und meinen Eltern sprechen«, sagte Jennifer.

Sie verließ die Praxis nervös mit dem Gedanken an eine Fruchtwasseruntersuchung, aber froh, einen Arzt zu haben, der so aufmerksam war wie Dr. Vandermer. Sie würde Adam sagen müssen, daß sich ihr ursprünglicher Eindruck von dem Mann in sein Gegenteil gewandelt habe.

☆

Adam verlor nie ganz die Besinnung. Er war sich vage bewußt, daß er in Percys Wohnzimmer gezerrt und dann ohne viel Federlesens auf die Couch geworfen wurde. Er spürte, wie seine Brieftasche herausgenommen und dann wieder zurückgesteckt wurde. Diese Abfolge entsprach nicht seinen Erwartungen. Während er noch daran rätselte, schüttelte er seine Benommenheit ab.

Als erstes tastete er nach seiner Brille, die plötzlich in seine Hand gedrückt wurde. Er setzte sie auf, und das Zimmer trat ihm scharf vor Augen. Vor ihm saß ein stark gebauter Mann in einem blauen Anzug und weißen Hemd, das am Kragen offenstand.

»Guten Morgen«, sagte der Mann. »Willkommen zurück.«

Adam testete seine Glieder. Nichts tat weh, was ihn überraschte.

»Falls Sie nicht mit mir zur Polizeistation fahren wollen, Mr. Schonberg, erzählen Sie mir besser, was Sie in dieser Wohnung zu tun haben.«

»Nichts«, krächzte Adam. Er räusperte sich.

»Sie werden sich etwas Besseres als das einfallen lassen müssen«, sagte der Mann, zündete sich eine Zigarette an und blies den Rauch gegen die Decke.

»Ich könnte das gleiche zu Ihnen sagen«, sagte Adam.

Der Fremde griff nach ihm und faßte Adam an der Hemdbrust und hob ihn fast von der Couch. »Ich bin nicht in der Stimmung für kluge Witzchen«, knurrte er.

Adam nickte.

So plötzlich, wie er ihn gefaßt hatte, ließ ihn der Mann auch wieder fallen. »Fangen wir von vorne an. Was machen Sie hier in dieser Wohnung?«

»Ich bin ein Freund Percy Harmons«, sagte Adam schnell. »Na ja, eine Art Freund. Ich habe begonnen, für Arolen Pharmaceuticals zu arbeiten, und er hat mich mitgenommen und mir die Grundlagen beigebracht.«

Der Mann nickte leicht, als ob er die Story so weit akzeptiere.

»Percy sollte mich anrufen«, sagte Adam. »Das hat er aber nie getan und er hat auch meine Anrufe nie beantwortet. Deshalb bin ich hierher gekommen, um nachzusehen, ob er da sei.«

»Das erklärt aber nicht, weshalb Sie in die Wohnung eingebrochen sind«, sagte der Fremde.

»Das war ein Impuls«, sagte Adam demütig. »Ich wollte nur sehen, ob er in Ordnung sei.«

Der Mann sagte nichts. Das Schweigen und die Spannung begannen, Adam zu zermürben. »Ich mochte Percy«, sagte er. »Ich habe mir seinetwegen Sorgen gemacht. Er sollte nach Puerto Rico auf einen Lehrgang, er ist aber nie hingefahren.«

Der Mann verharrte in seinem Schweigen.

»Das ist alles, was ich weiß«, sagte Adam. »Ich habe ihn nie wieder gesehen.«

»Ich glaube Ihnen«, sagte der Mann nach einer Pause.

»Danke«, sagte Adam in einem Maß erleichtert, daß er hätte heulen können.

Der Mann drückte seine Zigarette aus, griff dann in seine Brusttasche, zog eine Karte heraus und reichte sie Adam. Darauf stand »Robert Marlow, Privatdetektiv«. In der unteren rechten Ecke war eine Telefonnummer vermerkt.

»Vor etwa sechs Wochen hat Percy Harmon ein japanisches Restaurant in Fort Lee, New Jersey, verlassen. Er ist nie zu Hause angekommen. Ich bin von der Familie beauftragt worden zu sehen, was ich herausfinden kann. Deshalb beobachte ich die Wohnung. Abgesehen von ein paar jungen Damen sind Sie der einzige, der sich hat blicken lassen.«

»Haben Sie eine Ahnung, was mit ihm passiert sein könnte?« fragte Adam.

»Nicht das geringste«, sagte Mr. Marlow. »Wenn Sie jedoch etwas hören sollten, wäre ich Ihnen für einen Anruf dankbar.«

☆

Adam fühlte sich immer noch wie unter einem Kriegstrauma, als er in seine leere Wohnung zurückkam. Jennifers Abwesenheit verärgerte ihn. Er war außer sich und wollte mit ihr reden, vermutete aber, sie sei wieder mit ihrer Mutter unterwegs. Er warf sich auf das Bett und schaltete die Nachrichten ein. Langsam begann er sich zu entspannen.

Das nächste, was er bewußt hörte, war, wie die Türe geöffnet wurde, und einen Augenblick lang glaubte er, er sei wieder in Harmons Wohnung.

»Ja, ja«, neckte ihn Jennifer. »Bei der Arbeit auf der faulen Haut liegen.«

Adam sagte nichts.

»Was ist los?« fragte sie.

»Ich nehme an, du bist in Eaglewood gewesen«, schnappte Adam übertrieben aggressiv.

Jennifer starrte ihn an. Sie fühlte sich einer seiner Stimmungen nicht gewachsen. Es ärgerte sie, sich entschuldigen zu müssen, wenn sie ihre Eltern besuchte. Indem sie ihre Arme in die Seiten stemmte, sagte sie: »Ja, ich bin nach Hause gefahren.«

»Das habe ich mir gedacht«, sagte Adam und wandte sich dem Fernseher zu.

»Was soll das heißen?« fragte Jennifer.

»Nichts Besonderes«, sagte Adam.

»Sieh mal«, sagte Jennifer und setzte sich auf den Rand des Bettes, »ich hatte gute Gründe, nach Hause zu fahren. Dr. Vandermer schlug vor, ich solle eine Fruchtwasseruntersuchung machen lassen. Ich bin dann also nach Hause gefahren und habe mit meinen Eltern gesprochen, ob ich das machen soll oder nicht.«

»Das ist nett«, sagte Adam sarkastisch. »Du besprichst das mit deinen Eltern, obgleich das unser Kind ist.«

»Ich wußte, ich würde dich über Tag nicht erreichen können«, erklärte Jennifer und bemühte sich, vernünftig zu bleiben. »Natürlich hatte ich vorgehabt, das mit dir zu besprechen. Ich wollte aber auch mit meiner Mutter reden, weil sie das Trauma durchgemacht hat, ein mongoloides Baby zur Welt zu bringen.«

»Ich finde immer noch, die Entscheidung sollte allein von uns gefällt werden«, sagte Adam.

Er rollte sich auf die andere Seite und schwang die Füße aus dem Bett; er wußte, daß er unfair war. »Davon abgesehen, dachte ich, Vandermer habe gesagt, du bräuchtest keine Amnicocentesis.«

»Das stimmt«, sagte Jennifer. »Aber heute hat er mir gesagt, er glaube nach Überprüfung der Objektträger von meinem Bruder, daß ich doch eine haben sollte.«

Adam stand auf und streckte sich. Von dem wenigen, das er von der Vererbungsbiologie wußte, glaubte er nicht, daß Jennifer eine Fruchtwasseruntersuchung bräuchte. »Vielleicht solltest du eine zweite Meinung einholen. Als ich mich vor Zeiten nach einem Geburtshelfer umgehört hatte, empfahl man mir auch Hubert Wickelman.«

Jennifer schüttelte den Kopf. »Ich brauchte niemanden anderes. Eine weitere Meinung würde das Problem nur weiter verwirren. Ich bin mit Dr. Vandermer zufrieden und vertraue ihm, besonders, da sich sein Verhalten sehr gebessert hat.«

»Wie meinst du das?« fragte Adam.

»Seit er von seiner Medizinkonferenz zurück ist, scheint er so viel mehr Zeit und Interesse für seine Patienten zu haben«, sagte Jennifer. »Er ist nicht mehr so gehetzt.«

Adam vergaß seine Wut. »Hat er sich auch in anderer Hinsicht verändert?« fragte er.

»Er sagt, er ist das private Praktizieren müde«, sagte Jennifer, zog sich ihr Kleid aus und ging zum Badezimmer. »Er hat sich entschlossen, sich der Julian-Klinik anzuschließen, und ich werde ihn von jetzt an dort besuchen.«

Adam sank langsam auf das Bett zurück.

»Ich hätte nie gedacht, ich würde jemals in die Julian-Klinik zurückgehen, nachdem Cheryl dort gestorben ist«, rief Jennifer, »aber Dr. Vandermer hat mich von ihrer Qualität überzeugt. Und du erinnerst dich noch, wie ich von dem Personal beeindruckt war.«

Adam hörte das Geräusch von Wasser im Waschbecken des Badezimmers. Er hatte Jennifer gegenüber nichts von Percys Harmons Verschwinden oder seinen anderen Verdachtsmomenten Arolen gegenüber erwähnt, aber jetzt, wo es so schien, als ob auch Vandermer darin verwickelt sei, wußte Adam, daß er etwas tun müsse.

Adam ging zum Badezimmer, wo Jennifer gerade ihr Gesicht wusch. »Ich bestehe darauf, daß du Dr. Wickelman konsultierst. Ich mag die Vorstellung gar nicht, daß Vandermer zur Julian-Klinik geht.«

Jennifer blickte überrascht auf. In letzter Zeit gab es Augenblicke, in denen ihr Adam recht merkwürdig vorkam.

»Ich meine es ernst«, begann er, hielt aber mitten im Satz inne, als er eine bekannte Flasche auf dem Rand des Waschbeckens stehen sah.

»Was zum Teufel ist denn das?« rief er und nahm die Flasche in die Hand.

Jennifer blickte von seinem Gesicht zur Flasche in seiner Hand. Dann drehte sie sich um und hing schweigend ihr Handtuch auf.

»Ich habe dich etwas gefragt«, schrie Adam.

»Ich finde die Antwort offensichtlich. Es ist Pregdolen. Gegen meine morgendliche Übelkeit. Wenn du mich jetzt entschuldigst.« Sie war dabei, ins Schlafzimmer zu gehen. Adam hielt sie am Arm fest.

»Wo hast du das bekommen?« fragte er und hielt die Flasche direkt vor sie.

Jennifer schob sie auf die Seite. »Wenn du das unbedingt wissen mußt, von Dr. Vandormer.«

»Das ist unmöglich«, sagte Adam. »Vandermer würde nie dieses Zeug verschreiben.«

Jennifer machte ihren Arm frei. »Willst du damit sagen, daß ich lüge?«

Adam kehrte zum Badezimmer zurück und ließ ein paar der blaugelben Tabletten auf seine Hand rollen. Es war wirklich Pregdolen.

»Hast du mich gehört?« fragte Jennifer.

»Ich will nicht, daß du dieses Medikament nimmst«, sagte er. »Hast du noch mehr davon?«

»Ich werde den Anweisungen des Arztes folgen«, sagte Jennifer. »Seit ich diese Tabletten nehme, habe ich den ersten übelkeitsfreien Tag seit Monaten gehabt. Und erinnere dich, du warst es, der mich überhaupt erst zu Dr. Vandermer geschickt hast.«

»Nun, du wirst sicher nicht mehr zu ihm zurückgehen«, sagte Adam. Er hob Jennifers Einkaufstasche vom Regal über der Toilette und blickte hinein. Die zusätzlichen Pakkungen Pregdolen lagen gleich oben auf.

Jennifer versuchte, die Tasche zu fassen, und rief: »Ich mag Dr. Vandermer und ich vertraue ihm. Gib mir die Tasche!«

Adam fischte die anderen Packungen heraus, bevor er die Tasche fahren ließ. »Hör zu!« sagte er. »Ich will nicht, daß du dieses Zeug nimmst. Es ist gefährlich.«

»Dr. Vandermer würde es mir nicht geben, wenn es gefährlich wäre«, sagte Jennifer. »Und ich beabsichtige, es weiterhin zu nehmen. Immerhin bin ich diejenige, die leidet, nicht du. Und ich finde, du solltest dich daran erinnern, daß du kein Arzt bist. Du bist augenblicklich lediglich ein Medikamentenverkäufer.«

Adam öffnete die Probepackungen, während er mit dem Fuß den Deckel der Toilette hochhob.

»Gib mir meine Medizin!« schrie Jennifer, als sie erkannte, was er vorhatte. Adam schüttete den Inhalt der ersten Flasche in die Toilette.

Verzweifelt riß Jennifer eine Flasche aus Adams Hand und rannte in das Schlafzimmer. Verblüfft zögerte Adam einen Moment und lief ihr dann nach. Eine Minute lang standen sie sich gegenüber. Dann stürzte Jennifer zurück ins Bad und versuchte, die Tür abzuschließen. Sie war aber nicht schnell genug. Adam bekam einen Fuß zwischen Tür und Rahmen. Ein kurzer Schiebewettkampf schloß sich an. Langsam öffnete sich die Tür, bis Jennifer nachgab. Sie wich gegen die Duschkabine zurück und versteckte die Flasche hinter sich.

»Gib mir sofort das Pregdolen«, befahl Adam.

Jennifer schüttelte den Kopf. Ihr Atem kam in kurzen, heftigen Stößen.

»O. k.!« schnappte Adam, als er nach ihr griff und ihre Hände grob hinter ihrem Rücken hervorzog.

»Nein!« schrie Jennifer.

Adam bog ihre Finger zurück, einen nach dem anderen, nahm die Flasche und leerte sie in die Toilette. Jennifer fing an, mit Fäusten auf seinen Rücken zu trommeln. Um sich zu schützen, warf Adam seinen rechten Arm hoch und traf sie unbeabsichtigt an der Seite ihres Kopfes. Der Schlag ließ sie benommen gegen die Wand taumeln.

Adam warf die übrigen Proben in die Toilette und spülte sie weg. Dann wandte er sich um, sich bei Jennifer zu entschuldigen, aber sie war so wütend, daß sie ihn nicht anhören wollte.

»Du bist nicht mein Arzt«, schrie sie. »Ich habe es satt, jeden Tag krank zu sein, und wenn er mir Medikamente gibt, damit ich mich besser fühle, dann werde ich sie auch nehmen.«

Sie raste ins Schlafzimmer und zog ihren Koffer vom Kleiderschrank herunter.

»Jennifer, was machst du denn da?« fragte Adam, obgleich es ziemlich klar war, was sie vorhatte. Jennifer antwortete nicht, sondern fing an, Kleider zusammenzurollen und sie in den Koffer zu werfen.

»Jennifer, wir können Meinungsverschiedenheiten haben, ohne daß du gleich wegläufst«, sagte Adam.

Jennifer wandte sich ihm mit geröteten Wangen zu.

»Ich fahre heim. Ich bin müde, ich fühle mich nicht gut und ich kann dieses Gezänk nicht länger ertragen.«

»Jennifer, ich liebe dich. Der einzige Grund, weshalb ich diese Tabletten weggenommen habe, ist, unser Kind zu schützen.«

»Es interessiert mich nicht, warum du das getan hast. Ich muß einfach ein paar Tage weg.« Sie nahm den Telefonhörer ab, und Adam hörte zu, wie sie ihren Vater anrief und mit ihm verabredete, sie würde ein Taxi zu seinem Büro nehmen, so daß er sie von dort nach Hause fahren könnte.

»Jennifer, tu das bitte nicht«, bat Adam, als sie zu ihrer Packerei zurückkehrte, sie aber weigerte sich, ihn auch nur anzusehen, während sie den Koffer schloß, ihre Tasche nahm und aus der Wohnung stolzierte.

Adam brauchte ein paar Minuten, als er allein war, zu glauben, daß sie wirklich gegangen war. Wie betäubt ging er ins Wohnzimmer und setzte sich an den Computer. Nachdem er ihn angeschaltet hatte, verband er ihn mit dem

Hauptsystem von Arolen und versuchte, Dr. Vandermers Akte abzurufen. Er wollte herausfinden, ob sich Dr. Vandermers Verschreibungsgewohnheiten geändert hätten, der Bildschirm blieb jedoch leer, abgesehen von einer kurzen Information: »Zur Julian-Klinik gewechselt.«

Schockiert fragte sich Adam, ob irgendwelche anderen Akten vom Computer gelöscht worden seien. Er zog den Ausdruck hervor, den McGuire ihm gegeben hatte, und gab der Maschine ein, ihm eine Liste der in seinem Gebiet niedergelassenen Ärzte zusammenzustellen. Nicht nur Vandermers Akte war von dem Computer gelöscht worden, sondern auch sechs weitere Ärzte waren von der Liste genommen worden.

Außer sich fing Adam an, jeden der gelöschten Namen abzurufen. Für keinen gab es Akten! Vier hatten Informationen wie bei Dr. Smyth – »Auffrischungskursus geplant...« – was anzudeuten schien, ein Arzt, der auf eine Arolen-Kreuzfahrt gehe, brauche nicht mehr mit Medikamentennachschub versorgt zu werden. Bei zweien gab es Informationen wie bei Dr. Vandermer: »Zur Julian-Klinik gewechselt.«

Adam fragte sich, ob die Kreuzfahrt-Konferenzen für die Julian-Klinik genauso gut Reklame machten wie für Arolen-Produkte.

Verwirrter denn je, gab Adam dem Computer ein, alle Ärzte im Mitarbeiterstab der Julian-Klinik aufzulisten. Der Matrixdrucker sprang an und spuckte eine ansehnliche Liste aus. Adam ließ seine Augen über die Namen gleiten und hielt bei einem Namen mitten auf der Liste überrascht inne: Dr. Thayer Norton! Was zum Teufel machte Norton in der Julian-Klinik? Er war Chef der Internistischen Abteilung an der Universität.

Langsam gab Adam Nortons Namen ein und forderte seine Akte an. Das einzige, was er herausbekam, war: »Zur Julian-Klinik gewechselt!«

Die Vorstellung, das alte Schlachtroß würde seinen begehrten Medizinlehrstuhl aufgeben, war einfach undenkbar. Adam fragte sich, ob Norton wohl vor kurzem auf eine Kreuzfahrt gegangen sei.

Nachdem er zum Computer zurückgekehrt war, versuchte Adam, statistische Daten über die Julian-Klinik zu bekommen. Er entdeckte, daß von den sechs Ärzten, die zur Klinik gewechselt waren, vier Geburtshelfer und Gynäkologie-Spezialisten gewesen waren. Vielleicht bewies das etwas. Eine weitere halbe Stunde fütterte Adam den Computer mit Fragen, aber die meisten seiner Anforderungen wurden mit der Information zurückgegeben, sein Zugangscode würde für das Material, das er anfordere, nicht akzeptiert. Er schlug eine andere Taktik an und ließ sich die Zahl geben, wie viele Fruchtwasseruntersuchungen im vergangenen Jahr in der Julian-Klinik durchgeführt worden waren. Er bekam die Zahl: 7112. Als er fragte, wie viele eine Abnormität an dem Fötus erwiesen hätten, wies der Computer wieder seinen Zugangscode zurück. Schließlich fragte Adam, wie viele therapeutische Abtreibungen während dieser Zeitspanne durchgeführt worden seien: 1217.

Völlig verwirrt, schaltete Adam den Computer aus und ging zu Bett, wo er die Nacht damit verbrachte, in seinen Träumen einer vor Wut schäumenden Jennifer gegenüberzutreten.

KAPITEL 10

Am nächsten Morgen war Adam so verärgert, aufzuwachen und Jennifers Seite des Bettes leer zu finden, daß er die Wohnung verließ, ohne sich auch nur die Mühe zu machen, sich eine Tasse Kaffee aufzuschütten. Um acht Uhr dreißig ging er vor dem Gebäude der GYN-Associates ruhelos auf und ab und wartete darauf, daß die Praxis geöffnet würde. Sobald er Christine sah, drückte er auf den Klingelknopf.

»Hallo, Adam Schonberg.«

Adam fand es vorteilhaft, daß sie sich an seinen Namen erinnerte. Er zog seine dunkelblaue Krawatte zurecht und sagte mit dem ernsthaftesten Lächeln, das er zustande bringen konnte: »Ich war gerade in der Gegend und dachte, ich guck' mal rein und laß mich über die neueste Durchschnittsleistung DJs beim Kricket informieren.«

»Er ist hervorragend«, sagte Christine. »Besser noch, als selbst ich erwartet hatte. Letzten Freitag hat er doch tatsächlich...«

Adam schaltete ab, während er seine Gedanken sammelte. Als Christine einmal kurz Atem holte, sagte er: »Wie stehen denn die Chancen, daß Sie mich bei Dr. Vandermer vorlassen können?«

»Dr. Vandermer ist in der Julian-Klinik«, sagte sie.

»Er ist bereits weg?«

»Ja. Die ganze Praxis ist eine einzige Katastrophe. Gestern war sein letzter Tag hier, obgleich er noch vor kurzem

Hunderte Patienten für die nächsten Monate angenommen hat. Ich werde von jetzt bis Weihnachten am Telefon hängen.«

»Das war also nicht erwartet?« fragte Adam.

»Kaum«, sagte Christine. »Er kam von seiner Kreuzfahrt zurück und teilte Dr. Stens und Dr. Baumgarten mit, daß er ginge. Er sagte, er habe die Nase voll vom privaten Praktizieren.«

Das war genau, was Percy von Dr. Foley erzählt hatte, dachte Adam, als sich Christine abwandte, um das Telefon zu beantworten.

»Welch ein Durcheinander«, sagte sie, als sie aufgelegt hatte. »Und alle Patienten sind mir böse.«

»Hat sich Dr. Vandormer merkwürdig verhalten, als er von der Kreuzfahrt zurückkam?« fragte Adam.

»Das kann man wohl sagen«, lachte Christine. »Nichts, was wir hier machten, war ihm gut genug. Er hat uns alle wahnsinnig gemacht, auch wenn er in gewisser Hinsicht taktvoller war. Vorher war er immer ziemlich brüsk.«

Adam erinnerte sich an sein eigenes Kennenlernen des Arztes und fand, »brüsk« sei eine sehr wohlwollende Beschreibung seiner Haltung.

»Die seltsamste Sache an der ganzen Angelegenheit«, fuhr Christine fort, »ist, daß Dr. Vandermers früherer Partner, Dr. Foley, das gleiche gemacht hat. Und damals hat es Dr. Vandermer fürchterlich wütend gemacht. Es war aber nicht so schlimm, als Dr. Foley gegangen ist, weil damals noch vier Ärzte hier waren, die die anderen Patienten übernehmen konnten. Aber jetzt sind nur noch zwei da, weil der arme Dr. Smyth mit seiner merkwürdigen Krankheit immer noch im Krankenhaus liegt.«

»Was für eine Krankheit hat er denn?« fragte Adam.

»Ich weiß den Namen nicht«, sagte sie. »Es ist irgendein Problem mit seinen Nerven. Ich erinnere mich noch, wie es angefangen hat.« Sie senkte die Stimme, als ob das, was sie sagen wollte, ein Geheimnis sei. »In einem Augenblick war er ganz normal und im nächsten schnitt er seltsame Gesichter. Es war grotesk. Und sehr peinlich.«

Eine Frau betrat die Praxis und kam zum Empfangstisch, und Adam trat einen Schritt zurück. Er hatte den Eindruck, Smyths Problem sei dem Fall von tardiver Dyskinesie ähnlich, wie er ihn in seiner Fallstudie im Medizinischen Zentrum erörtert hatte. In diesem Fall war eine unerwartete Reaktion auf ein Beruhigungsmittel die Ursache gewesen.

»Wissen Sie, ob Dr. Smyth irgendwelche psychiatrischen Probleme hatte?« fragte Adam, sobald die Patientin im Wartezimmer Platz genommen hatte.

»Ich glaube nicht«, sagte Christine. »Er war einer der nettesten jungen Männer. Sah ein bißchen wie Sie aus. Dunkel, lockiges Haar.«

»In welchem Krankenhaus ist er denn?« fragte Adam.

»Er wurde in die Universitätsklinik eingewiesen, ich habe aber gehört, wie eine der Krankenschwestern gesagt hat, er werde zur Julian-Klinik transferiert.«

Wieder klingelte das Telefon, und Christine nahm den Hörer ab.

»Eine letzte Frage. Sind Foley und Smyth auch wie Dr. Vandermer auf eine Kreuzfahrt-Konferenz gegangen?«

»Ja, ich glaube, beide«, sagte Christine mit dem Hörer in der Hand. »Frauenarztpraxis, einen Augenblick bitte. Würden Sie gerne Dr. Stens oder Dr. Baumgarten sprechen?«

»Heute nicht«, sagte Adam. »Ein anderes Mal, wenn es nicht mehr so hektisch ist. Schöne Grüße an DJ.«

Christine machte Adam das Daumen-hoch-Zeichen und drückte auf den blinkenden Knopf auf dem Telefon.

Als Adam die Praxis verließ, hatte er den Eindruck, er könne die merkwürdigen Zufälligkeiten nicht mehr ignorieren, die sich mit der Julian-Klinik verbanden. Warum hatten so viele Ärzte ihre Praxen verlassen, um dort zu arbeiten? Und warum hatte Dr. Vandermer, nachdem er das getan hatte, sich plötzlich entschieden, Jennifer Pregdolen zu verschreiben? So unerfreulich, wie dieses letzte Zusammentreffen auch werden würde, Adam hatte das Gefühl, keine andere Wahl zu haben, als dem Geburtshelfer noch einmal gegenüberzutreten. Er mußte ihn überzeugen, Jennifer entweder ohne Medikation zu behandeln, oder sie als Patientin aufzugeben. Adam wußte, daß er allein seine Frau nicht dazu überreden könne, den Arzt zu wechseln.

Als er sich den südlichen Randgebieten Harlems näherte, entdeckte er die Klinik, wie sie die umgebenden Wohnblocks überragte. Als er ihre spiegelnde Oberfläche bewunderte, erkannte Adam, daß sie von den gleichen Architekten geplant worden sein mußte wie das Arolen-Hauptgebäude. Das Bürogebäude paßte besser in die Umgebung. Die Klinik erschien Adam wie eine Vision aus dem einundzwanzigsten Jahrhundert, die in eine zweihundert Jahre alte Umgebung geworfen worden war.

Einen halben Block weiter fand Adam einen Parkplatz und setzte den Wagen rückwärts ein. Er nahm seine Aktentasche, falls er seinen Besuch als geschäftlich tarnen müsse, und lief die breiten Stufen zum Eingang der Klinik hoch.

In dem Augenblick, wo er die Klinik betrat, verflog sein Argwohn. Er hatte beabsichtigt, durch die Eingangshalle zur Geburtshilfe- und Gynäkologie-Abteilung zu marschieren, als ob er ein Mitglied des Personals sei. Von seiner Erfahrung als Medizinstudent her wußte er, daß man in einem Krankenhaus überallhin gelangen könne, wenn man nur so tat, als ob man dazugehörte. Die entspannte Atmosphäre der Julian-Klinik ließ ihn jedoch anderen Sinnes werden. Er ging direkt auf den großen Informationsschalter zu und sagte, er würde gerne Dr. Vandermer sprechen.

»Gewiß«, sagte die Empfangsdame. Sie nahm den Hörer zur Hand und gab Adams Wunsch weiter. »Der Doktor ist da«, sagte sie und lächelte ihn breit an. »Wissen Sie, wie Sie zur GYN-Abteilung kommen?«

»Vielleicht sollte ich den Doktor fragen, ob er Zeit hat, mit mir zu sprechen. Ich möchte mit ihm über meine Frau sprechen.«

»Natürlich wird er mit Ihnen sprechen«, sagte sie, als ob Adam den Verstand verloren habe. »Lassen Sie mich einen der Krankenpfleger rufen.« Sie drückte auf einen kleinen Klingelknopf am Schalter, und sofort erschien ein junger Mann in einem blauen Hemd und einer weißen Chintz-Hose. Die Empfangsdame gab ihm Anweisungen.

Der Mann führte Adam einen langen Zentralkorridor entlang, an einem Blumengeschäft, einem Buchladen und einer angenehm aussehenden Cafeteria vorbei.

»Das ist wirklich eine beeindruckende Klinik«, sagte Adam.

»Ja«, sagte der junge Mann mechanisch.

Adam warf ihm einen Blick zu, während sie weitergingen. Er hatte ein breites, ausdrucksloses Gesicht. Als er ihn genauer beobachtete, dachte Adam, er stehe vielleicht unter Medikamenteneinwirkung; er war wahrscheinlich ein psychiatrischer Fall. Viele chronische Patienten arbeiteten in Krankenhäusern. Sie wurden so sicherer in ihrem Verhalten.

Der Mann verließ Adam in der Halle, die eher an ein privates Wohnzimmer erinnerte als an ein Krankenhauswartezimmer. Sie war mit einer Couch, zwei Stühlen und einem kleinen Tisch möbliert. Eine merkwürdige Klinik, dachte Adam, als er zum Fenster ging. Das verdunkelte Glas verlieh der Häuserreihe auf der anderen Seite der Straße einen seltsamen Farbton. Es sah aus, als ob man eine alte Fotografie betrachte.

Er ging zu der Couch zurück und begann, eines der Magazine durchzublättern. Ein paar Minuten später öffnete sich die Tür, und Dr. Vandermer kam herein. Adam stand hastig auf.

Der Mann sah, besonders in seinem gestärkten weißen Kittel, eindrucksvoll aus. Er schien aber weniger feindselig gesinnt zu sein als bei ihrem ersten Zusammentreffen.

»Adam Schonberg, willkommen in der Julian-Klinik«, sagte er.

»Danke«, sagte Adam, erleichtert und gleichzeitig sprachlos über Vandermers Herzlichkeit. »Ich bin überrascht, Sie hier zu finden. Ich dachte, Sie seien in Ihrer Praxis absolut glücklich und zufrieden.«

»Das war ich auch einmal«, sagte Dr. Vandermer. »Aber die Geld-für-Dienstleistung-Medizin ist eine Sache der Vergangenheit. Hier versuchen wir das Wohlbefinden der Menschen zu erhalten, anstatt sie erst dann zu heilen, wenn sie schon erkrankt sind.«

Adam bemerkte, daß Vandermers Stimme eine merkwürdig tonlose Modulation hatte, als ob er etwas auswendig Gelerntes aufsagte. »Ich wollte mit Ihnen über Jennifer reden«, sagte er.

»Das habe ich mir schon gedacht«, sagte Dr. Vandermer. »Ich habe den Genetiker gebeten vorbeizuschauen.«

»Schön. Aber zuerst möchte ich über das Pregdolen mit Ihnen reden.«

»Hat es der Übelkeit Ihrer Frau Abhilfe geschaffen?« fragte Dr. Vandermer.

»Sie glaubt das«, sagte Adam. »Ich habe aber den Verdacht, es handelt sich einfach um einen Placebo-Effekt. Ich bin völlig überrascht, daß Sie es ihr gegeben haben.«

»Es gibt eine Zahl verschiedener Präparate auf dem Markt«, sagte Dr. Vandermer, »aber ich glaube, Pregdolen ist das beste. Normalerweise verschreibe ich nicht gerne Medikamente gegen Morgenübelkeit, aber bei Ihrer Frau dauert das doch zu lange an.«

»Weshalb aber Pregdolen?« sagte Adam taktvoll. »Besonders nach dem negativen Bericht im *New England Journal.*«

»Das war eine schlecht durchgeführte Studie«, sagte Dr. Vandermer. »Sie haben nicht die gebotenen Kontrollen gemacht.«

Nicht willens, Dr. Vandermer direkt zu widersprechen,

sagte Adam schließlich: »Aber Sie selbst haben mir beim letztenmal, als wir miteinander sprachen, gesagt, Pregdolen sei gefährlich. Wieso haben Sie Ihre Meinung geändert?«

Dr. Vandermer schüttelte, wie vor ein Rätsel gestellt, den Kopf. »Ich habe nie behauptet, das Medikament sei gefährlich. Ich benutze es schon seit Jahren.«

»Ich erinnere mich ganz deutlich...« begann Adam, als zwei weitere Ärzte das Wartezimmer betraten. Einer war ein großer, dünner Mann mit grauem Haar. Er wurde als Dr. Benjamin Starr, der Genetiker der Julian-Klinik, vorgestellt.

»Dr. Starr und ich haben den Fall Ihrer Frau gerade heute morgen noch besprochen«, sagte Dr. Vandermer.

»Das stimmt«, sagte Dr. Starr und ließ eine detaillierte Beschreibung des Falles vom Stapel. Seine Stimme hatte die gleiche tonlose Modulation wie die Vandermers, was bei Adam die Frage aufwarf, ob sich alle Ärzte der Julian-Klinik zu Tode arbeiteten.

Adam versuchte zu verstehen, was Starr sagte, der Mann schien jedoch absichtlich über Adams Verständnismöglichkeit hinauszugehen. Adam hörte sich die Gründe an, die man ihm für Jennifers Fruchtwasseruntersuchung gab, entschied sich dann jedoch, er verschwende seine Zeit. Es war, als ob sowohl Vandermer wie auch Starr ihn zu verwirren suchten. Sobald er eine Gelegenheit fand, sagte Adam, er müsse gehen. Dr. Vandermer bot sich an, ihn in die Cafeteria zum Essen einzuladen, aber Adam bestand darauf, er müsse nun wirklich gehen.

Als er den Korridor hinunterging, kam Adam zu der Einsicht, Jennifer habe recht. Dr. Vandermer war ein veränderter Mann, und das machte Adam nervös. Ja, die ganze Klinik schlug einen falschen Ton an. Wenn er die wundervoll eingerichteten Zimmer betrachtete, konnte er sich vorstellen, warum die Julian-Klinik eine solche Anziehungskraft ausübte. Sie erschien wie die ideale Krankenhausumgebung. Aber zur gleichen Zeit war sie fast zu hübsch und nach Adams Ansicht ein wenig unheimlich.

Als er wieder im Auto war, zögerte Adam einen Augenblick, bevor er den Motor startete. In seiner Erinnerung gab es keinen Zweifel, daß Vandermer Pregdolen ursprünglich als gefährlich bezeichnet hatte; aber auch diese ganze superwissenschaftliche Rhetorik, Jennifer brauche eine Amniocentesis, beunruhigte ihn. Solange seine Frau bei ihren Eltern abgesondert war, waren ihm die Hände gebunden. Nur in bezug auf eine Sache war er sich völlig sicher: Er wollte nicht, daß Jennifer Pregdolen nehme, was gleichzeitig bedeutete, daß er nicht wollte, daß sie weiterhin bei Vandermer in Behandlung bleibe. Das Problem bestand darin, daß sie offensichtlich Vandermer vertraute und den Arzt nicht wechseln wollte.

Während er auf die Straße einbog, erkannte Adam, Jennifer habe in zweierlei Hinsicht recht: er war kein Arzt und er hatte keine Ahnung von Geburtshilfe. Es wurde ihm klar, daß er sich dem Thema, wenn er Jennifers Meinung ändern wollte, besser intensiver widmen müsse.

Da es innerhalb von mehreren Straßenzügen am Universitätskrankenhaus keinen Parkplatz gab, fuhr Adam den Buick in die Parkgarage des Krankenhauses. Nachdem er einen freien Platz gefunden hatte, ging er zum Medizinischen Zentrum. Der irische Bursche an der Information erkannte ihn wieder und lieh ihm einen weißen Kittel.

In der Bibliothek wählte er mehrere kürzlich erschienene Fachbücher über Geburtshilfe aus und begann, die Stichworte morgendliche Übelkeit und Amniocentesis herauszusuchen. Als er damit fertig war, wandte er sich einem Kapitel über die Entwicklung des Fötus zu – der Darstellungen des Fötus im Uterus – und starrte voller Staunen auf die Photos, wie sein Kind in dieser Phase seiner Entwicklung aussehen mußte.

Nachdem er die Bücher am Schalter zurückgegeben hatte, machte sich Adam auf den Weg zum Krankenhaus.

Nach den weichen Teppichen und der glänzenden Farbe in der Julian-Klinik wirkte das Medizinische Zentrum der Universität wie ein Bühnenbild für Dantes Inferno. Es sah mit seiner abgeblätterten Farbe und den schmutzigen Fußböden eintönig und düster aus. Die Krankenschwestern und das gesamte Personal erschienen gehetzt, und ihr Gesichtsausdruck zeigte an, daß das psychologische Wohlergehen ihrer Patienten nicht die absolute Priorität einnahm.

Adam nahm den Hauptaufzug zur Neurologischen Abteilung auf der zehnten Etage. Indem er vorgab, er sei immer noch ein Student, marschierte er in das Stationszimmer und pflanzte sich breitbeinig vor dem Schrank mit den Krankenakten auf. Es waren noch drei Krankenschwestern, zwei Stationshelfer und ein Arzt anwesend, die herumstanden und plauderten, aber keiner von ihnen sah Adam auch nur an.

Dr. Stuart Smyths Akte war in dem Fach für Zimmer 1066. Nach einem flüchtigen Blick zu den Schwestern nahm Adam die Akte mit dem metallenen Rücken, zog sie aus dem Karteischrank und ging in das relativ ruhige Stationszimmer zurück. In dem Raum befand sich auch noch ein Arzt, der jedoch gerade telefonierte und sich zum Tennis verabredete. Adam setzte sich an einen Schreibtisch.

Merkwürdigerweise hatte man bei Smyth ein tardives Dyskinesiesyndrom diagnostiziert. Als er die Akte durchsah, erfuhr Adam, daß Smyth in der Vergangenheit keine psychotropischen Medikamente verordnet bekommen hatte. Die Ursache seiner Krankheit war immer noch als unbekannt aufgeführt, und die meisten Anstrengungen beschränkten sich auf hochtechnische Versuche, einen Virus zu isolieren.

Der einzige positive Test, den Adam finden konnte, war das EEG, aber der behandelnde Arzt hatte geschrieben, das Resultat, auch wenn es leicht unnormal erschien, sei ein Normalbefund. Mit anderen Worten, Dr. Smyth war gestochen und gequält worden und hatte für Myriaden

Tests Blut gelassen, und doch war die Ursache seiner Erkrankung immer noch nicht entdeckt worden. Er war zweieinhalb Monate mit kurzen Unterbrechungen im Krankenhaus gewesen. Einmal hatte sich sein Zustand zu bessern begonnen, doch niemand wußte, warum.

Adam brachte die Akte zurück und ging den Korridor zu Zimmer 1066 hinunter. Im Gegensatz zu den anderen Zimmern war die Tür geschlossen. Adam klopfte an. Nachdem er etwas gehört hatte, das einem »Herein« ähnelte, öffnete er sie und trat ein.

Stuart Smyth saß umgeben von Büchern und Fachzeitschriften in der Nähe des Fensters. Als Adam die Tür schloß, blickte er auf und rückte seine randlose Brille zurecht.

Adam erkannte sofort, daß Christines Beobachtung, er und Smyth ähnelten einander, zutraf, und es freute Adam, denn Stuart war ein gutaussehender Mann.

Adam stellte sich als Medizinstudent vor, und Smyth, dessen Gesicht sich von Zeit zu Zeit zu einer Grimasse verzerrte, bat Adam, sich zu setzen, und erklärte ihm, er mache das Beste aus seiner Isolation, indem er das ganze Feld der Geburtshilfekunde und Gynäkologie aufarbeite. Seine Sprache war schwierig zu verstehen, weil seine Lippen und seine Zunge gleichfalls von den verzerrenden Anfällen in Mitleidenschaft gezogen waren.

Trotz seiner Behinderung war Dr. Smyth erpicht auf Gesellschaft und in Hinsicht auf seine Erkrankung überhaupt nicht scheu. Adam wartete geduldig, während er langsam die Details seiner Erkrankung erzählte, von denen Adam die meisten bereits durch die Akte in Erfahrung gebracht hatte. Er erwähnte die Arolen-Kreuzfahrt nicht, und Adam brachte das Gespräch zum Thema, als er die Bemerkung fallen ließ, Dr. Vandermer kümmere sich um Jennifer.

»Vandermer ist ein großartiger Geburtshelfer«, sagte Dr. Smyth.

»Er war uns von einem der hier tätigen Ärzte empfohlen worden«, sagte Adam. »Augenscheinlich behandelt er viele Angestellte des Hauses.«

Dr. Smyth nickte.

»Ich nehme an, Sie haben erfahren, daß er gerade von einer Arolen-Kreuzfahrt zurückgekommen ist?«

Dr. Smyth nickte, und sein Gesicht verzerrte sich in einem Anfall.

»Sind Sie auch schon auf einer dieser Kreuzfahrten gewesen?« fragte Adam.

Das Buch, das Smyth gelesen hatte, glitt von seinem Schoß und fiel zu Boden. Er bückte sich und hob es auf, als er aber zu antworten begann, verweigerte seine Zunge die Mitarbeit, und schließlich mußte er sich damit begnügen, nur zu nicken.

Adam fürchtete, er ermüde Smyth mit seinen Fragen; als er aber aufstehen wollte, winkte ihn der Doktor wieder zu seinem Stuhl zurück und machte ihm klar, er wolle sich gerne weiter unterhalten.

»Die Kreuzfahrten sind wunderbar«, brachte Smyth schließlich heraus. »Ich bin vor sechs Monaten auf eine gegangen, und es war geplant, ich sollte in dieser Woche an einer weiteren teilnehmen. Dieses Mal war ich eingeladen, in Puerto Rico Station zu machen. Ich hatte mich darauf gefreut, aber offensichtlich wird da wohl nichts draus.«

»Wenn Sie entlassen sind«, sagte Adam, »bin ich sicher, daß Sie wieder zu einer Kreuzfahrt eingeladen werden.«

»Vielleicht«, sagte Smyth. »Es ist aber schwierig, eine Reservierung zu bekommen, besonders für Puerto Rico.«

Als nächstes fragte ihn Adam nach der Julian-Klinik. Smyth ließ ein paar Superlative hören, wurde aber dann von einer Reihe von so schlimmen Anfällen heimgesucht, daß er schließlich Adam mit einer Geste andeutete, er möge gehen.

Adam dachte daran, in ein paar Minuten zurückzukehren, war aber so weit in seinem Terminplan für Arolen zurück, daß er sich entschied, besser wieder an die Arbeit zu gehen. Auch wenn er der Medikamentenfirma gegenüber Zweifel hatte, wollte er doch nicht gefeuert werden.

☆

Als er kurz nach sechs nach Hause kam, fand er die Wohnung in der gleichen Unordnung vor, in der er sie verlassen hatte. Sein Zettel, auf den er geschrieben hatte »Willkommen zu Hause. Tut mir leid. Ich liebe dich«, lag immer noch vor der Tür, wo er ihn hingelegt hatte, auf dem Boden.

Als er einen Blick in den Kühlschrank werfen wollte, erinnerte er sich, daß nichts drin war und er wohl außerhalb würde essen müssen. Bevor er das tat, wählte er die Nummer von Jennifers Eltern und hoffte, sie würde selbst antworten.

Unglücklicherweise nahm ihre Mutter den Hörer ab. »Adam! Wie nett, daß du anrufst«, sagte sie eisig.

»Ist Jennifer da?« fragte Adam, so höflich er nur konnte.

»Ja«, sagte Mrs. Carson. »Sie versucht schon seit dem frühen Morgen, dich anzurufen.«

»Ich war arbeiten«, erklärte Adam, erfreut, daß sie ihn hatte erreichen wollen.

»Schön für dich«, sagte Mrs. Carson. »Ich sollte dir sagen, daß Jennifer heute morgen eine Fruchtwasseruntersuchung hat durchführen lassen. Es ist alles glatt verlaufen.«

Adam ließ fast den Telefonhörer fallen. »Oh, mein Gott, wie geht es ihr?«

»Gut, was nicht dir zu verdanken ist.«

»Gib sie mir bitte«, sagte Adam.

»Tut mir leid«, sagte Mrs. Carson in einem Tonfall, der anklingen ließ, es tue ihr überhaupt nicht leid, »aber Jennifer schläft augenblicklich. Wenn sie aufwacht, werde ich erwähnen, daß du angerufen hast.«

In der Leitung war ein Klicken zu hören – Mrs. Carson hatte aufgelegt.

Adam sah einen Augenblick den Hörer an, als ob er für seine Frustration verantwortlich sei. Er kontrollierte sich aber und legte den Hörer ruhig auf die Gabel zurück; aber dennoch kehrten die Nervosität und die Angst, die er empfunden hatte, als er die Julian-Klinik verließ, augenblicklich zurück. Warum im Himmel hatte Vandermer nicht erwähnt, daß Jennifer an diesem Morgen in der Klinik gewesen war?

KAPITEL 11

Jennifer rief ihn nicht an, und am nächsten Morgen erwachte Adam immer noch voller Besorgnis. Nachdem er sich rasiert hatte, ertappte er sich, wie er in Gedanken im Schlafzimmer auf und ab schritt. Was ging in der Klinik nur vor sich? Der Gedanke entsetzte ihn, der seltsam mechanische Vandermer würde Jennifer weiterhin behandeln, aber er hatte keine Ahnung, wie er seine Frau davon abhalten könne, ihn zu konsultieren. Wenn er nur herausfinden könnte, warum sich die Ärzte nach den Kreuzfahrten so sehr veränderten. Wenn er nur selbst bei einer mitfahren könnte, vielleicht würde er dann einen Weg finden können, Jennifer zu überzeugen, daß Vandermer gefährlich sei.

Smyth hatte gesagt, seine Kreuzfahrt sollte noch diese Woche von Miami aus abfahren. Adam fragte sich, was geschehen würde, wenn er statt seiner auftauchen würde.

»Sie würden mir sagen, ich sollte schnellstens meinen Arsch vom Schiff herunter bewegen«, sagte er laut.

Plötzlich hörte er auf, hin- und herzugehen, eilte ins Wohnzimmer und schaltete den Computer an. Schon Sekunden später, als er das Telefon mit dem Bildschirm verbunden hatte, wußte er, daß er recht hatte. In seinem gewöhnlichen Zwei-Finger-Such-System rief er Dr. Stuart Smyths Akte ab, worauf ihm wieder mitgeteilt wurde, der Doktor sei für einen Auffrischungskurs, einer zweiten Kreuzfahrt, eingeplant, die noch am gleichen Tag den Hafen verlassen würde.

Während er sich schnell anzog, kam Adam zu einer Entscheidung. Christine hatte gesagt, er sehe wie Smyth aus, und auch ihm selbst war die Ähnlichkeit aufgefallen. Er nahm den Telefonhörer ab und wählte die Nummer der Auskunft für Miami. Als die Auskunft antwortete, bat er um die Nummern für die Arolen-Kreuzfahrten. Der Herr bei der Auskunft sagte in einem nasalen Tonfall: »Tut mir leid, aber unter diesem Namen ist in unserer Liste nichts eingetragen.«

Adam legte auf. Dann hatte er eine andere Idee. Dieses Mal erkundigte er sich nach der *Fjord*. Wieder kein Glück. Es gab ein Fjord-Reisebüro, was aber nicht vielversprechend klang.

Adam hob seine Leinenjacke auf und nahm sie in die Küche mit. Das Bügeleisen stand auf dem Kühlschrank. Er steckte es in die Wandsteckdose gleich neben der Spüle. Nachdem er ein Badetuch längs gefaltet hatte, legte er es auf das Bügelbrett in der Küche und begann, die schlimmsten Knitter in der Jacke herauszubügeln. Und dann bekam er die Inspiration, MTIC anzurufen.

»Es gibt keine MTIC in den Telefonbüchern«, sagte die Auskunft in Miami, »es gibt allerdings die MTIC-Kreuzfahrtlinien.«

Erleichtert schrieb sich Adam die Nummer auf und versuchte, sie anzurufen. Als eine Frau antwortete, stellte er sich als Dr. Stuart Smyth vor und fragte, ob er immer noch auf der heutigen Kreuzfahrt erwartet werde. Seine Sekretärin habe vergessen, seine Reservierung zu bestätigen.

»Einen Augenblick bitte«, sagte die Frau. Adam konnte die schwachen Geräusche auf der Tastatur eines Computers hören.

»Da wären wir«, sagte sie. »Stuart Smyth aus New York City. Sie werden heute in der Geburtshilfe-Gynäkologie-Gruppe erwartet. Sie sollten nicht später als 18 Uhr an Bord sein.«

»Danke«, sagte Adam. »Können Sie mir noch etwas sagen? Brauche ich einen Paß oder so etwas?«

»Irgendeine Identifikation genügt«, sagte die Frau. »Sie brauchen nur einen Nachweis Ihrer Staatsangehörigkeit.«

»Danke«, sagte Adam und legte auf. Wie zum Teufel sollte er einen Nachweis der Staatsangehörigkeit Smyths bekommen?

Zehn Minuten lang saß Adam auf der Kante des Bettes und versuchte, zu einer Entscheidung zu kommen. Abgesehen von dem Paßproblem hatte die Vorstellung, Smyth auf der Arolen-Kreuzfahrt nachzumachen, eine Menge Anziehungskraft. In Adams Denken gab es keinen Zweifel, daß er, wenn er Jennifers Eindruck von Vandermer ändern wolle, einen verdammt guten Beweis der Instabilität dieses Mannes haben müsse. Auf die Kreuzfahrt zu gehen, erschien ihm als vielversprechendster Weg.

Aber würde er einen praktizierenden Geburtshelfer nachmachen können? Und was, wenn auf der Kreuzfahrt Leute mitführen, die persönliche Freunde Smyths waren? Impulsiv entschied sich Adam, es doch zu versuchen. Was hatte er schon zu verlieren? Wenn er einem persönlichen Freund Smyths begegnen sollte, würde er ihm erzählen, Smyth habe ihn an seiner Stelle geschickt. Und wenn Arolen ihn erwischen würde, könnte er einfach sagen, er könne seine Funktion als Vertreter nicht ohne bessere Informationen durchführen.

Das Schlimmste, was sie mit ihm machen könnten, wäre, ihn zu entlassen.

Nachdem diese Entscheidung gefallen war, trat Adam sofort in volle Aktion. Sein erster Telefonanruf setzte ihn mit Clarence McGuire in Verbindung, dem er erzählte, eine Familienkrise würde seine Abwesenheit für ein paar Tage aus der Stadt notwendig machen. Clarence war augenblicklich voller Mitgefühl und wünschte ihm, daß sich alles gut ergeben würde.

Adams nächstes Telefonat ging an die Fluglinien, um festzustellen, welchen Flug er nach Miami bekommen könne. Mit Delta und Eastern konnte er zu jeder Zeit seiner Wahl fliegen.

Schließlich sammelte er all seinen Mut, um Jennifer anzurufen. Sein Mund wurde trocken, als er hörte, wie die Verbindung zustande kam. Ein Klingeln. Ein zweites. Dann nahm Mrs. Carson den Hörer ab.

Mit aller Freundlichkeit, die er aufbringen konnte, sagte Adam guten Morgen und fragte, ob er mit seiner Frau sprechen könne.

»Ich sehe mal nach, ob sie wach ist«, sagte Mrs. Carson kühl.

Adam war erleichtert, als Jennifer hallo sagte.

»Tut mir leid, wenn ich dich geweckt habe«, sagte Adam.

»Ich habe nicht geschlafen«, sagte Jennifer.

»Jennifer«, sagte Adam. »Tut mir leid wegen der vorletzten Nacht. Ich weiß nicht, was in mich gefahren ist. Aber ich möchte, daß du nach Hause kommst. Die einzige Schwierigkeit besteht darin, daß ich für ein paar Tage aus Geschäftsgründen außerhalb der Stadt zu tun habe.«

»Ich verstehe«, sagte Jennifer.

»Ich würde es vorziehen, das im Augenblick nicht zu erklären, es ist aber wahrscheinlich für dich am besten, noch ein paar Tage bei deinen Eltern zu bleiben.«

»Ich nehme an, du fährst nach Puerto Rico«, sagte Jennifer eisig.

»Nein, das ist nicht der Fall«, sagte Adam.

»Wohin fährst du dann?« fragte Jennifer.

»Ich würde es lieber nicht sagen«, sagte Adam.

»Schön«, sagte Jennifer. »Wie du willst. Ach, übrigens, falls es dich interessiert, ich habe gestern eine Fruchtwasseruntersuchung gemacht bekommen.«

»Ich weiß«, sagte Adam.

»Wie hast du das wissen können?« fragte Jennifer. »Ich

habe versucht, dich ab sieben Uhr am Morgen anzurufen. Du warst nie da.«

Adam erkannte, daß Mrs. Carson Jennifer nicht einmal mitgeteilt hatte, daß er am vorigen Abend angerufen hatte. Seine Frau zurückzubekommen, würde eine schwere Schlacht werden.

»Nun, laß es dir auf deiner Reise gut ergehen«, sagte Jennifer kalt und legte auf, bevor Adam ihr auch nur sagen konnte, wie sehr er sie liebte.

☆

Jennifer legte den Hörer auf die Gabel und fragte sich, was so wichtig sein könne, daß Adam sie in dieser schwierigen Zeit verlassen könne. Es mußte Puerto Rico sein, aber Adam hatte sie noch nie zuvor angelogen.

»Gibt es etwas Neues?« fragte Mrs. Carson.

Jennifer wandte sich um und sah ihre Eltern an.

»Adam geht auf irgendeine Reise«, sagte sie.

»Wie schön für ihn«, sagte Mrs. Carson. »Wo geht es denn hin?«

»Ich weiß nicht«, sagte Jennifer. »Er hat es mir nicht sagen wollen.«

»Ob er vielleicht ein Verhältnis hat?« fragte Mrs. Carson.

»Bei Gott, besser nicht«, sagte Mr. Carson, senkte sein *Wall Street Journal* und starrte die beiden Frauen an.

»Er hat kein Verhältnis«, sagte Jennifer verärgert.

»Jedenfalls handelt er ganz sicher unangemessen«, sagte ihre Mutter.

Jennifer holte sich etwas Müsli mit Rosinenkleie und schnitt eine Banane in kleine Stückchen. Seit sie das Pregdolen einnahm, war ihre morgendliche Übelkeit fast ganz verschwunden. Sie trug ihr Frühstück an den Tisch und setzte sich vor den Fernsehschirm.

Das Telefon klingelte wieder, und sie sprang auf, weil sie

dachte, Adam könne sich in bezug auf seine Reise eines anderen besonnen haben. Als sie jedoch den Hörer abnahm, war Dr. Vandermer am anderen Ende der Leitung.

»Es tut mir leid, Sie so früh anzurufen«, sagte er, »ich wollte aber sichergehen, Sie zu erreichen.«

»Das ist in Ordnung«, sagte Jennifer, während ihr Magen Saltos schlug.

»Ich hätte gerne, wenn Sie heute zur Klinik zurückkämen«, sagte Dr. Vandermer. »Ich muß mit Ihnen reden. Könnten Sie noch heute morgen gegen zehn Uhr hier sein? Ich fürchte, ich muß heute nachmittag operieren.«

»Natürlich. Ich werde um zehn da sein«, sagte Jennifer. Sie legte auf, voller Furcht zu fragen, worüber er mit ihr reden wolle.

»Wer war das, meine Liebe?« fragte Mrs. Carson.

»Dr. Vandermer. Er möchte mich noch heute morgen sprechen.«

»Worüber?«

»Das hat er nicht gesagt«, sagte Jennifer sanft.

»Nun, zumindest kann es nichts mit der Fruchtwasseruntersuchung zu tun haben«, sagte Mrs. Carson. »Er hat uns gesagt, die Ergebnisse würden zwei Wochen brauchen.«

Jennifer zog sich schnell an, während sie zu erraten versuchte, was Dr. Vandermer ihr mitteilen würde. Die Bemerkung ihrer Mutter über den Amniocentesis-Test ließ sie sich ein wenig besser fühlen. Der andere Grund, den sie sich vorstellen konnte, war, einer der Bluttests habe ergeben, daß ihr Eisen- oder Vitaminspiegel zu niedrig sei.

☆

Mrs. Carson bestand darauf, Jennifer zur Julian-Klinik zu fahren und mit ihr zu ihrem Termin zu gehen. Sie wurden augenblicklich zu Dr. Vandermers neuem Büro eskortiert, das noch nach frischer Farbe roch.

Dr. Vandermer war auf den Beinen, als sie eintraten,

und deutete Jennifer und ihrer Mutter mit einer Geste an, sie möchten auf den Stühlen vor seinem Schreibtisch Platz nehmen. Als sie sein Gesicht sah, wußte Jennifer, daß etwas ernstlich schiefgegangen war.

»Ich fürchte, ich habe schlechte Nachrichten«, sagte er mit einer Stimme, die keinerlei Emotionen verriet.

Jennifer fühlte, wie ihr Herz einen Sprung machte. Ganz plötzlich schien es ihr unglaublich heiß im Zimmer zu sein.

»Normalerweise dauerte es zwei Wochen, die Ergebnisse einer Amniocentesis zu bekommen«, sagte Dr. Vandermer. »Der Grund liegt darin, daß Gewebekulturen angelegt werden müssen, um das Untersuchungsmaterial richtig beurteilen zu können. Gelegentlich ist die Abnormität jedoch so augenfällig, daß die frei im Fruchtwasser schwebenden Zellen schon alles sagen. Jennifer, wie Ihre Mutter tragen Sie ein mongoloides Baby mit einem Downs-Syndrom. Das Karyotyp gibt zu ernstesten Befürchtungen Anlaß.«

Jennifer war sprachlos. Da mußte ein Fehler vorliegen. Sie konnte nicht glauben, daß ihr Körper sie täusche und irgendeine Art von Monster produziere.

»Bedeutet das, daß das Kind nicht mehr als ein paar Wochen leben wird?« fragte Mrs. Carson, während sie mit ihren eigenen Erinnerungen kämpfte.

»Wir sind der Ansicht, daß das Baby nicht lebensfähig wird«, sagte Dr. Vandermer. Er ging zu Jennifer hinüber und legte einen Arm um ihre Schultern. »Es tut mir leid, der Überbringer solch schlechter Nachrichten zu sein. Ich hätte auf die endgültigen Resultate gewartet, wenn es nicht besser für Sie wäre, jetzt schon im Bild zu sein. Es verschafft Ihnen mehr Zeit, eine Entscheidung zu fällen. Es wird Ihnen nicht als großer Trost erscheinen, aber versuchen Sie sich daran zu erinnern, daß Sie noch eine sehr junge Frau sind. Sie können noch viele Kinder haben, und wie Sie selbst schon gesagt haben, ist das nicht die beste Zeit für Sie und Adam, ein Kind zu bekommen.«

Jennifer hörte in schockiertem Schweigen zu. Dr. Vandermer wandte sich um und sah Mrs. Carson an.

»Ich finde, Sie sollten nach Hause gehen und die Situation mit Ihrer Familie diskutieren«, fuhr Dr. Vandermer fort. »Glauben Sie mir, es ist besser, jetzt zu einer Entscheidung zu kommen, als nach einer langwierigen und schwierigen Wehenphase und Entbindung.«

»Ich kann das bestätigen«, sagte Mrs. Carson. »Dr. Vandermer hat recht, Jennifer. Wir werden nach Hause fahren und das besprechen. Alles wird schon in Ordnung kommen.«

Jennifer nickte und brachte sogar ein Lächeln für Dr. Vandermer zustande, dessen Gesicht endlich eine Spur von Gefühl verriet.

»Bitte, rufen Sie mich an, wann immer Sie wollen«, sagte er, als sie sein Büro verließen.

Die beiden Frauen gingen durch die Klinik, fuhren mit dem Aufzug in die Parkgarage hinunter und holten ihren Wagen schweigend ab. Als sie die Auffahrt hinaufrollten, sagte Jennifer: »Ich möchte in meine Wohnung zurückgehen.«

»Ich dachte, wir würden direkt nach New Jersey zurückfahren«, sagte Mrs. Carson. »Ich finde, dein Vater sollte davon wissen.«

»Ich würde gerne mit Adam sprechen«, antwortete Jennifer. »Er hat nicht gesagt, wann er abfahren würde. Vielleicht erreiche ich ihn noch.«

»Vielleicht sollten wir einfach anrufen«, sagte Mrs. Carson.

»Ich würde vorziehen, direkt hinzufahren«, erwiderte Jennifer.

Mrs. Carson entschied sich, dies sei nicht der Zeitpunkt, mit ihrer Tochter zu streiten, und fuhr Jennifer in die Stadt. Als sie in die Wohnung kamen, sah Jennifer, daß Adams zwei Koffer immer noch auf dem Schrank lagen und daß keines seiner Kleidungsstücke zu fehlen schien.

Sie fühlte sich einigermaßen sicher, daß er noch nicht abgereist war.

»Nun, was willst du jetzt machen?« fragte ihre Mutter.

»Auf ihn warten und mit ihm reden«, sagte Jennifer in einem Tonfall, der keine weitere Diskussion erlaubte.

☆

»Ich werde Ihnen Gebühren aufbrummen müssen, wenn das noch einmal passiert«, neckte ihn der Portier am Informationsschalter der Universität.

Adam nahm den weißen Kittel und zog ihn an.

»Ich kann einfach nicht von hier wegbleiben. Ich habe Heimweh.« Die Ärmel waren vier Zentimeter zu kurz, und auf der Tasche sah man einen großen gelben Fleck. »Was Besseres haben Sie wohl nicht«, witzelte er.

Voller Vertrauen in seine medizinische Verkleidung nahm Adam den Aufzug zur Neurologie, ging direkt zum Schwesternzimmer, lächelte den Stationspfleger an und zog Smyths Akte ein zweites Mal aus dem Schrank. Das einzige, das er wirklich wollte, waren die Informationen auf dem Deckblatt. Indem er dem Pfleger den Rücken zukehrte, notierte er alle persönlichen Daten, die er von Smyth ausfindig machen konnte: Informationen über seine Krankenversicherung, Versicherungsnummer, Name der Frau und Geburtsdatum. Das war ein guter Anfang.

Nachdem er die Akte in den Schrank zurückgebracht hatte, fuhr Adam wieder mit dem Aufzug auf die Hauptetage. Ein Forschungsassistent zeigte ihm ein Kompendium amerikanischer Ärzte. Adam schlug Stuart Smyth nach und merkte sich die Universitäten, die der Mann nach dem College bis zu seiner Niederlassung besucht hatte. Er fand es interessant, daß er ein Jahr chirurgischer Ausbildung auf Hawaii absolviert hatte. Adam lernte auch alle professionellen Verbindungen Smyths auswendig.

Als letzte Tat, bevor er das medizinische Zentrum verließ, rief er Christine in der Frauenarztpraxis unter dem Vorwand an, einen Termin mit Baumgarten und Stens in der folgenden Woche zu reservieren. Es gelang ihm noch herauszufinden, daß Smyth ein leidenschaftlicher Tennisspieler, Liebhaber klassischer Musik und ein Kino-Fan war.

Als er wieder in seinem Buick saß, fuhr Adam quer durch die Stadt und bog auf der Achten Avenue nach rechts ab. Als er sich der Zweiundvierzigsten Straße näherte, wandelte sich die Stadt von Bürogebäuden und Warenhäusern zu schmucken Kinos mit grellem Neonlicht und Büchergeschäften für Erwachsene, die Reklame für Sex-Dias für fünfundzwanzig Cents machten. Straßendirnen in hochhackigen Schuhen und Miniröcken winkten ihm zu, als er seinen Wagen parkte.

Adam schlenderte Richtung Osten und zögerte vor Illustriertenständen. Nach vielen Angeboten für Drogen näherte sich ihm ein dünner Mann, der einen jener dünnen Oberlippenbärte trug, an die sich Adam aus Filmen aus den Dreißigern erinnerte.

»Sind Sie an einer richtigen Lady interessiert?« fragte der Mann.

Adam fragte sich, ob eine wirkliche Dame das Gegenteil der Art sei, die man aufblasen mußte. Er war versucht zu fragen, war sich aber nicht sicher, ob der dünne Mann seinen Humor schätzen würde.

»Ich bin an ein paar Ausweisen interessiert«, sagte Adam.

»Was für welche?« fragte der Mann, als ob es sich um eine alltägliche Frage handelte.

Adam zuckte mit den Schultern. »Ich weiß nicht. Vielleicht einen Führerschein und eine Stimmabgabekarte.«

»Eine Stimmabgabekarte?« wiederholte der dünne Mann. »Ich habe noch nie gehört, daß jemand so etwas verlangt hat.«

»Nicht?« sagte Adam. »Nun, ich bin in gewissem Maße

neu in so was. Ich möchte auf eine Kreuzfahrt gehen, und ich will nicht, daß man weiß, wer ich wirklich bin.«

»Dann wollen Sie einen verdammten Paß«, sagte der Mann. »Wann brauchen Sie ihn?«

»Jetzt gleich«, sagte Adam.

»Ich hoffe, Sie haben Geld bei sich?«

»Ein bißchen«, sagte Adam. Er war so vorsichtig gewesen, den größten Teil seines Geldes und seine eigenen Ausweise im Handschuhfach seines Wagens einzuschließen.

»Das wird Ihnen fünfundzwanzig für den Führerschein und fünfzig Dollar für den Paß kosten«, sagte der dünne Mann.

»Uff«, sagte Adam. »Ich habe nur fünfzig bei.«

»Pech«, sagte der Mann. Er wandte sich um und begann, in Richtung auf die Achte Avenue wegzugehen.

Adam beobachtete ihn einen Augenblick und schlenderte dann weiter auf den Broadway zu. Nach ein paar Metern fühlte er eine Hand auf seiner Schulter.

»Sechzig Eier für beide«, sagte der dünne Mann.

Adam nickte. Ohne ein weiteres Wort führte der Mann Adam zurück zur Achten Avenue und in eines der vielen Geschäfte, deren Schaufensterscheiben mit Zetteln vollgeklebt waren: »Geschäftsaufgabe! Letzte drei Tage! Alles zu reduziertem Preis!« Adam bemerkte, daß das ›Letzte drei Tage‹-Plakat schon vor Alter spröde war.

In dem Geschäft wurde die gewöhnliche Kollektion von Kameras, Rechnern und Videobändern verkauft und eine Handvoll ›echtes chinesisches Elfenbein‹. Auf einem Tisch in der Mitte stand eine Reihe von Miniatur-Empire State Buildings und Freiheitsstatuen neben Kaffeetassen mit ›I Love New York‹ auf der Seite.

Keiner der Verkäufer blickte auch nur auf, als der dünne Mann Adam durch das Geschäft und durch dessen Hintertür wieder hinausführte. Im hinteren Teil befand sich ein Korridor mit Türen an beiden Seiten. Adam hoffte, er geriete nicht in etwas, mit dem er nicht fertig werden würde.

Der dünne Mann klopfte an der ersten Tür an, öffnete sie dann und winkte Adam in ein kleines, dunkles Zimmer.

In einer Ecke stand eine Polaroidkamera auf einem Stativ. In einer anderen befand sich ein Zeichentisch unter einer hellen, fluoreszierenden Lampe. Ein Mann mit einem glänzenden Kahlkopf saß an dem Tisch. Er trug eine jener grünen Schirmmützen, an die sich Adam aus Filmen von Kartenspielern in alten Western erinnerte.

Der dünne Mann ergriff das Wort. »Dieser Bursche will einen Führerschein und einen Paß für sechzig Kröten.«

»Auf welchen Namen?« fragte der Mann mit der grünen Schirmmütze.

Adam gab schnell Smyths Namen, Adresse, Geburtsdatum und Sozialversicherungsnummer an.

Mehr wurde nicht gesprochen. Adam wurde vor die Polaroidkamera gestellt, und man fertigte mehrere Aufnahmen an. Danach ging der Mann mit der grünen Schirmmütze an den Zeichentisch und begann zu arbeiten. Der dünne Mann lehnte sich gegen die Wand und zündete sich eine Zigarette an.

Zehn Minuten später ging Adam durch das Geschäft zurück und hielt seine gefälschten Ausweise fest umklammert. Er öffnete sie nicht, bevor er seinen Wagen erreichte, dann aber fand er, daß sie absolut authentisch aussähen. Erfreut drehte er in Richtung auf Village um. Er hatte jetzt nur noch ungefähr eine Stunde Zeit zu packen.

Als er an seiner Wohnung ankam, war er überrascht, das Sicherheitsschloß geöffnet vorzufinden. Er machte die Tür auf und sah Jennifer und ihre Mutter.

»Hallo«, sagte er ziemlich verblüfft. »Das ist eine nette Überraschung.«

»Ich hatte gehofft, dich noch anzutreffen, bevor du nach Puerto Rico fährst«, sagte Jennifer.

»Ich fahre nicht nach Puerto Rico«, sagte Adam.

»Ich finde, du solltest nirgendwohin fahren«, sagte Mrs.

Carson. »Jennifer hat einen Schock, und sie braucht deine Unterstützung.«

Adam legte seine Sachen auf den Schreibtisch und wandte sich Jennifer zu. Sie sah wirklich blaß aus.

»Was ist denn los?« fragte Adam.

»Dr. Vandermer hatte schlechte Nachrichten für sie«, antwortete Mrs. Carson.

Adam nahm seine Augen nicht von Jennifers Gesicht. Er wollte Mrs. Carson sagen, sie solle den Mund halten, statt dessen stellte er sich jedoch direkt vor seine Frau. »Was hat Dr. Vandermer gesagt?« fragte er sanft.

»Die Fruchtwasseruntersuchung war positiv. Er hat gesagt, unser Baby sei schwer mißgestaltet. Es tut mir leid, Adam. Ich glaube, ich muß eine Abtreibung durchführen lassen.«

»Das ist unmöglich«, sagte Adam und schlug sich mit der Faust in die Handfläche. »Es benötigt Wochen, die Gewebekulturen nach einer Amniocentesis durchzuführen. Was zum Teufel ist mit diesem Vandermer los?«

Adam ging zum Telefon.

Jennifer brach in Tränen aus. »Es ist nicht Dr. Vandermers Schuld«, schluchzte sie und erklärte, die Abnormität sei so schwer, daß man nicht einmal Gewebekulturen bräuchte.

Adam zögerte und versuchte sich zu erinnern, was er gelesen hatte. Er konnte sich an keinen Fall erinnern, wo Gewebekulturen nicht notwendig waren.

»Das ist mir nicht gut genug«, sagte er und wählte die Nummer der Julian-Klinik. Als er nach Dr. Vandermer fragte, bat man ihn, einen Augenblick zu warten.

Mrs. Carson räusperte sich. »Adam, ich finde, du solltest dich mehr mit Jennifers Gefühlen als mit Dr. Vandermer befassen.«

Adam ignorierte sie. Die Telefonistin der Julian-Klinik kam wieder an das Telefon und teilte Adam mit, Dr. Vandermer sei gerade bei einem Patienten, würde aber zurückrufen. Adam hinterließ seinen Namen und seine Telefonnummer und ließ dann den Hörer auf die Gabel fallen.

»Das ist verrückt«, murmelte er. »Ich hatte ein seltsames Gefühl wegen der Julian-Klinik. Und Vandermer...« Er beendete den Satz nicht.

»Ich finde, die Julian-Klinik ist eines der nettesten Krankenhäuser, das ich je gesehen habe«, sagte Mrs. Carson. »Und abgesehen von meinem eigenen Arzt habe ich noch nie einen aufmerksameren Mann gesehen als Dr. Vandermer.«

»Ich fahre hin«, sagte Adam und ignorierte seine Schwiegermutter. »Ich will mit ihm persönlich sprechen.« Er steckte seine Schlüssel ein und ging zur Tür.

»Und was ist mit deiner Frau?« rief Mrs. Carson.

»Ich bin bald zurück.« Dann ging er und warf die Tür hinter sich zu.

Mrs. Carson war außer sich vor Zorn. Sie konnte nicht glauben, daß sie ursprünglich diese Eheschließung begünstigt hatte. Als sie aber Jennifers Weinen hörte, entschied sie sich, es sei besser, nichts zu sagen. Sie ging zu ihrer Tochter und murmelte: »Wir fahren heim. Daddy wird sich um alles kümmern.«

Jennifer wandte nichts dagegen ein, als sie aber an die Tür kam, sagte sie: »Ich möchte Adam einen Zettel hier lassen.«

Mrs. Carson nickte und sah zu, wie Jennifer an Adams Schreibtisch etwas auf ein Blatt Papier schrieb, den sie dann in der Nähe der Tür auf den Boden legte. Darauf stand nur: »Nach Hause gegangen. Jennifer.«

☆

Adam fuhr wie ein aggressiver New Yorker Taxifahrer in die Oberstadt, hielt den Wagen direkt vor der Julian-Klinik an und sprang heraus. Ein uniformierter Sicherheitswachmann versuchte, ihn zu stoppen, aber Adam rief lediglich über seine Schulter, er sei Dr. Schonberg und es handele sich um einen dringenden Notfall.

Als er die Gynäkologie erreichte, reagierte die Empfangsdame, als ob man ihn erwartet hätte.

»Adam Schonberg«, sagte sie. »Dr. Vandermer sagte, Sie möchten in seinem Büro warten.« Sie deutete einen weiteren Korridor hinunter. »Die dritte Tür auf der linken Seite.«

Adam dankte dem Mädchen und ging zu dem Büro, auf das sie gedeutet hatte. Das Zimmer war beeindruckend, die Regale mit Büchern und medizinischen Journalen angefüllt. Adam warf einen Blick auf eine Reihe von Modell-Fötussen und fühlte einen ihm unbekannten Drang, das Zimmer zu verwüsten. Er ging zum Schreibtisch hinüber, der, mit einer großen Tischplatte aus Einlegearbeit, auf Klauenfüßen stand. Auf ihm lag ein Stapel maschinengeschriebener Operationsnotizen, die auf Vandermers Unterschrift warteten.

Dr. Vandermer trat fast augenblicklich ein. Er trug eine Ledermappe unter dem Arm.

»Möchten Sie sich nicht setzen?« schlug er vor.

»Nein, danke«, sagte Adam. »Das wird nicht lange in Anspruch nehmen. Ich möchte nur die Diagnose meiner Frau bestätigt bekommen. Ich habe das so verstanden, daß Sie glauben, sie trüge ein chromosomenmäßig anormales Kind.«

»Ich fürchte, ja«, sagte Dr. Vandermer.

»Ich hatte geglaubt, man bräuchte Wochen, um Gewebekulturen zu entwickeln«, sagte Adam.

Dr. Vandermer sah Adam direkt in die Augen. »Normalerweise stimmt das auch«, sagte er. »Aber im Falle Ihrer Frau gab es direkt im Fruchtwasser genügend Zellen, die wir untersuchen konnten. Adam, ich bin sicher, Sie als Medizinstudent verstehen, daß diese Dinge passieren können. Aber wie ich auch schon Ihrer Frau gesagt habe, sind sie doch noch beide jung. Sie können andere Babys haben.«

»Ich möchte die Objektträger sehen«, sagte Adam und bereitete sich auf einen Streit vor. Aber Vandermer nickte nur und sagte: »Folgen Sie mir bitte.«

Adam begann sich zu fragen, ob er nicht in seiner Beurteilung zu übereilt gewesen sei. Es schien dem Mann wahrhaftig leid zu tun, der Überbringer von solch schlechten Nachrichten zu sein.

Auf der vierten Etage führte Vandermer Adam in das zytologische Labor. Adam zwinkerte mit den Augen, als sie eintraten. Alles war weiß: Boden, Decke und die Oberflächen der Arbeitstische. Im hinteren Teil des Zimmers stand eine Laborbank mit vier Mikroskopen. Nur eines wurde gerade benutzt, und eine Brünette in mittlerem Alter blickte auf, als sich Dr. Vandermer näherte.

»Cora, es tut mir leid, Sie zu belästigen, aber könnten Sie uns die Präparate von Jennifer Schonberg holen?«

Cora nickte, und Vandermer deutete Adam an, er möge sich an ein binokulares Lehrmikroskop setzen.

»Ich weiß nicht, ob Sie die Ultraschallaufnahme sehen wollen oder nicht«, sagte Dr. Vandermer, »aber ich habe sie auf jeden Fall einmal mitgebracht.« Er öffnete die Mappe, die er bei sich getragen hatte, und gab Adam die Bilder.

Als Medizinstudent hatte Adam keinerlei Erfahrung mit Ultrasonographie, und die Bilder sahen für ihn wie Tintenflecken aus. Dr. Vandermer nahm das Foto, das Adam gerade betrachtete, drehte es um und umriß mit dem Finger die Konturen des sich entwickelnden Fötus. »Die Technik wird besser und besser«, sagte er. »Hier können Sie ganz genau die Hoden sehen. Bei dieser Entwicklungsstufe kann man das Geschlecht häufig noch nicht mit dem Ultraschall erkennen. Vielleicht kommt dieser kleine Kerl auf seinen Vater.«

Adam erkannte, Vandermer tue sein Bestes, freundlich zu sein.

Die Tür ging auf, und Cora erschien wieder mit einem

Tablett mit Objektträgern. Jeder hatte ein winziges Deckgläschen über seinem Zentrum. Dr. Vandermer wählte eines aus, das mit einem Fettstift beschriftet worden war. Er justierte es unter den optischen Kopf des Mikroskopes, ließ einen Tropfen Öl darauf fallen und senkte das Ölimmersionsobjektiv. Adam richtete sich auf und blickte durch das Binokular.

Dr. Vandermer erklärte, die Exemplare seien besonders angefärbt worden, um das Betrachten der Chromosomen so einfach wie möglich zu machen. Er sagte, sie müßten eine Zelle finden, die gerade dabei sei, sich zu teilen. Schließlich gab er auf und bat Cora um Mithilfe.

»Ich hätte Sie das von Anfang an tun lassen sollen«, sagte er, während er mit der Frau den Platz tauschte.

Cora benötigte etwa dreißig Sekunden, eine brauchbare Zelle zu finden. Indem sie einen haarfeinen Anzeiger einstellte, zeigte sie Adam die chromosomale Abnormität.

Adam war völlig niedergeschlagen. Er hatte gehofft, die Ergebnisse würden zweideutig sein, aber selbst für sein ungeübtes Auge war das Problem klar. Cora fuhr fort, andere, geringere Probleme aufzuzeigen, die man bemerkt hatte, einschließlich der Tatsache, daß die X-Chromosomen auch geringfügig abnormal erschienen.

Schließlich fragte Cora, ob er einen anderen Fall sehen wolle, der einen häufiger vorkommenden Typ des Mongoloismus-Syndroms aufweise.

Adam schüttelte den Kopf. »Nein, aber danke für Ihre Zeit.« Er stützte beide Hände auf den Labortisch und begann aufzustehen. Auf halbem Wege nach oben hielt er inne. Irgend etwas stimmte nicht. Er lehnte sich vor und blickte noch einmal in das Mikroskop. »Zeigen Sie mir doch diese Abnormität der X-Chromosomen noch einmal«, sagte Adam.

Cora beugte sich vor und lehnte ihre Stirn gegen das Augenstück. Bald bewegte sich der Haarlinienanzeiger zu einem Paar identischer Chromosomen. Cora begann die verdächtige Abnormität zu erklären, aber Adam unterbrach sie.

»Sind das X-Chromosomen?« fragte Adam.

»Ja, sicher«, sagte Cora. »Aber...«

Adam unterbrach sie wieder und bat Dr. Vandermer, einen Blick darauf zu werfen. »Können Sie die Chromosomen ausmachen?«

»Ja«, sagte Dr. Vandermer, »aber wie Sie kann auch ich nicht die Abnormität entdecken, von der Cora spricht.«

»Es geht mir gar nicht um die Abnormität«, unterbrach Adam. »Es geht mir um die beiden X-Chromosomen. Erst vor einem Augenblick haben Sie mich bei dem Ultraschallbild darauf hingewiesen, daß mein Kind ein Junge ist. Dieses Objekt, das wir uns hier ansehen, ist von einem Mädchen.«

Langsam hob Dr. Vandermer seine rechte Hand zum Gesicht. Cora drehte schnell den Rand des Objekttabletts um und überprüfte die Nummer. Dann überprüfte sie die Nummer auf dem Objektträger. Sie stimmten überein. Nachdem sie das Hauptregistrierbuch geholt hatte, überprüfte sie auch dort die Nummer. Der Name war Jennifer Schonberg. Dr. Vandermer, der plötzlich blaß aussah, bat Adam, einen Augenblick zu warten.

»Ist etwas Ähnliches je zuvor passiert?« fragte Adam, als der Arzt gegangen war.

»Noch nie«, sagte Cora.

Dr. Vandermer erschien wieder mit einem großen Mann im Schlepptau. Wie Dr. Vandermer trug er einen langen weißen Kittel. Dr. Vandermer stellte ihn Adam als Dr. Ridley Stanford vor. Adam erkannte den Namen. Er war der Autor des Fachbuches über Pathologie, das Adam im zweiten Jahr seines Medizinstudiums benutzt hatte, und Chef der Pathologie im Universitätskrankenhaus gewesen.

»Das ist eine Katastrophe«, sagte Dr. Vandermer, nachdem Dr. Stanford einen Blick auf das Präparat geworfen hatte.

»Ich stimme Ihnen zu«, sagte Dr. Stanford, dessen Stimme genau so emotionslos war wie die Vandermers. »Ich kann mir nicht vorstellen, wie das passiert ist. Lassen Sie mich ein paar Telefonate führen.«

Innerhalb von zehn Minuten drängten sich weitere zehn Leute um das Mikroskop.

»Wie viele Amniocentesis-Untersuchungen sind gestern durchgeführt worden?« fragte Dr. Vandermer.

Cora blätterte in dem Buch. »Einundzwanzig«, sagte sie.

»Sie müssen alle wiederholt werden«, sagte Dr. Vandermer.

»Absolut«, sagte Dr. Stanford.

Indem er sich Adam zuwandte, sagte er: »Wir schulden Ihnen unseren Dank.« Die anderen gaben dem gleichen Gefühl Ausdruck.

Adam fühlte sich, als ob eine große schwarze Wolke über seinem Kopf weggezogen wäre. Sein Kind war kein genetisches Monster. Das erste, was er tun wollte, war, Jennifer anzurufen.

»Wir wären geehrt, wenn Sie zum Essen blieben«, sagte Dr. Stanford. »Gleich haben wir einen fantastischen Pathologie-Vortrag über retroperitonale Tumore, den Sie vielleicht interessant finden könnten.«

Adam entschuldigte sich und beeilte sich, auf die Hauptetage zurück zu kommen. Er konnte kaum glauben, daß sie, angesichts der gegenwärtigen Katastrophe, wollten, er solle zum Essen und zu einem Vortrag bleiben! Für ihn stand es absolut außer Frage, daß die ganze Sache sehr merkwürdig sei. Als er an der Eingangstür in Richtung auf ein Telefon vorbeiging, freute sich Adam, seinen Wagen immer noch da zu sehen, wo er ihn abgestellt hatte.

Adam rief zuerst in seiner Wohnung an, aber niemand antwortete. Da er dachte, Jennifer sei vielleicht mit ihrer Mutter nach Hause gegangen, rief er die Eaglewood-Nummer an, aber auch dort antwortete niemand.

Nach einem kurzen Zögern entschloß sich Adam, in seine Wohnung zurückzukehren. Er lief aus der Julian-Klinik heraus, stieg in seinen Wagen und machte sich auf den Weg nach Hause.

Seine Aufregung über die gute Nachricht begann, einem stetig stärker werdenden Gefühl von Unbehagen über die Julian-Klinik und Dr. Vandermer Platz zu machen. Es war nur ein glücklicher Zufall gewesen, daß er die Unterschiedlichkeit bemerkt hatte. Was, wenn er und Jennifer eine Abtreibung hätten durchführen lassen!

Adam fühlte, wie all seine Ängste blitzartig zurückkehrten. Er hatte eine Katastrophe knapp abgewendet, aber solange er Jennifer nicht dazu bewegen konnte, sich ihrerseits sowohl von Vandermer wie auch von der Julian-Klinik abzuwenden, könnte es vielleicht eine weitere geben. Eine Weile lang hatte er den Gedanken an die Arolen-Kreuzfahrt aufgegeben. Aber jetzt sah es wieder so aus, als ob es der einzige Weg sei, Beweise zu bekommen, daß Vandermer gefährlich sei. Adam blickte auf seine Uhr. Es war zwölf Uhr zwanzig. Immer noch Zeit genug, die *Fjord* um sechs Uhr erreichen zu können.

Als er an seiner Wohnungstür ankam, war er enttäuscht, das Sicherheitsschloß verschlossen zu finden. Er fand Jennifers unpersönliche Nachricht und entschied sich, noch einmal Eaglewood anzurufen. Er war erfreut, als sich Jennifer statt ihrer Mutter meldete.

»Ich habe gute und schlechte Nachrichten.«

»Ich bin nicht in der Stimmung, Spielchen zu spielen«, sagte Jennifer.

»Die gute Nachricht ist, daß sie deine Präparate in der Klinik verwechselt haben. Das Baby jemand anderes hat die schlechten Chromosomen. Sie haben die Objektträger vertauscht.«

Einen Augenblick lang fürchtete sich Jennifer, Adam zu fragen, ob er die Wahrheit sagte oder ob das eine Art Trick sei, durch den sie Vertrauen in Vandermer verlieren solle. Die Nachricht schien zu gut, um wahr zu sein.

»Jennifer, hast du mich verstanden?«

»Ist das wahr?« fragte Jennifer zögernd.

»Ja«, sagte Adam und erzählte ihr, wie er den Unterschied in bezug auf das Geschlecht der beiden Zellen bemerkt habe.

»Was hat Dr. Vandermer gesagt?« fragte Jennifer.

»Er hat gesagt, die Amniocentesis-Untersuchungen, die an diesem Tag durchgeführt worden sind, müßten wiederholt werden.«

»Ist das die schlechte Nachricht, die du angekündigt hast?« fragte Jennifer.

»Nein«, sagte Adam. »Die schlechte Nachricht ist, daß ich immer noch die Stadt verlasse, wenn du mir nicht etwas versprichst.«

»Was soll ich denn versprechen?« fragte Jennifer skeptisch.

»Versprich, Dr. Wickelman für den Rest deiner Schwangerschaft zu konsultieren und hör auf, Pregdolen zu nehmen.«

»Adam...« sagte Jennifer und zog seinen Namen ungeduldig in die Länge.

»Ich bin mehr denn je davon überzeugt, daß an der Julian-Klinik etwas Merkwürdiges ist«, sagte Adam. »Wenn du zustimmst, Dr. Wickelman zu konsultieren, verspreche ich, mich in nichts einzumischen, was er vorschlägt.«

»Fehler passieren in Krankenhäusern jeden Tag«, sagte Jennifer. »Nur weil einer in der Julian-Klinik passiert ist, bedeutet das doch nicht, ich sollte nicht mehr hingehen. Sie erscheint mir wie das ideale Krankenhaus, wo ich mein Kind zur Welt bringen sollte, jetzt, wo ich über die Geschichte mit Cheryl Tedesco hinweggekommen bin. Ich mag die Leute dort und auch die Atmosphäre.«

»Nun«, sagte Adam, »dann sehen wir uns in ein paar Tagen.«

»Wo fährst du hin?« fragte Jennifer.

»Sage ich dir lieber nicht«, sagte Adam.

»Findest du nicht, du solltest unter den gegebenen Umständen hier bleiben«, sagte Jennifer. »Adam, ich brauche dich.«

»Es fällt einem ein wenig schwer, das zu glauben, wo du bei deinen Eltern bist und ich alleine in unserer Wohnung. Tut mir leid, aber ich muß mich beeilen. Ich liebe dich, Jennifer.«

Adam legte auf und rief Eastern Airlines an, bevor sich wieder Zweifel in ihm einnisten konnten. Er buchte einen Platz für einen Flug, der in achtundvierzig Minuten von LaGuardia aus nach Miami fliegen würde.

Adam nahm seinen kleinen Samsonite-Koffer vom Schrank und begann zu packen. Gerade als er seine Toilettenartikel hineinstopfte, klingelte das Telefon. Adam streckte seine Hand aus, aber dieses eine Mal in seinem Leben ignorierte er das Geräusch. Selbst die Verzögerung von einer Minute könnte ihn den Flug verpassen lassen.

☆

Jennifer wartete und ließ das Telefon wieder und wieder klingeln. Schließlich legte sie auf. Gleich nach ihrem Telefonat war sie zu dem Entschluß gekommen, sie wäre bereit, diesen Dr. Wickelman zu konsultieren, wenn es Adam so viel bedeutete. Sie könnte dem Mann zumindest eine Chance geben, und wenn sie sich nicht mit ihm wohl fühlte, könnte sie immer noch zu Dr. Vandermer zurückgehen. Aber Adam war augenscheinlich schon abgefahren. Jennifer fühlte sich verlassen. Bevor sie die Hand vom Hörer nahm, klingelte das Telefon wieder. In der Hoffnung, es könne Adam sein, nahm sie ab, bevor noch das erste Klingeln ganz verklungen war. Es war Dr. Vandermer.

»Ich nehme an, Sie haben schon die gute Nachricht gehört.«

»Ja, Adam hat es mir gerade gesagt«, sagte Jennifer.

»Wir sind Ihrem Gatten sehr dankbar«, sagte Dr. Vandermer. »Es ist ungewöhnlich, daß jemand eine sekundäre Abnormität angesichts eines überwältigend positiven Ergebnisses bemerkt.«

»Es stimmt also, daß ich kein mißgestaltetes Kind trage«, sagte Jennifer.

»Ich fürchte, so weit kann ich nicht gehen«, sagte Dr. Vandermer. »Unglücklicherweise haben wir keine Ahnung, wie das Resultat Ihrer Amniocentesis ausgesehen hätte. Wir werden das Verfahren wiederholen müssen. Es tut mir furchtbar leid, daß das geschehen ist. Wir hatten außer Ihnen noch zwanzig Frauen, die an diesem Tag eine Amniocentesis gemacht bekamen, und bei allen muß es wiederholt werden. Das wird natürlich auf Kosten der Klinik durchgeführt.«

»Wann wollen Sie den Test wiederholen?« fragte Jennifer. Sie schätzte Dr. Vandermers Bereitschaft, die Verantwortung für den Fehler zu übernehmen, selbst wenn der Irrtum zweifellos von jemand im Labor verursacht worden war.

»So bald wie möglich«, sagte Dr. Vandermer. »Erinnern Sie sich, wir haben es mit einem Zeitproblem zu tun, wenn es wirklich ein Problem geben sollte.«

»Wie wäre es, wenn ich morgen früh in die Klinik zurückkäme?« fragte Jennifer.

»Das wäre gut. Wir sind nicht in Eile, aber je früher wir es machen, desto besser.«

KAPITEL 12

Der Flug nach Miami ging ohne Vorkommnisse vorüber. Sobald das Flugzeug abgehoben hatte, nahm Adam seinen eigenen Führerschein aus der Brieftasche und steckte Smyths hinein. Dann studierte er die Adressen im Paß. Wenn ihn jemand fragen würde, wo er wohnte, wollte er es auswendig herunterrattern können.

Das Flugzeug landete fünf Minuten nach vier, und da Adam sein Gepäck mit an Bord genommen hatte, war er schon um vier Uhr fünfzehn am Taxistand. Das Taxi war ein alter klappriger Dodge-Kombiwagen, und der Fahrer sprach nur spanisch, erkannte aber den Namen *Fjord* und verstand, daß Adam auf eine Kreuzfahrt gehe.

Adam starrte auf die tropische Szenerie. Miami war viel schöner, als er sich das je vorgestellt hatte. Bald befanden sie sich auf einer langen Autostraße, und Adam konnte den Hafen betrachten. Die Kreuzfahrtschiffe hatten in einer Linie festgemacht, die *Fjord* war die letzte in der Reihe. Verglichen mit den anderen war die *Fjord* weder besonders groß noch besonders klein. Wie alle anderen war sie weiß gestrichen. Sie hatte einen großen Kaminaufbau, auf dessen Seite das Emblem zweier verschlungener Pfeile aufgemalt war. Adam fragte sich, ob das das MTIC-Firmenzeichen sei.

Adams Fahrer konnte nicht ganz an den Bürgersteig heran, so daß ihn Adam bezahlte und mitten auf der Straße ausstieg. Mit dem Koffer in der Hand ging er auf den Eingang des Gebäudes zu. Der Lärm der Autohupen, Stimmen und Motoren im Leerlauf war entsetzlich, und die Luft war mit Auspuffgasen angereichert. Er fühlte sich erleichtert, endlich in das Gebäude zu gelangen.

Adam ging zum Informationsschalter, wo die Uniformen der Empfangsdamen ihn an die Kleidung der Mitarbeiter in der Julian-Klinik erinnerten. Auch sie waren in weiße Blusen und blaue Pullover gekleidet.

Adam mußte rufen, um überhaupt verstanden zu werden. Er fragte, wie er sich anmelden solle; man sagte ihm, er solle mit dem Aufzug auf die zweite Etage fahren. Er dankte dem Mädchen, die ihm diese Information gegeben hatte, indem sie die Worte lautlos mit dem Mund formte.

Den Aufzug zu besteigen, war eine Kunst, besonders mit dem Koffer. Während er hochfuhr, sah er sich die Menschenmenge an. Obgleich einige wenige Frauen anwesend waren, bestand die Mehrheit der Leute doch aus Männern, und sie sahen nun wirklich wie Ärzte aus – wohlhabend und selbstzufrieden. Die meisten trugen Geschäftsanzüge, auch wenn ein paar Sporthemden und Hosen anhatten.

Auf der zweiten Etage des Terminals befand sich ein langer Check-in-Schalter, der in alphabetische Abteilungen gegliedert war. Adam stellte sich in die Reihe hinter ›N-Z‹.

Als er sich in dem Raum genauer umsah, bekam er plötzlich kalte Füße. Vielleicht sollte er wieder gehen. Niemand würde es bemerken. Er könnte ein Taxi zum Flughafen nehmen und nach Hause fliegen. Er begann, die Leute zwischen ihm und dem Check-in-Schalter zu zählen. In diesem Augenblick trafen Adams Augen auf die eines Mannes, der ein paar Schritte weiter in der Nachbarreihe stand. Adam sah schnell weg und klopfte nervös mit dem Fuß auf den Boden. Es gab keinen Grund, weshalb ihn jemand anstarren sollte. Allmählich gestattete Adam seinen Augen, zu der nächsten Schlange zurückzuwandern. Unglücklicherweise sah ihn der Mann immer noch direkt an. Als er sah, wie Adam aufblickte, lächelte er. Unsicher lächelte Adam zurück. Dann kam der Mann zu seinem Entsetzen zu ihm herüber.

»Mein Name ist Alan Jackson«, sagte er und zwang Adam, seinen Koffer abzustellen und ihm die Hand zu schütteln. Nervös stellte sich Adam als Stuart Smyth vor. Alan nickte bloß und lächelte wieder.

Er war zumindest zehn Jahre älter als Adam und hatte breite Schultern und eine schmale Hüfte. Sein sandfarbenes Haar war vorwärts gekämmt, wahrscheinlich um eine kahle Stelle zu verdecken.

»Sie kommen mir schrecklich bekannt vor«, sagte Alan. »Sind Sie aus New York?«

Adam spürte, wie er blaß wurde. Er hatte sich noch nicht einmal angemeldet, und schon hatte er Schwierigkeiten.

In diesem Augenblick hörte man eine Stimme aus dem Lautsprecher: »Guten Tag, meine Damen und Herren. Für diejenigen von Ihnen mit Bordkarten wird die *Fjord* in wenigen Minuten bereit sein. Wenn Sie Ihre Bordkarte noch nicht bekommen haben, empfehlen wir, daß Sie sofort zum Check-in-Schalter gehen.«

»Sind Sie nicht in der Orthopädie?« fragte Alan, sobald der Lautsprecher wieder still war.

»Nein«, sagte Adam erleichtert. Offensichtlich kannte der Mann den wirklichen Smyth nicht. »Ich bin in Geburtshilfe/Gynäkologie tätig. Und was machen Sie?«

»Orthopädie. Ich bin an der Universität von Kalifornien, San Diego. Ist das Ihre erste Arolen-Kreuzfahrt?«

»Nein«, sagte Adam schnell. »Und wie steht es mit Ihnen?«

»Meine zweite«, sagte Alan, indem er sich plötzlich umwandte. »Mein Gott, da ist Ned Janson. Hallo, du alter Schweinekerl. Komm her!«

Adam sah, wie der stämmige, dunkelhaarige Mann, der mit einer der wenigen Frauen in der Menschenmenge zusammen stand, hochblickte. Als er Alan sah, leuchtete sein

Gesicht in einem Lächeln auf. Er nahm den Arm der Frau und kam auf sie zu.

Während Alan und Ned eine Begrüßung mit viel Schulterklopfen hinter sich brachten, stellte sich Adam der Frau vor. Ihr Name war Clair Osborn. Sie war eine hübsche Frau, ungefähr dreißig Jahre alt, mit einem runden, gesunden Gesicht und langen, muskulösen Beinen. Sie war in einen kurzen schwarzweißen Rock gekleidet. Adam unterhielt sich gut, bis sie ihm mitteilte, sie sei Gynäkologin.

»Und was ist Ihr Spezialgebiet?« fragte Clair. »Orthopädie oder Geburtshilfe/Gynäkologie?«

»Warum beschränken Sie die Wahl auf diese beiden?« witzelte Adam, indem er versuchte, das Thema zu wechseln.

»Das ist meine brillante Intuition«, entgegnete Clair, »plus die Tatsache, daß die Kreuzfahrt ausschließlich für Orthopäden und Geburtshelfer stattfindet.«

Adam lachte nervös. »Nun, ich bin Geburtshelfer.«

»Wirklich?« sagte Clair voller Entzücken. »Dann gehen wir ja zu den gleichen Veranstaltungen.«

»Das ist schön«, sagte Adam. »Ist das Ihre erste Kreuzfahrt?« Adam wollte über alles andere als Geburtshilfe oder Gynäkologie reden. Er schmeichelte sich nicht zu glauben, er könne in einer fachlichen Diskussion seinen Mann stehen.

»Aber sicher«, sagte Clair. »Und es ist auch Neds erstes Mal. Nicht, Ned?« Clair zupfte an Neds Ärmel, um seine Aufmerksamkeit auf sich zu ziehen. Da er Bruchteile ihrer Konversation aufgeschnappt hatte, wußte Adam bereits, daß Alan und Ned ihre Ausbildung am gleichen Krankenhaus gemacht hatten.

»He! Das ist toll«, sagte Ned, nachdem er Adam vorgestellt worden war. »Warum essen wir nicht alle zusammen zu Abend?«

Alan schüttelte den Kopf. »Die Arolen-Leute legen die

Sitzordnung fest. Sie betrachten Mahlzeiten als Verlängerung der wissenschaftlichen Sitzungen.«

»Ach, Blödsinn«, sagte Ned. »Was soll das denn sein, ein Sommercamp?«

Der Mann vor Adam entfernte sich mit seiner Bordkarte in der Hand. Adam trat an den Schalter und stand einem jungen Mann gegenüber, der schmuck in einen weißen Blazer gekleidet war. Auf der Brusttasche befand sich das gleiche Firmenabzeichen, das Adam auf der Seite des Kamins der *Fjord* gesehen hatte. Auf seinem Revers war ein Schildchen befestigt, das den Namen »Juan« trug. Unter dem Namen stand in kleinen Buchstaben »MTIC« gedruckt.

»Ihr Name, bitte?« fragte Juan. Seine Stimme klang, als ob er diese Frage so oft gestellt habe, daß er jetzt nur noch rein mechanisch sprechen könne.

»Stuart Smyth«, sagte Adam und fummelte in seiner Brieftasche herum, um seinen Führerschein herauszunehmen. Durch seine Ungeschicklichkeit fiel sein Arolen-Ausweis auf die Schalterfläche. Glücklicherweise war Juan schon damit beschäftigt, Stuart Smyth in den Computer einzugeben, und hatte es deshalb nicht sehen können. Adam drehte sich um, um festzustellen, ob es jemand von seinen neuen Freunden aufgefallen sei, aber sie plauderten nur miteinander. Adam wandte sich wieder Juan zu und dachte, nach Abschluß der Kreuzfahrt werde er wohl ein nervliches Wrack sein. Verstohlen schob er seinen Arolen-Ausweis in die Jackentasche.

»Paß?« fragte Juan.

Nach einem Augenblick voller Panik fand Adam den Paß in der Innentasche seines Jacketts und reichte ihn über den Schalter. Juan öffnete ihn. Adam fühlte, wie ihn eine Welle von Panik überkam, aber Juan sah ihn nur zwei Sekunden lang an, gab ihn dann zurück und sagte: »Hier ist Ihre Bordkarte. Bitte zeigen Sie sie bei dem Zahlmeister vor, und er wird Ihnen Ihre Kabine anweisen. Wenn Sie das Schiff während der Kreuzfahrt verlassen, sollten Sie sichergehen, die Bordkarte immer bei sich zu haben. Der nächste, bitte.«

Adam trat zur Seite, so daß der Mann hinter ihm an den Schalter gelangen konnte. So weit, so gut.

Nachdem dann auch Alan seine Bordkarte bekommen hatte, begleiteten er, Ned und Clair Adam zum Arolen-Tisch. Dort wurde ihnen ein Paket ›Bonbons‹ gegeben, wie sie Ned nannte. Das Schicksal nimmt seinen Lauf, dachte Adam, als er das Geschenk, eine Ledertasche mit dem MTIC-Zeichen auf der Seite, entgegennahm. In der Tasche befand sich ein Cross-Federhalter und ein Kugelschreiber-Set, ein großer, in Leder gebundener Notizblock und ein Vortragsplan für die Kreuzfahrt. Daneben gab es eine Zusammenstellung von Arolen-Produkten, die in sich schon eine kleine Apotheke darstellte. Adam sah sich die Beute mit Interesse an, wußte aber, daß er würde warten müssen, um das Ganze im Detail zu begutachten.

Der Lautsprecher erwachte wieder knisternd zum Leben und verkündete, das Schiff sei bereit, man könne sich an Bord begeben. Beifall stieg von der Menge auf, während Adam und seine neuen Freunde langsam nach draußen gingen. Ein uniformierter Polizist überprüfte ihre Bordkarten am Dock, und sie marschierten alle die Gangway hinauf.

Als er von der Rampe trat, fand sich Adam auf dem Hauptdeck wieder. Es war kein neues Schiff, selbst wenn man seine Phantasie sehr bemühen wollte, schien aber in gutgepflegtem Zustand zu sein, und bestimmte Teile schienen erst kürzlich renoviert worden zu sein. Das Personal war ganz wie der Mann am Registrationsschalter in weißen Blazern und schwarzen Hosen gekleidet. Ihre Uniformen waren fleckenlos sauber und sorgfältig gebügelt.

Einer der Stewards näherte sich Adam und prüfte höflich seine Bordkarte und führte ihn zu einem Schreibtisch auf der rechten Seite. Augenscheinlich gab es verschiedenfarbene Bordkarten für diejenigen, die bereits zuvor auf einer Kreuzfahrt gewesen waren. Ned und Clair wurden zu einem anderen Tisch geschickt.

Adam wurde Kabine 407 auf Deck A zugewiesen, das eine Etage unter dem Hauptdeck lag. Als er den Schlüssel in Empfang nahm, bemerkte er, daß der Zahlmeister die gleiche monotone Modulation in seiner Stimme hatte wie der Mann am Registrationsschalter.

Alan, der direkt hinter Adam stand, wurde Kabine 409 zugewiesen. Als sie weggingen, machte Adam eine Bemerkung über die tonlose Sprechart.

»Ich nehme an, sie sagen das gleiche immer und immer wieder«, sagte Alan.

Ein Steward näherte sich Adam und befreite ihn von seinem kleinen Koffer und seiner Schultertasche.

»Danke«, sagte Adam.

Der Mann antwortete nicht, abgesehen davon, daß er andeutete, Adam solle ihm folgen.

»Bis später, Stuart«, rief Alan.

Adam brauchte einen Augenblick, um sich daran zu erinnern, daß das sein Name war. »Ja, natürlich«, rief er zurück.

Der Steward führte ihn an einem Geschenkgeschäft vorbei, das mit Gucci-Taschen und japanischen Kameras vollgestopft war. Auf der anderen Seite gab es Weine, Liköre und Tabakwaren wie auch eine kleine Apothekenabteilung. Zum erstenmal dachte Adam an die Möglichkeit von Seekrankheit.

»Entschuldigen Sie«, sagte er. »Wann ist das Geschäft geöffnet?«

»Ungefähr eine Stunde nach dem Auslaufen.«

»Verkaufen sie auch Dramamine oder diese Ohrstopfen?« fragte Adam.

Der Steward sah ihn mit einem leeren Gesichtsausdruck an. »Ich habe keine Ahnung, ob sie Dramamine oder diese Ohrstopfen verkaufen.« Die Art, wie er Adams Frage echote, lud nicht zu weiterer Konversation ein.

Die Kabinen 407 und 409 lagen nebeneinander auf der Backbordseite des Schiffes. Alan war nirgendwo zu sehen. Adams Steward öffnete die Tür zu Nummer 407 und ließ Adam eintreten.

Adam, der noch nie auf einem Luxuskreuzfahrer gewesen war, erschien die Kabine ziemlich klein. Auf der rechten Seite befand sich ein einzelnes Bett mit einem Nachttischchen. Links stand ein kleiner Schreibtisch und ein Stuhl. Die Toilette war ein ziemlich enger Raum mit Dusche, Toilette und einem Waschbecken, das gleich neben einem Schrank eingezwängt worden war.

Der Steward warf einen Blick in den Toilettenraum, ging dann hinein und erschien einen Augenblick später mit einem Glas Wasser, das er Adam reichte.

»Für mich?« fragte Adam. Er nahm das Glas und trank einen Schluck Wasser. Es hatte einen ziemlich chemischen Geschmack.

Der Steward griff in seine Seitentasche und zog eine gelbe Kapsel hervor, die er Adam hinhielt. »Willkommen zurück«, sagte er.

Adam lächelte unsicher. »Wirklich prima, wieder hier zu sein«, sagte er und beäugte die gelbe Kapsel. Es wurde offensichtlich, daß der Steward von ihm erwartete, die Pille zu nehmen.

Adam streckte die Hand aus, und der Steward ließ die Kapsel in seine Hand fallen. Sie sah nicht wie ein Mittel gegen Seekrankheit aus, aber wie sollte er das wissen?

»Ist das gegen Seekrankheit?« fragte er.

Der Steward sagte nichts, aber sein unentwegtes Anstarren ließ bei Adam ein ungemütliches Gefühl aufkommen.

»Ich wette, das ist ein Dramamin gegen Seekrankheit«, sagte Adam und warf die Pille in den Mund. Nach einem Schluck gab er dem Steward das Wasserglas zurück, der damit wieder in der Toilette verschwand. Während er außer Sicht war, nahm Adam die Kapsel wieder aus dem Mund und ließ sie in seine Tasche gleiten.

Der Steward zog die Bettdecken zurück, als ob er erwarte, Adam wolle ein kleines Schläfchen halten. Dann stellte er Adams Koffer auf ein Gestell und begann auszupacken.

Verblüfft über eine solche Bedienung, setzte sich Adam auf das Bett und beobachtete, wie der Mann schweigend seiner Pflicht nachkam. Als der Steward fertig war, dankte er Adam und ging.

Einen Augenblick lang saß Adam auf der Bettkante und rätselte über das Verhalten des Stewards. Dann stand er auf und stellte seine neue Arolen-Schultertasche auf den Kopf. Die Medikamente fielen auf das Bettlaken.

Er nahm die gelbe Kapsel aus seiner Tasche und prüfte nach, ob sie irgendeiner der Proben ähnelte. Das war aber nicht der Fall. Adam fragte sich, ob er an Bord wohl ein Arzneimittelverzeichnis würde finden können. Es sollte eine Bücherei mit den grundlegenden Nachschlagewerken geben. Die gelbe Kapsel machte ihn neugierig. Sie mußte gegen Seekrankheit sein. Adam warf einen letzten Blick darauf und steckte sie dann in eine kleine Aspirinflasche.

Er nahm den Vortragsplan zur Hand und begann zu lesen. Er war fast fünfundzwanzig Seiten lang. Die erste Hälfte beschäftigte sich mit Orthopädie, die zweite mit Geburtshilfe und Gynäkologie. Adam bemerkte, daß die meisten Vorträge klinisch orientiert waren, was seiner Meinung nach die Popularität der Konferenzen erklärte.

Adam war überzeugt, falls es um Gehirnwäsche gehen sollte, müsse sie während der Vorträge stattfinden. Aber was würden sie sagen können, um einen Arzt wie Vandermer seine Meinung über ein Medikament ändern zu lassen? Könnte es vielleicht eine Art unterschwelliger Hypnose sein? Adam warf den Vortragsplan zur Seite. Er dachte, er würde es wohl bald genug herausfinden.

Das Ertönen eines Hornes ließ Adam auffahren. Dann hörte er, wie die Maschinen ansprangen. Er entschloß sich, an Deck zu gehen und zuzusehen.

Nachdem er sein Leinenjackett aufgehängt und seine

Krawatte ausgezogen hatte, trat Adam in den Korridor hinaus. Vor Kabine 409 hielt er einen Augenblick inne, als er daran dachte, daß er von Alan nicht das geringste gehört hatte, obgleich ihre Kabinen aneinanderstießen. Adam klopfte an die Tür und wartete, bekam aber keine Antwort. Ein weiterer Steward ging vorbei, und Adam mußte sich gegen die Wand drücken. Dann klopfte er wieder. Er wollte gerade gehen, als er in der Kabine einen dumpfen Schlag hörte. Er glaubte, Alan sei vielleicht in der Toilette, und schlug nun mit dem Handballen gegen die Tür. Immer noch bekam er keine Antwort. Adam beugte sich vor und versuchte das Schloß zu öffnen. Die Tür war aber unverschlossen und ging sofort nach innen auf.

Alan saß auf der Bettkante. Zu seinen Füßen lag ein Wasserglas, das offensichtlich gerade zu Boden gefallen war.

»Entschuldigung«, sagte Adam verlegen. Alan murmelte, es mache nichts, aber Adam sah, daß er geschlafen haben mußte.

»Tut mir leid, Sie gestört zu haben«, sagte Adam. »Ich wollte gerade die Abfahrt beobachten und dachte, Sie würden vielleicht...« Adam beendete seinen Satz nicht. Alan fiel langsam nach vorne über. Indem er ganz in die Kabine eintrat, fing ihn Adam auf, bevor er zu Boden fallen konnte.

»Hallo, geht es Ihnen nicht gut?« fragte Adam.

Schläfrig schüttelte Alan den Kopf. »Bin nur müde.«

»Ich glaube, Sie halten besser ein kleines Schläfchen«, lachte Adam und warf einen Blick auf den Nachttisch; er vermutete, Alan könne einen Drink oder zwei genommen haben. Aber nirgendwo sah er Alkohol stehen. Er überlegte, ob er den Mann zudecken solle, aber da Alan voll bekleidet war, ließ er ihn einfach auf den Bettlaken liegen.

In der Rezeptions-Lobby warteten immer noch ein paar Leute darauf, ihre Kabinen zugewiesen zu bekommen. Der Landungssteg war jedoch hochgezogen worden. Adam ging zwei weitere Etagen zum Promenadendeck hoch, wie es genannt wurde, und trat dann auf das Außendeck.

Der Wechsel von der klimatisierten Kühle zu der betäubenden Hitze Miamis war wie ein Schock. Adam trat an die Reling und blickte auf den Kai hinunter. Die Schauermänner hatte alle Hände voll zu tun, die Taue abzuwerfen und das Schiff von seinem Liegeplatz zu befreien. Die Vibrationen der Motoren nahm zu, und Seitenstöße brachten das Schiff langsam vom Pier weg. Vom Heck hörte Adam Beifall und dann den Klang einer Dixielandband.

Als er weiterging, kam Adam bald an eine Teak-Barriere mit einer Tür, die zum Bug führte. Ein Schild warnte: »Nur Besatzung. Zutritt für Passagiere nicht gestattet.« Adam versuchte die Tür zu öffnen. Sie war nicht verschlossen, er entschied sich aber, nicht durchzugehen, um sein Glück nicht jetzt schon auf die Probe zu stellen.

Wieder heulte das Horn, und gleichzeitig änderte sich die Vibration des Schiffes. Adam vermutete, die Hauptantriebsschrauben wären in Betrieb gesetzt worden. Langsam begann sich das Schiff vorwärts zu bewegen.

Adam traf andere Passagiere, die das Schiff erkundeten. Alle waren freundlich und aus sich herausgehend. Ferienstimmung herrschte vor.

Adam stieg ein Deck hinunter und fand sich von Konferenzzimmern aller Größen umgeben, in der Größe von einem ausgewachsenen Hörsaal bis zu Seminarräumen für weniger als ein Dutzend Leute. Fast alle Räume waren mit Tafeln und Diaprojektoren ausgestattet.

In der Mitte des Schiffs fand Adam eine Tür, auf der »Bibliothek« geschrieben stand. Er wollte eintreten und nach einem Pharmaindex suchen, aber die Tür war verschlossen. In der Annahme, sie würde am nächsten Morgen geöffnet sein, ging er weiter. Bald endete der Hauptkorridor an einer weiteren verschlossenen Tür, von der Adam vermutete, sie führe zu den Unterkünften der Besatzung.

Als er eine weitere Etage hinunterstieg, kam Adam wieder auf dem Hauptdeck an. Er spazierte an dem Geschäft und der Rezeptions-Lobby vorbei und warf einen Blick in den Hauptspeisesaal. Er war riesig, hatte Kristallüster und große Wände mit Phototapeten. An einem Ende gab es eine erhöhte Bühne mit einem Podium für die Redner. Auf beiden Seiten der Bühne befanden sich Drehtüren, die augenscheinlich zur Küche führten. Stewards, die gerade geschäftig die Tische deckten, gingen mit ihren Tabletts durch diese Türen ein und aus. Ein Schild am Eingang verkündete, das Essen würde um neun Uhr serviert.

Adam stieg noch eine weitere Etage zum A-Deck hinunter, wo sich seine Kabine befand. Eine Reihe von Kabinentüren standen auf, und Adam konnte die Ärzte sehen, wie sie ihre Sachen auspackten und in den Kabinen ein- und ausgingen.

Als er noch ein Deck tiefer stieg, fand Adam weitere Konferenzzimmer, eine kleine Gymnastikhalle, die Praxis des Schiffsarztes und einen Swimming-pool. Er entschied sich, er habe das Schiff so gut wie möglich erkundet, und ging zurück zum Promenadendeck, wo schon eine lärmende Cocktail-Party in vollstem Gange war.

Ned Janson erblickte ihn und brachte ihn zu einer Gruppe gleich neben dem Swimming-pool. Es gab für Adam keine Möglichkeit, sich zu weigern, und bald stellte er fest, daß er ein eiskaltes Heineken trank.

»Wo zum Teufel ist Alan?« fragte Ned über das Stimmengewirr hinweg.

»Schläft in seiner Kabine«, sagte Adam.

Ned nickte, als ob das zu erwarten gewesen wäre, und begann dann, sich auf die Oberschenkel zu schlagen, als die Band »When the Saints Come Marchin' In« erklingen ließ.

Adam lächelte über den Tisch hinweg Clair zu, die sich gut zu amüsieren schien, und sah sich dann die Party an. Sie erschien ihm als eine typische Gesellschaft von praktizierenden Ärzten. Sie war ungestüm, körperlich – mit einer Menge Schulterklopfen, Witzen und Alkohol. Im gleichen Augenblick, als Adam sein Bierglas leer hatte, drängte ihm Ned wieder ein volles Glas in die Hand.

Ziemlich plötzlich begann das Schiff zu stampfen. Adam blickte durch die Fenster zurück und sah, daß die Lichter von Miami verschwunden waren. Das Schiff war nun draußen auf dem Atlantik. Sein Magen vollführte einen Salto, und er stellte schnell sein Bier weg.

Die anderen Ärzte am Tisch schienen die Bewegung des Schiffes überhaupt nicht zu bemerken, und Adam wünschte, er hätte ein Mittel gegen Übelkeit finden können. Und wieder fragte er sich, ob die gelbe Kapsel wohl gegen Seekrankheit sei. Er war versucht, danach zu fragen, entschied sich dann aber, er könne es keine Minute länger in der lauten, lachenden Gruppe aushalten.

Er entschuldigte sich und ging schnell zu einer ruhigen Stelle an der Reling. Nach ein paar Minuten fühlte er sich zwar besser, wollte sich aber dennoch ein paar Minuten in seiner Kabine hinlegen. Sobald er seine Augen geschlossen hatte, fühlte er sich besser, auch wenn das Bier immer noch in seinem Magen herumschwappte.

☆

Jennifer und ihr Vater waren auf einen Spaziergang hinter ihr Haus gegangen. Sie wußte, daß er über ihre Schwangerschaft reden wollte, und während der letzten halben Stunde hatte sie ihn mit einem Sperrfeuer von Plauderei davon abgehalten. Aber schließlich, als sie sich wieder dem Haus zuwandten, entschloß sich Jennifer, es sei an der Zeit, das Thema anzugehen.

»Was meinst du, was ich tun soll, Vater?«

Mr. Carson legte seinen Arm um sie. »Was immer du für richtig hältst.«

»Aber was ist deine Meinung?« fragte Jennifer.

»Das ist eine andere Frage«, sagte Mr. Carson. »Deine Mutter vertraut diesem Dr. Vandermer wirklich. Die Verwechslung der Amniocentesis-Präparate war unglücklich, ich mag aber die Art, wie er sich dazu gestellt hat. Mein Gefühl sagt mir, du solltest seiner Empfehlung folgen.«

»Dr. Vandermer möchte, daß die Fruchtwasseruntersuchung sofort wiederholt wird«, sagte Jennifer.

»Wenn er glaubt, es gebe eine Möglichkeit, daß du eine Abtreibung in Erwägung ziehen möchtest, dann bin ich der Ansicht, solltest du das tun. Deine Mutter und ich glauben nicht, ein ernstlich mißgestaltetes Kind sollte in diese Welt gebracht werden. Das ist für niemanden fair, einschließlich des Kindes. Aber das ist nur die Art, wie wir denken.«

»Ich nehme an, ich denke das gleiche«, sagte Jennifer. »Man fühlt sich nur so schlecht dabei.«

Mr. Carson drückte seine Tochter an sich. »Natürlich, Liebling. Und dein Mann macht die Dinge auch nicht einfacher. Ich möchte nicht gerne urteilen, aber ich mag die Art, wie er sich benimmt, ganz und gar nicht. Er sollte helfen, diese Entscheidungen zu fällen, und sich nicht auf irgendwelchen mysteriösen Reisen umhertreiben.«

Sie hatten die Schirmtüre an der Hinterseite des Hauses erreicht. Sie konnten Mrs. Carson in der Küche hören, wie sie das Essen vorbereitete.

»Wahrscheinlich hast du recht«, sagte Jennifer, indem sie die Tür öffnete. »Ich werde Dr. Vandermer anrufen und morgen früh die Furchtwasseruntersuchung wiederholen lassen.«

☆

»Guten Abend, meine Damen und Herren. Das Essen wird sogleich serviert.«

Adam wachte aus einem tiefen Schlaf auf und brauchte mehrere Minuten, bis er erkannte, daß die Stimme aus einem Lautsprecher in der Kabinenwand kam. Er blickte auf seine Uhr. Es war neun Uhr.

Als er sich auf die Beine kämpfte, fühlte er, wie das Schiff nicht nur stampfte, sondern jetzt auch rollte. Die Vorstellung zu essen war nicht sehr anziehend. Er duschte sich schnell, versuchte dabei, sein Gleichgewicht zu behalten, zog sich dann an und verließ seine Kabine. Er hielt einen Augenblick inne, klopfte bei Alan an, bekam aber keine Antwort. Entweder schlief der Mann immer noch fest, oder er war bereits zum Essen gegangen. Wie dem auch sei, es ging ihn ja nichts an.

Er bemerkte, daß das Schiffsgeschäft geöffnet hatte, und ging hinein, um sich Dramamine zu kaufen, aber der Mann hinter dem Verkaufstisch teilte ihm mit, sie wären ausverkauft, und er müßte bis zum Morgen warten, bis mehr aus dem Lager geholt wurde. Enttäuscht ging Adam zum Speisesaal, wo ihn ein Steward fragte, ob er ein Orthopäde oder ein Gynäkologe sei. Adam gab sich als Gynäkologen aus, und der Steward führte ihn an einen Tisch in der Nähe der Rednerbühne.

Dort saßen bereits fünf andere Ärzte. Adam war so damit beschäftigt, sich daran zu erinnern, daß sein Name Stuart sei, daß er nur zwei der Namen seiner Tischgenossen während der Vorstellung mitbekam; Ted und Archibald.

Die Unterhaltung war fast ausschließlich medizinisch, wenn auch mehr über die wirtschaftliche Situation des Berufes als über seine Ausübung.

Adam sagte wenig, da er vollauf mit seinem bedenklichen Magen beschäftigt war. Sobald er konnte, deutete er dem Steward an, er könne seinen Teller entfernen. Er fragte sich, wie die anderen die rollende Bewegung des Schiffes ignorieren könnten. Nachdem der Kaffee ausgeschenkt worden war, bestieg ein dunkelhaariger Mann die Rednerbühne.

»Hallo, hallo«, sagte er, um das Mikrofon zu testen. »Mein Name ist Raymond Powell, und ich bin Ihr offizieller MTIC-Gastgeber. Willkommen bei der Arolen-Pharmaceuticals Medizin-Kreuzfahrt-Konferenz.«

Die Unterhaltung brach ab, als die Leute ihre Aufmerksamkeit dem Podium zuwandten. Powell ließ eine typische Willkommensrede vom Stapel und übergab dann Dr. Goddard das Mikrofon, der das eigentliche medizinische Programm leitete.

Als Goddard seine Rede beendet hatte, nahm Powell das Mikrofon ein zweites Mal und sagte: »Und nun haben wir eine Überraschung für Sie. Lassen Sie mich Ihnen zu Ihrer Unterhaltung die ›Caribean Dancers‹ vorstellen.«

Die Türen zu beiden Seiten der Rednerbühne wurden aufgeworfen, und ein Dutzend knapp bekleideter Tänzer und Tänzerinnen fegte in den Saal. Adam sah nur zwei Männer; der Rest waren ungewöhnlich hübsche, junge Mädchen. Hinter den Tänzern hatte sich eine Rockgruppe mit elektrischen Gitarren aufgestellt. Diese Band stellte schnell Lautsprecher auf die Bühne.

Als die Mädchen das Publikum in Stimmung brachten, bemerkte Adam, daß Powell und Goddard an der Seite standen, um die Wirkung der Tänzer auf die gewöhnlich zurückhaltende Gruppe der Mediziner abzuschätzen. Nach ein paar Minuten stellte Adam fest, wie seine Aufmerksamkeit von einer besonders attraktiven Brünetten eingenommen wurde. Sie hatte schmale Hüften und feste, große Brüste. Sie sah Adam gerade einen Moment an, und er hätte geschworen, sie hätte ihm zugeblinzelt. Unglücklicherweise benahm sich Adams Magen nicht sehr kooperativ, und mitten in der Vorstellung entschied sich Adam widerstrebend, besser das Deck aufzusuchen.

Er entschuldigte sich und kämpfte sich immer eiliger durch die ausgelassene Menge. Er erreichte kaum die Reling, bevor sich sein Magen umdrehte und er sich heftig über die Schiffsseite übergeben mußte. Nach einer Minute sah er sich um, ob ihn jemand beobachtet habe. Gott sei Dank war das Deck völlig leer. Indem er seine Augen senkte, inspizierte er sein Hemd. Es war sauber. Erleichtert wanderte Adam gegen den Wind nach vorne. Er war noch nicht soweit, wieder unter Deck gehen zu können.

Nach ein paar Minuten fühlte er sich besser, und als er die Tür erreichte, die für Passagiere verboten war, öffnete er sie einfach und trat ein. In diesem Teil des Schiffes gab es weniger Lampen, und das Deck war ein einfaches unlakkiertes Grau. Adam ging ganz bis zum Bug und blickte auf das Durcheinander von Tauen und Ketten hinunter. Die See schnellte auf beiden Seiten hoch, der Sternenhimmel streckte sich über ihm aus.

Plötzlich lag eine Hand auf Adams Schulter.

»Dieser Teil ist für Unbefugte verboten«, sagte ein Mann mit spanischem Akzent.

»Tut mir leid«, sagte Adam nervös und versuchte das Gesicht des Mannes zu erkennen. »Das ist meine erste Kreuzfahrt, und ich bin nur herumspaziert. Gibt es eine Möglichkeit, die Brücke zu sehen?« Adam erinnerte sich an das Sprichwort, die beste Verteidigung sei der Angriff.

»Sind Sie besoffen?« fragte der Mann.

»Ich?« sagte Adam verblüfft. »Nein. Mir geht es gut.«

»Ich wollte Sie nicht beleidigen«, sagte der Mann, »aber wir haben in der Vergangenheit einige schlechte Erfahrungen mit Passagieren gemacht. Der Kapitän ist zufällig auf der Brücke. Ich frage mal, ob er Sie heraufläßt.«

Nachdem er Adam nach seinem Namen gefragt hatte, verschwand der Mann so lautlos, wie er aufgetaucht war. Einen Augenblick später rief eine Stimme herunter und lud ihn ein hinaufzukommen. Steuerbord befinde sich eine Leiter.

Adam ging an der Seite vorbei und fand eine Treppe. Er nahm an, daß auf einem Schiff eine Treppe und eine Leiter das gleiche seien. Am oberen Ende der Treppe hielt der Mann mit dem spanischen Akzent eine Tür zur Brücke auf.

Drinnen sah Adam, daß die Instrumente mit roten Lichtern beleuchtet waren, die dem Raum einen surrealen Anstrich verliehen. Der Mann am Ruder ignorierte Adams Anwesenheit, aber ein anderer Mann stand auf und stellte sich als Kapitän Eric Nordstrom vor. Er schien jünger, als Adam erwartet haben würde, und zu Beginn in bezug auf seinen Gast ziemlich argwöhnisch.

»José sagte, das sei Ihre erste Kreuzfahrt, Dr. Smyth.«

»Das stimmt«, sagte Adam unsicher, als er sich erinnerte, daß Smyth bereits auf einer Arolen-Kreuzfahrt gewesen war. Der Kapitän machte jedoch keine Bemerkung darüber, und Adam fragte: »Wem gehört das Schiff?«

»Ich bin nicht sicher«, sagte Nordstrom. »Die Besatzung arbeitet für eine Gesellschaft, die MTIC heißt. Ob das Schiff ihnen gehört oder ob sie es mieten, weiß ich wirklich nicht.«

»Ist MTIC ein guter Arbeitgeber?«

Kapitän Nordstrom zuckte mit den Schultern. »Wir bekommen unser Gehalt immer rechtzeitg. Es ist ein bißchen langweilig, immer und immer wieder die gleiche Route zu fahren, und die gesellschaftlichen Möglichkeiten mit der Besatzung haben ihre Grenzen.«

»Lernen Sie denn nicht die Passagiere kennen?« fragte Adam.

»Nie«, sagte Kapitän Nordstrom. »MTIC ist streng und untersagt der Besatzung und den Passagieren, sich zu verbrüdern. Sie sind die erste Person, die ich seit langem auf die Brücke gelassen habe. Wir haben ein paar unangenehme Erfahrungen mit betrunkenen Passagieren gemacht.«

Adam nickte. Wenn die Menge Alkohol, die die Ärzte heute nacht konsumiert hatten, ein repräsentatives Zeichen war, dann überraschte ihn diese Reaktion nicht sonderlich.

Da er wieder von der Brise entfernt war, begann Adam das Stampfen des Schiffes wieder zu quälen, und er hatte das Gefühl, sich besser zu verabschieden.

»José, begleite Dr. Smyth zum Passagierteil zurück«, sagte Kapitän Nordstrom.

José bewegte sich schnell und ging Adam durch die Tür voran. Er ging die steile Leiter hinunter und achtete überhaupt nicht auf das Stampfen des Schiffes. Adam folgte ihm, aber sehr viel vorsichtiger.

»In einem Tag oder so werden Sie Ihre Seebeine haben«, sagte José mit einem Lachen.

Adam zweifelte daran.

Als sie nach achtern gingen, erzählte ihm José ein paar technische Details über das Schiff. Adam nickte pflichtbewußt, verstand aber die meisten Begriffe nicht. Als sie an die Barriere kamen, zögerte José und trat von einem Fuß auf den anderen. In dem besseren Licht konnte Adam das Gesicht des Mannes sehen, das von einem überragenden Schnauzer dominiert wurde.

»Dr. Smyth...« begann José. »Ich habe mich gerade gefragt, ob Sie mir einen Gefallen tun würden.«

»Worum geht es denn?« fragte Adam argwöhnisch. Nach dem, was der Kapitän gesagt hatte, sollten sich Passagiere und Besatzung nicht treffen, und Adam war an Schwierigkeiten nicht interessiert. Auf der andere Seite war die Vorstellung, einen Freund unter der Besatzung zu haben, anziehend und könnte eventuell einmal gelegen kommen.

»Sie verkaufen Zigaretten im Schiffsgeschäft«, sagte José. »Wenn ich Ihnen das Geld gäbe, würden Sie mir dann ein paar kaufen?«

»Warum kaufen Sie sie nicht selbst?« fragte Adam.

»Wir dürfen nicht über diese Tür hinausgehen.«

Adam überlegte die Bitte. Sie schien ihm genügend harmlos. »Wie viele Schachteln wollen Sie denn?«

»So viele Sie hierfür bekommen können.« José griff in seine Tasche und zog einen Fünfzig-Dollar-Schein hervor.

Adam hatte das Gefühl, Josés Bitte sei doch nicht ganz so harmlos. José unterhielt wahrscheinlich einen kleinen Schwarzmarkt auf dem Schiff.

»Lassen Sie mich mit zehn Dollar anfangen«, sagte Adam.

José tauschte schnell den Fünfzig- gegen einen Zehn-Dollar-Schein aus.

Adam nahm das Geld und sagte José, er werde ihn an gleicher Stelle am nächsten Tag um zehn Uhr treffen. Er erinnerte sich von dem Vortragsplan her, daß eine Kaffeepause für diese Zeit vorgesehen war. José lächelte von einem Ohr zum anderen, wobei seine Zähne verblüffend weiß gegen den Schnauzer abstanden.

Nachdem er ein paar tiefe Züge Seeluft eingeatmet hatte, ging Adam wieder unter Deck und machte sich auf den Weg zu seiner Kabine.

KAPITEL 13

Adam hörte, wie eine Stimme Dr. Smyth rief, ignorierte sie aber. Der Name hatte nichts mit ihm zu tun, und er zog es vor, sich nicht zu rühren. Dann nahm ihn jemand am Arm, und mit großer Anstrengung öffnete er seine Augen.

»Meine Brille«, sagte Adam, überrascht, daß er die Worte undeutlich aussprach.

Langsam und vorsichtig schwang er seine Beine über die Seite seiner Koje und tastete auf dem Nachttisch herum. Seine Hand traf auf die Brille und stieß sie zu Boden. Während er sich vorbeugte, um sie aufzunehmen, erinnerte er sich plötzlich, daß er Dr. Smyth sei.

Der Steward reichte ihm ein Glas Wasser.

»Danke«, sagte Adam verwirrt.

Dann hielt ihm der Steward eine weitere jener gelben Kapseln hin. Ohne zu zögern, nahm sie Adam und steckte sie in den Mund. Aber wie am vorigen Tag schluckte er sie nicht, sondern nahm statt dessen ein wenig Wasser.

Zufrieden brachte der Steward das Wasserglas zurück in die Toilette. Adam nahm schnell die Kapsel aus dem Mund.

»Entschuldigen Sie«, sagte er, und seine Worte waren jetzt viel klarer. »Was sind das für gelbe Pillen?«

»Sie sollen dazu dienen, Sie zu entspannen«, sagte der Steward in einer merkwürdig mechanischen Stimme.

»Hallo«, sagte Adam. »Ich bin entspannt. Ein wenig seekrank vielleicht, aber entspannt. Wäre es nicht besser, wenn Sie mir etwas für meinen Magen gäben?«

»Diese gelben Pillen sollen Sie entspannter und aufnahmefähiger machen«, sagte der Steward und öffnete die Tür.

»Aufnahmefähig wofür?« rief Adam.

»Für die Instruktionen«, sagte der Steward, indem er die Tür zuzog.

Adam stand auf und fühlte sich ungewöhnlich müde und schwach. Er hatte keine Ahnung gehabt, daß Seekrankheit so entkräftend sein konnte. Er zwang sich in die Toilette, duschte und zog sich an, immer noch verwirrt über die Bemerkung des Stewards.

Auf seinem Weg zum Frühstück entschloß er sich nachzusehen, ob Alan auf sei. Dieses Mal drehte er, anstatt zu klopfen, gleich den Türknopf, und die Tür schwang auf.

Alan war immer noch ausgestreckt im Bett, seine Augen geschlossen, sein Atmen tief und gleichmäßig.

»Alan«, rief Adam. Langsam flatterten die Augenlider des Mannes auf, um sich allerdings gleich wieder zu schließen. Adam beugte sich vor und zog sanft Alans Augenlider hoch. Zuerst war die Sklera alles, was er sehen konnte, aber dann zog sich die Kornea herunter und schien sich zu fokussieren.

»Aufwachen«, sagte Adam. Er nahm seine Hände von Alans Augen, packte ihn an den Schultern und zog ihn in eine sitzende Position auf.

»Was ist denn los mit Ihnen?« fragte er.

»Nichts«, sagte Alan in einer tonlosen Stimme, die Adam an die des Stewards erinnerte. »Ich bin nur müde. Lassen Sie mich schlafen.«

»Sagen Sie mir, wie heißen Sie?« fragte ihn Adam.

»Alan Jackson.«

»Wo befinden Sie sich jetzt?« fragte Adam weiter.

»Auf einer Arolen-Kreuzfahrt.« Alan sprach ohne jede Modulation.

»Welchen Monat haben wir?«

»Juni«, sagte Alan.

»Heben Sie Ihre rechte Hand hoch«, sagte Adam.

Gehorsam hob Alan seine rechte Hand. Er verhielt sich wie ein Automat oder ein Patient unter starken Beruhigungsmitteln. Ja, er erinnerte Adam sogar an seinen Patienten mit tardivem Dyskinesiesyndrom. Als der Mann zum erstenmal ins Krankenhaus gekommen war, stand er unter einer so starken Medikamentation, daß er rund um die Uhr geschlafen hatte, obgleich er sofort wußte, wo er war und welcher Tag es war, als man ihn weckte.

Adam ließ Alan wieder auf sein Bett zurücksinken. Nachdem er ihn einen Augenblick beobachtet hatte, kehrte er in seine eigene Kabine zurück. Adam schloß die Tür und hatte zum erstenmal wirklich Angst. Alan war unter Drogen gesetzt worden. Daran gab es wenig Zweifel.

Offensichtlich waren die gelben Pillen eine Art Beruhigungsmittel. Ganz plötzlich erinnerte sich Adam daran, wie schläfrig er sich gefühlt hatte, als ihn der Steward weckte. Er hatte seinen Zustand den Folgen der Seekrankheit zugeschrieben, aber vielleicht hatte man auch ihn unter Drogen gesetzt. Aber wie hätte das geschehen können? Er hatte die gelben Pillen nicht genommen, und das wenige, das er gegessen hatte, hatte er fast sofort wieder erbrochen. Vielleicht war es im Wasser.

Adam ging in die Toilette und füllte ein Glas mit Wasser. Das Wasser hatte keinen Geruch. Behutsam kostete er es. Es hatte einen chemischen Geschmack, aber der konnte auch vom Chlorzusatz stammen. Adam goß das Wasser aus und entschied sich, zum Frühstück zu gehen.

Der Speisesaal zeigte keine Spur von der ausgelassenen Party der letzten Nacht. Ein Buffet mit einer eindrucksvollen Auswahl an Speisen war im Zentrum des Raumes aufgebaut worden. Die Leute standen schon in einer Schlange davor und warteten geduldig darauf, an die Reihe zu kommen. Adam schlenderte zwischen den Tischen umher und sah sich nach Ned und Clair um, konnte sie aber nicht finden.

Sein Magen fühlte sich nicht nur besser, er war tatsächlich hungrig. Das einzige Problem bestand darin, daß er jetzt, wo er Appetit hatte, auch fürchterliche Angst hatte, etwas zu essen. Er beäugte das Buffet. Da gab es die gewöhnliche Auswahl an Rührei, Bacon, Würsten und Pasteten. Dann sah Adam etwas noch Besseres: eine große Schüssel mit Obst.

Weil er glaubte, ungeschältes Obst müsse sicher sein, nahm Adam mehrere Bananen, zwei Orangen und eine Grapefruit und ging zu einem freien Tisch. Gerade als er sich setzte, erschienen Ned und Clair. Adam rief sie, und sie kamen zu seinem Tisch herüber. Sie sagten, sie würden sich zu ihm setzen.

Adam beobachtete sie, wie sie sich in die Buffetschlange stellten. Sie schienen müde, und als sie zurückkamen und sich setzten, bemerkte Adam, daß sie sich nicht sehr viel zu essen genommen hatten. Er war verwirrt. Wenn die Droge mit dem Essen oder Wasser verabreicht wurde, weshalb waren sie und die anderen Ärzte im Saal dann nicht so umgeworfen wie Alan? Vielleicht war es die gelbe Pille. Vielleicht wurde sie nur Gästen auf ihrer zweiten Kreuzfahrt gegeben. Vielleicht war es die Kombination von der Kapsel und was immer in das Essen getan wurde...

»Ne ziemliche Sache gestern nacht, was?« sagte Ned und unterbrach Adams Gedanken.

Adam nickte.

»Ich bin erschöpft«, sagte Clair. »Ich hatte nicht gedacht, ich hätte so viel getrunken, wie ich wohl getrunken haben muß. Ich habe wie eine Tote geschlafen.«

»Bei mir war es das gleiche«, sagte Ned. »Muß die Salzwasserluft sein.«

Adam versuchte, zwanglos zu klingen, und sagte: »Habt ihr auch solche gelben Pillen gegen Seekrankheit bekommen?«

»Ich nicht«, sagte Ned und schlürfte seinen Kaffee. Er sah Clair an.

»Ich auch nicht«, sagte sie. »Warum fragen Sie?«

»Nun, ich suche ein Mittel gegen Übelkeit. Ich dachte nur...« Er ließ den Satz in der Luft hängen, um nicht ihren Verdacht zu erregen. Wenn er irgend etwas davon verlauten ließe, die Ärzte würden unter Drogen gesetzt, würden sie glauben, er sei verrückt. Ned und Clair tranken ihren Kaffee schweigend. Offensichtlich fühlten sich beide nicht sehr wohl.

Nach dem Frühstück ging Adam am Schiffsgeschäft vorbei. Dieses Mal hatten sie einen neuen Vorrat an Mitteln gegen Seekrankheit und Anti-Bewegungsstöpsel vorrätig. Er kaufte ein Mittel, und bevor er das Geschäft verließ, erinnerte er sich, für José Marlboros im Wert von zehn Dollar zu kaufen.

Als er in die Kabine zurückkam, fand er eine weitere gelbe Kapsel mit einem Wasserglas auf seinem Nachttisch. Dieses Mal spülte er beides die Toilette hinunter.

Der erste Vortrag des Morgens sollte im großen Auditorium stattfinden. Er wurde von einem kolumbianischen Pathologen gegeben und war langweilig bis zur absoluten Verblödung. Adam bemerkte, daß eine Reihe von Ärzten dösten, und fragte sich, ob sie sich nur langweilten oder unter Drogen stünden. Der zweite Vortrag wurde von Dr. Goddard gegeben und war weit interessanter. Adam bemerkte, wie sich eine Reihe Ärzte in ihren Sitzen aufsetzten. Goddard faßte ein kürzlich durchgeführtes Experiment zusammen, das bewies, fötales Gewebe werde bei Injektion in Erwachsene nicht abgestoßen. Man vermutete, das fötale Gewebe habe noch keine Antigene entwickelt, die stark genug wären, um eine Antikörper-Reaktion auszulösen. Die sich daraus ergebenden Möglichkeiten für die Therapie seien unermeßlich. Die Wiederansiedelung von Insel-Zellen in der Bauchspeicheldrüse von Diabetikern war nur eine der revolutionären Möglichkeiten.

In der Kaffeepause ging Adam in seine Kabine zurück, holte die Marlboro-Stangen und machte sich auf den Weg zum Promenadendeck. Er wartete, bis niemand mehr in Sichtweite zu sein schien, ging dann zu der Barriere und trat durch die Tür. José wartete bereits. Er trug eine Leinentasche über der Schulter, und die Stangen verschwanden darin in Windeseile. Zumindest er steht nicht unter Drogen, dachte Adam und gab ihm den Zehn-Dollar-Schein zurück.

Verwirrt betrachtete der Seemann die Note, als ob mit ihr etwas nicht stimme.

»Ich habe ein Geschäft vorzuschlagen, das Sie nicht abschlagen können«, sagte Adam. »Ich werde Ihnen Zigaretten beschaffen, wenn ich von Ihnen Essen und Wasser bekomme.«

José zog die Augenbrauen hoch. »Was ist denn mit dem Essen auf Ihrer Seite los? Ich dachte, es sei ziemlich phantastisch.«

»Ein Teil des Geschäfts ist keine Fragen«, sagte Adam. »Ich werde Sie nicht fragen, was Sie mit so vielen Zigaretten machen, und Sie fragen mich nicht, was ich mit den Lebensmitteln mache.«

»Einverstanden«, sagte José. »Wann wollen Sie mich wieder treffen?«

»Um vier Uhr heute nachmittag, ich hätte aber jetzt schon gerne etwas zu essen.«

José warf einen Blick über die Schulter und bedeutete Adam dann, ihm zu folgen. Sie gingen bis an die Schottüre vor, die José leise öffnete. Nachdem er sichergestellt hatte, daß sie alleine waren, führte José Adam zu seiner Kabine im Bauch des Schiffes hinunter. Sie war wie eine Gefängniszelle. Es gab eine Dusche und eine Toilette ohne Tür, und die Luft war schwer mit dem Geruch von Schweiß und schalem Zigarettenrauch.

José sagte Adam, er solle es sich bequem machen, und lachte über seinen eigenen Witz, als er die Kabine wieder verließ. Adam betrachtete die Koje und setzte sich darauf.

Innerhalb von fünf Minuten kehrte José mit einer Plastiktasche voller Lebensmittel zurück, einschließlich Brot, Käse, Obst und Saft. Er gab Adam das Ganze, der auf einen leeren Behälter in der Ecke des Zimmers deutete und José bat, ihn am Waschbecken aufzufüllen.

»Haben Sie hier das gleiche Wasser wie im übrigen Schiff?« fragte Adam.

»Weiß ich nicht«, sagte José. »Ich bin kein Ingenieur.« Er öffnete die Tür und spähte hinaus. »Wir müssen vorsichtig sein. Es gibt ein paar Leute, die die Tatsache nicht gerne sehen würden, daß wir Geschäfte machen.«

Adam verstand den Wink mit dem Zaunpfahl und schlich sich zu seiner eigenen Kabine zurück, in der er den Koffer öffnete und die Lebensmittel versteckte. Er stellte die beiden Saftbehälter in den Schrank und bedeckte sie mit einem schmutzigen Hemd. Als er auf die Uhr sah, erkannte er, daß er zu spät zum dritten Vortrag kommen würde, und eilte zurück.

☆

Als sie sich auf dem Untersuchungstisch in der Julian-Klinik ausstreckte, war Jennifer über ihre eigene Ruhe verblüfft. Die Entscheidung, zur Klinik zurückzukehren oder nicht, war weit schwerer gewesen als ihre tatsächliche Rückkehr in das Krankenhaus. Dr. Vandermer hatte sie zu einem frühen Termin eingeplant, und sie und ihre Mutter warteten auf seine Ankunft. Er ließ sie nicht lange warten, sah aber so aus, daß Jennifer zu dem Gedanken kam, die Amniocentesis-Verwechslung habe für ihn schlimmere Folgen gehabt als für sie selbst. Vandermers Gesicht war aufgedunsen, und seine Sprache knapp und unsicher, und doch führte er den Eingriff noch angenehmer als beim erstenmal durch. Das einzige Problem für Jennifer war die Tatsache, daß sie fühlte, wie sich ihr Kind bewegte, kurz nachdem die Nadel eingeführt worden war. Das ängstigte sie, aber Dr. Vandermer versicherte ihr, es gebe keinen Grund zur Beunruhigung.

Danach setzte sich Jennifer auf dem Tisch auf und sagte: »Ich denke, ich brauche Sie nicht zu bitten, mit mir Kontakt aufzunehmen, sobald Sie etwas herausgefunden haben.«

»Nein, sicher nicht«, sagte er. »Ich habe ein persönliches Interesse daran, wie das Labor hiermit umgeht. Versuchen Sie, sich zu entspannen und sich keine Sorgen zu machen.«

»Ich werde es versuchen«, sagte Jennifer. Sie schätzte die Aufmerksamkeit, die ihr Dr. Vandermer zuteil werden ließ, wünschte jedoch, er sähe nicht so ernst aus. Das machte sie nervöser, als sie so schon war.

☆

Zum Mittagessen kaufte Adam wieder Zigaretten im Wert von zehn Dollar und brachte sie zu seiner Kabine. Auf dem Rückweg entschloß er sich, wieder bei Alan nachzusehen.

Die Tür war unverschlossen, aber als Adam sie öffnete, war Alan weg! Adam sah in der Toilette nach, weil er dachte, er könnte dort zusammengebrochen sein, die Kabine war aber völlig leer. Er war sicher, der Mann, den er vor dem Frühstück gesehen hatte, sei nicht in der Lage gewesen spazierenzugehen. Es war jedoch möglich, daß es ihm jetzt besserging, und Adam hoffte, daß sei die Erklärung. Es war allerdings auch möglich, daß man ihn weggebracht hatte, und die sich daran anschließenden Schlußfolgerungen waren beängstigend. Wie dem auch immer war, Adam hatte das Gefühl, es sei wichtig, Alan zu finden.

Er sah zuerst im Speisesaal nach, dann auf dem Sonnendeck, wo man einen Grill im Freien für Hamburger und Hot Dogs aufgestellt hatte. Eine Reihe von Passagieren hatte es sich auf den Deckstühlen bequem gemacht und schlief. Adam ging durch das leere Konferenzzimmer zurück zum Gymnastikraum und der Schiffsarztpraxis. Ein Schild an der Tür sagte: »Bei Notfällen Steward rufen.«

Adam wurde mehr und mehr besorgt. Er mußte sich beruhigen, oder irgend jemand würde es bemerken und Verdacht schöpfen. Er entschloß sich, zum Speisesaal zurückzugehen. Er würde nichts essen, aber die anderen Ärzte beobachten.

Sobald er seinen Tisch gefunden hatte, bemerkte er, daß das Mädchen zu seiner Rechten die brünette Tänzerin war, die er am vorigen Abend bewundert hatte. Sie war in einen sittsamen Anzug gekleidet und hätte für einen Passagier gehalten werden können.

Indem er seinen Blick über den Saal schweifen ließ, entdeckte Adam eine Reihe anderer Tänzerinnen. Als er ein Zupfen an seinem Ärmel fühlte, wandte er seine Aufmerksamkeit der Brünetten neben ihm zu.

»Mein Name ist Heather«, sagte sie in dieser merkwürdig modulationslosen Stimme, die Adam mit der Kreuzfahrt in Verbindung zu bringen begann. Sie bot ihm nicht ihren Familiennamen an.

Die anderen Gäste am Tisch schienen mit ihrem Essen beschäftigt zu sein. Eine Schüssel delikater Minestrone wurde vor Adam hingestellt. Als er vorgab, ein wenig zu essen, belohnte ihn Heather mit ihrer ungeteilten Aufmerksamkeit. Adam nickte immer wieder und lächelte, bis sie schließlich sagte: »Sie essen aber nicht viel.«

Adam, der mit seinem Essen gespielt hatte, sagte einfach: »Ich fürchte, ich bin seekrank gewesen.« Das war die einzige Entschuldigung, die ihm einfiel.

»Es ist besser, etwas zu essen«, sagte Heather. »Seltsamerweise ist ein leerer Magen für so etwas empfänglicher.«

»Wirklich?« sagte Adam ausweichend. Dann fügte er als nachträglichen Gedanken hinzu: »Sie haben selbst nicht viel gegessen.«

Heather lachte ein hohes, mißtönendes Lachen. »Das ist das Problem, wenn man Tänzerin ist. Ich muß immer auf mein Gewicht achten.«

Adam nickte. Er wußte von Jennifer, daß Tänzer von ihrem Gewicht besessen waren.

»Möchten Sie, daß ich heute nacht zu Ihnen in die Kabine komme«, fragte Heather so beiläufig, als ob sie sich nach dem Wetter erkundigte.

Adam war froh, daß er nichts aß. Wenn er etwas im Mund gehabt hätte, hätte er sich sicherlich verschluckt. So hustete er nur und warf einen Blick in die Runde um den Tisch, um festzustellen, ob das jemand anderes gehört habe, aber seine Mitreisenden fuhren nur in ihrer schweigsamen Halb-Betäubung mit dem Essen fort. Adam wandte sich Heather zu. Obgleich ihre Stimme merkwürdig war, schien sie nicht unter Drogen zu stehen. Adam entschied sich, auf das Spiel einzugehen. Vielleicht würde sie ein paar Fragen über diese zunehmend seltsamere Kreuzfahrt beantworten können.

»Kommen Sie nach Ihrem letzten Auftritt«, flüsterte er.

»Ich werde um elf Uhr in Ihrer Kabine sein«, stimmte sie enthusiastisch zu.

Adam wurde puterrot. Glücklicherweise schienen die anderen Dinierenden zu wenig klar zu sein, als daß sie es bemerkt hätten. Mit einem schnellen Lächeln nickte Adam ihr zu.

Er ging in seine Kabine und aß hastig etwas von Josés Brot und Käse. Bei dem Nachmittagsvortrag bemerkte Adam mehr und mehr freibleibende Sitze. Von Alan war immer noch nichts zu sehen, als Adam später auch Ned und Clair traf. Sie lächelten, hatten aber Alan ebenfalls nicht gesehen; auch sonst hatten sie sehr wenig zu sagen. Adam vermutete, daß man ihnen geringere Dosierungen von Beruhigungsmitteln gab. Bis zum dritten Vortrag war eine gute Zahl von Leuten im Publikum eingeschlafen, und Adam war davon überzeugt, das sei nicht nur so, weil sie sich langweilten.

Um vier Uhr ging er, um José zu treffen. Vielleicht hätte der Seemann eine Idee, wo man Alan finden könnte.

»Ich würde gerne mit Ihnen reden«, sagte Adam, als ihn José durch die Barriere führte.

»Was ist los?« fragte José.

»Nichts«, sagte Adam. »Ich würde Ihnen nur gerne ein paar Fragen stellen.«

José führte ihn wieder in seine Kabine und schloß die Tür. Aus einem Schrank holte er zwei Gläser und eine Flasche dunklen Rum. Adam lehnte ab, aber José füllte dennoch beide Gläser. »Was wollen Sie wissen?« sagte er.

»Sind Sie um das ganze Schiff herum gewesen?« fragte Adam.

José stürzte seinen Rum mit einem einzigen Schluck hinunter. »Nein«, antwortete er und wischte sich mit dem Handrücken den Mund ab. »Nicht um das ganze. Ich habe nicht gesehen, wo all jene Ärsche mit den weißen Kitteln wohnen.«

»Ich dachte, die lebten hier zusammen mit der Besatzung«, sagte Adam.

»Was, sind Sie verrückt?« fragte José. »Wir treffen diese merkwürdigen Kerle nie. Die haben auf dem C-Deck Kabinen.«

»Wo ist denn das? Ich dachte, B wäre das tiefste Deck.«

José hob das zweite Glas hoch. »Sind Sie sicher, daß Sie keinen Rum wollen?«

Adam schüttelte den Kopf.

»Die Treppen zu den Unterkünften der Stewards sind im Speisesaal der Passagiere«, sagte José und schlürfte seinen zweiten Drink. »Ich weiß das nur, weil ich eines Tages, als wir im Hafen lagen, dorthin gegangen bin, um etwas zu essen zu suchen. Unglücklicherweise hat man mich geschnappt, und ich hätte fast meinen Job verloren. Aber was gehen Sie diese Kerls an?«

»Der Grund, weshalb ich diese Fragen stelle«, erklärte Adam, »ist, weil ein Passagier in der Kabine neben meiner verschwunden zu sein scheint. Zuerst schien er krank zu sein, und dann ist er verschwunden.«

»Haben Sie sich in der Krankenstation erkundigt?« fragte José. »Einer der Besatzung hat mir erzählt, sie hätten ein vollkommen ausgestattetes Krankenhaus. Er wußte das, weil er geholfen hatte, die Ausrüstung an Bord zu schaffen.«

»Wo ist das?« fragte Adam.

»Auf dem B-Deck«, sagte José. »Hinter der Arztpraxis.«

Adam nahm die Lebensmittel auf, die José für ihn eingewickelt hatte. Die Krankenstation klang nach einer vielversprechenden Stelle, um Alan zu finden.

»Wie wäre es mit mehr Zigaretten?« fragte José.

»Sicher«, sagte Adam. »Morgen früh. Gleiche Zeit.«

»Einverstanden«, sagte José. »Ich will mal sehen, ob die Luft rein ist.« Er stellte sein leeres Glas hin und war schon dabei, die Tür zu öffnen.

»Nur noch eine Frage«, sagte Adam. »Wissen Sie irgend etwas über diese Tänzerinnen?«

José blickte mit einem breiten Lächeln auf Adam zurück. »Nicht so viel, wie ich gerne wissen würde.«

»Sind sie Prostituierte?« fragte Adam und dachte, es sei besser, das vor Heathers Besuch zu wissen.

José schüttelte den Kopf und lachte. »Nein, das sind Collegemädchen, die sich etwas nebenbei verdienen wollen. Was ist denn das für eine Frage?«

»Treffen Sie sie schon mal?« fragte Adam.

»Ich wünschte schon«, sagte José. »Hören Sie, sie lassen uns nie mit diesen merkwürdigen Käuzen zusammenkommen, die diese Kreuzfahrt durchführen. Ich habe aber mal ungefähr vor einem Jahr eines der Mädchen am Strand von Puerto Rico gesehen. Ich habe versucht, an sie heranzukommen, aber sie war nicht interessiert. Ich war ziemlich betrunken und versuchte, sie mir zu schnappen. Und so fand ich heraus, daß sie eine Perücke trug. Sie fiel herunter, und ihr Kopf war rasiert. An beiden Schläfen hatte sie große runde Narben. Und nun sagen Sie mir bloß, das sei nicht merkwürdig.«

»Was war ihr passiert?« fragte Adam.

»Habe ich nie rausgekriegt«, sagte José. »Sie stieß mir ihr Knie in den Bauch, und plötzlich verlor ich das Interesse.«

»Was für eine Kreuzfahrt«, sagte Adam und nahm sein Paket auf.

»Was ist los?« fragte José. »Gefällt es Ihnen bei uns nicht?«

☆

Als das Telefon klingelte, hatte Jennifer eine Vorahnung, es sei Dr. Vandermer. Sie hörte, wie ihre Mutter abnahm und nach einem Augenblick leise aufschrie. Da wußte es Jennifer. Sie machte sich auf den Weg nach unten, bevor sie ihre Mutter rufen konnte. Als sie die Küche betrat, hielt ihr Mrs. Carson wortlos den Hörer hin.

»Hallo, Dr. Vandermer«, sagte Jennifer und kontrollierte ihre Stimme.

»Hallo, Jennifer«, sagte er. Dann gab es eine lange Pause. »Ich fürchte, ich habe schlechte Nachrichten.«

»Das habe ich erwartet«, sagte sie. Sie konnte spüren, wie sich Dr. Vandermer bemühte, die richtigen Worte zu finden.

»Die Fruchtwasseruntersuchung ist mit absoluter Sicherheit positiv«, sagte er. »Dieses Mal habe ich das Filtern des Fruchtwassers selbst überwacht. Die Möglichkeit eines Irrtums ist ausgeschlossen. Wir haben die gleiche durchschlagende chromosomale Abnormität vorgefunden. Ja, die Objekte sind nie wirklich vertauscht worden. Ich fürchte, Ihr Fötus muß bedeutende Abnormitäten in der Entwicklung der Geschlechtsorgane haben.«

»Oh, mein Gott«, sagte Jennifer. »Das ist ja schrecklich.«

»Das stimmt«, gab Dr. Vandermer zu. »Sehen Sie, wenn wir etwas unternehmen wollen, dann sollten wir schnell handeln.«

»Ich stimme Ihnen zu. Ich habe das alles bereits genau überlegt, und ich möchte eine Abtreibung haben. Je früher, desto besser.«

»In diesem Falle versuche ich, es für morgen zu arrangieren.«

»Danke, Dr. Vandermer«, sagte Jennifer. Dann legte sie auf.

Mrs. Carson legte ihre Arme um ihre Tochter und sagte: »Ich weiß, wie du dich fühlen mußt, aber ich glaube, du tust das Richtige.«

»Ich weiß, daß ich das Richtige tue. Ich hätte nur gern vorher mit Adam geredet.«

Mrs. Carsons Mund zog sich wütend zusammen.

»Mutter, er ist immer noch mein Mann, und ich möchte das nicht tun, ohne es ihm zu sagen.«

»Nun, Liebes, wie du es immer für am besten hältst.« Ihre Mutter verließ die Küche und ging nach oben, wahrscheinlich, um sich am anderen Telefon ihrem Gatten gegenüber über Adam zu beklagen.

Sobald sie wieder allein war, rief Jennifer in der Wohnung an, nur für den Fall, daß Adam zurückgekehrt sei. Sie ließ das Telefon zwanzigmal klingeln und wählte dann Arolen-Pharmaceuticals in Montclair, New Jersey. Als sich die Telefonzentrale meldete, verlangte sie Clarence McGuire zu sprechen. Man stellte sie nicht durch, bevor sie nicht mit seiner Sekretärin erprobt hatte, wer von ihnen die lautere Stimme besaß.

»Wie geht es Ihnen, Mrs. Schonberg?« sagte McGuire, als sie schließlich doch mit ihm verbunden wurde.

»Nicht sehr gut«, sagte Jennifer kalt. »Ich möchte wissen, wo sich mein Mann befindet.«

»Tut mir leid, aber das weiß ich selbst nicht. Er rief an und sagte, er müsse aufgrund einer familiären Angelegenheit die Stadt verlassen.«

»Sie würden mich nicht anlügen, nicht?« fragte Jennifer. »Ich dachte, Sie hätten ihn nach Puerto Rico geschickt.«

»Er hat das Angebot abgeschlagen«, sagte McGuire. »Und ich habe keinen Grund, Sie anzulügen.«

Jennifer legte äußerst verwirrt wieder auf. Sie war sich so sicher gewesen, Adam befinde sich auf einer Reise für Arolen und er habe es ihr nicht sagen wollen, daß sie Schwierigkeiten hatte, eine andere Möglichkeit zu begreifen. Spontan rief sie Adams Vater an.

»Es tut mir leid, sie zu belästigen, Dr. Schonberg«, sagte Jennifer, die den Mann noch nie zuvor angerufen hatte, »aber ich suche Adam, und ich dachte, Sie würden vielleicht wissen, wo er ist.«

»Ich habe nicht die geringste Ahnung«, sagte Dr. Schonberg, »und Sie vor allen anderen sollten das wissen.«

Jennifer legte den Hörer auf, als ihre Mutter wieder in die Küche kam. Sie mußte Jennifers Gespräch mit McGuire gehört haben. »Sag deinem Vater besser nichts davon«, sagte sie. »Er glaubt bereits, Adam habe ein Verhältnis.«

☆

Adam war nervös. Gegen sechs Uhr hatte man ihm eine weitere gelbe Kapsel gegeben, und die Stewards beobachteten ihn während des Essens überaus genau. Voller Angst, sie könnten herausfinden, daß er ihre Behandlung umging, versuchte Adam, möglichst viel von den Speisen in einer Serviette zu verstecken, damit es so aussehe, als ob er esse. Sobald wie möglich verließ er den Speisesaal. Auf dem Weg zurück zu seiner Kabine sah er sich das Krankenrevier an. Es war eine eindrucksvolle Anlage mit einem ausgewachsenen Operationssaal und phantastischen Röntgengeräten. In der kleinen Abteilung lagen aber keine Patienten.

Als er an Alans Zimmer vorbeikam, öffnete er die Tür und erwartete, eine leere Kabine vorzufinden. Zu seiner Überraschung war Alan im Bett und im großen und ganzen im gleichen Zustand, in dem er schon vor seinem Verschwinden gewesen war. Adam weckte ihn. Alan schien zu wissen, wo er war, bestand aber darauf, er habe das Zimmer nicht verlassen. Adam half ihm wieder auf die Kissen und kehrte in seine eigene Kabine zurück.

An der Kreuzfahrt teilzunehmen, um herauszufinden, weshalb Vandermer seine Haltung in bezug auf Pregdolen geändert hatte, war ihm in der Sicherheit New Yorks wie eine gute Idee erschienen. Jetzt wollte Adam nur noch sicher und gesund nach Hause zu seiner Frau zurückkehren. Er erinnerte sich daran, wie ihm jemand gesagt hatte, Arolen schicke die Ärzte auf eine Kreuzfahrt, um sie von ihren gewöhnlichen Sorgen wegzubekommen. Sie aber unter Drogen zu setzen, so daß sie nicht wußten, was sie taten, war mehr als extrem. Es war entsetzlich.

Ein Klopfen an Adams Tür ließ seinen Puls höher schlagen. Er hoffte, es sei nicht der Steward mit dem leeren Gesicht mit einer weiteren Pille.

»Oh, Gott«, sagte Adam, als er Heather eintreten sah.

»Ich bin so froh, daß sie mich aus dem letzten Tanz ausgelassen haben«, sagte sie, während sie hereinkam und sich in der kleinen Kabine umsah. Sie trug eine durchscheinende Bluse und etwas, das der kürzeste Rock gewesen sein mußte, den Adam je in seinem Leben gesehen hatte. Sie hatte eine wunderbare Figur. Ich bin verrückt, dachte Adam, unfähig, seine Augen von ihr abzuwenden. Wie im Himmel soll ich Jennifer diese Szene erklären?

»Heather, warum setzen Sie sich nicht, damit ich mich mit Ihnen unterhalten kann?«

Heather hielt in dem kleinen Tanz, den sie gerade in der Kabine ausführte, inne. »Sicher«, sagte sie, ließ sich direkt neben Adam auf das Bett fallen und drückte ihren nackten Schenkel gegen sein Bein. Mit zwei reizenden Tritten ließ sie ihre hochhackigen Schuhe durch die Kabine segeln.

»Worüber würden Sie sich gerne unterhalten?«

»Über Sie«, sagte Adam, der es schwierig fand, nicht auf die Rundung ihrer Brüste hinunterzublicken.

»Ich würde mich lieber über Sie unterhalten«, sagte Heather und legte ihre Arme um seinen Nacken.

»Das haben Sie mir schon beim Essen erzählt«, sagte Adam, indem er sie sanft wegdrückte, »ich würde Sie aber wirklich gerne kennenlernen.«

»Darüber läßt sich aber nicht viel sagen«, beharrte Heather.

»Sehen Sie mal, das ist doch kein Durchschnittsjob für ein junges Mädchen. Wie kommt es, daß Sie hier arbeiten?«

Heather antwortete nicht. Zuerst glaubte Adam, sie denke nach, als er sie aber ansah, schien sie in Trance zu sein.

»Heather?« sagte Adam und winke mit seiner Hand vor ihren Augen.

»Ja«, sagte sie und zwinkerte.

»Ich habe Sie etwas gefragt.«

»Oh, ja. Wie ich hierher auf die *Fjord* gekommen bin? Nun, das ist eine lange Geschichte. Ich war Sekretärin bei Arolen-Pharmaceuticals in New Jersey. Sie mochten mich und boten mir eine Stelle bei MTIC in Puerto Rico an. Auch dort habe ich als Sekretärin angefangen, aber dann haben sie herausgefunden, daß ich gerne tanze, und so habe ich diesen Job bekommen.«

Das erklärte das Tanzen, dachte Adam, aber nicht die Prostitution, wenn sie tatsächlich eine Prostituierte sein sollte. Adam war bereit, ihr den Zweifel für den Angeklagten zuzubilligen.

»Gefällt es Ihnen auf der Kreuzfahrt?« fragte Heather und wechselte das Thema.

»Ich genieße sie unendlich«, sagte Adam.

»Ich werde das sogar noch besser machen«, versprach Heather. »Aber zuerst habe ich ein kleines Geschenk für Sie.«

»Wirklich?« sagte Adam.

»Warten Sie nur einen Augenblick.« Sie stand auf und

ging zu der kleinen Tasche hinüber, die sie auf den Schreibtisch gelegt hatte. Als sie sich umdrehte, sah Adam, daß sie zwei weitere gelbe Kapseln in der Hand hielt. Er fühlte einen Stich der Panik.

»Könnten Sie mir etwas Fruchtsaft aus dem Schrank geben?« fragte er. »Ich mag dieses Wasser überhaupt nicht.«

»Klar«, sagte Heather liebenswürdig. Sie legte die Pillen auf den Schreibtisch und holte den Saft. Sie entfernte den Deckel von dem Behälter und reichte ihn Adam, der die Pillen in die Hand nahm und sie hinter das Bett fallen ließ, als sie den Saft zurückstellte.

»Jetzt werde ich Sie wirklich Gefallen an dieser Kreuzfahrt finden lassen«, sagte sie und setzte sich auf seinen Schoß.

»Nur noch eine Sekunde«, sagte Adam und wich ihren Lippen aus. »Was waren das für Kapseln, die Sie mir gerade gegeben haben?«

»Die sind für das Vergnügen«, sagte Heather. »Damit Sie sich entspannen und Ihre Probleme vergessen.«

»Nehmen Sie sie auch?« fragte Adam.

»Nein«, sagte Heather mit ihrem seltsam hohen Lachen. »Ich habe keine Probleme.«

»Weshalb glauben Sie, ich hätte welche?« fragte Adam.

»Alle Ärzte haben Probleme«, sagte Heather.

»Besuchen Sie alle Ärzte?« fragte Adam. »Sie und die anderen Tänzerinnen?«

»Nein«, sagte Heather. »Nur die, die zu besuchen uns Mr. Powell und Dr. Goddard auftragen.«

»Und sie haben Ihnen gesagt, sie sollten mich besuchen?«

Heather nickte.

»Wissen Sie warum?«

»Weil Sie nicht entspannt genug sind«, sagte Heather ungeduldig. »Sind Sie nicht an mir interessiert?«

»Doch, allerdings«, sagte Adam. Er beugte ihren Kopf zur Seite und küßte sie, während seine Finger ihre Haarlinie abtasteten, um festzustellen, ob sie eine Perücke trüge. Das war nicht der Fall, als er aber die Haut über ihren Schläfen rieb, fühlte er kleine harte Linien.

»Heather, ich möchte Sie gerne etwas fragen. Sind das Narben?«

»Ich glaube nicht«, sagte Heather und klang verärgert. »Wo?«

»An Ihren Schläfen«, sagte Adam. Sanft drehte er ihren Kopf zur Seite und teilte ihr Haar, so daß er die Stelle selbst sehen konnte. Er fand kleine Narben, etwa einen Zentimeter lang, gerade so, wie sie José beschrieben hatte.

Heather hob eine Hand und tastete die Stelle ab. Dann zuckte sie mit den Schultern.

»Haben Sie eine Ahnung, wie Sie die bekommen haben?« fragte Adam.

»Nein«, sagte Heather. »Und was noch mehr ist, es interessiert mich auch nicht.«

»Tut mir leid, wenn ich kein guter Unterhalter bin«, sagte Adam. »Ich vermute, ich bin einfach zu entspannt.«

Heather sah ihn enttäuscht an. »Vielleicht hätte ich mit den Kapseln noch warten sollen.«

»Wird sich Mr. Powell darüber freuen, daß ich endlich meine Probleme vergessen habe?« fragte Adam.

Heather nickte und rieb sanft seine Schultern.

»Warum ist Mr. Powell daran interessiert, ob ich entspannt bin?« fragte Adam.

»Damit Sie in den Instruktionsraum gehen können«, sagte Heather.

Adam starrte das Mädchen an. Sie fing seinen Blick auf und sagte schnell: »Sind Sie sicher, daß Sie zu entspannt sind?«

»Absolut«, sagte Adam. »Wissen Sie, wo sich dieser Instruktionsraum befindet?«

»Natürlich. Ich soll Sie ja sogar dorthin bringen. Aber nicht, bevor Sie nicht soweit sind.«

»Ich bin noch nie zuvor so entspannt gewesen«, sagte

Adam und ließ seine Arme schlaff herunterhängen. »Warum bringen Sie mich nicht jetzt hin?«

Anstatt zu antworten, schien Heather in eine weitere Trance zu fallen. Ein paar Minuten später nahm sie die Unterhaltung wieder auf, als ob sie sich der Pause nicht bewußt sei. »Ich könnte Sie in den Instruktionsraum bringen, wenn Sie noch eine Pille nehmen. Ich soll sicherstellen, daß Sie einschlafen.«

»Geben Sie mir noch eine«, sagte Adam. »Ich kann schon jetzt kaum noch die Augen offenhalten.«

Es war merkwürdig, wie leicht man Heather täuschen konnte. Wie der Steward schien sie in ihrem Vertrauen fast kindlich zu sein. Nach einer Weile lehnte sich Adam zurück und schloß die Augen. Zehn Minuten später half ihm Heather auf die Beine und führte ihn zur Tür hinaus. Sie gingen zur Haupttreppe zurück, stiegen zum Hauptdeck hinauf und betraten den Speisesaal. Ein wenig jenseits einer der Türen an der Seite des Podiums gab es eine Vorratskammer mit Tischdecken, Geschirr und Tabletts. Zur Rechten war eine weitere Tür, die sich zu einem Treppenhaus öffnete, von dem aus man in das Schiff hinuntersteigen konnte. Adam vermutete, sie führe zum C-Deck.

Als sie hinunterstiegen, begegneten sie mehreren Stewards, die gerade heraufkamen. Adam versuchte, ihre Augen zu vermeiden. Er wollte nicht, daß jemand bemerkte, daß er seine Betäubung nur vortäuschte.

Als sie das Ende der Treppe erreicht hatten, gingen sie einen langen Korridor hinunter auf eine Doppeltür zu.

»Stuart Smyth«, sagte Heather zu dem Steward, der am Eingang Wache stand. »Er ist ein Wiederholer.«

»Bank 47«, sagte der Steward und gab Heather etwas, das wie eine Kreditkarte aussah. Sie und Adam gingen hinein.

Als sich Adams Augen an die Dunkelheit gewöhnt hatten, begriff er, daß er sich in einem Raum befand, der wie die Eingangshalle eines Theaters aussah. Als er über die brusthohe Wand spähte, erblickte er eine Kinoleinwand. Es gab keinen Ton, aber er glaubte, Bilder von Ärzten in der Dunkelheit flackern zu sehen.

Ein Steward nahm die Karte von Heather und griff Adam wortlos am Arm und zog ihn in das Theater. Selbst in der Dunkelheit konnte Adam erkennen, daß die Sitze, verglichen mit denen in einem normalen Kino, ganz anders konstruiert waren. Jeder einzelne sah wie eine Miniaturausgabe eines elektrischen Stuhles mit Myriaden von Elektroden und Gurten aus. In jeder Reihe gab es fünfzehn bis zwanzig Sitze und alles in allem mehr als zwanzig Reihen.

Indem er seinen Arm in einem unangenehmen Griff umfaßt hielt, führte der Steward Adam den mittleren Gang hinunter. Adam stellte schockiert fest, daß die Ärzte alle völlig nackt und mit Ledergurten festgeschnallt waren. Sie trugen Helme, die mit Kopfhörern und Elektroden zur Stimulation ausgestattet waren. Sie schienen alle wie Alan bis zu einem Punkt zwischen Schläfrigkeit und Wachsein stark unter Drogen zu stehen. Weitere Drähte schlangen sich um ihre Körper und waren mit Nadelelektroden an verschiedenen Nervenstellen angebracht.

Der Steward hielt an einem freien Platz in der vorderen Reihe an. Dann steckte er die Karte in einen Schlitz an der Seite des Stuhles und begann, die Drähte bereitzulegen.

Adam hatte fast zu sehr Angst, um zu atmen. Er fühlte sich, als ob ein schrecklicher Kinofilm plötzlich Realität geworden sei. Als er zu der riesigen Leinwand aufblickte, sah er das Bild eines Arztes, der einem Patienten eine typische Marke einer Medizin anbot. In dem Augenblick, als der Name des Fabrikats auf der Leinwand aufleuchtete, verzerrte sich das Gesicht des Arztes vor Schmerz, und er ließ die Flasche fallen. Zur gleichen Zeit hörte Adam ein unheimliches Wimmern von den Ärzten in Kinosaal. Dann nahm der Arzt auf der Leinwand ein Arolen-Produkt, und ein breites Lächeln zog über sein Gesicht. Adam blickte auf den Arzt gleich neben sich und stellte fest, daß auch er glückselig lächelte.

Während er beobachtete, wie der Steward die Gurte in Position brachte, wurde Adam bewußt, daß er die neueste Entwicklung an Verstandeskontrolle vor sich hatte, die entgegenwirkende Konditionierung und positive Bestätigung einschloß. Als eher klinische Situationen auf der Leinwand dargestellt wurden, bemerkte Adam, wie sich die Gesichter der Ärzte in seiner Nähe entweder vor Schmerz oder Vergnügen verzerrten, abhängig von den Umständen, die ihnen vorgegeben wurden.

Mein Gott, dachte Adam, ich befinde mich in einem Alptraum, wo der Arzt zum Patienten geworden ist! Kein Wunder, daß Vandermer seine Meinung über Pregdolen geändert hat. Und sich vorzustellen, daß er Jennifer behandelt!

Der Steward hatte damit begonnen, Adams Hemd aufzuknöpfen, und die Berührung seiner Finger ließ Adam seine eigene Verletzlichkeit bewußt werden. Er war kein Beobachter. Sie hatten vor, ihn an diese Kabel anzuschließen und ihn derselben Behandlung zu unterwerfen.

Als er den leeren Gesichtsausdruck des Stewards betrachtete, der unbeholfen mit seinen Knöpfen kämpfte, ging Adam auf, daß der Mann ebenso unter Drogen gesetzt war wie die Ärzte, nur vielleicht unter eine geringere Dosis. Ja, meinte Adam, letztlich mußten alle Stewards unter Drogen gesetzt sein. Vielleicht hatte man einige von ihnen sogar der Psychochirurgie unterzogen. Adam hatte den Verdacht, dies sei wohl bei Heather der Fall gewesen.

Eine Bilderfolge, die unnötige chirurgische Eingriffe verdammte, erschien auf der Leinwand. Augenscheinlich wollte MTIC mehr, als die Ärzte nur einer Gehirnwäsche unterziehen, so daß sie Arolen-Produkte verschrieben.

Der Steward hatte Adams Hemd ausgezogen und fummelte an seinem Hosengurt herum.

»Wissen Sie, was Sie hier tun?« krächzte Adam, unfähig, länger zu schweigen.

»Wir helfen den Ärzten zu lernen«, sagte der Steward, verblüfft über Adams unerwartete Reaktion.

»Um welchen Preis?« sagte Adam und umklammerte die Handgelenke des Mannes.

Langsam, aber mit großer Kraft schälte der Steward Adams Finger von seinem Arm. Adam war über die Kraft des Mannes angesichts der Menge Drogen, die man ihm zweifellos gegeben hatte, verblüfft.

»Bitte«, sagte der Steward. »Sie müssen kooperativ sein.« Er hob die Helmkonstruktion mit der Absicht hoch, sie Adam über den Kopf zu stülpen.

In dem Wissen, daß Überraschung seine einzige Waffe war, schnappte sich Adam den Helm und drückte ihn dem Steward auf den Kopf. Danach ergriff er die Unzahl von Drähten und wickelte sie um den Hals des Mannes, wandte sich dann um und floh in der Hoffnung, der Steward würde nicht in der Lage sein zu schreien, bevor Adam den Saal verlassen hätte.

Als Adam den mittleren Gang hochlief, ließen die Ärzte ein weiteres gequältes Wimmern hören, was einen neuerlichen Schauer des Entsetzens Adams Rückgrat hinunterlaufen ließ. Er eilte auf die Tür zu und rannte, so schnell er konnte, durch den Korridor. Als er an der Wache in ihrer Nische vorbeischoß, rief der Mann ihm nach.

Adam raste so schnell die Treppe zum Hauptdeck hinauf, daß er fast fiel. Ein Steward, der gerade herunterkam, streckte die Hand aus, ihm zu helfen, machte jedoch keinen Versuch, ihn aufzuhalten.

Im Speisesaal stand Adam vor der Wahl, ob er weiter hinauflaufen wolle oder nicht. Er entschied sich dafür, weil die unteren Bereiche ihn klaustrophobisch fühlen ließen. Als er an den Vortragssälen vorbeirannte, hörte er eine Serie von Alarmsignalen. Dann begann es in dem Kommunikationssystem des Schiffes leise zu krachen.

»Alles herhören. Passagier Smyth befindet sich in Not und muß aufgehalten werden.«

Als er am Ende der Treppe anhielt, begann Adam vor Angst zu schlottern. Verzweifelt versuchte er, seine Panik zu kontrollieren und an einen Ort zu denken, wo er sich verstecken konnte. Die verschiedenen Schränke und Spinde erschienen ihm als zu offensichtlich. Davon abgesehen, säße er dann in der Falle. Er lief eine weitere Etage hoch. Als er an dem Promenadendeck vorbeikam, hörte er Männer auf dem Deck unter ihm rufen.

Von Entsetzen gepackt, tauchte er auf dem Sonnendeck auf und lief am Swimming-pool vorbei. Plötzlich ragte der eindrucksvolle weiße Kaminaufbau drohend vor ihm auf. Er konnte in seiner Nähe eine Leiter sehen, die in ihn eingelassen war. Ohne weiter zu überlegen, griff er nach der niedersten Sprosse und begann zu klettern. Als er den Schutz des Decks verließ, schlug der Wind gegen seine nackte Brust. Er war fast zwanzig Meter hoch gestiegen, als er seine Verfolger auf dem Deck unter sich hörte. Als er sich vorstellte, wie ihn ein Scheinwerfer gegen die weiße Wand nageln würde, schloß Adam voller Angst die Augen.

Nachdem mehrere Sekunden ohne Entdeckungsschrei vergangen waren, wagte Adam einen Blick nach unten. Mehrere Stewards hoben planmäßig die Leinwandabdekkungen der Rettungsboote hoch und öffneten die verschiedenen Deckschränke. Zumindest hatten sie sein Versteck noch nicht erraten. Aber zu sehen, wie hoch über dem Deck er sich befand, ließ ihn schwindlig werden. Nach oben zu schauen, war nicht im geringsten besser. Die Sterne schienen im Himmel hin und her zu schießen.

Nach ein paar Minuten blickte Adam wieder nach unten. Mehrere Stewards suchten am Fuß des Aufbaus herum. Trotz seiner Angst vor Höhen, begann Adam, sich weiter die Leiter hochzuschieben. Er schätzte, er habe vielleicht noch etwa acht Meter bis zur Spitze zu überwinden. Direkt unterhalb der Spitze befanden sich in beiden Seiten des Aufbaus zwei dunkle Öffnungen, jede etwa von der Größe eines Menschen. Er entschied sich zu versuchen, sich in einer zu verstecken. Er tat alles, sich von der Möglichkeit abzulenken, er könne fallen, und erreichte nach kurzer Zeit die Öffnungen. In jeder befand sich ein Gitterrost als Boden.

In dem Wissen, er könne nicht länger in seiner exponierten Position verharren, ergriff er die Kante der Öffnung zur Linken und schob seinen Fuß über den Rand. Schwebend zwischen Leiter und Öffnung, verlor er fast die Nerven. Es wäre ein langer Fall bis zum Deck. Indem er all seinen Mut zusammennahm, ließ er die Leiter fahren und zog sich in den Aufbau hinein.

Sobald er sein Gleichgewicht wiedergefunden hatte, ging Adam einmal auf dem Steg in dem Kaminaufbau herum. Er hatte keine Ahnung, wozu der Raum nützen könne, war aber glücklich, daß es ihn gab. Da er sich nun sicherer fühlte, weil ihn niemand mehr sehen konnte, stellte er Überlegungen an, was er als nächstes tun solle. Das Bild dieser vor Qualen stöhnenden Ärzte verfolgte ihn. Jetzt verstand er, was Vandermer und Foley durchgemacht hatten.

Als er sich an Dr. Goddards Vortrag über Arolens Interesse an Fötologie erinnerte, begriff er, daß die Gesellschaft wachsenden Bedarf an fötalem Gewebe haben müsse. Und plötzlich wußte er, warum die Julian-Klinik ein solch aktives Amniocentesis-Programm hatte. Die Verwechslung mit Jennifers Probe war wahrscheinlich kein Zufall gewesen. Adam brach der kalte Schweiß aus. Was, wenn sie Jennifer dazu überredet hatten, die Fruchtwasseruntersuchung zu wiederholen, bevor er nach New York zurückkehren könnte!

Adam sank auf die Knie. Wenn er nur weiter nach vorn gelaufen wäre, hätte er vielleicht die Unterkünfte der Besatzung erreichen und irgendwie den Funkapparat benutzen können. Nein, dachte er, das war reine Phantasie. Er versuchte gerade, daran zu denken, wie er wieder auf das Deck gelangen könne, als er einen Schlag gegen das Äußere des Kaminaufbaus hörte.

Vorsichtig zog sich Adam zum Rand der Öffnung und spähte über die Kante. Ungefähr auf halbem Weg die Leiter herauf sah er einen Steward. Wieder ergriff ihn Panik. Er saß in der Falle. Vielleicht würde der Mann nicht in die Öffnung hineinklettern, aber das schien unwahrscheinlich.

Adam konnte das mühsame Atmen des Mannes hören, und eine Sekunde später umfaßte eine Hand den Rand der Öffnung; der folgte ein Fuß und diesem wiederum der Steward selbst. Adam wartete, bis der Mann mit zur Unterstützung gespreizten Armen als Silhouette gegen die Öffnung selbst abstach. Dann warf er sich vorwärts, griff mit beiden Händen den Kopf des Mannes und rammte ihn, so hart er konnte, gegen die Stahlplatte des Kamins. Adam mußte die Jacke des Stewards fassen, um zu verhindern, daß er rückwärts aus der Öffnung taumeln würde. Er zog ihn hinein und ließ ihn auf dem Steg zusammenfallen. Dann bückte er sich, um den Kopf des Mannes zu untersuchen. Zumindest fand er kein Blut.

Nachdem er ihn in eine sitzende Position gezogen hatte, machte sich Adam daran, ihm das Hemd und die weiße Jacke auszuziehen. Der Querbinder war leicht abzunehmen, da es sich nur um eine Anstecksache handelte. Indem er aufstand, probierte Adam die Kleider an. Sie waren weit, aber brauchbar. Nachdem er den obersten Knopf des Hemdes zugemacht hatte, steckte er die Fliege auf. Dann stieg Adam über den Mann weg, spähte die Leiter hinunter und entschied sich, sein Versteck besser zu verlassen, bevor der Mann das Bewußtsein wiedererlangte. Adam schätzte, am besten verstecke er sich in den Unterkünften der Mannschaft.

Er war auf halbem Weg die Leiter hinunter, als eine Reihe von Stewards auf dem Deck unter ihm erschien. Er würde eben seinen Weg durchbluffen müssen. Als er das Deck erreichte, rückte er seinen Querbinder zurecht, strich das Jackett gerade und ging weiter.

Er mußte den Drang zu laufen unterdrücken, als er an

einem der Stewards vorbeiging, der Schränke für Deckstühle in der Nähe der Haupttreppe kontrollierte. Glücklicherweise war das Treppenhaus selbst leer, und Adam erreichte das Promenadendeck ansonsten unbemerkt. Der Rest der Stewards hatte sich zerstreut und suchte ihn zweifellos in anderen Teilen des Schiffs. Adam trat auf der Steuerbordseite ins Freie und ging nach vorne. Als er durch die Tür in der Barrikade schlüpfte, wurde ihm bewußt, daß seine Verkleidung ihn in diesem Teil des Schiffes verdächtig erscheinen lassen könnte. Er zog das Jackett aus und warf es über Bord.

Adam ging schnell weiter und fand die Tür, die er auch zusammen mit José benutzt hatte. Er öffnete sie und blickte einen Korridor hinunter, der von nackten Glühbirnen erleuchtet wurde, die groteske Schatten auf die Wände projizierten. Vom anderen Ende des Korridors her hörte Adam Stimmen und das Klirren von Bestecken. Er vermutete, das sei die Messe der Besatzung.

Indem er sich so leise bewegte, wie es der Metallboden erlaubte, schlich Adam auf Zehenspitzen zu Josés Tür und klopfte. Niemand reagierte darauf. Er versuchte den Türknopf zu öffnen, der sich leicht drehen ließ, trat dann ein und schloß die Tür schnell hinter sich.

Unglücklicherweise gab es in der Kabine kein Licht. Er tastete mit seinen Fingern in der Nähe der Tür an der Wand entlang, traf aber auf keinen Schalter. Vorsichtig ging er weiter in das Zimmer und versuchte, sich an die Bodenanordnung zu erinnern. Er erinnerte sich, daß über dem Hängebett eine Lampe an der Wand befestigt war.

Plötzlich kam eine Hand aus der Dunkelheit und faßte Adam Hals.

»José!« keuchte Adam, bevor die Hand den Griff zuzog und ihm die Luft nahm. Adam war gerade dabei, ohnmächtig zu werden, als der Griff um seinen Hals nachließ. Dann hörte Adam ein Klicken, und Licht füllte den Raum. José stand vor ihm und sah ihn voller Widerwillen an.

»Wollen Sie umgebracht werden?« fragte er, nahm seine Hand weg und setzte sich auf die Bettkante.

»Ich habe geklopft«, brachte Adam heraus und massierte seinen Hals. »Sie haben nicht geantwortet.«

»Ich war, verdammt noch mal, am Schlafen«, schnappte José.

»Tut mir leid«, sagte Adam, »aber das war ein Notfall.«

»Ist eines der Collegemädchen hinter Ihnen her?« fragte José sarkastisch.

»Nicht ganz«, erwiderte Adam. »Aber diese Komischen in den weißen Kitteln.«

»Was, zum Teufel, wollen die denn von Ihnen?« fragte José.

»Sie würden es mir nicht glauben, wenn ich es Ihnen sagte. Es gibt aber eine Möglichkeit für Sie, etwas Geld zu machen. Interessiert Sie das?«

»Geld interessiert mich immer«, sagte José. »Was schwebt Ihnen vor?«

»Wann treffen wir in St. Thomas ein?«

»Wieviel Uhr ist es jetzt?«

Adam blickte auf seine Armbanduhr. »Ein Uhr dreißig.«

»In vier bis fünf Stunden. Ungefähr.«

»Nun, ich muß versteckt bleiben, bis wir anlegen, und dann muß ich heimlich vom Schiff kommen.«

José wischte sich mit dem Handrücken über das Gesicht. »Von wieviel Geld reden wir?«

Adam zog seine Brieftasche hervor und zählte seine Geldscheine. Alles zusammen hatte er noch fast dreihundert Dollar.

»Ich brauche etwas für ein Taxi, aber zweihundertfünfundsiebzig Dollar sind Ihnen«, sagte Adam.

José zog die Augenbrauen hoch. »Ich kann nichts garantieren, ich werde es aber versuchen. Wenn ich jedoch geschnappt werde, schwöre ich, ich hätte Sie nie gesehen.«

Adam gab ihm einhundert Dollar. »Sie bekommen den Rest, wenn ich am Ufer bin.«

José nickte zum Einverständnis und ging zu seinem Schrank hinüber. Er zog eine ölbefleckte Khakihose und ein zerrissenes Flanellhemd heraus. Indem er sie Adam zuwarf, sagte er: »Ziehen Sie das an, und man wird Sie für einen der Besatzung halten. Ich habe ein paar Freunde, die die Stewards genauso hassen wie ich. Vielleicht helfen sie Ihnen. Bleiben Sie hier. Hier sollte Sie keiner suchen.«

Adam versuchte José zu sagen, wie sehr er seine Hilfe schätze, aber José stoppte ihn und sagte, das Geld sei alles, was er wolle. Dann zog er eine Hose an und verließ das Zimmer.

Adam legte die schmutzigen Kleider an und versteckte seine eigenen im Schrank. Dann betrachtete er sich im Spiegel über dem Waschbecken. Er sah schrecklich aus, aber dieses eine Mal war er über seinen schnell wachsenden Bart froh. Er sah auf keinen Fall mehr wie einer der Passagiere aus.

Die Tür öffnete sich wieder, und Adam wäre vor Schreck fast ohnmächtig geworden, aber es war nur José.

»Beim nächsten Mal können Sie wohl anklopfen«, sagte Adam.

»He, das ist meine gottverdammte Kabine«, sagte José ärgerlich.

Adam konnte diesen Punkt nicht bestreiten.

José setzte sich auf das Bett. »Ich habe gerade mit einem Freund darüber geredet, Sie vom Schiff zu bekommen. Er weiß einen Weg. Scheint, als ob er ihn selbst einmal benutzt hat, als die Besatzung nicht in St. Thomas von Bord gehen durfte. Das Problem ist, es erfordert all Ihr Geld sofort. Ich muß zwei weitere Jungs bezahlen.«

Adam schüttelte den Kopf.

»Hören Sie zu«, sagte José, »wenn Sie das Arrangement nicht mögen, warum gehen Sie dann nicht?«

Adam verstand. Er hatte überhaupt keine Wahl. Wenn José wollte, konnte er das Geld auch mit Gewalt nehmen.

Mit einem Zeichen der Resignation zog Adam seine

Brieftasche heraus. Er behielt fünfundzwanzig Dollar für sich selbst und gab den Rest José.

»Sie tun so, als ob Sie mir einen Gefallen tun«, sagte der Seemann und stopfte die Banknoten in seine Tasche. »Aber lassen Sie mich Ihnen sagen, wir würden für so viel Geld nicht das geringste riskieren, wenn wir diese Steward-Bastarde nicht so hassen würden.«

»Ich verstehe das«, sagte Adam und fragte sich, wie hoch die Chancen wären, daß ihn José nur an der Nase herumführe.

»Sie können sich hier für den Rest der Nacht verstecken. Am Morgen, nachdem wir festgemacht haben, komme ich und hole Sie. Verstanden?«

Adam nickte. »Können Sie mir eine Andeutung Ihrer Pläne geben?«

José lächelte. »Ich würde das lieber eine Überraschung werden lassen. Machen Sie es sich bequem, und machen Sie sich keine Sorgen.«

Adam konnte hören, wie José lachte, als er die Tür hinter sich schloß.

Als er auf die Uhr blickte, vermutete Adam, es würde eine lange Nacht werden. Er glaubte, er sei viel zu angespannt, um zu schlafen, aber nach einer Weile döste er doch ein. Er wußte nicht, wie viele Stunden vergangen waren, als er von lauten Rufen im Korridor geweckt wurde. Adam erkannte die Stimme sofort.

»In diesem Teil des Schiffes habe ich den Befehl, und niemand wird hier ohne meine Erlaubnis eine Durchsuchung durchführen.« Es war der Kapitän, der dort sprach.

Eine tiefere Stimme antwortete: »Ich habe die Verantwortung für das ganze Schiff, also lassen Sie mich bitte durch.«

Adam meinte, das könne womöglich Raymond Powell sein.

Andere Stimmen begannen zu schreien, und Adam

konnte hören, wie Türen geöffnet und wieder zugeworfen wurden.

Voller Panik blickte sich Adam in dem winzigen Zimmer nach einem Platz zum Verstecken um. Es gab keinen Platz. Selbst der Schrank war zu eng, um sich hineinzuzwängen. Dann hatte er eine Idee. Er strich sein Haar über die Stirn und riß sich die ölbeschmutzte Hose bis zu den Knöcheln herunter. Er hüpfte schnell zu der offen sichtbaren Toilette hinüber und setzte sich. Ein *Penthouse*-Magazin lag neben der Toilette, und er nahm es auf und legte es auf seine Schenkel. Nach ein paar Minuten hörte er einen Schlüssel im Schloß, und die Tür wurde aufgeworfen.

Adam blickte auf. Ein Steward stand im Türrahmen. Adam sah Mr. Powell direkt hinter ihm und hörte Kapitän Nordstrom, der immer noch protestierte. Powell warf Adam einen Blick des Abscheus zu und ging weiter. Der Steward schlug hinter sich die Tür zu.

Einen Augenblick lang bewegte sich Adam nicht. Er konnte hören, wie sich die Gruppe lautstark weiter den Korridor hinaufbewegte. Schließlich stand er auf und zog seine Hose hoch. Er nahm die *Penthouse* mit zu der Koje und versuchte zu lesen, hatte aber zuviel Angst, der Suchtrupp könne zurückkommen. Am Ende schlief er ein, bis ein lautes Krachen ankündigte, daß das Schiff angelegt hatte. Es war fünf Uhr fünfzehn.

Die nächste einundeinviertel Stunde war die längste in Adams Leben. Gelegentlich gingen Leute draußen im Korridor vorüber, und jedesmal war sich Adam sicher, sie kämen herein und würden ihn finden.

Um sechs Uhr dreißig kam José zurück.

»Alles ist bereit«, sagte er, ging zum Schrank und nahm eine Flasche Rum heraus. »Zuerst, glaube ich, nehmen Sie besser mal einen Schluck.«

»Glauben Sie, daß ich ihn brauche?«

»Ja«, sagte José, während er Adam das Glas reichte. »Ich würde ihn nehmen, wenn ich Sie wäre.«

Adam nahm einen kleinen Schluck, aber der Schnaps war scharf und bitter. Er schüttelte den Kopf und gab José das Glas zurück. Gleichgültig schüttete ihn José selbst hinunter.

Nachdem er die Flasche in den Schrank zurückgestellt hatte, rieb sich José die Hände. »Ihr Name ist Angel, falls jemand fragt. Ich glaube aber nicht, daß Sie allzuviel zu sagen haben werden.«

José öffnete die Tür zum Korridor und winkte Adam, ihm zu folgen.

KAPITEL 14

Jennifer hatte eine ruhelose Nacht hinter sich und war gerade in der Küche, als um sieben Uhr fünfundvierzig das Telefon klingelte. Sie beantwortete es schnell, weil sie glaubte, ihre Eltern schliefen noch, ihre Mutter hatte aber schon im Schlafzimmer abgenommen.

»Ich bin schon dran, Mutter«, sagte Jennifer, als sie Dr. Vandermers Stimme hörte.

»Guten Morgen, Jennifer«, sagte er. »Wir sind ganz darauf eingerichtet, Sie um drei Uhr dreißig dranzunehmen. Es tut mir leid, daß es so spät ist, aber wir haben so viel zu tun, daß wir Schwierigkeiten hatten, selbst Sie noch in den Terminplan aufzunehmen. Halten Sie sich nur an flüssige Kost, und heute abend wird alles vorbei sein, und Sie können sich bestellen, was immer Sie zum Abendessen haben möchten.«

»O.k.«, sagte Jennifer ohne viel Enthusiasmus. »Wie lange werde ich bleiben müssen?«

»Wahrscheinlich nur über Nacht. Ich werde Ihnen die Dinge erklären, wenn Sie hier sind.«

»Wann soll ich bei Ihnen eintreffen?«

»Warum kommen Sie nicht am späteren Vormittag hierher? Dann können wir die Einweisung routinemäßig durchführen. Und wenn sich die Terminplanung in der Chirurgie verbessert, können wir Sie vielleicht schon früher drannehmen. Entspannen Sie sich in der Zwischenzeit und überlassen Sie mir die Sorgen um die Details.«

Jennifer machte sich noch einen Kaffee und ging in den Garten hinaus. Einen Augenblick lang hatte sie Bedenken, aber dann entschied sie sich, sie tue das Richtige. Sowohl Dr. Vandermer wie auch ihre Eltern waren der Ansicht, sie habe keine Wahl. Sie wünschte nur, Adam sei da und an der Entscheidung beteiligt.

☆

Adam folgte José und versuchte, so unauffällig wie möglich zu wirken. Sie gingen den ganzen Korridor entlang, an der Messe vorbei und stiegen eine steile Treppe hinunter. Die Besatzungsmitglieder, denen sie begegneten, schienen Adams Anwesenheit als völlig normal zu nehmen. Dennoch war es für Adam eine nervenzerreißende Erfahrung. Er erwartete immer wieder, jemand werde ihn erkennen und das Alarmsystem betätigen.

Als sie die unterste Etage erreicht hatten, gingen sie einen engen, nach Diesel-Treibstoff riechenden Korridor nach achtern, dessen Wände völlig mit Rohren bedeckt waren. Sie kamen an Räumen vorbei, die mit Maschinen angefüllt waren, die Adam für Generatoren hielt. Eine Reihe bis zur Hüfte nackter Männer arbeitete an ihnen, und ihre Körper glänzten vor Schweiß. Der Lärm war ohrenbetäubend.

Sie gingen weiter, bis sie zu einem großen, dunklen Raum kamen, der mit metallenen Abfallcontainern auf Rädern gefüllt war und nach Abfall stank. José ging hinein und führte Adam zur hinteren Ecke, wo zwei Männer auf dem Boden saßen und Blackjack spielten. Als sich José ihnen näherte, blickte der größere Bursche kurz auf und wandte sich dann wieder seinem Spiel zu.

»Geht an mich«, sagte er zu dem kleineren Mann, als sich José neben sie hockte.

In der Wand hinter den Spielern befand sich eine breite Öffnung, durch die Adam einen Teil des betriebsamen

Piers sehen konnte. Ein schmaler Streifen strahlendes Sonnenlicht, das in dieser höllischen Umgebung geradezu himmlisch aussah, drang durch die Öffnung in den Raum.

»Halleluja«, murmelte er, als er zu der niedrigen Tür hinüberging und seine Augen vor der Intensität der tropischen Sonne schützte. Er fühlte sich dem Land so nahe – und der Freiheit. Gleich, daß er immer noch nicht begriff, wie er dorthin gelangen sollte. Er blickte wieder nach draußen auf den Betonpier, und seine gehobene Stimmung verflog augenblicklich. Direkt zu seiner Rechten war ein Landesteg für Passagiere, der genauestens von einem Trupp weißjackiger Stewards bewacht wurde, die jeden sorgfältig ansahen, der das Schiff verlassen wollte.

»José, ich habe keine Chance, dort vorbeizukommen, ohne angehalten zu werden«, sagte Adam und versuchte, seine Stimme zu kontrollieren.

Ohne von dem Kartenspiel aufzusehen, sagte José: »Warten Sie nur.«

Adam stand ein paar Minuten da und fragte sich, was er tun solle.

»José«, sagte er, »ist das der Weg, wie Sie mich vom Schiff bringen wollen?« Er deutete mit dem Kopf auf den Landesteg hin.

»Nein«, sagte José, »das Beste kommt erst noch.«

»Was haben Sie denn vor?« sagte Adam zornig.

José antwortete nicht. Adam ging zu der Öffnung zurück und starrte sehnsüchtig auf die grünen Hügel, die sanft hinter dem Hafen aufstiegen. Sie waren übersät mit kleinen Wochenendhäusern. Er wollte José gerade wieder fragen, als eine Reihe gelber Müllwagen den Pier herunterkamen und Dieselgase aus hoch aufragenden Auspuffen rülpsten. Nicht weit von der Seite des Schiffes hielten sie einer hinter dem anderen an. Dann hörte man das fürchterliche Schmettern einer Hupe.

Die Kartenspieler fluchten, warfen ihre Karten hin und gingen zu dem am nächsten stehenden Abfallcontainer hinüber. Indem der große Bursche schob und die beiden anderen zogen, rollten sie ihn die Rampe hinunter zu dem ersten Müllwagen hin. Während die Männer für den nächsten Abfallcontainer zurückkamen, begann der Müllwagen seine Arbeit. Große hydraulische Arme traten heraus und griffen den Abfallcontainer, hoben ihn hoch über die Fahrerkabine und kippten den Inhalt hinten in den Laderaum. Das geschah alles sehr säuberlich, weil der Abfallcontainer einen metallenen Deckel hatte, der sich nicht vor dem letzten Augenblick öffnete. Bis der Abfallwagen wieder donnernd auf dem Beton abgestellt wurde, hatten José und die anderen den nächsten auf dem Kai. Nachdem ein paar weitere Ladungen von dem Müllwagen geschluckt worden waren, rief José Adam zu: »O.k., kommen Sie hier herüber.«

Adam folgte ihm zum nächsten Abfallwagen in der Reihe.

»Sie gehen mit dem Müll raus«, sagte José. Die beiden Männer begannen zu lachen.

»Sie wollen, daß ich da reingehe?« fragte Adam mit Entsetzen.

»Sie haben keine Zeit, hier zu argumentieren«, sagte José. »Das ist die letzte Ladung für den ersten Lastwagen.«

»Ist das der einzige Weg vom Schiff?« fragte Adam.

»Der einzige Weg«, sagte der breiter gebaute der Kartenspieler. »Ich habe es selbst mal gemacht. Nicht die luxuriöseste Art, in der Stadt herumgefahren zu werden, dafür ist es aber nicht überfüllt.«

»Wohin werden die fahren?« fragte Adam und überlegte, was er anschließend zu tun habe, wenn er in ihren Plan einwilligen würde.

»Direkt zu einer Müllhalde in der Nähe des Flughafens.«

»Jesus«, sagte Adam. »Warum haben Sie mir nicht gesagt, daß Sie mich mit dem Abfall rausschaffen.«

»Das ist kein Abfall«, sagte der Kartenspieler. »Den werfen wir ins Meer. Das ist Müll.«

Die Hupe des Lastwagens ertönte ungeduldig.

»Sie müssen jetzt gehen«, sagte José. »Sie können nicht für immer in meiner Kabine rumhängen. Treten Sie mit dem Fuß hier rein.« Er bildete mit seinen Händen einen Tritt, und gegen sein besseres Urteil benutzte ihn Adam als Stufe. Der große Kartenspieler hob den Deckel des Abfallwagens hoch, und mit einer raschen Bewegung warf José Adam kopfüber in das Durcheinander von Schachteln, Kisten, Papier, gewachsten Containern und anderem Zeugs. Und im Gegensatz zu dem, was der Kartenspieler gesagt hatte, waren auch Abfälle drin. Der Deckel schlug zu, und Adam war in Dunkelheit getaucht. Er fühlte, wie der Container die Rampe auf den Pier hinuntergerollt wurde. Dann gab es einen gewaltigen Ruck, und Adam sah vor seinem inneren Auge, wie der Container hochgehievt wurde. Der Behälter wurde geschüttelt, plötzlich auf den Kopf gedreht, und mit einem Lichtblitz schrie Adam laut auf und flog in den Laderaum des Müllwagens. Er fand sich auf Händen und Knien bedeckt mit Müll wieder.

Fast augenblicklich begann der Müllwagen zu fahren. Er war schon eine gute Strecke vom Pier entfernt, bevor Adam seinen Kopf aus den Abfällen herausgearbeitet hatte. Der Müll machte die Fahrt sanfter für ihn, und die holprige Straße störte ihn nicht. Aber nach ein paar Minuten ließ die tropische Sonne die Metallhülle des Müllwagens zu einem wahren Brutofen werden. Adam begann zu schwitzen, und als der Wagen endlich an der Abladestelle ankam, war es ihm gleichgültig, was mit ihm geschehen würde, solange er nur hinauskäme. Er war sich dunkel bewußt, daß ein Dieselmotor unter ihm heulte, während der Laderaum des Müllwagens sich zu heben begann. Einen Augenblick später schoß er auf einen riesigen Abfallhaufen hinaus. Er kam rechtzeitig auf die Beine, um den Wagen wegrollen zu sehen.

Niemand hatte gesehen, wie er das Schiff verlassen hatte. Er war in Sicherheit. Als er sich umsah, konnte er den winzigen Inselflughafen zu seiner Rechten sehen. Links erstreckte sich die Karibik, so weit das Auge reichte.

Nachdem er sich so gut wie möglich gesäubert hatte, begann er auf das Flughafengebäude zuzugehen. Der Flughafen war eine zwanglose Angelegenheit; an seinem Eingang drängte sich eine Menge farbenfroher Taxis. Als Adam in die Abfertigungshalle hineinging, bemerkte er eine Gruppe Touristen, die ihn nervös betrachteten. Es war offensichtlich, daß er nicht wie beiläufig ein Ticket kaufen könne, wenn er nicht etwas an seinem Aussehen ändern würde. Er drückte sich in ein kleines Geschäft und kaufte eine Jeans und ein T-Shirt, das fröhlich verkündete: »Besuchen Sie St. Thomas.« In der überfüllten Herrentoilette fand Adam eine freie Kabine und zog die neue Hose und das T-Shirt an. Auf dem Weg nach draußen warf er Josés alte Klamotten in den Abfalleimer, wohin sie auch mit Sicherheit hingehörten.

Als er sich umsah, erblickte Adam den Flugplan, der auf einer Filztafel mit weißen Plastikbuchstaben angeschlagen wurde. Es gab hauptsächlich zwei Fluglinien: die American und die Eastern. Zu seiner Freude entdeckte Adam, daß er den Nonstopflug der American nach New York, der um neun Uhr dreißig angekündigt war, leicht würde erreichen können. Er stellte sich am Ende der Schlange an, um ein Ticket zu erwerben.

Die Schlange kroch nur mit Schneckentempo voran, und Adam begann zu fürchten, er würde das Flugzeug doch noch verpassen.

»Einfachen Flug nach New York«, sagte er, als er schließlich den Schalter erreichte.

Das Mädchen starrte ihn an, als ob sie seine unformelle Kleidung, sein unrasiertes Gesicht und das Fehlen von Gepäck ein bißchen seltsam fände, sagte aber nur: »Wie wollen Sie zahlen?«

»Mit Kreditkarte«, sagte Adam, indem er seine Brieftasche hervorzog, in die sich irgendwie ein Stück Zitronenrinde gestohlen hatte. Verlegen schüttelte Adam die Zitrone ab und zog seine Visa-Karte hervor.

Das Mädchen betrachtete die Karte und bat um einen Ausweis. Adam griff wieder zu seiner Brieftasche und holte seinen Führerschein hervor. Das Mädchen kontrollierte den Ausweis und zeigte ihn dann dem schwergewichtigen Beamten am nächsten Schalter.

»Die Visa-Karte lautet auf Schonberg, der Name auf dem Führerschein ist aber Smyth«, sagte der Mann, nachdem er zu Adam herübergekommen war.

Rot wie rote Bete zog Adam seinen echten Führerschein und seinen Angestelltenausweis von Arolen hervor, auf dem ein Bild von ihm war, und gab beide dem Mann. Er versuchte zu erklären, ein Freund habe ihm seinen Führerschein anvertraut.

»Würden Sie bitte einen Augenblick warten?« sagte der Mann und verschwand mit Adams Ausweisen durch eine Tür. Adam versuchte, nicht nervös zu erscheinen, während das Mädchen an den Rest der wartenden Leute weiter Flugkarten verkaufte und von Zeit zu Zeit zu Adam hinüberblickte, um sicherzugehen, daß er nicht verschwinden würde.

Es dauerte fast zehn Minuten, bevor der Mann mit dem Vertreter der Fluglinie zurückkehrte, der sich Adam als Baldwin Jacob, Aufsichtsbeamter, vorstellte. Er hielt Adams Ausweise in Händen.

»Wir stellen Ihnen ein Ticket aus«, sagte er, »aber der Flug ist ausgebucht. Sie werden auf Standby-Tickets warten müssen.«

Adam nickte. Er konnte nichts anderes tun. Der Mann stellte die Flugkarte aus und fragte Adam spitz, ob er kein Gepäck habe.

»Nein«, sagte Adam. »Ich reise gern leicht, wenn ich in Urlaub fahre.«

Er ging zur Cafeteria hinüber und kaufte etwas Gebäck und eine Tasse Kaffee, glücklich, sich keine Sorgen machen zu müssen, er könnte unter Drogen gesetzt werden. Dann wählte er Carsons Telefonnummer. Gerade wie er gefürchtet hatte, beantwortete nicht Jennifer das Klingeln. Statt dessen echote Mr. Carsons Bariton über die Verbindung.

»Hallo«, sagte Adam fröhlicher, als er sich eigentlich fühlte. »Hier spricht Adam. Ist Jennifer schon wach?«

»Jennifer ist nicht hier«, sagte Mr. Carson in entschieden unfreundlichem Ton.

»Wo ist sie?«

»Ich glaube nicht, daß du sie erreichen kannst.«

»Hör mal, ich weiß, du liebst deine Tochter, es ist aber eine Tatsache, daß ich ihr Gatte bin, und es ist dringend, daß ich sie spreche.«

Am anderen Ende gab es eine Pause, als Mr. Carson sich zu entscheiden versuchte. »Sie ist nicht hier. Sie und ihre Mutter sind gerade zur Julian-Klinik abgefahren. Sie haben sie heute morgen eingewiesen.«

»Eingewiesen?« wiederholte Adam voller Bestürzung. »Warum ist sie eingewiesen worden? Geht es ihr nicht gut?«

»Es geht ihr gut«, sagte Mr. Carson. »Und das ist der Grund, weshalb ich finde, du solltest sie ein paar Tage in Ruhe lassen. Und danach könnt ihr beide eure Differenzen ausbügeln. Aber offen gesprochen, Adam, deine Abwesenheit ist dieses Mal sehr beunruhigend gewesen.«

»Warum? Was ist denn los?« sagte Adam und versuchte, seine Angst unter Kontrolle zu halten.

»Jennifer hat eine Wiederholung der Fruchtwasseruntersuchung machen lassen müssen«, sagte Mr. Carson, »und sie war wieder positiv. Sie hat sich entschlossen, eine Abtreibung durchführen zu lassen.«

Adam fühlte, wie etwas in ihm zerriß. »Sie braucht keine Abtreibung«, rief er.

»Das ist deine Meinung«, sagte Mr. Carson ruhig. »Das ist aber nicht unsere oder Jennifers Meinung, und unter den gegebenen Umständen gibt es nicht viel, was du dagegen tun kannst.«

Adam hörte ein Klicken. Die Verbindung war unterbrochen.

Voller Panik versuchte er, Jennifer in der Klinik anzurufen, erfuhr allerdings nur, man habe ihr noch kein Zimmer zugewiesen und man könne Patienten nicht ausrufen lassen.

Adam knallte den Hörer auf das Telefon. Bis zum Abflug hatte er noch eine halbe Stunde Zeit. Er versuchte, Vandermer anzurufen, aber man sagte ihm, er sei im Operationssaal.

Adam verließ die Telefonzelle und rannte zum Schalter der American-Fluglinie, der jetzt von einer Menschenmenge belagert wurde, die versuchte, sich für den Flug registrieren zu lassen. Unter Einsatz der Ellbogen gelang es ihm, an die Spitze der Reihe zu kommen. Er verlangte, den Aufsichtsbeamten zu sprechen.

Es dauerte mehrere Minuten, bevor Mr. Jacob erschien. Adam versuchte nicht einmal, seine anwachsende Hysterie zu verbergen, und teilte dem Mann mit, er müsse unbedingt nach New York gelangen, weil seine Frau ein Kind bekomme.

Der Aufsichtsbeamte nahm Adams Ticket und sah, ohne ein Wort zu sagen, im Computer nach. »Wir tun unser Bestes, aber, wie ich schon sagte, der Flug ist ausgebucht.«

Adam wußte nicht, was er tun sollte. Jacob würde offensichtlich um seinetwillen keine außerordentlichen Anstrengungen machen. So stand Adam da und versuchte zu überlegen, was er nun tun könne. Dann lief er zur Telefonzelle zurück und rief Harvey Hatfield, einen alten Freund aus seinen College-Tagen, an. Harvey hatte sein Jura-Studium beendet und arbeitete bei einer großen Wall-Street-Gesellschaft. Ohne in Details zu gehen, erzählte Adam Harvey, seine Frau würde eine Abtreibung durchführen lassen, und er wolle sie daran hindern.

Harvey schien zu glauben, er mache Spaß. »Weshalb rufst du dann eine Gesellschaft an, die sich in Gesellschaftsfusionierungen spezialisiert hat?« fragte er.

»Gott noch mal, Harvey, ich meine es ernst.«

»Nun, du wendest dich besser an jemanden, der sich in Prozeßfragen spezialisiert hat. Versuch doch mal Emmet Redford. Er ist ein Freund meines Vaters.«

»Danke«, sagte Adam, als sein Flug, der Flug, auf dem er zu sein hoffte, über Lautsprecher angekündigt wurde. Er legte den Hörer auf und rannte zum Schalter zurück, wo er sich praktisch auf die Dame warf, die er zuerst angesprochen hatte.

»Bitte, Fräulein, ich muß einfach mit diesem Flugzeug fliegen. Meine Frau bekommt ein Baby, und es wird sterben, wenn ich New York nicht rechtzeitig erreiche.«

Zum erstenmal hatte Adam den Eindruck, daß jemand Mitleid mit ihm empfinde. Das Mädchen starrte in seine verzweifelten Augen und sagte: »Ich setze Sie ganz oben auf die Standby-Liste.«

Adam gestattete sich ein wenig Hoffnung, aber ein paar weitere Passagiere kamen außer Atem an und bekamen ihre Bordkarten ausgehändigt. Dann tauchte ein stattlicher Mann mit einem Walkie-talkie auf. Er ging durch die Einstiegstür und zog sie hinter sich zu.

»Mr. Schonberg«, rief Carol, die Dame der Fluglinie.

Adam stürzte zurück zu dem Schalter, aber Carol schüttelte den Kopf. »Tut mir leid, aber das Flugzeug ist absolut voll. Es gibt überhaupt keine Standby-Tickets.«

Niedergeschlagen ließ sich Adam auf einen Sessel fallen. Er konnte draußen das Heulen der Jetmaschinen hören. Dann öffnete sich die Tür zum Einstiegskorridor wieder, und eine Stewardeß erschien, die einen Finger hochhielt.

Das Mädchen wandte sich Adam zu. »Scheint so, als ob es doch einen freien Platz gibt, er ist aber im Nichtraucherteil. Wollen Sie ihn nehmen?«

☆

Unglücklicherweise war die Empfangsdame, die Jennifer in der Julian-Klinik begrüßte, das gleiche Mädchen, die geholfen hatte, Cheryl Tedesco einzuweisen. Als sie Karen Krinitz in ihrer weißen Bluse und dem blauen Pullover sah, erinnerte sich Jennifer wieder an die ganze schreckliche Geschichte. Karen jedoch verhielt sich so, als ob sie sich nie gesehen hätten. Sie begrüßte Jennifer und ihre Mutter mit dem gleichen mechanischen Lächeln.

»Hallo! Ich bin Karen. Ich bin Ihnen zugewiesen worden. Ich bin dazu da, Ihnen zu helfen, wenn Sie irgendwelche Fragen oder Probleme haben. Wir möchten, daß Ihr Aufenthalt so angenehm wie möglich wird, also rufen Sie mich bitte, wenn Sie irgend etwas brauchen.«

»Nun, ist das nicht nett«, sagte Mrs. Carson, aber Jennifer hatte das seltsame Gefühl, sie habe diese gesamte Ansprache schon einmal gehört – Wort für Wort.

Karen fuhr fort und erklärte ihnen die Grundsätze der Julian-Klinik. Als sie fertig war, dankte ihr Mrs. Carson enthusiastisch und sagte: »Ich bin mir nicht sicher, daß ich hiernach je wieder mit dem Englewood-Memorial-Krankenhaus zufrieden sein werde. Man kümmert sich hier so sehr um den Patienten.«

Jennifer nickte. Die Klinik kümmerte sich gewiß um die Patienten. Und dennoch störte Jennifer Karens Sprache. Sie hatte das Gefühl, ihre Rede sei ein bißchen zu vorbereitet gewesen, als sie sie das erste Mal gehört hatte.

Jennifer seufzte. Sie kam zu der Einsicht, die Geschichte mit Cheryl rege sie immer noch zu sehr auf. Wen interessierte es schon, wenn eine Frau eine Begrüßung auswendig aufsagte, die sie bei allen Patienten hersagen mußte?

»Geht es dir gut, mein Liebes?« fragte Mrs. Carson.

»Ich bin in Ordnung, Mutter«, sagte Jennifer, während sie beobachtete, wie Karen den Korridor hinunterging. »Danke, daß du heute mit mir gekommen bist. Das ist für mich sehr wichtig.«

Mrs. Carson rückte zu ihr hinüber und umarmte ihre Tochter. Sie wollte nicht, daß Jennifer wüßte, wie sehr sie sich eigentlich sorgte.

☆

Sofort, nachdem Adams Flugzeug in New York gelandet war, rannte er zur nächsten Telefonzelle. Zuerst rief er die Julian-Klinik an und bat, zu Jennifers Zimmer durchgestellt zu werden. Dort nahm jedoch niemand ab. Dann wählte er ein zweites Mal und fragte, für welche Zeit Jennifers Behandlung angesetzt sei. Als sich der Mann an der Telefonzentrale erkundigte, wer das wissen wolle, nannte er Dr. Smyths Namen. Der Mann schien die Antwort zu akzeptieren, und einen Augenblick später kam eine Schwester an den Apparat und sagte, daß Jennifer Schonberg am Nachmittag behandelt werden solle.

»Dann ist es also noch nicht passiert?« sagte Adam.

»Noch nicht, sie ist aber zum Operationssaal gerufen worden. Dr. Vandermer ist fast für sie bereit.«

Adam fummelte mit seinen Münzen herum und rief die Julian-Klinik ein drittes Mal an. Dieses Mal ließ er Dr. Vandermer ausrufen. Eine Operationsschwester nahm den Hörer ab und sagte, der Doktor sei im Augenblick nicht verfügbar, sollte aber in ungefähr dreißig Minuten mit seinem gegenwärtigen Fall fertig sein.

Mit neu aufflackernder Panik rief Adam Emmet Redford an, den Rechtsanwalt, den Harvey empfohlen hatte. Nachdem er gebrüllt hatte, es gehe um Leben und Tod, stellte man ihn schließlich durch. So kurz wie möglich erzählte Adam dem Rechtsanwalt, seine Frau wolle eine Abtreibung durchführen lassen, und er wolle das verhindern.

»In dem Falle können Sie nicht viel tun, mein Freund«, sagte Mr. Redford. »Gemäß dem Obersten Gerichtshof kann ein Gatte nicht die Abtreibung seiner Frau blockieren.«

»Das ist unglaublich«, sagte Adam. »Es ist auch mein Kind. Gibt es denn gar nichts, das ich tun kann?«

»Nun, ich kann das vielleicht hinausschieben.«

»Machen Sie das!« rief Adam. »Was immer Sie tun können!«

»Geben Sie mir Ihren Namen und alle genaueren Angaben«, sagte Mr. Redford.

Adam erledigte das, so schnell er konnte.

»Wann soll die Abtreibung durchgeführt werden?« fragte Mr. Redford.

»In etwa dreißig Minuten«, sagte Adam verzweifelt.

»Dreißig Minuten! Was erwarten Sie denn von mir innerhalb einer halben Stunde?«

»Es muß gehen«, sagte Adam. »Sie ist in der Julian-Klinik. Wir dürfen keine Zeit verlieren.«

Adam legte auf und lief durch das Abfertigungsgebäude zur Taxihaltestelle. Indem er in das erste Taxi in der Reihe sprang, rief er dem Fahrer zu, er solle ihn zur Julian-Klinik bringen.

»Haben Sie Geld?« fragte der Fahrer und betrachtete argwöhnisch Adams unformelle Kleidung.

Adam zog eine Zwanzig-Dollar-Note hervor und hoffte, das würde reichen. Zufrieden legte der Mann den Gang ein und fuhr vom Bordstein ab.

☆

Jennifer lag auf einem Rollbett gleich vor dem Behandlungszimmer. Ihre Mutter stand neben ihr, und Jennifer wurde wieder stark an ihren früheren Besuch in der Julian-Klinik zusammen mit Cheryl erinnert. Mrs. Carson lächelte und täuschte Zuversicht vor, aber es war offensichtlich, daß sie genau so nervös wie ihre Tochter war.

»Warum gehst du nicht zum Wartezimmer zurück?« schlug Jennifer vor. »Es wird schon alles gutgehen. Nach dem, was Dr. Vandermer sagt, wird alles ganz leicht sein.«

Mrs. Carson warf ihrer Tochter einen Blick zu, unentschlossen, was sie tun sollte.

»Bitte«, sagte Jennifer. »Mach daraus keine große Affäre. Geh hinüber und blättere in einer Illustrierten.«

Mrs. Carson gab nach, beugte sich vor, küßte Jennifer auf die Stirn und machte sich auf den Weg zur Sitzgruppe im Wartezimmer. Jennifer beobachtete ihr Weggehen mit gemischten Gefühlen.

»O.k.«, sagte die Krankenschwester, als sie aus dem Behandlungszimmer kam. »Wir sind ganz für Sie bereit.« Sie löste die Bremse an dem Rollbett und schob Jennifer durch die Tür. Im Gegensatz zu dem Saal, in dem sie ihre Amniocentesis gemacht bekommen hatte, sah dieser sehr wie ein gewöhnlicher Operationssaal aus. Jennifer erinnerte sich an den weißen Boden und die großen, weißen Instrumentenschränke mit den gläsernen Schiebetüren.

Zwei Schwestern warteten schon auf sie. Als sie sie auf den Tisch brachten, sagte eine: »Es wird alles schon bald vorbei sein, und Sie werden die ganze Episode vergessen können.«

Als sie sich zurücklegte, glaubte Jennifer, sie fühle, wie sich das Kind in ihr bewege. Sie kämpfte dagegen an, nicht aufzuschreien, als eine der Krankenschwestern ihren Unterleib abtastete.

Die Tür zum Korridor öffnete sich, und Dr. Vandermer trat ein, gekleidet in eine Chirurgengarnitur. Jennifer fühlte sich augenblicklich besser, als sie ihn sah.

»Wie geht es Ihnen?« fragte er.

»O.k., würde ich sagen«, sagte Jennifer schwach.

Jennifer hätte gerne gehabt, wenn er noch etwas anderes gesagt hätte, er aber starrte sie nur mit diesen Augen an, deren Lider sich nicht zu bewegen schienen. Sie blickte die Krankenschwestern fragend an, aber sie schienen an seinem Schweigen nichts Merkwürdiges zu finden. Dann schien Vandermer aus seiner Trance zu erwachen und bat die Schwestern, ihm das Anästhetikum zu reichen.

»Sie werden jetzt nur einen kleinen Stich spüren«, sagte Dr. Vandermer tonlos. Mit einer geschickten Bewegung ließ er die Nadel unter Jennifers Haut gleiten.

Indem sie die Augen schloß, versuchte Jennifer, auch ihren Verstand gegen all das abzublocken, was gleich mit ihr geschehen würde.

☆

Die Taxifahrt vom Kennedy-Flughafen zur Julian-Klinik war haarsträubend. Sobald Adam seine Zwanzig-Dollar-Note hatte sehen lassen, reagierte der Fahrer, als ob er sich in einem Rennen um sein Leben befinde. Er brachte den Wagen nach weniger als dreißig Minuten kreischend vor dem Krankenhaus zum Stehen. Adam warf ihm die zwanzig Dollar zu und rannte die Treppe hinauf, ohne auf sein Wechselgeld zu warten.

Er unterbrach die plaudernden Mädchen an dem Empfangstisch und fragte, wo Dr. Vandermer operiere.

»Er führt bei meiner Frau eine Abtreibung durch«, keuchte er.

»Schwangerschaftsbeendungen werden auf der sechsten Etage durchgeführt, aber...«

Adam wartete nicht darauf, daß sie ihren Satz beenden würde. Er drückte sich in einen Fahrstuhl, gerade als sich die Türen schlossen, und ignorierte die Empfangsdame, die ihm nachrief, es sei ihm nicht gestattet, ohne Begleitung auf die sechste Etage zu fahren.

Als der Fahrstuhl anhielt, stieg Adam aus und ging auf die Doppeltür am Ende des Korridors zu, auf der »Behandlungszimmer« stand. Als er an dem Schwesternzimmer vorbeikam, bemerkte er das ausgewählte antike Mobiliar und fragte sich, was die Julian-Klinik zu beweisen versuche.

Eine der Schwestern schrie ihm nach, er solle sofort anhalten, aber Adam lief weiter. Er ging durch die Doppeltüren und öffnete das erste Behandlungszimmer. Es war leer. Er ging zum nächsten. Eine Krankenschwester versuchte, ihm den Weg zu versperren, aber dennoch konnte er über ihre Schulter einen Blick auf das Gesicht der Patientin werfen. Es war nicht Jennifer.

Adam ging zur anderen Seite des Korridors und öffnete eine weitere Tür.

»Was genau glauben Sie eigentlich, daß Sie hier tun?« fragte eine Schwester mit deutschem Akzent.

Adam stieß die Frau grob zur Seite. Er sah, wie sich Dr. Vandermer über den Tisch beugte. Er hielt eine Spritze, deren Nadel unter dem Oberlicht funkelte.

»Jennifer!« rief Adam, erleichtert, daß die Operation nicht weiter fortgeschritten war, als daß ihr ein lokales Anästhetikum gegeben worden war. »Mach das bitte nicht. Laß die Abtreibung nicht durchführen. Nicht ohne weitere Tests.«

Jennifer begann sich aufzusetzen, als zwei Pfleger durch die Tür eilten und Adams Arme hinter seinem Rücken festhielten. Adam bemerkte, daß beide Männer den gleichen lidschlaglosen Blick hatten wie die Stewards auf dem Schiff.

»O.k., o.k.«, sagte Adam. »Sie haben Ihren Standpunkt klargestellt. Sie sind stärker als ich. Jetzt lassen Sie mich freundlichst los.«

»Adam Schonberg?« fragte Dr. Vandermer. Bis er Adams Stimme gehört hatte, hatte er geglaubt, sie hätten es mit einem psychotischen Fremden zu tun. »Was machen Sie hier? Jennifer hat mir gerade erzählt, Sie seien auf Reisen.«

»Führen Sie die Operation bitte nicht weiter durch. Da gibt es etwas, das ich Ihnen mitteilen muß.«

Als ob er sich plötzlich an die Pfleger erinnerte, klopfte Dr. Vandermer dem nächsten auf die Schulter und sagte: »Ich kenne diesen Mann. Sie können ihn loslassen.« Er band seine Gesichtsmaske los und ließ sie auf die Brust herunterfallen.

Die Pfleger ließen Adam los, gerade als sich die Tür zum Korridor öffnete und eine Reihe von Mitarbeitern der Klinik hineinspähten, um festzustellen, was passiert sei.

»Alles unter Kontrolle«, sagte Dr. Vandermer. Und indem er die Pfleger ansprach, sagte er: »Warum warten Sie beide nicht draußen.«

Sobald sie gegangen waren, führte er Adam in ein kleines Vorzimmer und versprach Jennifer, sie würden beide in einer Minute zurück sein.

Sobald die Tür geschlossen war, platzte Adam heraus: »Es ist mir gelungen, auf eine der Arolen-Kreuzfahrten zu kommen.«

Dr. Vandermer starrte ihn an, als ob er jetzt erst die Jeans und das St.-Thomas-T-Shirt bemerke. Falls er verstand, wovon Adam redete, ließ er es sich nicht anmerken.

»Ich freue mich, daß Sie jetzt leider gehen müssen«, war alles, was er sagte. »Wir können unsere Erinnerungen an die Fahrt später vergleichen. Im jetzigen Augenblick muß ich mich um Ihre Frau kümmern. Warum gehen Sie nicht in den Wartesaal und warten dort auf mich? Es wird nicht lange dauern.«

»Aber Sie verstehen nicht«, sagte Adam. »Die Arolen-Kreuzfahrten sind mehr als nur weiterführende Ausbildungssessionen. Sie sind eine Tarnung für ein ausgeklügeltes System zur Verhaltenskonditionierung.«

Dr. Vandermer überlegte, was er tun solle. Adam war offensichtlich psychotisch. Vielleicht könnte er ihn überreden, zur Psychiatrischen Abteilung hinüberzugehen, wo ihm jemand mit Erfahrung helfen könne. Indem er einen Schritt auf ihn zutrat, legte Dr. Vandermer Adam einen Arm um die Schulter. »Ich glaube, der Mann, mit dem Sie reden sollten, ist Dr. Pace. Warum gehen wir nicht nach unten, und ich stelle Sie ihm vor?«

Adam schüttelte Dr. Vandermers Arm ab. »Ich glaube nicht, daß Sie gehört haben, was ich gesagt habe. Ich rede von durch Drogen bewirkte Verhaltenskonditionierung. Dr.

Vandermer, auch Sie waren ein Opfer dieser Methode. Sie sind unter Drogen gesetzt worden. Verstehen Sie mich?«

Dr. Vandermer seufzte. »Adam, ich weiß, daß Sie glauben, was Sie sagen, aber ich bin auf meiner Kreuzfahrt nicht unter Drogen gesetzt worden. Ich habe Vorträge gegeben. Es war eine wundervolle Fahrt, was auch für die Tage gilt, die ich auf Puerto Rico verbracht habe.«

»Ich habe alles gesehen«, sagte Adam. »Ich war auf der *Fjord*. Ich habe gesehen, wie sie das Essen der Ärzte mit Drogen präpariert haben und ihnen immer gelbe Pillen gaben. Dann wurden sie diesen Filmen unterworfen. Das war eine Verstandeskontrolle. Sehen Sie, Sie müssen mir glauben. Denken Sie nach. Warum haben Sie Ihre Meinung über Pregdolen geändert? Bevor Sie auf die Kreuzfahrt gingen, fanden Sie das Medikament nicht sicher. Sie haben mir gesagt, Sie würden es nie verschreiben.«

»Ich habe meine Meinung über Pregdolen nie geändert«, protestierte Dr. Vandermer. »Ich habe es immer für das beste Produkt auf dem Markt gehalten, wenn man gezwungen war, ein Präparat gegen morgendliche Übelkeit zu benutzen.«

Da er erkannte, daß er so nicht vorankam, ergriff Adam Dr. Vandermers Hand. Er blickte direkt in die Augen des Arztes und sagte: »Bitte, auch wenn Sie mir nicht glauben, treiben Sie mein Kind nicht ab. Ich bin der Überzeugung, die Verwechslung im Labor mit den Amniocentesis-Objektträgern ist absichtlich geschehen. Ich glaube, Arolen versucht, ihren Nachschub an fötalem Gewebe zu erhöhen, und das ist die Art, wie es gemacht wird.«

Die Tür zu dem Zimmer wurde geöffnet.

»Dr. Vandermer«, sagte die Krankenschwester am Eingang, »was sollen wir tun?«

Dr. Vandermer winkte sie weg.

»Adam«, sagte er freundlich, »ich kann verstehen, wie erschüttert Sie darüber sein müssen, wie sich die Dinge letztendlich herausgestellt haben.«

»Seien Sie nicht so herablassend«, warnte Adam, indem er sich die Augen rieb. »Ich will nur die Abtreibung verschieben. Das ist alles. Ich finde nicht, daß ich zu viel verlange.«

»Das hängt davon ab, von wessen Standpunkt aus Sie die Sache sehen.« Er deutete auf die Tür des Behandlungszimmers. »Jennifer sieht das vielleicht anders. Das Ganze an diesem Punkt noch zu verschieben, wäre grausam für sie. Sie hat schon mehr als genug durchgemacht.«

Adam erkannte, daß er die Schlacht verlieren würde. Verzweifelt suchte er einen Weg, um zu dem Arzt durchzudringen.

»Also hören Sie«, sagte Vandermer fest. »Warum gehen Sie nicht zum Wartesaal und warten dort. Ich werde in Kürze bei Ihnen sein.«

»Nein«, rief Adam und versperrte ihm den Weg. »Sie haben noch nicht alles gehört.«

»Adam!« rief Dr. Vandermer. »Gehen Sie mir aus dem Weg, oder ich bin gezwungen, Sie entfernen zu lassen.«

»Hören Sie zu, ich glaube, einige der Leute, die die Kreuzfahrt leiten, sind einem psychochirurgischen Eingriff unterzogen worden. Ich sage Ihnen die Wahrheit. Sie hatten Narben an der Seite ihres Kopfes. Genau hier.« Adam streckte sich, um die Stelle, die er meinte, an Dr. Vandermers Kopf zu berühren. Als das geschah, sprang er voller Entsetzen zurück. Auf beiden Seiten von Dr. Vandermers Schädel fanden sich kleine aufgeworfene Linien. Adam konnte gerade noch die heilenden Einschnitte sehen. Dr. Vandermer reagierte wütend.

»Das ist jetzt weit genug gegangen.« Er öffnete die Tür und winkte den beiden Pflegern zu, sie sollten Adam wegschaffen. »Bitte geleiten Sie Mr. Schonberg in den Wartesaal. Dort kann er warten, wenn er sich benimmt, wenn er Ihnen jedoch irgendwelche Schwierigkeiten macht, dann rufen Sie die Psychiatrische Abteilung.«

Adam hielt seine Hände hoch. »Ich werde keine Schwierigkeiten machen«, sagte er sanft. Auf keinen Fall wollte er, daß man ihm irgendwelche Beruhigungsmittel geben würde. Er erkannte, daß er keine Möglichkeit hätte, wenn man Dr. Vandermer selbst irgendeiner Art von Psychochirurgie unterzogen hatte, ihn von den Betrügereien Arolens zu überzeugen.

»Darf ich mit meiner Frau sprechen?« sagte er.

Dr. Vandermer blickte Adam einen Augenblick an und schüttelte dann den Kopf. »Ich glaube nicht, daß es in Jennifers bestem Interesse ist, aber ich werde sie selbst die Entscheidung fällen lassen.«

Er öffnete die Tür zum Behandlungszimmer und trat ein. Jennifer stützte sich auf einen Ellbogen auf. »Was ist denn los?« fragte sie besorgt.

Dr. Vandermer beschrieb kurz die Szene mit Adam und endete mit Adams Bitte, mit ihr sprechen zu dürfen. »Er scheint nicht mit dem Streß Ihrer Schwangerschaft fertig geworden zu sein«, war alles, was Dr. Vandermer als seine Ansicht anzubieten hatte.

»Nun, er hat die Lage für mich sicherlich nicht einfacher gemacht«, sagte Jennifer. »Tut mir leid, daß er Ihnen so viele Schwierigkeiten bereitet hat.«

»Sie brauchen sich nicht zu entschuldigen«, sagte Dr. Vandermer. »Ich finde nur, wir sollten jetzt mit dem Verfahren weitermachen. Sie können sich mit Adam befassen, wenn wir fertig sind.«

Jennifer nickte. »Warum mußte er auch zurückkommen? Sie haben recht. Ich glaube nicht, daß ich jetzt im Augenblick mit Adam fertig werden kann. Warum machen Sie nicht einfach weiter, während ich noch in Kontrolle bin?«

Dr. Vandermer lächelte beruhigend und winkte der Schwester, wieder mit den Vorbereitungen zu beginnen. Dann kehrte er in das Vorzimmer zurück und teilte Adam mit, Jennifer würde nachher mit ihm reden.

Adam erkannte, es habe keinen Sinn, weiter zu protestieren. Wie betäubt folgte er den beiden Pflegern den Korridor hinunter.

Dr. Vandermer zog sich die OP-Kleidung wieder an und ging in den Behandlungsraum zurück. Nachdem er die Spritze aufgenommen hatte, gab er Jennifer eine lokale Anästhesie. Er wollte gerade mit dem Verfahren beginnen, als sich die Tür wieder öffnete.

»Dr. Vandermer, ich fürchte, Sie werden diesen Fall abbrechen müssen.«

Jennifer öffnete die Augen. In der Tür stand eine stämmige Frau, die in einen OP-Anzug gekleidet war. Jennifer erkannte sie nicht, wohl aber Dr. Vandermer. Es war Helen Clark, Direktorin der Operationssäle der Julian-Klinik.

»Wir haben gerade ein Unterlassungsurteil bekommen. Wir können mit Jennifer Schonbergs Abtreibung nicht fortfahren.«

»Aus welchem Grund?« fragte ein völlig erstaunter Dr. Vandermer.

»Ich kenne die Details nicht«, sagte Mrs. Clark. »Es ist aber von einem Richter eines Obersten Gerichtshofes von New York unterzeichnet.«

Dr. Vandermer zuckte mit den Schultern und wandte sich wieder Jennifer zu.

»Machen Sie nichts Dummes«, warnte ihn Mrs. Clark. »Ein Urteil des Gerichts zu ignorieren, würde uns alle in Schwierigkeiten bringen.«

»Das ist lächerlich«, sagte Dr. Vandermer. »Rechtsstreit im Operationssaal.« Dennoch nahm er aber seinen Gesichtsschutz und die Handschuhe ab.

Als sie sah, daß er gehen wollte, biß sich Jennifer auf die Unterlippe, um sich vom Schreien abzuhalten.

☆

Nachdem er von Vandermer aus dem Behandlungsraum geworfen worden war, hatte Adam sofort Emmet Redford angerufen. Der Rechtsanwalt hatte ihm mitgeteilt, er habe einen alten Gefallen eingefordert und ein Unterlassungsurteil erwirkt. Während sie jetzt redeten, sei es auf dem Weg zur Klinik. Adam ging in den Wartesaal zurück und betete, die Papiere würden noch rechtzeitig eintreffen. Als er Mrs. Carson über eine Illustrierte gebeugt sah, nahm er einen Stuhl, der außerhalb ihres Sichtfeldes stand.

Weniger als fünf Minuten später eilte eine Krankenschwester zu Mrs. Carson hinüber. Sie beugte sich vor und flüsterte der älteren Frau etwas zu, die dann die Arme hochwarf und rief: »Ihre Abtreibung ist abgebrochen worden!«

Adam fühlte sich, als ob er jubeln könnte, bis er Jennifers Schluchzen hörte, als sie den Korridor hinuntergerollt wurde. Er und Mrs. Carson liefen beide zu ihr hinüber und standen zum Schluß auf beiden Seiten des Rollbetts.

»Jennifer«, sagte Adam, indem er ihre Hand nahm. »Alles wird in Ordnung kommen.«

Sie zog ihm ihre Hand weg und schrie hysterisch: »Laß mich in Ruhe. Du bist verrückt geworden. Laß mich in Ruhe.«

Adam trat zur Seite und sah traurig dem Rollbett nach, wie es den Korridor hinuntergerollt wurde.

»Bist du für diese Katastrophe verantwortlich?« sprudelte Mrs. Carson hervor.

Adam war zu aufgeregt, um antworten zu können. War es eine Katastrophe, eine unnötige Abtreibung zu verhindern? Jetzt selbst den Tränen nahe, wandte er sich um und ging wie blind auf den Aufzug zu. Sobald er auf der Straße war, überprüfte er seine Brieftasche. Nur drei Dollar und etwas Kleingeld waren noch übrig. Er entschied sich, besser mit der Untergrundbahn zu Emmet Redfords Büro in der Fünften Avenue zu fahren.

»Entschuldigen Sie meine Kleidung«, sagte Adam, als die Sekretärin ihn hineinbat. »Ich wollte keine Zeit verlieren, nach Hause zu fahren und mich umzukleiden.«

Mr. Redford nickte, obgleich er durch Adams Erscheinung beunruhigt war. Ja, der ganze Fall beunruhigte ihn. Auch wenn er das Unterlassungsurteil angefordert hatte, war er doch zu dem Eindruck gelangt, Adams Anschuldigungen seien bestenfalls zweifelhaft, besonders im Licht der Information, die er gerade von einem Assistenten bekommen hatte, dem er den Fall zugewiesen hatte.

»Ich glaube, ich sollte offen reden«, begann Redford. »Ich habe aufgrund eines Gefallens Harvey gegenüber zugestimmt zu helfen, es gibt aber eine Reihe von Punkten, die mich ernstlich bedenklich stimmen.«

»Ich könnte Ihnen nicht mehr zustimmen«, sagte Adam. »Ich glaube, die Julian-Klinik führt bewußt unnötige Abtreibungen durch.«

»Ich verstehe«, sagte Redford und betrachtete Adams ungekämmtes Haar und unrasiertes Gesicht.

»Aber das eigentliche Problem«, fuhr Adam fort, »besteht darin, daß Arolen-Pharmaceuticals und ihre Muttergesellschaft MTIC ein ausführliches Programm haben, das Drogen und sogar Gehirnchirurgie einschließt, um die Art und Weise zu beeinflussen, wie Ärzte ihren Beruf ausüben.«

Der Mann ist verrückt, dachte Redford mit Abscheu.

Adams Stimme wurde dringender. »Aber jetzt, wo ich all das erfahren habe«, sagte er, »weiß ich nicht, was ich deswegen unternehmen soll.«

»Ich kann Ihr Dilemma verstehen«, sagte Redford und fragte sich, ob Adam womöglich gewalttätig sein könnte. Er erschien mit Sicherheit erregbar. Redford drückte einen verborgenen Knopf unter seinem Schreibtisch und sagte: »Mr. Schonberg, haben Sie etwas dagegen, wenn ich Ihnen eine persönliche Frage stelle?«

»Absolut nicht«, sagte Adam.

»Haben Sie je professionelle Hilfe für Ihre Obsessionen in Anspruch genommen? Ich glaube, das könnte im Interesse aller Beteiligten sein.«

»Was ich Ihnen sage, stimmt«, protestierte Adam.

Jemand klopfte sanft an die Tür. Redford stand auf, sie zu öffnen, und bat seine Sekretärin, Mr. Stupenski zu bitten, sich ihnen anzuschließen. »Ich fürchte, eine Jury würde Ihren Beschuldigungen nicht viel Glauben schenken«, sagte er zu Adam, während sie warteten.

Adam suchte in dem Gesicht des Rechtsanwalts nach einem Anzeichen, daß der Mann ihm glaubte. Er fand keines.

»Ich nehme an, Sie haben recht«, gab Adam zu. »Mein einziger Beweis liegt in dem, was ich gesehen habe.«

Die Tür öffnete sich wieder, und ein junger Mann, der einen Nadelstreifenanzug trug, identisch mit dem Redfords, betrat den Raum.

»Das ist mein Mitarbeiter, Mr. Stupenski«, sagte Redford.

Adam begrüßte den Mann und versuchte dann noch einmal, Redford zu überzeugen, seine Geschichte sei wahr. »Sie präparieren das Essen auf den Kreuzfahrten mit Drogen und vervollständigen diese Dosis mit gelben Pillen, die irgendeine Form von Beruhigungsmittel enthalten müssen.«

»Das sagen Sie, Mr. Schonberg, aber das Problem ist, daß Sie keinen Beweis haben«, wiederholte Redford.

Die Rechtsanwälte tauschten wissende Blicke aus. Adam starrte sie voller Frustration an.

»Ich glaube, ich sollte Ihnen sagen, daß es mir hinsichtlich des Amniocentesis-Befundes, den die Klinik Mr. Stupenski gezeigt hat, leid tut, daß wir überhaupt ein Unterlassungsurteil erwirkt haben«, sagte Redford. »Und wie die Dinge stehen, bleibt das Urteil nur bis zur Dringlichkeitsanhörung in drei Tagen wirksam, und da ich mit Sicherheit keinen weiteren Antrag stellen werde, können Sie erwarten, daß es zu diesem Zeitpunkt aufgehoben werden wird. Guten Tag, Mr. Schonberg.«

Adam brauchte einen Augenblick, um zu begreifen, daß die Besprechung vorbei war.

☆

Vier Stunden später saß Adam gewaschen und rasiert und in seinem besten Anzug vor dem Büro seines Vaters und wartete darauf, daß Mr. Schonberg seinen letzten Termin beenden werde. Es war schon nach sechs Uhr.

Als Mr. Schonberg schließlich frei war, hörte er mit einiger Ungeduld dem zu, von dem selbst Adam zugeben mußte, daß es weithergeholt klang.

»Ich kann das einfach nicht glauben«, sagte er Adam. »Sieh mal, wenn du dich dadurch besser fühlst, werde ich Peter Davenport von der AMA anrufen. Er ist der Mann, der die Kurse für die CME-Zuschüsse beurteilt. Er ist selbst schon auf mehreren Kreuzfahrten gewesen.«

Dr. Schonberg rief Davenport zu Hause an und bat ihn aufgeräumt um seine Meinung über die Arolen-Kreuzfahrten. Nachdem er ein paar Minuten zugehört hatte, dankte er dem Mann und legte auf.

»Pete sagt, die Seminare auf der *Fjord* seien absolut einwandfrei. Einiges von der Abendunterhaltung sei ein wenig risqué gewesen, aber ansonsten hätten die Konferenzen zu den besten gezählt, denen er bislang beigewohnt habe.«

»Er war wahrscheinlich genau wie der Rest unter Drogen gesetzt«, sagte Adam.

»Adam, bitte«, sagte Dr. Schonberg. »Du machst dich lächerlich. MTIC hat seit über einem Jahrzehnt Seminare und medizinische Konferenzen unter ihrer eigenen Schirmherrschaft oder durch Arolen-Pharmaceuticals gesponsort. Die Kreuzfahrten finden seit mehr als fünf Jahren statt.«

»Das mag vielleicht sein«, sagte Adam, der die Hoffnung verlor, selbst seinen eigenen Vater zu überzeugen, »aber ich schwöre dir, sie setzen die Ärzte unter Drogen und unterziehen sie rigorosen Verhaltensänderungen. Sie operieren gewisse Leute sogar. Ich habe die Narben bei Dr. Vandermer selbst gesehen. Ich glaube, sie kontrollieren ihn durch eine Art Fernsteuerung.«

Dr. Schonberg rollte mit den Augen. »Selbst in Anbetracht der geringen Menge von Psychiatrie, die du bislang gehabt hast, Adam, würde ich doch denken, du solltest in der Lage sein zu erkennen, wie paranoid deine Geschichte klingt.«

Adam stand abrupt auf und ging auf die Tür zu.

»Warte«, rief Dr. Schonberg. »Komm für eine Minute zurück.«

Adam zögerte und fragte sich, ob sein Vater nachgeben würde.

Dr. Schonberg kippte seinen Stuhl etwas zurück. »Um der Diskussion willen wollen wir einmal annehmen, es sei etwas an deiner Geschichte.«

»Das ist sehr großzügig von dir«, sagte Adam.

»Was soll ich deiner Meinung nach tun? Ich bin der Direktor neuer Produkte für die FDA und ich kann mich nicht einer wilden Theorie wie deiner verschreiben. Aber da ich sehe, wie aufgeregt du bist, sollte ich vielleicht auch auf eine dieser Kreuzfahrten gehen und die Sache selbst in Augenschein nehmen.«

»Nein«, unterbrach Adam. »Geh nicht auf die Kreuzfahrt. Bitte.«

»Nun, was soll ich also tun?«

»Ich würde sagen, ich möchte, daß du eine Untersuchung einleitest.«

»Ich mach dir einen Vorschlag«, sagte Dr. Schonberg. »Wenn du zustimmst, einen Psychiater zu konsultieren, um die Möglichkeit auszuforschen, du könntest eine Art paranoider Reaktion durchmachen, ziehe ich weitere Erkundungen über Arolen ein.«

Adam nahm seine Brille ab und rieb seine Augen. Wenn noch jemand andeuten würde, er solle einen Seelendoktor aufsuchen, würde er laut aufschreien.

»Danke, Vater«, sagte er. »Ich werde ernsthaft über dein Angebot nachdenken.«

Als er zum Flughafen zurückfuhr, fragte sich Adam, welcher Behandlung Arolen Pete Davenport von der AMA unterzogen hatte und wieviel des Medizinberufes bereits unter MTIC-Kontrolle sei.

☆

Adam landete etwa um neun Uhr auf LaGuardia und nahm ein Taxi zurück in die Stadt. Der Gedanke, in seine leere Wohnung zurückzukehren, war niederschmetternd, und er war sehr wegen Jennifer beunruhigt. Obgleich er Grauen davor empfand, nach Englewood hinauszufahren und dem Zorn der Carsons die Stirn zu bieten, hatte er nicht das Gefühl, er habe allzu viele Alternativen. Er mußte unbedingt mit Jennifer reden.

Im Haus der Carsons war kein einziges Licht an, als er in die Auffahrt einbog. Vorsichtig ging er auf die Treppe zum Eingang zu und drückte auf den Klingelknopf. Er war überrascht, als sich die Tür fast augenblicklich öffnete.

»Deine Scheinwerfer haben direkt in unser Schlafzimmer geleuchtet«, sagte Mr. Carson wütend. »Was, in aller Welt, willst du zu dieser Stunde hier?«

»Es tut mir leid, wenn ich euch geweckt habe«, sagte Adam, »aber ich muß mit Jennifer sprechen.«

Mr. Carson verschränkte seine beachtlichen Arme vor der Brust. »Nun, du hast wirklich Nerven. Das muß man dir lassen, aber meine Tochter weigert sich, mit dir zu sprechen. Vielleicht ändert sie nach ein paar Tagen ihre Meinung, aber im Augenblick...«

»Ich fürchte, ich muß darauf bestehen«, sagte Adam. »Weißt du, ich glaube nicht daran, daß sie eine Abtreibung braucht...«

Mr. Carson faßte Adam am Hemd und schrie: »Du wirst auf nichts bestehen!« Er schob Adam aus dem Eingang zurück.

Adam gewann sein Gleichgewicht wieder, legte seine

Hände wie ein Sprachrohr an den Mund und fing an »Jennifer! Jennifer!« zu rufen.

»Das reicht«, schrie Mr. Carson. Er faßte Adam wieder, mit der Absicht, ihn zum Wagen zu bringen. Aber Adam wich seinem Schwiegervater aus und lief in das Haus. Am Fuß der Treppe rief er wieder nach seiner Frau. Jennifer erschien im Nachthemd im oberen Korridor. Sie sah mit Abscheu auf ihren Mann hinunter.

»Hör mich an«, rief Adam wieder, aber bevor Jennifer sprechen konnte, hatte Mr. Carson Adam von hinten gepackt und trug ihn aus der Tür hinaus. Adam war nicht bereit zurückzukämpfen, stolperte, als er auf sein Auto zugestoßen wurde, und fiel von der Terrasse in die Büsche. Er hörte gerade noch, wie die Tür zugeschlagen wurde, bevor er sich wieder aufrappeln konnte. Er begann einzusehen, daß Mr. Carson ihn in dieser Nacht sicher nicht mehr mit Jennifer würde reden lassen.

Nachdem er in seinen Wagen gestiegen war, versuchte Adam zu überlegen, was er noch tun könnte, um Jennifer davon abzuhalten, eine Abtreibung durchführen zu lassen, zumindest bis sie eine zweite Meinung eingeholt hätte. Er hatte nur drei Tage, um sie zu überzeugen.

Er war auf halbem Wege über die George-Washington-Brücke, bevor ihm klar war, was er zu tun hatte. Alle wollten Beweise. Nun, er würde nach Puerto Rico fahren und diese Beweise beschaffen. Er war sich sicher, alles, was er schon auf der Kreuzfahrt gesehen hatte, auch dort in Grün vorzufinden.

KAPITEL 15

Bill Shelly stand von seinem Schreibtisch auf und schüttelte Adams Hand. »Meine Glückwünsche«, sagte er. »Sie haben wahrscheinlich gerade die beste Entscheidung Ihres Lebens getroffen.«

»Ich habe nicht gesagt, daß ich die Position definitiv akzeptiere«, warnte ihn Adam. »Aber ich habe viel über Puerto Rico nachgedacht und würde Sie gerne beim Wort nehmen in bezug auf Ihr Angebot, hinzufahren und die Anlage selbst zu besichtigen. Jennifer ist nicht glücklich über meine Idee, aber wenn ich wirklich fahren möchte, wird sie mich bei dieser Entscheidung unterstützen.«

»Das erinnert mich, Clarence hat eine Nachricht hinterlassen, er habe einen sehr merkwürdigen Anruf von Ihrer Frau erhalten. Sie dachte, Sie seien wegen Arolen-Geschäften unterwegs.«

»Probleme innerhalb der Familie«, sagte Adam mit einem Wink seiner Hand. »Sie und mein Vater haben sich nie sehr gemocht.«

Selbst Adam war sich nicht sicher, was er meinte, aber glücklicherweise nickte Shelly verständnisvoll und sagte: »Um auf die vorliegende Sache zurückzukommen, ich bin sicher, Sie werden von dem Arolen-Forschungszentrum begeistert sein. Wann würden Sie gerne fahren?«

»Sofort«, sagte Adam fröhlich. »Meine Tasche wartet gepackt im Auto auf mich.«

Mr. Shelly lachte leise. »Ihre Haltung ist immer erfrischend gewesen. Lassen Sie mich mal nachhören, ob das Arolen-Flugzeug gerade zur Verfügung steht.«

Während Shelly auf die Rückmeldung seiner Sekretärin wartete, die das gerade überprüfte, fragte er Adam, was seine Haltung zu dem Managerausbildungsprogramm geändert hätte. »Ich hatte schon gefürchtet, ich wäre nicht überzeugend genug gewesen«, sagte er.

»Genau im Gegenteil«, sagte Adam, »wenn Sie nicht gewesen wären, hätte ich es nie in Betracht gezogen.« Während er sprach, faßte Adam Bill Shellys Schädel ins Auge und bekämpfte den Drang nachzusehen, ob auch er einem chirurgischen Eingriff unterworfen worden war. Zu diesem Zeitpunkt hatte Adam nicht die geringste Vorstellung, ob er irgend jemandem von Arolen vertrauen könne.

☆

In dem luxuriösen Golfstrom-Jet befanden sich außer ihm nur noch zwei leitende Angestellte Arolens. Der eine war mit Adam zusammen an Bord gegangen und der andere in Atlanta zugestiegen. Auch wenn beide freundlich grüßten, waren sie doch den gesamten Trip über in ihre Arbeiten versunken; Adam vertrieb sich also die Zeit mit ein paar alten Magazinen. Als sie auf San Juan landeten, gingen die beiden leitenden Angestellten auf den Arolen-Minibus zu, der am Bordstein wartete. Adam fragte sich gerade, ob er sich ihnen anschließen sollte, als er von zwei Männern in blauen Blazern und weißen Hosen begrüßt wurde. Beide hatten dichtes Haar: der eine war blond, der andere dunkel. Ihre MTIC-Namensschildchen sagten »Rodman« und »Dunly«.

»Guten Tag, Mr. Schonberg«, sagte Rodman. »Willkommen auf Puerto Rico.«

Als Dunly Adam seine Schultertasche abnahm, überzog trotz der tropischen Hitze eine Gänsehaut Adams Rücken, und Rodmans Stimme hatte die gleiche modulationslose Qualität wie die der Stewards auf der *Fjord*, und wie sie zu einer wartenden Limousine gingen, bemerkte Adam, daß beide Männer sich mit dem gleichen mechanischen Schritt bewegten.

Die Limousine war nicht neu, aber es war nichtsdestoweniger eine Limousine, und Adam war verlegen, als sie ihn allein auf dem hinteren Sitz Platz nehmen ließen.

Er beugte sich vor und beobachtete den Verkehr zur Stoßzeit. Sie fuhren aus der Stadt hinaus, augenscheinlich parallel zur nördlichen Küste der Insel, obgleich Adam den Ozean nicht sehen konnte. Sie passierten Verkaufszentren, Tankstellen und Autohäuser. Alles schien sowohl im Niedergang begriffen zu sein wie auch gleichzeitig im Prozeß des Neuaufbaus. Es war eine seltsame Kombination. Verrostende Eisenstangen ragten an verschiedenen Stellen aus dem Beton heraus, als ob zusätzliche Zimmer oder Etagen ursprünglich geplant gewesen, die Arbeiter aber nicht mehr zurückgekommen wären. Und überall lag Müll herum. Adam war nicht beeindruckt.

Allmählich machten die schäbigen kommerziellen Geschäftsgebäude gleichermaßen schäbigen Wohnhäusern Platz, auch wenn sich gelegentlich ein ansehnliches und gepflegtes Heim inmitten der allgemeinen Verwahrlosung fand. Es gab keine Trennung von Arm und Reich, und Ziegen und Hühner liefen überall frei herum.

Nach und nach verengte sich die Straße von vier Spuren auf zwei, und Adam konnte hin und wieder einen kurzen Blick auf die See jenseits der grünen Hügel werfen. Die Luft wurde frisch und sauber.

Schließlich, nach ungefähr anderthalb Stunden, bogen sie von der Hauptstraße auf eine gut gepflasterte Straße ab, die sich durch die üppige Vegetation wand. An einem Punkt gab es eine Lücke in der Blätterwand, und Adam hatte einen hervorragenden Blick auf die karibische See. Der Himmel hatte einen roten Anflug, und Adam wußte, daß die Sonne bald untergehen würde.

Die Straße führte einen Hügel hinunter und schlängelte

sich unter einem dunklen Baldachin exotischer Bäume durch. Ungefähr eine Viertelmeile weiter verlangsamte sich die Fahrt, und schließlich hielt die Limousine an. Sie waren an einem Torhaus angekommen. Auf beiden Seiten erstreckte sich ein beeindruckender Kettengliederzaun, auf dem Stacheldraht angebracht war, in den Wald hinein. Isolatoren an dem Draht ließen darauf schließen, daß der Zaun unter Strom stand.

Eine bewaffnete Wache trat aus dem Haus und näherte sich dem Wagen. Nachdem sie ein Blatt Papier von dem Fahrer an sich genommen hatte, blickte er Adam prüfend an und öffnete dann das Tor. Als die Limousine auf das MTIC-Gelände fuhr, drehte sich Adam auf seinem Sitz um und beobachtete, wie sich das Tor schloß. Es drängte sich ihm die Frage auf, ob die Sicherheitsmaßnahmen dazu dienten, Leute draußen oder aber drinnen zu halten. Er begann sich zu fragen, worauf er sich da einließ. Wie es auch auf der *Fjord* der Fall gewesen war, hatte er auch dieses Mal keinen richtigen Plan und gab sich keinen Illusionen hin, das Talent zu einem Detektiv zu haben. Sein einziger Trost bestand darin, sich auf Puerto Rico nicht hinter einem vorgetäuschten Namen verstecken zu müssen.

Der Wagen fuhr plötzlich um eine Biegung, und Adam befand sich einem der großartigsten Bauwerke der Architektur gegenüber, das er je gesehen hatte. Das Gebäude hob sich imposant gegen einen Hintergrund von sanft gewelltem Rasen und einer türkisfarbenen See ab.

Das Hauptgebäude bestand aus einer hexagonalen Glasstruktur aus dem gleichen bronzierten Spiegelglas wie das Arolen-Hauptgebäude. Zur Linken und näher am Strand gab es noch ein zweites, nur zwei Stockwerke hohes Gebäude, das ein Club zu sein schien. Tenniscourts und ein großzügiger Swimmingpool lagen auf der anderen Seite. Jenseits konnte er den weißen Sandstrand mit einem Volleyballcourt und einer Reihe von Hobie-Cats und Surfbrettern erkennen. Mehrere Boote wurden gerade benutzt, und ihre farbenfrohen Segel standen scharf gegen das Wasser ab. Auf der gegenüberliegenden Seite der Lichtung befanden sich Personalbungalows direkt am Strand. Alles in allem erschien die Anlage wie ein Weltklasse-Bad. Adam war beeindruckt.

Die Limousine hielt unter einem großen Sonnenzelt vor dem Hauptgebäude an.

»Guten Abend, Mr. Schonberg«, sagte der Portier. »Willkommen bei MTIC. Hier lang, bitte.«

Adam stieg aus dem Wagen und folgte dem Mann zu einem Empfangstisch. Es war, als ob man sich in einem Hotel anmeldete. Der Hauptunterschied lag darin, daß es hier keine Kasse gab.

Adam trug sich in das Gästebuch ein, ein weiterer in ein blaues Jackett gekleideter Portier, dessen Namensschildchen ihn als »Craig« auswies, nahm seine Tasche an sich und führte ihn zum Aufzug. Sie stiegen auf der sechsten Etage aus und gingen einen langen Korridor hinunter. Ganz am Ende befand sich ein weiterer Aufzug.

»Werden Sie lange bei uns bleiben?« fragte Craig in der mittlerweile vertraut modulationslosen Tonlage.

»Nur ein paar Tage«, sagte Adam ausweichend, während Craig die Schlüssel hervorzog und eine der Türen öffnete.

Adam hatte kein Zimmer, er hatte eine Suite bekommen. Craig ging wie ein Hotelpage herum, überprüfte alle Lampen, stellte sicher, daß der Fernseher funktionierte, warf einen Blick auf die volle Bar und öffnete die Vorhänge. Adam versuchte, ihm ein Trinkgeld zu geben, aber er lehnte höflich ab.

Die Unterbringung versetzte Adam in Erstaunen. Er hatte einen herrlichen Blick auf den Ozean, der mit der hereinbrechenden Nacht dunkler geworden war. Auf einer entfernten Insel leuchteten Pilotlichter auf. Adam sah zu, wie ein einzelnes Hobie-Cat, einer jener eleganten Katamarane, seinen Weg zum Strand nahm. Als er Klänge karibischer Musik hörte, trat er auf die Terrasse hinaus. In dem Gebäude, das Adam für einen Club gehalten hatte, schien eine Band zu spielen. Das Wetter war perfekt, und Adam wünschte, Jennifer wäre bei ihm. Selbst die Suite mit dem herzförmigen Bad, die sie in den Flitterwochen auf den Pocono-Inseln hatten, war nicht so luxuriös gewesen.

Spontan entschloß sich Adam, sie anzurufen. Zu seiner Freude beantwortete sie selbst das Telefon, aber als sie erkannte, wer es war, wurde ihre Stimme kühl.

»Jennifer, versprich mir bitte eines«, sagte Adam. »Laß die Abtreibung nicht durchführen, bevor ich nicht zurück bin.«

»Zurück?« fragte Jennifer. »Wo bist du denn?«

Adam hatte nicht vorgehabt, ihr zu sagen, wo er sei, aber es war zu spät, sich eine Lüge einfallen zu lassen. »Puerto Rico«, sagte er widerstrebend.

»Adam«, sagte Jennifer und machte es offensichtlich, daß sie außer sich vor Wut war, »wenn du mir sagen willst, was ich tun soll, dann kannst du nicht immer wegrennen. In dem selben Augenblick, wenn das Gericht mir die Genehmigung zur Abtreibung erteilt, werde ich zur Klinik zurückkehren.«

»Bitte, Jennifer«, sagte Adam.

»Ich hoffe, es gefällt dir auf Puerto Rico«, sagte Jennifer und knallte den Hörer auf die Gabel.

Adam sank völlig niedergeschlagen auf das Bett zurück. Er hatte nur noch zwei Tage. Das Telefon klingelte, und Adam ergriff den Hörer mit dem Gedanken, es könnte Jennifer sein, es war aber nur der Herr von der Rezeption, der ihm mitteilte, das Essen sei in einer halben Stunde fertig.

☆

Der Speisesaal, von dem aus man den ganzen Strand überblicken konnte, befand sich im Club. Die Reihe von Hobie-Cats standen gerade jenseits der Schiebetüren auf dem Sand. Ein Vollmond war aufgegangen und beschien einen glitzernden Pfad entlang der Wasserlinie.

Der Raum hatte dunkelgrüne Wände und einen dazu passenden Teppich und rosa Tischtücher und rosa Polstermöbel. Die Kellner waren in weiße Jacketts und schwarze Hosen gekleidet.

Man bat Adam, an einem runden Tisch für acht Personen Platz zu nehmen. Gleich rechts neben ihm saß Dr. Heinrich Nachman, den Adam an dem Tag kennengelernt hatte, an dem er sein Vorstellungsgespräch bei Arolen gehabt hatte. Neben Dr. Nachman saß Dr. Sinclair Glover, ein kleiner, wohlbeleibter, rotgesichtiger Mann, der ihm mitteilte, er leite die Fötus-Forschung.

Neben Dr. Glover saß Dr. Winfried Mitchell, ein bärtiger, aber kahlköpfiger Mann mittleren Alters, der eine Gestellbrille trug. Nachman sagte, Mitchell leite die Entwicklung von psychotropen Medikamenten. Adam hatte den unbestimmten Eindruck, der Mann sei ein Psychiater, nach der Art zu urteilen, wie ruhig er der Unterhaltung zuhörte, ohne selbst etwas zu ihr beizusteuern und doch gleichzeitig eine Überlegenheitsmiene beizubehalten.

Auf der anderen Seite von Dr. Mitchell war einer der Geschäftsführer, ein William Soundso, Adam hatte seinen Nachnamen nicht verstanden. Er entsprach absolut dem Klischee der Ivy-League mit sandblondem Haar und einem jungenhaften Gesichtsausdruck. Des weiteren saß noch Brian Hopkins am Tisch, der die Management-Ausbildung leitete, Miß Linda Aronson, der Public Relations oblag, und ein jovialer älterer Mann mit Namen Harry Burkett, der Manager der Puerto-Rico-Anlage.

Aufgrund seiner Erinnerung an seine Erfahrungen auf der *Fjord* widerstrebte es Adam zuerst, von den Speisen zu nehmen, aber alle anderen aßen mit Gusto, und niemand schien unter Drogen zu stehen. Davon abgesehen, überlegte Adam, wenn sie vorgehabt hätten, ihn unter

Drogen zu setzen, hätten sie das schon auf dem Flugzeug tun können.

Die Atmosphäre am Tisch war entspannt, und jeder ließ es sich angelegen sein, Adam willkommen zu heißen. Burkett erklärte, der Grund, weshalb MTIC Puerto Rico als Standort für ihr Forschungszentrum ausgewählt habe, liege darin, daß die Regierung hervorragende Steueranreize wie auch eine Politik der Nichteinmischung biete. Es stellte sich heraus, daß viele pharmazeutische Firmen große Anlagen auf der Insel unterhielten.

Adam erkundigte sich nach den strengen Sicherheitsmaßnahmen.

»Das ist der Preis, den wir dafür zu zahlen haben, daß wir in diesem Paradies leben«, sagte Harry Burkett. »Es besteht immer eine Möglichkeit terroristischer Aktivität von seiten der kleinen Gruppierung, die für die Unabhängigkeit Puerto Ricos kämpft.«

Adam fragte sich, ob das der ganze Grund sei, aber er verfolgte das Thema nicht weiter.

William, der leitende Angestellte, blickte zu Adam hinüber und sagte: »MTIC hat eine bestimmte Philosophie in bezug auf das medizinische Gewerbe. Wir sind der Ansicht, daß ökonomische Interessen den Dienst am Patienten verdrängt haben. Ich habe gehört, Sie stimmen dieser Prämisse zu.«

Adam bemerkte, daß die anderen am Tisch Anwesenden zuhörten. Er schluckte ein bißchen Dessert hinunter und sagte: »Ja, das stimmt. Während der kurzen Zeit, die ich Medizin studiert habe, war ich entsetzt von dem Mangel an Humanismus. Ich hatte den Eindruck, daß Technologie und Forschung für lohnender als die Sorge um den Patienten angesehen wurden.«

Am Tisch befanden sich einige Ärzte, und Adam hoffte, er habe sie nicht beleidigt, bemerkte aber, wie Dr. Nachman lächelte. Adam war erfreut, denn er glaubte, je enthusiastischer sie in bezug auf ihn seien, desto größer sei seine Chance herauszufinden, was hier vor sich gehe.

»Glauben Sie, daß Ihre Haltung es schwierig machen würde, mit Ärzten umzugehen?« fragte Linda Aronson.

»Keineswegs«, sagte Adam. »Ich glaube, mein Wissen um die medizinische Wirklichkeit wird das sogar einfacher machen. Als Verkaufsvertreter bin ich annehmbar erfolgreich gewesen.«

»Von dem, was Bill Shelly berichtet hat«, sagte Nachman, »glaube ich, daß Mr. Schonberg zu bescheiden ist.«

»Adam, hat Ihnen jemand unsere Pläne beschrieben, falls Sie sich entscheiden sollten, sich unserem Ausbildungsprogramm für Manager anzuschließen?« fragte Dr. Glover.

»Nicht ausführlich«, sagte Adam.

Dr. Nachman verschränkte seine Hände und lehnte sich vor. »Arolen steht davor, als Ergebnis unserer Fötus-Forschung eine ganz neue Generation von Medikamenten und Behandlungsmodalitäten vorzustellen. Wir suchen jemanden, der mit Linda zusammenarbeitet, um den medizinischen Beruf in diesen neuen Konzepten auszubilden. Wir sind der Ansicht, daß Sie die perfekte Ausbildung und die beste Haltung für diese Position mit sich bringen.«

»Genau«, sagte Linda. »Aber wir wollen Sie nicht überfahren. Zuerst würde Ihre Tätigkeit nur darin bestehen, sich mit der Arolen-Forschung vertraut zu machen.«

Adam wünschte, er hätte mehr als nur zwei Tage zur Verfügung. Die Position, an die sie dachten, würde ihn sicherlich in die Lage bringen zu erfahren, was er wissen wollte.

»Das stimmt nicht ganz«, sagte Brian Hopkins. »Mr. Schonberg muß zuerst unseren Managerausbildungskurs absolvieren.«

»Brian, wir wissen alle, daß Mr. Schonberg Ihren Kurs zuerst absolvieren muß.«

»Bitte«, sagte Dr. Nachman. »Wir wollen unsere Abteilungseifersüchteleien nicht jetzt schon zur Schau stellen. Dafür gibt es noch Zeit genug.«

Alle außer Hopkins lachten.

Adam beendete sein Dessert und legte den Löffel weg. Indem er Dr. Nachman ansah, sagte er: »Das war ein wundervolles Essen, aber ich bin begierig, die Forschungseinrichtungen kennenzulernen.«

»Und wir sind begierig, sie Ihnen zu zeigen. Morgen haben wir vor...«

»Warum nicht noch heute?« unterbrach Adam enthusiastisch.

Dr. Nachman sah Glover und Mitchell an, die beide lächelten und die Schultern zuckten. »Ich nehme an, wir könnten Ihnen einige der Anlagen schon heute zeigen«, sagte Dr. Nachman. »Sind Sie sicher, daß Sie nicht zu müde sind?«

»Absolut«, sagte Adam.

Dr. Nachman stand auf, gefolgt von Dr. Glover und Dr. Mitchell. Die anderen entschuldigten sich und zogen es vor, noch für einen Kaffee und einen Drink nach dem Essen am Tisch zu bleiben.

Dr. Nachman führte Adam zum Hauptgebäude zurück, in dem sich die Gäste eincheckten. Dann gingen die vier durch eine weitere Doppeltür zum Forschungszentrum. Der Boden dieses Gebäudeteiles war weiß gekachelt, die Wände waren in hellen Primärfarben gestrichen.

»Das sind die Verwaltungsbüros«, erklärte Dr. Nachman. Einen Augenblick später überquerte Adam eine Brücke mit gläsernen Wänden. Er konnte auf beiden Seiten wehende Palmen sehen und erkannte, daß es sich um zwei konzentrische Gebäude handelte, von dem sich das eine in das andere schmiegte, ziemlich wie beim Pentagon in Washington.

Als sie in einen anderen Korridor einbogen, nahm Adam den unverwechselbaren Geruch von in Käfigen gehaltenen Tieren wahr. Dr. Glover öffnete die erste Tür und führte

Adam die nächste halbe Stunde von Raum zu Raum, erklärte ihm die komplizierte Maschinerie und begutachtete eine endlose Reihe von Ratten und Affen. Das war der Ort, an dem Arolen seine grundlegende Fötus-Forschung durchführte.

Zu Adams Überraschung arbeiteten in einigen der Labors trotz der späten Stunde in weiße Kittel gekleidete Techniker. Dr. Glover erklärte, sie arbeiteten die ganze Zeit, seit sie erste positive Resultate mit fötalen Implantaten bekommen hatten, rund um die Uhr.

»Woher bekommen Sie Ihr Material?« fragte Adam, als er an einem Käfig mit rosa Mäusen anhielt.

»Der Hauptteil der Forschungen wird mit Tiersystemen bestritten«, erklärte Dr. Glover, »und wir züchten unsere Tiere gleich hier im Zentrum.«

»Aber Sie unternehmen doch sicherlich auch einige menschliche Implantationen. Woher bekommen Sie das Gewebe?«

»Sehr gute Frage«, sagte Dr. Glover. »Wir haben ein kleines Problem gehabt, als kürzlich diese restriktiven Gesetze verabschiedet wurden, haben es aber auf die eine oder andere Art doch geschafft. Das meiste unseres Materials kommt von der Julian-Klinik.«

Adam hätte am liebsten vor Frustration alle Glaskäfige zerstampft. Warum schaffte er es nicht, daß ihm jemand zuhörte? Offensichtlich verstärkten Ärzte wie Vandermer den Nachschub von fötalem Gewebe, einfach indem sie die Zahl der therapeutischen Abtreibungen erhöhten.

»Morgen«, fuhr Dr. Glover fort, erfreut, daß Adam ein solches Interesse zeigte, »werden wir Sie in den Krankenhausflügel mitnehmen. Wir haben einige verblüffende Resultate erzielt, besonders in der Behandlung von Diabetes mit fötalen Bauchspeicheldrüsenextrakten.«

»Ich weiß, wie interessant das ist, aber ich glaube, Dr. Mitchell würde gerne etwas über seine Arbeit sagen«, sagte Dr. Nachman und lächelte Glover an.

»Allerdings«, echote Dr. Mitchell. »In einem Jahr, von jetzt an gerechnet, wenn die Verkaufszahlen hereinkommen, werden wir sehen, wessen Abteilung den größten Zuwachs zu verzeichnen hat.«

Mitchell widmete die nächsten dreißig Minuten einem ununterbrochenen Monolog über psychotrope Medikamente und einer neuen Sorte von Phenothiazin im besonderen. »Sie wirkt bei jeder Art von psychotischen Zuständen. Sie ist im wesentlichen nicht toxisch und verwandelt das gestörteste Individuum in einen exemplarischen Mitbürger. Natürlich wird ein wenig Spontaneität geopfert.«

Adam wollte gerade protestieren, besann sich jedoch eines Besseren. Er war sich sicher, daß der Ausdruck ›ein wenig Spontaneität werde geopfert‹ die Art der Gesellschaft sei, die Nebenwirkungen des Präparates herunterzuspielen. Den Stewards auf der *Fjord* und Pflegern in der Julian-Klinik fehlte allerdings ›ein wenig Spontaneität‹.

»Was ist der Name dieses neuen Präparats?« fragte Adam statt dessen.

»Wissenschaftlicher, generischer Name oder Handelsname?« fragte Dr. Mitchell, der von seinem Monolog noch außer Atem war.

»Handelsname.«

»Conformin«, sagte Dr. Mitchell.

»Wäre es möglich, daß ich eine Probe bekommen könnte?«

»Sie werden so viele Proben bekommen, wie Sie nur wollen, wenn das Medikament auf den Markt kommt«, sagte Dr. Mitchell. »Wir warten auf die FDA-Freigabe.«

»Nur eine kleine Menge?« fragte Adam. »Ich würde gerne sehen, wie es verpackt ist. Als Verkaufsvertreter habe ich gelernt, wie wichtig das ist.«

Dr. Mitchell sah Adam merkwürdig an. »Vielleicht eine kleine Menge«, murmelte er.

Adam verfolgte das Thema nicht weiter und sagte:

»Wenn das Medikament kurz vor der Freigabe steht, dann haben Sie schon mit Tests an Menschen begonnen.«

»Aber ja doch«, sagte Dr. Mitchell, dessen Gesicht sich augenblicklich aufhellte. »Wir verwenden das Präparat schon seit einigen Jahren am Menschen, bei Patienten mit schwer zu behandelnden psychiatrischen Problemen, die von überall in der Welt zu uns gebracht werden. Das Medikament hat sich als hundert Prozent wirksam erwiesen.«

»Ich würde gerne die Krankenstation besuchen«, sagte Adam.

»Morgen«, sagte Dr. Mitchell. »Im Augenblick würde ich Ihnen gerne unser chemisches Hauptlabor zeigen. Es ist eines der fortschrittlichsten in der ganzen Welt.«

In Adams Denken gab es keinen Zweifel, daß die Forschungsanlagen Arolens hervorragend waren, besonders, wenn man sie mit denen im Universitätskrankenhaus verglich, wo die finanzielle Lage so knapp war, daß jeder Bleistift in den Zuschußanforderungen eingeschlossen werden mußte. Aber nachdem er so viele Labors gesehen hatte, wurde es Adam langweilig. Er versuchte, interessiert auszusehen, aber je länger die Tour dauerte, desto schwieriger wurde das.

»Ich finde, das sollte für heute abend reichen«, sagte Dr. Nachman schließlich. »Wir wollen Mr. Schonberg an seinem ersten Abend mit uns nicht gleich erschöpfen.«

»Dem stimme ich zu«, sagte Dr. Glover. »Wir haben ja auch nur eine halbe Stunde in meiner Abteilung verbracht.«

»Weil hier eben mehr zu sehen ist«, sagte Dr. Mitchell.

»Meine Herren!« warf Dr. Nachman ein und hob seine Hände hoch.

»Es hat mir alles sehr gefallen«, protestierte Adam, benutzte aber vorsichtigerweise eine Vergangenheitsform, um nicht Dr. Mitchell zu einer Zugabe zu ermutigen.

Sie gingen den Hauptkorridor hinunter und über die Verbindungsbrücke zum äußeren Gebäude zurück. Adam hielt an und blickte sich um. Er konnte erkennen, daß die Brücke jenseits des Korridors zu einem dritten inneren Gebäude führte, das durch schwere Stahltüren verschlossen war.

»Was ist denn da drüben?« fragte Adam.

»Die klinischen Abteilungen«, sagte Dr. Nachman. »Sie werden sie morgen zu sehen bekommen.«

Das muß der Ort sein, wo die psychiatrische Abteilung untergebracht ist, dachte Adam. Er zögerte einen Augenblick und folgte dann Nachman zur Eingangshalle hinaus, wo sie sich alle eine gute Nacht wünschten.

Es war Viertel vor zwölf, und obgleich Adam einen anstrengenden Tag gehabt hatte, war er nicht müde. Ein dumpfer Kopfschmerz begann hinter seinen Augen, und er konnte nicht vergessen, daß er nur noch zwei Tage hatte, um überzeugende, konkrete Beweise vorzulegen. Selbst wenn er eine Probe Conformin bekommen könnte, würde es eine gewisse Zeit dauern, sie zu analysieren, und dann noch mehr Zeit, um jemanden wie Vandermer zu überzeugen, sich selbst überprüfen zu lassen, um festzustellen, ob er damit behandelt worden sei. Da er wußte, daß an Schlaf nicht zu denken war, öffnete Adam seine Tür und ging den ganzen Korridor entlang bis zum Aufzug. Ein kleines Hinweisschild sagte: »Aufzug zur Badeabteilung«.

Nachdem er zum Erdgeschoß hinuntergegangen war, fand sich Adam in einem dicht bewachsenen Park mit Palmen, Bambus und Farnen wieder. Ein gewundener Pfad führte durch die üppige Vegetation. Als er ihm folgte, erreichte Adam den Strand.

Er zog seine Schuhe aus und trat in den kühlen Sand. Der Vollmond ließ die Nacht fast so hell wie den Tag erscheinen. Der Sand war weich und fein wie Puder. Ein leichter Wind ließ die Takelage der Katamarane rattern, so daß sie wie japanische Windglockenspiele klangen. Adam konnte verstehen, weshalb Männer wie Bill Shelly von der Insel so bezaubert waren.

Als er an dem Club vorbeiging, konnte Adam in den Speisesaal blicken. Ein paar Kellnerlehrlinge deckten bereits die Tische für die nächste Mahlzeit.

Ungefähr hundert Meter jenseits des Clubhauses sah Adam die Wohnsiedlung des Personals. Sie war in einer pseudo-spanischen Art mit Stuckwänden und rotgedeckten Dächern entworfen. In einigen der Wohnhäuser brannte Licht, und Adam konnte Männer und Frauen beim Fernsehen oder Lesen beobachten. Die ganze Szene war so friedvoll, daß man kaum zu glauben vermochte, daß es sich um das Zentrum eines gigantischen Komplotts handelte. Und doch war es ganz offensichtlich so. Alle pharmazeutischen Firmen gaben Millionen von Dollar für Versuche aus, das Kaufverhalten der Ärzte zu beeinflussen, aber MTIC wollte mehr. Es wollte die Ärzte direkt beeinflussen. Es war kein Wunder, daß Arolen plante, die Zahl seiner Vertreter zu vermindern.

Adam kehrte um und ging am Strand entlang dorthin zurück, wo er seine Schuhe stehengelassen hatte, und machte sich dann auf den Weg zum Hauptgebäude. Auf halber Strecke den Korridor hinunter bemerkte er ein Ausgangsschild. Er probierte, ob die Tür verschlossen sei; sie öffnete sich aber zu einem Treppenhaus, das zum Dach hinaufführte. Nachdem er sichergestellt hatte, daß er wieder hineinkommen könnte, folgte Adam der Treppe bis zu einer Tür, die gleichfalls unverschlossen war. Als er den Türknopf drehte, blickte er direkt über den oberen Teil des Hauptgebäudes hinweg. Der Wind peitschte von der See herüber. Adam ging zu einer etwas mehr als ein Meter hohen Mauer hinüber, die den Rand des Daches markierte. Von diesem Aussichtspunkt hatte er einen klaren Blick über die gesamte Anlage. Die Wohngebäude endeten an einem kleinen felsigen Hügel, an den sich der dichte Wald anschloß. So groß wie das Zentrum auch war, erkannte Adam doch, daß durchaus weitere Gebäude außer Sicht versteckt liegen mochten.

Als er sich zurückwandte, blickte er auf das erste innere

Gebäude. Im hellen Mondlicht konnte er seine Umrisse klar sehen und erkannte, daß das eine exzellente Lösung der Architektur war, fensterlose Büros zu vermeiden. Adam bemerkte, wie sorgfältig der Raum zwischen den Gebäuden mit Teichen, Grünanlagen und Palmen verschönt worden war. Beide Gebäude waren gleich hoch, und auf jeder einzelnen Etage gab es eine Verbindungsbrücke vom einen zum anderen.

Das Kerngebäude, von dem Dr. Nachman gesagt hatte, es beherberge das Krankenhaus, war nicht sichtbar. Adam überquerte die Brücke, ging bis an die innere Kante und blickte hinunter. Unter ihm befand sich das Krankenhaus. Es war nur drei Stockwerke hoch, weshalb Adam es zuvor nicht hatte sehen können. Direkt unter sich entdeckte er die Verbindungsbrücke, die zu den Stahltüren führte, die er auf seinem Weg aus dem Labor gesehen hatte.

Das Dach strotzte nur so von Antennen, Drähten und Parabolspiegeln, die – wie Adam vermutete – mit einem komplizierten Kommunikationszentrum in Verbindung standen. Es gab eine Reihe von gewölbten Dachfenstern, von denen sich das größte im genauen Mittelpunkt des Gebäudes befand. Auf dem Dach gab es auch einen Kühlturm für die Klimaanlage und eine schuppenähnliche Zugangstür ähnlich der, die Adam benutzt hatte, um auf das Dach des äußeren Gebäudes zu gelangen. Das Licht von dem mittleren Oberlicht gab dem ganzen Komplex ein fremdartiges, futuristisches Aussehen.

Ein paar Minuten lang blieb Adam auf dem Dach stehen und stützte seine Handflächen auf die Betonmauer, die immer noch von der Sonne des Tages warm war. Die nächtliche Brise zerzauste sein Haar. Mit einem Seufzen fragte er sich, welch wahnsinniger Impuls ihn nach Puerto Rico gebracht habe. Es gab keinen Weg, daß MTIC ihn mit seinen Geheimnissen entkommen lassen würde. Frustriert und niedergeschlagen entschied er sich, er könne genausogut zu Bett gehen.

KAPITEL 16

Am nächsten Tag fand Adam heraus, daß das Krankenhaus trotz seiner Ungeduld, es besichtigen zu können, erst am Nachmittag auf seinem Terminplan stand. Der größte Teil des Morgens wurde mit Mr. Burkett verbracht, der Adam nicht nur die Parkanlage mit den Bungalows zeigte, in dem er und Jennifer wohnen würden, sondern auch alle Annehmlichkeiten, die den Ehefrauen und Kindern der MTIC-Angestellten angeboten wurden. Er fragte sich, was Burketts Reaktion sein würde, wenn er den Mann plötzlich mit seinem Wissen konfrontierte, das MTIC sein Bestes tue, dafür zu sorgen, daß Adams Kind nie geboren würde. Er mußte seine ganze Willenskraft einsetzen, um bewundernd zu lächeln, als sie über die Anlage gingen. Adam war erleichtert, als Burkett ihn schließlich vor Linda Aronsons Büro verließ.

Linda begrüßte Adam enthusiastisch und zeigte ihm die Computer-Terminals, die Arolens Informationen in Minuten über die ganze Welt verbreiteten. Sie stellte Adam auch Mr. Crawford vor, der die Arolen-Kreuzfahrten organisierte. Adam erachtete den Mann als Verlierer im Vergleich zu dem betrügerischen Künstler, der Smyths gefälschten Paß hergestellt hatte.

Crawford zeigte Adam eine Übersicht, die anzeigte, wo die Ärzte, die an der Kreuzfahrt teilnahmen, ihre Praxis hatten. Die meisten kamen aus der New Yorker Gegend, wenn es auch in den letzten Monaten eine gewisse Zahl von

Ärzten aus Chicago und Los Angeles gegeben hatte. Adam bemerkte, daß gute zehn Prozent der Ärzte, die auf mehr als einer Kreuzfahrt gewesen waren, jetzt für die Julian-Klinik arbeiteten.

»Die Kreuzfahrten sind wirklich populär geworden«, sagte Adam und verbarg sein Entsetzen.

»Populär ist gar kein Wort«, sagte Crawford stolz. »Mit unseren gegenwärtigen Anlagen haben wir gar keine Chance, der Nachfrage gerecht zu werden. MTIC hat bereits an der Westküste ein zweites Kreuzfahrtschiff gekauft. Wir schätzen, daß es innerhalb eines Jahres seinen Dienst aufnehmen wird. Der längerfristige Plan sieht vor, fünf Schiffe in Betrieb zu haben, was bedeutet, daß wir den gesamten Medizinerberuf beherbergen können.«

Mr. Crawford verschränkte seine Arme vor der Brust und warf Adam einen Was-sagen-Sie-dazu-Blick zu, ein stolzer Vater, der die Leistungen seines Kindes beschreibt. Adam wurde fast schlecht. Eine ganze Generation von Ärzten dazu programmiert, unwissende Vertreter einer pharmazeutischen Firma zu sein!

Dr. Nachman traf Adam beim Mittagessen und führte ihn danach zu Dr. Glovers Büro, wo sich Glover und Mitchell darüber stritten, wer Adam zuerst herumführen solle.

»Es wird noch so weit kommen, daß ich euch beide nicht mehr alleine im gleichen Zimmer lassen kann«, sagte Nachman gereizt.

Adam fragte sich, ob die isolierte Situation des Zentrums verantwortlich für diese Zankereien war. Der Wettkampf zwischen den beiden Ärzten hatte einen deutlich neurotischen Anstrich. Aber Adam freute sich, daß er nun endlich das Krankenhaus sehen würde. Er wäre nicht gerade begeistert über eine weitere Stunde von Mitchells Monolog gewesen und hoffte, ihm entkommen zu können.

Als sie die Doppeltüren zum innersten Gebäude erreichten, öffnete sie Dr. Nachman, indem er seinen Daumen sanft gegen einen elektronischen Abtaster drückte. Jenseits der Türen war die Brücke auf beiden Seiten verglast, und Adam sah die attraktive Landschaft, die er in der vergangenen Nacht vom Dach aus bewundert hatte.

Am Ende des Verbindungssteges gab es eine weitere Doppeltür, die Dr. Nachman wiederum mit seinem Daumen öffnete. Sobald die beiden Männer durchgegangen waren, erkannte Adam den vertrauten Geruch eines Krankenhauses. Nachdem sie ein dreistöckiges Foyer durchquert hatten, das durch einige der gewölbten Oberlichter erleuchtet wurde, die Adam in der vergangenen Nacht vom Dach aus gesehen hatte, gingen sie an einer Reihe kleinerer Operationsräume vorbei zum Schwesternzimmer, das die gesamte modernste Ausrüstung zur Funktionsdiagnostik aufzuweisen hatte. Eine der Schwestern brachte sie in die dahinterliegende geschlossene Abteilung. Dr. Glover stellte Adam mehrere Patienten vor.

Der Arzt erläuterte jeden einzelnen Fall und beeindruckte Adam mit der Menge an Information, die er in seinem Gedächtnis gespeichert hatte. Die wenigen Details, an die er sich nicht zu erinnern vermochte, konnte er auf einem der Computer-Terminals abrufen, die sich in jedem einzelnen Raum befanden.

Es gab mehrere Diabetiker, die fötale Insel-Zellinfusionen erhalten hatten und jetzt vollkommen ohne Insulin auskamen. Adam war gegen seinen Willen beeindruckt, obgleich er wußte, daß der Zweck nie das Mittel heiligen könne.

Auf der entfernteren Seite der Abteilung befanden sich die Patienten mit Implantaten in das zentrale Nervensystem. Adam lernte eine junge Frau kennen, deren Rückenmark bei einem Automobilunfall durchtrennt worden war. Nachdem sie über ein Jahr lang querschnittsgelähmt gewesen war, konnte sie jetzt wieder dank der Infusionen von Gewebe aus fötalen zentralen Nervensystemen ihre Beine bewegen. Ihre Bewegungen waren zwar noch unkoordiniert, aber dennoch waren die Ergebnisse, verglichen mit der Hoffnungslosigkeit der traditionellen Behandlungsmethode, verblüffend.

Sie begrüßte Dr. Glover mit einer Umarmung. »Danke, daß Sie mir Hoffnung gegeben haben«, sagte sie.

»Gern geschehen«, sagte Dr. Glover strahlend vor Stolz, während Dr. Mitchell die Akte durchblätterte.

»Die Bakterienzahl im Urin steigt«, kritisierte Dr. Mitchell.

»Das ist uns durchaus bewußt«, sagte Dr. Glover.

»Wir wollen weitergehen«, sagte Dr. Nachman.

Sie sahen weitere zehn oder fünfzehn Patienten, bevor sie Dr. Nachman zurück ins Foyer führte, von wo aus sie den Aufzug zur nächsten Etage nahmen. Das war die psychiatrische Abteilung, und in dem Augenblick, als sie durch die Eingangshalle gingen, schien Dr. Mitchell zum Leben zu erwachen. Während er seinen Bart streichelte und seine Hand über den glatten Scheitel seines Kopfes gleiten ließ, beschrieb er seine Patienten mit dem Enthusiasmus eines geborenen Lehrers.

»Unsere Hauptbehandlungsmethode ist die Psychopharmakologie«, stellte er fest. »Sobald psychotrope Medikationsstufen erreicht sind, benutzen wir eine Art von Verhaltensmodifikation.«

Sie kamen an eine Doppeltür ähnlich jener, die den Zugang zu dem ganzen Krankenhaus versperrte. Dr. Mitchell drückte seinen Daumen gegen einen Abtaster.

»Das ist natürlich das Schwesternzimmer«, sagte Dr. Mitchell, als er zwei Frauen mittleren Alters zuwinkte, die in weiße Blusen und blaue Pullover gekleidet waren. Sie nickten nur, aber die Pfleger in blauen Blazern sprangen auf. Adam erkannte sofort ihr steifes Lächeln und ihr lidschlagloses Starren.

»Ein wenig Spontaneität muß geopfert werden«, dachte Adam bitter.

Als sie weiter die Halle hinuntergingen, erklärte Mitchell alle technischen Einrichtungen, bis Dr. Glover unterbrach und sagte: »Adam versteht all das, um Gottes willen. Er hat ja schließlich Medizin studiert.«

Aber Dr. Mitchell unterbrach seinen Redefluß nicht im mindesten. Indem er wieder seinen Daumen benutzte, öffnete er die Doppeltüren, die in die Krankenabteilung führten, und Adam und die anderen gingen hinter ihm hinein.

Für eine solch moderne Krankenhausanlage war Adam überrascht, eine Krankenabteilung vorzufinden, die genauso angelegt war wie die im Universitätskrankenhaus. Aber abgesehen von der Konstruktion war alles andere unterschiedlich. Im Universitätskrankenhaus waren aufgrund von fehlender Wartung die Betten, die Nachttische und sogar die Zimmerdecken kurz davor, in sich zusammenzufallen. In extremem Gegensatz dazu war die Abteilung von MTIC so fleckenlos sauber, daß sie aussah, als ob sie gerade erst eröffnet worden sei. Selbst die Patienten lagen wohlgepflegt in ihren Betten, und ihre Laken waren gleichmäßig bis zur Brust hochgezogen. Sie waren wach, bewegten sich aber nicht. Nur ihre Augen bewegten sich, als sie den Besuchern auf ihrem Gang durch die Abteilung folgten. Adam hatte noch nie eine solch friedliche Abteilung gesehen und mit Sicherheit noch keine so friedliche psychiatrische Abteilung.

Adams Augen wanderten über die ausdruckslosen Gesichter. Dr. Mitchell hatte einen weiteren seiner endlosen Vorträge begonnen. Adam fragte sich, wie lange er ihm würde zuhören müssen, als seine Augen auf den Patienten im zweiten Bett auf der rechten Seite trafen. Es war Alan Jackson! Adams Herz begann zu pochen. Er hatte entsetzliche Angst, Alan könne ihn wiedererkennen. Er drehte sich schnell um, um sein Gesicht zu verbergen; als er aber zurückblickte, hatte sich Alans Gesichtsausdruck nicht verändert. Er stand offensichtlich unter starken Drogen. Adam gestattete sich einen genaueren Blick. Alans Kopf war mit Bandagen umwickelt, und über einen Tropf floß eine klare Flüssigkeit in seinen rechten

Arm. Adam begriff, daß die *Fjord* am gestrigen Tag in Puerto Rico angelegt haben mußte. Kein Wunder, daß sie Alan unter so hoher Drogendosis gehalten hatten. Sie hatten für ihn die ganze Zeit über einen chirurgischen Eingriff gegen seinen Willen geplant.

Als Mitchell in seinem Überblick über die Patienten innehielt, wies Adam auf Alan und fragte: »Welches Problem hatte dieser Mann?«

Dr. Mitchell sah Dr. Nachman an, der ihm zunickte. Mitchell nahm die Akte am Fußende von Alans Bett auf und las die Zusammenfassung laut vor. »›Robert Iseman aus Sandusky, Ohio, eingewiesen wegen schwer behandelbarer zeitweiliger Epilepsie mit gewalttätigen kriminellen Episoden; spricht auf traditionelle Behandlungsmethoden nicht an.‹ Iseman ist in ein psychiatrisches Gefängnis ohne Hoffnung auf bedingte Haftentlassung eingewiesen worden. Er hat sich freiwillig gemeldet, an der Arolen-Behandlungsreihe teilzunehmen.« Dr. Mitchell steckte die Akte in ihre Tasche zurück.

»Ist er schon lange hier?« fragte Adam.

»Ein paar Tage«, sagte Dr. Mitchell unbestimmt. »Warum gehen wir nicht...«

»Entschuldigen Sie«, sagte Adam und unterbrach ihn, »aber manchmal ist es leichter, von einem konkreten Fall zu lernen, als von Verallgemeinerungen. Welche Art Behandlung hat dieser Mann bekommen? Von seinen Bandagen zu urteilen, hat er eine Art von Gehirnoperation hinter sich.«

»Das stimmt tatsächlich«, sagte Dr. Glover nach einem weiteren schnellen Blick zu Dr. Nachman. »Wir wissen von seiner Krankengeschichte, daß es sich um einen besonders hartnäckigen Fall handelt, und nach einem Zyklus mit Conformin haben wir ihm Mikroelektroden in das limbische System seines Hirns implantiert. Das war seine einzige Hoffnung auf eine dauerhafte Heilung. Sie erinnern sich an die klassischen Experimente, in denen Elektroden in den

Kopf eines Stieres eingesetzt wurden, um ihn vom Attakkieren abzuhalten? Nun, wir haben die Technik perfektioniert. Wir können weit mehr erreichen, als lediglich einen Stier vom Attackieren abzuhalten.«

Adam nickte langsam, als ob er versuche zu verstehen, aber sein Verstand schauderte voller Entsetzen zurück.

»Vergessen Sie nicht, daß Mr. Isemans Behandlung gerade erst begonnen hat«, sagte Dr. Nachman. »Wenn er sich erst von seiner Operation besser erholt hat, wird er eine Konditionierung mitmachen.«

»Absolut«, echote Dr. Mitchell. »Die Behandlung wird morgen schon beginnen, und wir können eine Entlassung in etwa vier Tagen ins Auge fassen. Warum gehen wir nicht zu den Konditionierungsräumen, damit Sie genau sehen können, was wir machen.«

Adam warf einen letzten Blick auf Alans ausdrucksloses Gesicht und folgte den Ärzten durch die Abteilung.

»Wir werden Mr. Iseman eine Kombination von verstärkter operanter und adversativer Konditionierung geben«, sagte Dr. Mitchell gerade. »Ein computergeführtes Programm wird unerwünschte mentale Prozesse aufspüren können und sie umlenken, bevor sie sich im äußeren Verhalten manifestieren.«

Adams Verstand drehte sich im Kreise. Er fragte sich, was Mitchell mit »unerwünschten mentalen Prozessen« meinte. Das umfaßte wahrscheinlich das Spektrum von der Weigerung, Arolen-Produkte zu verschreiben, bis zum Glauben an Gebühr-für-Behandlungs-Medizin.

»Hier ist einer unserer Konditionierungsräume«, sagte Mitchell, indem er eine Tür aufwarf und Adam hineinzublicken gestattete. Es war eine Miniaturausgabe des Kinos auf der *Fjord*. An der gegenüberliegenden Wand befand sich eine Leinwand, vor der zwei Stühle standen, die mit einem vollen Satz an Elektroden und Gurten ausgestattet waren. Adam wandte sich entsetzt ab und ließ die Tür zufallen.

»Hat das eine starke Wirkung auf die Persönlichkeit?« fragte er.

»Natürlich«, sagte Dr. Mitchell. »Das ist Teil des Programms. Wir wählen nur die erwünschtesten Persönlichkeitszüge aus.«

»Wie steht es denn mit dem Intellekt?« fragte Adam.

»Sehr geringe gegensätzliche Wirkungen«, sagte Dr. Mitchell und führte sie den Weg durch die Abteilung zurück. »Wir haben eine geringere Abnahme der Kreativität dokumentieren können, aber die Merkfähigkeit ist normal. Ja, in mancher Hinsicht ist die Erinnerung sogar verstärkt, besonders in bezug auf technische Informationen.«

Adam sah noch einmal, als sie vorbeigingen, zu Alan hinüber. Der Gesichtsausdruck des Mannes hatte sich immer noch nicht verändert. Er war zu einer Art von Zombie reduziert worden.

»Die Forschung macht gute Fortschritte«, sagte Dr. Nachman, als er sie durch die Stahltüren führte. »Die Anwendung ist natürlich begrenzt.«

»Die fötologische Arbeit kann sicherlich zu allgemeinerem Zweck gebraucht werden«, warf Dr. Glover ein.

»Das ist Ansichtssache«, sagte Dr. Mitchell. »Mit den Verhaltensmodifikationstechniken, die wir verbessern, wird es in einiger Zeit weder in Krankenhäusern noch in Gefängnissen geschlossene Abteilungen geben. Ja, das National Institute of Mental Health und das Direktorium der Gefängnisverwaltungen finanzieren unsere Experimente.«

Sie kamen wieder in der dreigeschossigen Eingangshalle mit den gewölbten Dachfenstern an. Dr. Glover war nicht willens, Dr. Mitchell das letzte Wort zu überlassen. Er begann, die verschiedenen Regierungsstellen aufzuzählen, die die Fötologie finanzierten.

Adam war in einem Zustand absoluten Schocks. MTIC plante die völlige Zerstörung des unabhängigen medizinischen Berufes. Ärzte würden nicht länger frei denkende

Professionelle sein. Sie würden zu Angestellten des medizinischen MTIC-Arolen-Imperiums.

»Adam«, sagte Dr. Nachman, indem er versuchte, Adams Aufmerksamkeit auf sich zu lenken. »Können Sie uns noch folgen?«

»Ja, natürlich«, sagte Adam schnell. »Ich bin nur überwältigt.«

»Absolut verständlich«, sagte Dr. Nachman. »Und ich finde, wir sollten Ihnen etwas Zeit geben, unsere Erholungseinrichtungen zu genießen. Ein paar Stunden am Strand werden Ihnen ungemein guttun. Wollen wir uns um acht Uhr zum Abendessen treffen?«

»Wie steht es mit einem Besuch der Operationssäle für Psychochirurgie? Wenn möglich, würde ich sie gerne besichtigen.«

»Ich fürchte, das ist nicht möglich«, sagte Dr. Nachman. »Sie werden gerade für einen Fall heute abend vorbereitet.«

»Könnte ich zusehen?« fragte Adam.

Dr. Nachman schüttelte seinen Kopf. »Wir schätzen Ihr Interesse, aber unglücklicherweise gibt es keine Zuschauergalerie. Falls Sie sich jedoch dazu entschließen, den Job hier anzunehmen, bin ich sicher, daß wir Sie noch oft im Operationssaal sehen werden.«

Als Adam zu seiner Suite zurückging, um sich umzuziehen, wurde ihm klar, daß er sich besser einen Weg überlegen sollte, harte Beweise aus dem Zentrum zu schmuggeln. Aber welche Beweise? Was könnte er nach New York schaffen, das nicht nur Jennifer überzeugen würde, keine Abtreibung durchführen zu lassen, sondern den medizinischen Beruf auch dazu bringen würde, MTIC außer Betrieb zu setzen?

Nachdem er ein paar Stunden in der Sonne gelegen hatte, glaubte Adam, eine Idee zu haben. Sie war wild und wahrscheinlich unmöglich auszuführen, aber wenn sie erfolgreich wäre, würde er keine Schwierigkeiten haben, alle Welt zu überzeugen, seine Warnungen ernst zu nehmen.

Cocktails und Abendessen waren eine Qual für Adam. Dr. Nachman schien ihn so vielen Leuten wie möglich vorstellen zu wollen, und es war fast elf Uhr, bevor er mit der Ausrede, er sei erschöpft, auf seine Zimmer entkommen konnte.

Er hatte sich entschieden, er könne seinen Plan nicht vor Mitternacht in die Tat umsetzen. Zu ruhelos, um sich in der Zwischenzeit hinzulegen, zog er seinen Anzug aus und zog sich ein dunkelblaues T-Shirt und seine Jeans an, dann öffnete er vorsichtig seine Schultertasche und überprüfte die Dinge, die er an diesem Nachmittag organisiert hatte.

Um elf Uhr fünfundfünfzig konnte er die Spannung nicht länger ertragen. Er verließ sein Zimmer und stieg die Treppe zum Dach hinauf. Das Mondlicht war wieder fast so hell wie der Tag. Er ging schnell über die Brücke zum ersten inneren Gebäude und überquerte dann dessen Dach, um auf das zweite Gebäude herunterzublicken. Helles Licht drang aus den Dachfenstern, aber Adam war sich nicht sicher, daß das auf besondere Aktivitäten in dem Gebäude hindeutete.

Adam stellte seine Tasche auf dem Dach ab, öffnete sie und zog ein Seil hervor, das er an diesem Nachmittag von einem der Segelboote gestohlen hatte. Dann suchte er nach einem brauchbaren Entlüftungsrohr. Nachdem er überprüft hatte, ob es sicher am Dach angebracht war, band er das Seil daran fest und ließ das freie Ende drei Stockwerke tief auf die Brücke des inneren Gebäudes fallen.

Mit Klettern nicht vertraut und voller Angst vor Höhen, mußte Adam all seinen Mut zusammennehmen, um auf die meterhohe Mauer zu klettern und seine Beine auf der anderen Seite herunterzulassen. Nach einem Stoßgebet ergriff Adam das Seil und ließ die Mauer los. Er klammerte sich an dem Seil fest, als ob es um sein Leben ging, und ließ sich Zentimeter für Zentimeter hinunter, bis seine Füße das Dach der Brücke berührten. Er ließ sich auf Hände und Knie fallen und kroch zum Dach des Krankenhausgebäudes, auf dem er zu dem großen mittleren Dachfenster schlich. Eine Bewegung unter sich ließ ihn innehalten.

Langsam kroch er an die Kante heran und blickte hinunter. Unter ihm spielte sich eine Szene mitten aus einem Horror-Fiction-Film ab. Der Bereich unter dem Dachfenster war ein enorm großer Operationssaal; aber anstatt mit Ärzten und Krankenschwestern besetzt zu sein, war er vollkommen automatisiert. Roboterähnliche Maschinen arbeiteten mit langen beweglichen Armen an zwei Patienten gleichzeitig.

An der gegenüberliegenden Seite des Saales lagen mehrere Patienten auf einem fließbandähnlichen System; ihre Köpfe waren in stereotaxische Schraubstöcke eingespannt. Im Augenblick lagen nur vier da, Adam konnte jedoch erkennnen, daß das System so angelegt war, daß es zumindest ein Dutzend auf einmal aufnehmen konnte.

Adam blieb wie angeklebt an dem Dachfenster kauern – hypnotisiert vom reinen Ausmaß des Entsetzens. Einer der Patienten auf dem Fließband begann sich vorwärts zu bewegen und wurde in einen großen CAT-Abtaster geschoben, der sich um den Kopf des Patienten zu drehen begann. Als die Rotation beendet war, hielt die Maschine inne, während sich robotähnliche Arme ausstreckten und an der gleichen Stelle den Kopf des Patienten aufschnitten, an der sich auch bei Vandermer Narben gezeigt hatten. Eine geringe Menge Blut trat aus und sammelte sich unter dem Kopf. Weitere Arme tauchten auf und bohrten langsam in den Schädel des Patienten. Adam konnte das Summen des Bohrers durch das Dachfenster hören. Dann begann der Abtaster wieder zu rotieren, während sich ein drittes Paar Arme ausstreckte und in das Gehirn des Patienten eingriff. Adam vermutete, das System setzte die Kontrollelektroden in das Hirn des Patienten und benutze den CAT-Abtaster, um die richtige Plazierung sicherzustellen.

Adam bemerkte eine Bewegung im linken Teil des Saales und zog sich zurück. Hinter einer verbleiten Glasabtrennung saß eine Gruppe Leute an einer Kontrollschalttafel. Sie hätten Adam direkt sehen können, wenn sie nur aufgeblickt hätten. Adam legte sich auf den Bauch. Er konnte beobachten, was unten passierte, indem er vorsichtig über die Kante des Dachfensters lugte, war sich jetzt aber ziemlich sicher, daß er selbst nicht ertappt werden konnte.

Er sah, wie Dr. Nachman die Hand ausstreckte und Dr. Mitchell auf die Schulter klopfte. Der Eingriff an einem der Patienten war gerade zu Ende gegangen, und der Patient wurde entfernt, so daß der nächste vorbereitet werden konnte. Adam hatte das Gefühl, ihm würde schlecht. MTIC-Arolen plante tatsächlich Psychochirurgie in einem riesigen Umfang.

Nachdem er von dem Dachfenster weggekrochen war, stand Adam auf und ging quer über das Dach zu der Eingangstür. Glücklicherweise war sie nicht verschlossen. Er betrat ein Treppenhaus ähnlich dem, das er benutzt hatte, um auf das Dach des Gebäudes zu gelangen. Mit Ausnahme eines beständigen Summens von der automatischen Maschinerie im Operationssaal war alles völlig ruhig. Er bewegte sich schnell und stieg zum zweiten Stockwerk hoch, wo er vorsichtig die Tür öffnete. Wie er erwartet hatte, befand er sich gerade jenseits des Konditionierungsraumes. Er spähte den Korridor hinunter in die verdunkelte Krankenabteilung. Das einzige Licht kam von dem mit Glas abgeteilten Schwesternzimmer an der gegenüberliegenden Seite der Krankenabteilung. Die diensthabende Schwester schien gerade zu essen. Hinter ihr waren zwei Pfleger, die unbeweglich auf hochrückigen Stühlen saßen.

Indem er sich dicht an der Wand hielt, schlich sich Adam in die Krankenabteilung hinein und duckte sich hinter das erste Bett. In dem Zwielicht warf er einen Blick in das Gesicht des Patienten. Zu seiner Überraschung war der Mann wach. Adam wartete und fragte sich, ob der Patient Alarm geben würde, aber er lag nur still da, und sein lidschlagloser Blick war fest auf Adam geheftet.

Adam holte tief Atem und begann, unter den Betten durch die gesamte Abteilung zu kriechen. Als er zum zweitletzten Bett am Ende der Abteilung kam, hob er wieder den Kopf und blickte zum Schwesternzimmer zurück. Er war überrascht, wie nahe er ihm war. Die Krankenschwester war immer noch mit ihrem Sandwich beschäftigt, und die beiden Pfleger hatten sich nicht im geringsten bewegt.

Es galt jetzt oder nie für seinen Plan. Adam wandte sich dem Patienten auf dem Bett über ihm zu. Alan gab kein Anzeichen des Erkennens.

»Alan, ich will Sie hier herausbringen«, flüsterte Adam. »Schaffen Sie das?«

Er bekam keine Antwort. Adam hätte genausogut mit dem Infusionsständer reden können. Alan zuckte mit keiner Wimper, als Adam das Pflaster abriß, das den dünnen Schlauch an Ort und Stelle hielt, und dann die Braunüle herauszog.

»Wenn ich Sie aufrichte, glauben Sie dann, daß Sie gehen können?«

Wieder bekam er keine Antwort.

Adam faßte Alans Bettdecke und war gerade dabei, sie zurückzuschlagen, als er den Strahl einer Taschenlampe über die Decke der Abteilung tanzen sah. Indem er zu den doppelten Eingangstüren blickte, sah Adam, wie die Schwester ihren Daumen gegen den Abtaster drückte. Die Türen gingen auf, und Adam ließ sich auf den Boden gleiten und versteckte sich unter dem Bett.

Die Schwester ging den mittleren Gang hinauf und leuchtete mit ihrer Taschenlampe jeden einzelnen Patienten an. Adam hielt den Atem an, als sie an Alans Bett vorbeiging, und hoffte, sie würde den losgelösten Tropf nicht entdecken. Sie hielt jedoch nicht einmal inne. Adam konnte sehen, wie sich ihre Füße zum Ende der Abteilung bewegten, dann kehrtmachten und zurückgingen. Die Doppeltüren glitten auf, und die Schwester ging wieder hinaus.

Da er vermutete, sie würde eine Weile lang nicht zurückkommen, glaubte Adam, es sei ein gelegener Zeitpunkt, seinen Plan zu verwirklichen. Er zog Alans Decken zurück, ergriff seine Arme und half ihm über die Kante des Bettes. Dann hob er Alans Oberkörper, so sanft er konnte, und ließ den Mann auf den Boden sinken. Es gab einen leichten Schlag, als seine Beine auf den Boden trafen, aber niemand im Schwesternzimmer schien das gehört zu haben.

»Können Sie auf dem Boden entlang kriechen?« flüsterte Adam Alan ins Ohr.

Er bekam keine Antwort.

Er weigerte sich aufzugeben, faßte Alans Hand und begann, ihn auf dem Boden entlangzuziehen. Zu seiner Überraschung reagierte Alan und begann bald, selbständig weiterzukriechen. Es sah so aus, als ob er nichts tun könnte, wenn ihm nicht gezeigt wurde, was er machen solle.

Sie schafften es bis zum Ende der Abteilung. Als Adam zurückblickte, war im Schwesternzimmer alles ruhig. Die nächsten zwanzig Schritt würden die gefährlichsten sein. Sie mußten den Schutz der Betten verlassen und den Korridor entlang zur Treppe kriechen. Wenn jemand in ihre Richtung blicken würde, mußte er sie sehen. Als sie die Tür erreichten, öffnete sie Adam ein paar Zentimeter und war erschreckt, als vom Treppenhaus Licht durch den Spalt fiel. Er hielt den Atem an, öffnete die Tür weiter und drängte Alan durch. Einen Augenblick später waren sie in Sicherheit.

Adam stand auf und streckte sich. Dann beugte er sich vor und hob Alan auf die Füße. Zuerst war er etwas wakkelig auf den Beinen, gewann aber nach ein paar Sekunden sein Gleichgewicht.

»Können Sie mich verstehen«, fragte Adam. Da war der Hauch eines Nickens, aber Adam war sich dessen nicht sicher. »Wir werden hier herauskommen!« Indem er Alan an der Hand nahm, führte er ihn die Treppe hinauf. Alan ging, als ob er keine Idee habe, wo seine Füße seien, aber als sie das dritte Stockwerk erreichten, wurden seine Bewegungen koordinierter. Man hatte den Eindruck, es würde für ihn leichter, je mehr er tun müsse. Als sie auf dem Dach ankamen, schien Alan wieder unter seiner eigenen Kontrolle zu funktionieren. Eine solch schnelle Besserung ließ Adam zu der Vermutung gelangen, daß Alan eine kleine, aber konstante Dosis Beruhigungsmittel durch den Tropf bekommen habe. Als sie auf das Dach hinaustraten, schien Alan fast aufzuwachen, und Adam bemerkte, daß die Pupillen seiner Augen nicht mehr ganz geweitet waren. Dennoch stand weiterhin außer Frage, Alan könne an dem Seil drei Stockwerke zum äußeren Gebäude hochklettern. Adam war sich nicht sicher, ob er es selbst schaffen werde, und verfluchte seinen Mangel an Voraussicht, ihre Flucht nicht besser geplant zu haben.

Als er auf den parkähnlich gestalteten Zwischenraum zwischen dem Krankenhaus und dem nächsten Gebäude blickte, wußte er, daß sie wahrscheinlich leichter hinunter- als hinaufgelangen könnten, er vermutete aber, aus dem umschlossenen Garten gebe es keine Fluchtmöglichkeit.

Voller Angst, Alans Abwesenheit könne bemerkt werden, begriff Adam, daß er handeln müsse. Da ihm eine bessere Idee fehlte, nahm er das Ende des Seiles und band es Alan unter den Armen um die Brust. Dann ergriff er das Seil und begann, sich selbst an der Seite des Gebäudes hochzuziehen. Der schwierigste Teil kam ganz oben auf ihn zu, als er das Seil loslassen und die Kante der Mauer fassen mußte. Seine Füße quirlten in der Luft herum, als er versuchte, Halt auf dem glatten Beton zu bekommen. Schließlich schaffte er es auf das Dach.

Nachdem er wieder zu Atem gekommen war, beugte sich Adam über die Mauer. Alan stand mit seinem Rücken gegen die Wand des Gebäudes gelehnt.

Adam zog das Seil an, konnte Alan aber nur ein paar Zentimeter hochheben. Er erkannte, daß er mehr Hebelwirkung haben müsse. Plötzlich erinnerte er sich an Bilder von ägyptischen Sklaven, die Steinblöcke die Pyramiden hinaufschleppen mußten. Sie hatten das Seil wie Lasttiere über ihre Schultern gehalten. Adam entschied sich, das gleiche zu tun. Er lehnte sich mit aller Macht vorwärts und kämpfte sich so bis an die gegenüberliegende Wand, an der das Seil ursprünglich festgemacht war. Als er zur Seitenwand zurücklief, sah er, wie Alan etwa auf einem Drittel des Weges baumelte.

Adam wiederholte dieses Manöver noch dreimal. Beim vierten Zug ließ sich das Seil plötzlich nicht mehr bewegen, und als Adam über die Mauer spähte, sah er, daß Alan direkt unter dem Vorsprung der Mauer, die das Dach umgab, hängengeblieben war. Er griff herunter und zog den Arzt in eine seitliche Lage, ergriff dann dessen Beine und hievte ihn unter großer Anstrengung über die Mauer. Die beiden Männer fielen auf das Dach.

Als Adam wieder zu Atem gekommen war, löste er das Seil und stopfte es in seine Schultertasche. Dann half er Alan auf. Auf seiner rechten Wange hatte er eine schlimme Abschürfung erlitten, aber ansonsten schien er diese Zerreißprobe bewundernswert überstanden zu haben.

Adam warf seine Tasche über die Schulter und führte Alan über das Dach zum äußeren Gebäude und dann die Treppe hinunter. Zu diesem Zeitpunkt stolperte Adam mehr als Alan. Seine Arme waren kraftlos, seine Schenkel zitterten vor Erschöpfung, und seine Handflächen waren wund. Als sie Adams Zimmer erreicht hatten, legte er den Arzt auf das Bett und ließ sich neben ihn fallen.

Adam war für derartige extreme körperlichen Anstrengungen nicht in optimaler Verfassung. Er hätte sich gerne etwas ausgeruht, wußte aber, daß sich die Gefahr, entdeckt zu werden, mit jeder vergehenden Minute vergrößerte. Er half Alan aus seinem Krankenhausanzug heraus und zog ihn schnell an. Glücklicherweise waren die beiden Männer fast gleich groß. Dann steckte er Alan ins Bett und betete, daß er noch genügend unter Beruhigungsmitteln stünde, um wieder einzuschlafen. Zur Vorsicht verschloß Adam die Tür hinter sich, als er sein Zimmer verließ, um nachzusehen, ob er irgendwo ein Auto auftreiben könne. Als er den Korridor hinuntereilte, wünschte er zum zweitenmal, er hätte ihre Flucht besser geplant.

☆

Selma Parkman gähnte und blickte auf die Uhr über dem Medikamentenschrank. Es war erst ein Uhr fünfzehn. Sie hatte noch mehr als fünf Stunden ihrer Schicht abzuleisten, langweilte sich aber jetzt schon zu Tode. Als sie zu den beiden Pflegern hinüberblickte, wünschte sie, sie hätte ein bißchen mehr von deren Geduld. Von dem Augenblick an, als sie im Zentrum angekommen war, war sie überrascht gewesen, wie gelassen das Personal die langweilige Routine akzeptierte.

»Ich glaube, ich gehe mal ein bißchen spazieren«, sagte sie und schlug ihren Robert-Ludlum-Roman zu. Die Pfleger antworteten nicht.

»Habt ihr mich gehört?« fragte sie gereizt.

»Wir werden auf die Abteilung achtgeben«, sagte einer von ihnen schließlich.

»Sehr gut«, sagte Selma und zwängte ihre Füße in die Schuhe. Sie wußte, daß nichts passieren würde, während sie weg war. Hier geschah nie etwas. Als sie den Job akzeptiert hatte, hatte sie etwas aufregendere Dinge erwartet, als auf einen Haufen Automaten aufzupassen. Sie hatte einen guten Job in Philadelphia im Hobart-Psychiatric-Institute aufgegeben, um nach Puerto Rico zu kommen, und sie begann sich zu fragen, ob sie nicht einen Fehler gemacht habe.

Selma verließ das Schwesternzimmer und nahm, sich verzweifelt nach etwas Unterhaltung sehnend, den Aufzug zum Stockwerk mit den Operationssälen. Dort trat sie auf eine der Zuschauergalerien. Dr. Nachman lächelte, als er sie sah. »Gelangweilt?« fragte er. »Ich sehe schon, wir müssen Ihnen einen etwas aufregenderen Arbeitsplatz geben.« In Wahrheit war er jedoch wegen ihrer Ruhelosigkeit irritiert und hatte sie auf die Liste für einen Kursus mit der Conformin-Behandlung gesetzt.

Selma beobachtete, wie die von Computern erschaffenen Bilder auf der Leinwand vor den Operateuren erschienen, aber sie hatte keine Ahnung, was sie da sah, und langweilte sich bald genauso wie auf ihrer Abteilung. Sie sagte auf Wiedersehen, aber niemand antwortete. Sie zuckte mit den Schultern, verließ die Galerie, stieg eine Etage tiefer und ging ihren Weg zum Schwesternzimmer zurück. Die Pfleger saßen immer noch da, wie sie sie verlassen hatte. Die Zeit für ihre Runde war noch nicht gekommen, aber da sie schon einmal stand, nahm sie ihre Taschenlampe und ging in die Krankenabteilung.

Der Job war nicht herausfordernd, um das wenigste zu sagen. Ungefähr die Hälfte der Patienten hing am Tropf, und sie mußte sie zumindest zweimal während ihrer Schicht kontrollieren. Ansonsten hatte sie nichts anderes zu tun, als jedem Patienten mit ihrer Taschenlampe ins Gesicht zu leuchten, um sicherzustellen, daß er noch lebte.

Selma hielt an, ihre Taschenlampe spielte auf einem leeren Kopfkissen. Sie beugte sich vor und sah auf dem Boden nach. Einmal war ein Patient aus dem Bett gefallen, aber das schien hier nicht der Fall zu sein. Sie ging zu der Akte hinüber und las den Namen: Iseman.

Da sie immer noch glaubte, der Patient müsse in der Nähe sein, ging sie zum Schwesternzimmer zurück und schaltete die Deckenbeleuchtung der Abteilung an. Ein hartes fluoreszierendes Licht überflutete den Raum. Nachdem sie die Pfleger gerufen hatte, kontrollierte Selma den Raum schnell selbst. Es gab keinen Zweifel mehr: Iseman war verschwunden.

Selma begann, sich Sorgen zu machen. Etwas Derartiges war noch nie geschehen. Sie trug den Pflegern auf weiterzusuchen und eilte wieder zum Operationssaal hinauf.

»Ein Patient ist weg«, sagte sie, als sie Nachman und Mitchell sah, die gerade gehen wollten.

»Das ist unmöglich«, sagte Dr. Mitchell.

»Es ist vielleicht unmöglich«, sagte Selma, »aber Mr. Isemans Bett ist leer, und er kann nirgendwo gefunden werden. Ich glaube, Sie kommen besser selbst hinunter und sehen sich das an.«

»Das ist der Patient, der gestern operiert wurde«, sagte Dr. Nachman. »War er nicht ständig an einem Conformin-Tropf?«

Ohne auf Mitchells Antwort zu warten, eilte er hinunter. Als er die Krankenabteilung betrat, wies Selma triumphierend auf das leere Bett.

Dr. Mitchell hob den Infusionsschlauch hoch und blickte auf die Braunüle. Es tropfte immer noch langsam. »Nun, er kann nicht weit weg sein.«

Nachdem sie alle möglichen Versteckmöglichkeiten auf dieser Etage ausgeschöpft hatten, suchten Dr. Nachman und Dr. Mitchell auf der Fötologie-Etage, dann auf dem Dach und schließlich im Garten.

»Ich glaube, wir sollten besser alle Pfleger herausrufen«, sagte Dr. Nachman. »Wir müssen Iseman augenblicklich finden.«

»Das ist unglaublich«, sagte Dr. Mitchell voller Unglauben. »Ich bin überrascht, daß der Mann auch nur gehen konnte.«

»Falls wir ihn nicht sofort finden können«, fragte Dr. Nachman, »was würde geschehen, wenn wir seine implantierten Elektroden aktivieren?«

Dr. Mitchell zog die Schultern hoch. »Der Patient ist noch nicht der Konditionierung unterzogen worden. Wenn wir ihn aktivieren, könnten die Signale entweder Schmerz oder Vergnügen verursachen, allerdings ohne eine bestimmte Kontrolle über das Verhalten. Das könnte gefährlich sein.«

»Gefährlich für wen?« fragte Dr. Nachman. »Für den Patienten oder die Leute um ihn herum?«

»Das kann ich nicht beantworten«, gab Dr. Mitchell zu.

»Nun, das bezieht sich ja auch nur auf den schlimmstmöglichen Fall«, sagte Dr. Nachman. »Ich hoffe, daß er in kurzer Zeit gefunden wird. Vielleicht stimmte die Dosierung in seinem Tropf nicht. Jedenfalls wollen wir alle Pfleger alarmieren. Sagen Sie ihnen, sie sollten volle Spritzen mit Conformin bei sich tragen, damit es keine Schwierigkeiten gibt, wenn er gefunden wird.«

☆

Adam verzweifelte langsam. Es standen viele Autos auf dem Parkplatz gegenüber dem Hauptgebäude, aber in keinem steckten die Schlüssel. Adam hatte angenommen, daß die Leute angesichts der strikten Sicherheitsmaßnahmen sorglos sein würden. Aber unglücklicherweise war das nicht der Fall. Und wieder verfluchte er sich selbst wegen seiner flüchtigen Planung.

Sich nicht ganz sicher, was er finden würde, ging er den abgeschiedenen Pfad zum Strand und zum Club hinunter. Eine Handvoll Autos standen auf dem Parkplatz hinter dem Clubhaus, und Adam ging von einem zum anderen – ohne Glück. Dann bemerkte er einen Ford-Lastwagen angemessener Größe, der am Lieferanteneingang stand.

Die Tür stand auf, und Adam schwang sich auf den Fahrersitz. Er begann nach der Zündung zu suchen, aber bevor er sie finden konnte, ging eine Alarmanlage mit einem ohrenbetäubenden Heulton los. Adam öffnete die Tür und sprang voller Panik hinaus.

Die Clubtür wurde aufgeworfen, und Adam lief um das Gebäude herum und verbarg sich hinter einer Reihe Pinien. Der Alarm wurde abgeschaltet, aber der Klang sich nähernder Stimmen ließ Adam erkennen, daß er sich weiter entfernen müsse. Als er die Masten der Hobie-Cats sah, rannte Adam zum Strand hinunter und ließ sich unter das nächstgelegene Boot gleiten.

Er konnte hören, wie die Männer zum Club zurückkehrten. Sie waren offensichtlich zu dem Resultat gekommen, es habe sich um einen falschen Alarm gehandelt, aber Adam wußte, daß er nur ein paar weitere Stunden vor Tagesanbruch hatte, um einen Weg zu finden, wie er Alan aus der Anlage herausschaffen wollte. Er fragte sich, ob jemand bereits bemerkt hatte, daß der Patient verschwunden war.

☆

Dr. Nachmans Gesicht machte einen hagereren Eindruck als gewöhnlich. Seine Augen schienen sichtlich in ihre Höhlen gesunken zu sein.

»Er muß einfach hiersein«, sagte Dr. Mitchell.

»Wenn er hier wäre, dann hätten wir ihn gefunden«, sagte Dr. Nachman humorlos.

»Vielleicht ist er im Garten. Das ist der einzige Platz, der noch übrigbleibt.«

»Wir lassen schon zwanzig Pfleger nach ihm suchen«, schnappte Dr. Nachman. »Wenn er da wäre, hätten sie ihn bis jetzt sicher gefunden.«

»Er wird gefunden werden«, sagte Mitchell, mehr, um sich selbst zu überzeugen, als irgend jemand anderes. »Vielleicht müssen wir warten, bis es hell wird.«

»Ich frage mich, ob er aus dem Krankenhaus herausgekommen sein kann«, sagte Dr. Nachman. »Er ist nicht die Art Patient, den wir gerne draußen finden lassen würden.«

»Er kann nicht entkommen sein, selbst wenn er es gewollt hätte«, sagte Dr. Mitchell. »Er hätte die Sicherheitstüren nicht öffnen können. Und davon abgesehen war Miß Parkman hier. Sie sagte, sie habe den Patienten mit absoluter Sicherheit gesehen, als sie ihre letzte Runde machte.«

»Sie war auch nicht hier, als sie zum Operationssaal kam«, warf Dr. Nachman ein.

»Aber das hat doch nur ein paar Minuten gedauert«, verteidigte sich Selma. »Und die beiden Pfleger, die mit mir Dienst hatten, haben bestätigt, alles sei ruhig gewesen.«

»Ich will, daß die Suche auf das Hauptgebäude ausgedehnt wird«, sagte Dr. Nachman und ignorierte Selma. »Ich beginne zu befürchten, daß noch jemand anderes daran beteiligt ist, jemand, der Zugang zur Krankenabteilung hat. Wenn das der Fall ist, müssen wir versuchen, die Elektroden des Patienten zu aktivieren. Das würde uns vielleicht ermöglichen, den Mann über den Transmitter aufzuspuren.«

»Ich weiß nicht, ob das funktionieren wird«, sagte Dr. Mitchell. »Wir haben noch nie versucht, aus der Ferne zu aktivieren.«

»Nun, dann versuchen Sie es eben jetzt«, befahl Dr. Nachman. »Rufen Sie auch die Sicherheitsabteilung an und sagen Sie ihnen, daß niemand das Haupttor benutzen darf.«

Dr. Mitchell ging zum Telefon und rief die Sicherheitsabteilung an. Dann rief er den Chef der Programmierungsabteilung, Edgar Hofstra, an und teilte ihm mit, es gebe einen Notfall, und er werde dringend im Kontrollraum gebraucht. Dann gingen er und Dr. Nachman nach oben.

Der Kontrollraum war auf der gleichen Etage wie der automatisierte Operationssaal. An einem Ende befand sich, durch eine Glaswand geschützt, der MTIC-Zentralcomputer. Ungefähr ein halbes Dutzend in weißen Kitteln gekleidete Techniker taten Dienst und führten ein weites Spektrum von operativen und wartungsmäßigen Verfahren durch.

Hofstra erschien etwa zehn Minuten später; seine Augen waren noch immer vom Schlaf gerötet.

Ohne sich auch nur die Mühe zu machen, sich zu entschuldigen, begann Mitchell, das Problem zu umreißen.

»Wenn wir die Elektroden des Patienten aktivieren, dann bin ich der Ansicht, daß die Sicherheitsabteilung den Patienten über Transmitter aufspüren kann. Glauben Sie, Sie könnten sie auch aus größerer Entfernung aktivieren?«

»Ich bin mir nicht sicher«, sagte Hofstra, als er sich an den Computer-Terminal setzte. Sobald er Isemans Namen eingegeben hatte, antwortete der Computer und sagte, es müsse einen Irrtum geben, der Patient sei nicht angeschlossen. Hofstra ging über dieses Signal hinweg.

Alle im Zimmer Anwesenden beobachteten ihn mit Spannung. Nach einer Minute tauchte auf dem Bildschirm das Zeichen »Elektroden aktiviert« auf, gefolgt nach einer weiteren Minute von dem Kommando »bitte fortfahren«.

»So weit, so gut«, sagte Hofstra. »Und jetzt wollen wir mal sehen, ob seine Batterie Kraft hat.« Er gab das Kommando für Isemans Elektroden ein zu transmittieren. Das Ergebnis war ein sehr schwaches Signal, das für den Computer nicht verstehbar war.

Hofstra drehte sich in seinem Stuhl um. »Nun, die Elektroden sind aktiviert, aber das Signal ist so schwach, daß ich bezweifle, daß wir den Ausgangspunkt aufspüren können.«

☆

Adam hatte keine Ahnung, woher er den Mut fand, in das Hauptgebäude zurückzukehren, besonders als er sah, daß die meisten Lampen eingeschaltet und Gruppen von Männern in blauen Blazern, die Spritzen in Händen hielten, überall im Erdgeschoß herumschwärmten. Nur der Gedanke an Jennifer und ihre bevorstehende Abtreibung hatte ihn dazu gezwungen, die vergleichsweise Sicherheit des freien Geländes aufs Spiel zu setzen. Jetzt ging er einfach durch die Haupteingangshalle, als ob nichts passiert sei. Als er auf der sechsten Etage den Aufzug verließ, sah er, daß der Korridor ruhig war, und vermutete, sie hätten noch nicht begonnen, die Gästezimmer zu durchsuchen.

Als er in sein Zimmer kam, schaltete er das Licht an und war erleichtert, Alan, immer noch friedlich schlafend, vorzufinden.

»Ich weiß nicht, ob Sie mich verstehen können«, sagte Adam nervös, »aber wir müssen verdammt noch mal machen, daß wir hier rauskommen.«

Er zog Alan in eine sitzende Position und überprüfte die Bandagen, die seinen Kopf umgaben. Nachdem er sie endlich vorsichtig abgewickelt hatte, freute er sich, feststellen zu können, daß die automatisierte Chirurgie nur einen kleinen Bereich auf beiden Seiten des Kopfes rasiert hatte. Adam nahm seinen Kamm und bedeckte die kahlen Stellen mit Alans Haar.

Mit pochendem Herz half er Alan auf die Beine und öffnete leise die Tür. Drei Pfleger gingen gerade in eine Suite am Ende des Korridors. Adam wußte, wenn er zögerte, würde er keine zweite Chance bekommen. In dem Augenblick, als sie in der Suite verschwanden, ergriff er Alans Hand und eilte mit ihm zum Aufzug zur Badestation. Als sich die Türen schlossen, konnte Adam Stimmen hören, aber niemand schien Alarm zu geben.

Er drückte den Knopf für das Erdgeschoß. Aber zu seinem Entsetzen stoppte der Fahrstuhl, nachdem er nur kurze Zeit abwärts gefahren war, auf der dritten Etage!

Adam warf Alan einen Blick zu. Ohne Bandagen sah er besser aus, aber sein Gesicht hatte immer noch die verräterische, von Drogen stammende Leere.

Die Türen öffneten sich, und ein pockennarbiger Pfleger trat in den Aufzug. Nachdem er Adam und Alan mechanisch angesehen hatte, drehte er sich um und blickte auf die sich schließenden Türen. Er war so nahe, daß Adam jedes einzelne Haar auf seinem Kopf erkennen konnte. Adam hielt den Atem an, während der Aufzug seine Fahrt fortsetzte.

Sie fuhren gerade an der zweiten Etage vorbei, als dem Pfleger bewußt zu werden schien, daß noch jemand anwesend war. Er drehte sich langsam um. In seiner linken Hand hielt er eine Spritze ohne die schützende Plastikkappe.

Adam reagierte wie in einem Reflex und mit einer Schnelligkeit, die ihn überraschte. Er griff nach der Spritze und rang sie mit einem schnellen Drehen aus der Hand des Pflegers, den er dann gegen Alan stieß. Als die Männer aufeinanderprallten, stieß Adam dem Mann die Nadel gleich neben der Wirbelsäule in den Rücken und drückte den Kolben mit der Handfläche hinein.

Alle drei fielen gegen die Wand des Fahrstuhls und brachen in einem Haufen mit Alan zuunterst zusammen. Der Pfleger machte einen Katzenbuckel, rollte auf die Seite und öffnete den Mund, um zu schreien. Adam hielt ihm die Hand auf den Mund, um den Schrei zu dämpfen. Der Aufzug hielt an, und die Türen öffneten sich.

Der Pfleger ergriff Adams Arm in einem festen Griff und begann, seine Hand vom Mund zu ziehen. Adam versuchte, den Mund des Mannes bedeckt zu halten. Dann sah er, wie sich die Augen des Mannes überkreuzten. Plötzlich löste sich sein Griff, und sein Körper wurde schlaff.

Adam zog seine Hand zurück und fuhr dann entsetzt zurück. Er drückte sich gegen die Wand des Aufzugs und starrte den Mann an, dessen Augen jetzt in den Kopf zurückgerollt waren. Obgleich man ihn augenscheinlich plastischen Eingriffen unterzogen hatte, um seine Gesichtszüge zu verunstalten, erkannte ihn Adam doch. Es war Percy Harmon!

Eine Sekunde lang war Adam zu verblüfft, um zu reagieren. Dann begannen sich die Türen des Fahrstuhls wieder zu schließen, und Adam wußte, er würde sich beeilen müssen. Indem er Alan in die Tür klemmte, um sie offenzuhalten, zog er Harmon hinaus und schleppte ihn hinter eine Reihe dichter Farne. Einen Augenblick lang hatte er die

Hoffnung, ihn mitnehmen zu können, erkannte dann aber, es würde schwer genug, auch nur mit Alan fertig zu werden. Er brachte den Arzt zur Hintertür hinaus auf den Pfad, der zum Strand führte. Sein vager Plan sah vor, zu der Wohnanlage zu schleichen und zu versuchen, dort einen Wagen aufzutreiben.

Der Mond war jetzt teilweise von Wolken verdeckt, und der Strand war nicht die helle Landschaft, die sie zuvor gewesen war. Die Palmen und Pinien sorgten für einen tiefen, verbergenden Schatten.

Auf halbem Weg zum Club trafen Adam und Alan auf den Katamaran, unter dem sich Adam versteckt hatte. Adam hielt inne. Eine Idee begann sich in seinem Hinterkopf zu regen. Er blickte auf den Ozean hinaus und überlegte. Er war in keinem Falle ein guter Segler, aber er hatte von kleinen Booten ein wenig Ahnung. Und er war erfreut festzustellen, daß die letzte Person, die das Hobie-Cat benutzt hatte, es an den Strand gezogen hatte, ohne die Segel abzunehmen.

Der Ruf eines Mannes aus der Gegend des Hauptgebäudes ließ ihn zur Entscheidung kommen. Die Zeit wurde knapp. Zuerst zog Adam das Boot ins Wasser, dann führte er Alan hin und half ihm, hineinzuklettern, und zwang ihn, sich auf die Leinwand zu legen. Mit der Bugleine band Adam Alan lose an den Mast. Indem er durch das Wasser watete, schob Adam das Hobie-Cat vom Sand in die Brandung. Die Wellen waren nur einen halben bis einen ganzen Meter hoch, und doch machten sie es schwierig, das Boot zu kontrollieren. Als er bis zur Hüfte im Wasser stand, zog er sich ins Boot.

Die ursprüngliche Idee war, das Boot um die Landzunge außer Sicht zu rudern, aber er erkannte, daß das unmöglich werden würde. Er würde das Segel setzen müssen. So schnell er konnte, setzte er das Hauptsegel. Er zuckte vor Schmerz wegen seiner wunden Handflächen, machte aber dennoch weiter. Schließlich blähte sich das Segel, und der

Ausleger hob sich mit lautem Geklapper. Zu seiner Erleichterung stabilisierte sich das Boot im Augenblick, als es unter Segel war. Er drehte sich um und ließ das Ruder in Position einschnappen, dann drückte er die Ruderpinne nach rechts.

Eine quälende Minute lang schien das Boot wieder an den Strand zurückzutreiben. Dann fiel es vom Strich ab, schoß vorwärts und durchbrach die einlaufenden Wellen, als es sich vom Strand entfernte. Adam konnte wenig anderes tun, als Alan mit der einen Hand festzuhalten und die Ruderpinne mit der anderen zu bedienen.

Das Boot fuhr direkt vor dem Club vorbei, aber Adam hatte Angst, den Kurs zu ändern. Er seufzte vor Erleichterung laut auf, als sie jenseits der Brecher waren. Bald danach hatten sie die Landzunge umsegelt und waren außer Sicht.

Adam entspannte sich ein bißchen und blickte zu dem parabolischen Bogen des Segels hinauf, der sich gegen den sternenbestreuten tropischen Himmel stark abhob. Als er in westliche Richtung blickte, sah er, wie der Mond zeitweise von kleinen, dahinjagenden Wolken verhüllt war. Unter ihm tauchte die dunkle Silhouette der felsigen Berge Puerto Ricos auf. Die Schönheit war überwältigend. Dann traf das Boot auf die langen atlantischen Dünungen, und Adam mußte seine ganze Aufmerksamkeit dem Ruder widmen. Nachdem er das Hauptsegel sicher mit Klampen befestigt hatte, setzte er den Klüver, und das Hobie-Cat schoß mit noch größerer Geschwindigkeit durch das Wasser. Optimismus regte sich in ihm, sie könnten innerhalb von ein paar Stunden weit genug die Küste hinauf sein, um Hilfe zu finden.

☆

Dr. Nachman drehte sich voller Wut von dem Computer weg. Harry Burkett war eingetreten, um den Forschungsdirektor über den Verlauf der Suchaktion auf dem laufenden zu halten, aber Nachman war nicht mit falschen Zusicherungen zufriedenzustellen.

»Wollen Sie mir sagen, das sei alles, was Sie mit vierzig Mann und einer Sicherheitsausrüstung im Werte von einer Million Dollar in Erfahrung gebracht haben, daß einer der Pfleger bewußtlos gefunden worden ist und daß einer unserer Gäste, Mr. Schonberg, nicht auf seinem Zimmer ist?«

»Das stimmt«, sagte Mr. Burkett.

»Und dem Pfleger«, fuhr Dr. Nachman fort, »wurde anzunehmenderweise seine eigene Spritze mit Conformin in den Rücken injiziert?«

»Genau«, sagte Mr. Burkett. »Die Spritze wurde mit solcher Gewalt injiziert, daß die Nadel abbrach und jetzt in der Muskulatur des Mannes eingebettet ist.« Mr. Burkett wollte den Forschungsdirektor mit der Vollständigkeit und Präzision seiner Untersuchungen beeindrucken, aber Nachman wollte von alledem nichts wissen. Er fand es unvorstellbar, daß Mr. Burkett mit seinem großen Personalstab und seinen technisch hochstehenden Hilfsmitteln einen unter starken Beruhigungsmitteln stehenden Patienten nicht ausfindig machen konnte. Dank Burketts Unfähigkeit war das, was als Unannehmlichkeit begonnen hatte, schnell zu einer ernsten Angelegenheit geworden.

Dr. Nachman zündete wütend seine Pfeife an, die zum zehnten Male ausgegangen war. Er konnte sich nicht entscheiden, ob er jetzt bereits den inneren Kreis von MTIC informieren solle. Wenn das Problem schlimmer würde, wäre er desto besser dran, je früher er Bericht erstattete. Wenn sich das Problem aber von selber löste, wäre es am besten zu schweigen.

»Hat es irgendwelche Anzeichen gegeben, daß jemand den Umgrenzungszaun berührt hat?« fragte er.

»Absolut nicht«, sagte Burkett. »Und es ist auch niemand durch das Haupttor gelassen worden, seit Dr. Mitchell angerufen hat.« Er warf dem Psychiater, der nervös seine Nagelhaut studierte, einen Blick zu.

Dr. Nachman nickte. Er war sich sicher, daß sich der Patient immer noch auf dem Gelände befand und daß der Umgrenzungszaun eine unüberwindliche Barriere darstelle, aber dennoch machte er sich immer noch Sorgen wegen der Unfähigkeit der Sicherheitsmannschaft Burketts. Es gab keinen Grund, Risiken einzugehen.

»Ich möchte, daß Sie jemanden zum Flughafen schicken, um die Abflüge zu kontrollieren«, befahl er.

»Ich finde, das geht ein bißchen zu weit«, sagte Burkett. »Der Patient wird nicht aus der Anlage herauskommen.«

»Es interessiert mich nicht, was Sie finden«, unterbrach Dr. Nachman. »Alle haben mir versichert, der Patient habe das Krankenhaus nicht verlassen können, aber offensichtlich ist das doch der Fall. Kontrollieren Sie also den Flughafen.«

»O.k.«, sagte Burkett mit einem gereizten Seufzen.

Dr. Mitchell, der sich wohl bewußt war, der Mann gewesen zu sein, der darauf bestanden hatte, der Patient sei nicht in der Lage, das Krankenhaus zu verlassen, stand auf und sagte: »Selbst wenn der Transmitter zu schwach sein sollte, als daß wir ihn dazu benutzen könnten, den Patienten aufzuspüren, wird er sich vielleicht verraten, wenn wir seine Elektroden stimulieren.«

Dr. Nachman sah Hofstra an. »Können wir das machen?«

»Ich weiß nicht«, sagte Hofstra. »Die Position seiner Elektroden ist nicht neurophysiologisch aufgezeichnet worden. Ich weiß nicht, was geschehen würde, wenn wir ihn stimulieren. Es könnte ihn umbringen.«

»Aber könnten wir ihn stimulieren?« insistierte Dr. Nachman.

»Vielleicht«, sagte Hofstra. »Es wird aber einige Zeit dauern. Das gegenwärtige Programm ist mit der Erwartung erstellt worden, daß der Patient zu Beginn anwesend sein würde.«

Hofstra breitete seine Hände aus. »Ich werde wohl in ungefähr einer Stunde wissen, ob wir das durchführen können.«

»Sie haben aber doch keine Schwierigkeiten gehabt, die Elektroden zu aktivieren.«

»Das stimmt«, sagte Hofstra. »Aber die eigentliche Stimulierung ist viel komplizierter.«

»Versuchen Sie es«, sagte Dr. Nachman matt. Dann machte er eine Geste zu Mr. Burkett, der immer noch am Telefon sprach, und sagte: »Ich hätte gerne irgendeine Verstärkung für seine Keystone-Kops.«

☆

Als Adam auf seine Uhr blickte, stellte er fest, daß sie fast schon zwei Stunden gesegelt waren. Sobald sie die Landzunge nördlich des MTIC-Arolen-Strandes umfahren hatten, waren sie auf zunehmend hohe Dünung getroffen, die gelegentlich mit einem Gischtkamm gekrönt war und über das Leinwand-Trampolin hereinbrach. Ein paarmal, als sie durch eine besondes hohe Welle Schwierigkeiten hatten, fürchtete Adam, sie würden unter Tonnen Seewasser begraben werden. Aber jedesmal war das Boot wieder aufgetaucht und wie ein Korken über den Kamm der Welle geritten.

Sie steuerten direkt nach Westen an der nördlichen Küste entlang. Im Zweifel, ob es hier irgendwelche Riffe gebe oder nicht, hielt sich Adam zwei- oder dreihundert Meter von der Küste entfernt. Der härteste Teil des Abenteuers war bei weitem, mit seiner Phantasie fertig zu werden. Seine Angst, unter ihnen in den dunklen, wirbelnden Wassern könnten Haie lauern, wuchs mit jeder Minute. Jedesmal wenn er hinunterblickte, erwartete er, eine große schwarze Flosse die Wasseroberfläche durchbrechen zu sehen.

Mit der Gewißheit, daß sie schon lange die Grenzen der MTIC-Arolen-Anlage passiert hatten, begann Adam, das Hobie-Cat auf das Land zuzusteuern. In den letzten fünfzehn Minuten hatte er gelegentlich Lichter an der Küste entdeckt. Jetzt konnte er die Wellen am Strand brechen hören. Er versuchte, sich nicht vorzustellen, was das bedeuten könnte.

Ein Schrei zerriß die Stille. Urplötzlich umklammerte Alan mit beiden Händen seinen Kopf und schrie gellend in die Nacht hinein. Adam war völlig überrumpelt. Ein großer Bolus Adrenalin schoß in seinen Blutkreislauf.

Alans Schreie verstärkten sich bis zur vollen Kraft seiner Lungen, er versuchte aufzustehen und warf sich gegen das Seil, das ihn an den Mast anband. Er begann, sich von einer Seite auf die andere zu werfen, und drohte, so das Boot zum Kentern zu bringen. Adam ließ die Ruderpinne und die Segelleine des Hauptsegels los und versuchte, den toll gewordenen Mann zurückzuhalten. Das Boot fiel sofort vom Strich ab, und das Hauptsegel luvte an.

»Alan!« schrie Adam über das Getöse des Windes weg. »Was ist los?« Er faßte Alan an beiden Schultern und schüttelte ihn, so fest er konnte. Alan hielt immer noch seinen Kopf mit einer solchen Kraft umfaßt, daß sein Gesicht ganz verzerrt war. Seine Schreie kamen zwischen keuchendem Luftholen.

»Was ist los?« rief Adam wieder.

Alan ließ seinen Kopf los, und eine Sekunde lang konnte Adam sein Gesicht sehen. Der frühere leere Gesichtsausdruck hatte sich in einen von Schmerz und Wut gewandelt. Wie ein tollwütiger Hund stürzte sich Alan auf Adams Kehle.

Von Alans Stärke schockiert, versuchte Adam aus seiner Reichweite zu krabbeln, aber auf dem Trampolin des Hobie-Cats war wenig Platz. Alan wand sich wie wild in seinen Fesseln, schlug mit seinen Armen um sich und traf Adam mit einem mächtigen Hieb ins Gesicht. Jetzt nun selbst schreiend, wankte Adam auf der Kante des Katamarans und versuchte verzweifelt, mit seinen Händen einen Haltepunkt zu finden. Seine Finger fanden die aufgerollte Falleine des Hauptsegels, die ihm aber keinen Halt gab. In einer Art von quälender Zeitlupenbewegung stürzte Adam in den gefährlichen Ozean.

Er tauchte unter die Oberfläche des eisigen Wassers. Voller Panik mit den Armen rudernd, kämpfte sich Adam voller Angst an die Luft zurück, jeden Augenblick von einem Seemonster gebissen zu werden. Sein Bein berührte das Seil, das er in Händen hielt, und er schrie laut auf.

Obgleich die Segel schlaff am Mast hingen, drückte der starke Passatwind das Boot weiterhin durch das Wasser. Adam hielt sich an der Falleine des Hauptsegels fest und wurde hinterhergezogen wie ein Köder am Ende einer Angelschnur. Er konnte sein rechtes Augenlid anschwellen spüren, aber am schlimmsten war eine herunterlaufende Wärme von seiner Nase, von der er vermutete, es sei Blut. Er erwartete, seine Beine würden jeden Augenblick abgebissen. Hand über Hand setzend, zog er sich wie toll zum Boot zurück. Auf dem Trampolin brüllte Alan immer noch vor Schmerzen. Adam ergriff ein Ponton und kletterte aus dem Wasser.

Das Schlagen des schlaff hängenden, aber unbefestigten Hauptsegels hörte sich wie Gewehrschüsse an. Das Boot hatte sich nach luvwärts gedreht, und plötzlich schwang der Ausleger unkontrolliert über das Heck des Bootes, krachte gegen die Seite von Alans Kopf und warf ihn mit dem Gesicht nach unten auf das Trampolin.

Adam zog sich aus dem Wasser, wich auf den hin- und herschwingenden Ausleger aus und näherte sich dem Mann mit gemischten Gefühlen, denn er erwartete halb, er würde von neuem explodieren. Aber Alan war bewußtlos und atmete tief und ruhig. Indem er sich selbst auf dem hin- und hertaumelnden Boot festzuhalten versuchte, tastete Adam Alans Kopf nach einem Schädelbruch ab. Das einzige, das er fand, war eine stark anschwellende eiförmige Beule.

Vorsichtig drehte Adam Alan um und fragte sich, was in

den Mann gefahren sei. Bis zu diesem beängstigenden Augenblick war er so friedlich gewesen. Adam bemerkte, daß einer der genähten Einschnitte aufgeplatzt war, und ahnte plötzlich, was geschehen sein konnte.

Nachdem er zum Heck zurückgeklettert war, ergriff Adam die Ruderpinne und zog dann an der Hauptsegeltakelage. Das Boot reagierte, und die Segel blähten sich. Adam ließ das Boot vom Strich abfallen und steuerte auf den Strand zu. Er hatte jetzt ein zusätzliches und unerwartetes Problem. Er hatte keine Ahnung, was mit Alan noch alles geschehen könnte. Adam zitterte mehr aus Angst als wegen der Kälte seiner nassen Kleider.

☆

Edgar Hofstra blickte zu Dr. Nachman auf, dessen Augen mittlerweile blutrot unterlaufen waren. Die unteren Lider des Mannes hingen von seinen Augäpfeln ab, während er sich über Hofstras Schulter beugte und auf den Computerbildschirm starrte.

»Ich kann nicht hundert Prozent sicher sein, daß die Elektroden reagiert haben«, sagte Hofstra, »aber das war das stärkste Signal, daß ich im Augenblick senden kann. Wenn Sie mir ungefähr zwei Stunden geben, kann ich die Stärke noch vergrößern.«

»Nun, sehen Sie zu, daß Sie die Sache schneller hinkriegen«, sagte Dr. Nachman. »Und vielleicht können Sie sich erinnern, ob uns irgendeines unserer früheren Experimente mit Affen einen Hinweis geben kann, wie das Subjekt reagieren wird.«

»Ich sage es Ihnen ungerne«, sagte Mitchell, »aber abgesehen davon, daß sie alles in ihrer Nähe zerstörten, haben die Affen letztendlich in diesen Situationen auch immer sich selbst umgebracht.«

Dr. Nachman stand auf und streckte sich. »Hören Sie, das war vielleicht die gute Nachricht.«

»Ich werde das ganze System abschalten müssen, während wir daran arbeiten«, sagte Hofstra.

»In Ordnung«, sagte Dr. Nachman. »Ich kann mir nicht vorstellen, daß irgend jemand zu dieser Stunde Informationen an die ›kontrollierten‹ Ärzte senden möchte.«

»Zu schade, daß der Patient nicht schon zumindest für den Selbstzerstörungsmodus konditioniert worden ist«, sagte Dr. Mitchell.

»Allerdings sehr schade«, stimmte Dr. Nachman zu.

☆

Als Adam bis zu einer Entfernung von dreißig Metern an die Küste herangekommen war, war die Dunkelheit beträchtlich tiefer geworden. Er wandte das Boot gegen Westen und segelte parallel zur Insel hin, während er sorgfältig auf das Geräusch der Wellen lauschte, die an die Küste brandeten. Er hoffte, daß die Art des Getöses ihn in die Lage versetzen werde, die Beschaffenheit der Küste zu erahnen. Bei der schweren Brandung hatte er Angst, auf Korallenriffe zu stoßen.

Alan hatte ein paarmal gestöhnt, hatte aber nicht versucht aufzustehen. Adam glaubte, er sei entweder immer noch von dem Schlag an den Kopf bewußtlos oder leide sozusagen an Nachwehen seines merkwürdigen Anfalls. Jedenfalls hoffte Adam, daß er ruhig bleiben würde, bis sie die Küste erreichten.

Das Geräusch eines bellenden Hundes gegen das Getöse des Ozeans zog Adams Aufmerksamkeit auf sich, und er strengte seine Augen an, nach der Küste auszuspähen. Er konnte eine Gruppe von Häusern ausmachen, die sich unter einem Wald von graziösen Palmenstämmen angesiedelt hatte. Weil er glaubte, sie seien ein gutes Anzeichen für einen sandigen Strand, warf Adam die Ruderpinne herum, duckte sich unter dem herumschwingenden Klüverbaum des Hauptsegels weg und steuerte das Boot auf die Küste zu.

Obgleich Adam das Segel fallen ließ und dem Wind keine Angriffsfläche mehr bot, schien das Boot zu fliegen. Indem er das Ruder mit seinem Bein in Position hielt, reichte er hinauf und ließ den Klüver los, der wütend im Wind zu flattern begann. Vor sich konnte Adam sehen, wo sich die Wellen mit einem Kamm zu krönen begannen – eine weiße Gischtlinie gegen die Schwärze der Insel.

Je näher sie kamen, desto lauter wurde das Getöse der Brecher, die auf die Küste schlugen. Adam betete still für einen sandigen Strand, obgleich bei dieser Geschwindigkeit auch Sand ein Problem darstellen würde. Eine große Welle schob sich unter das Boot, dann baute sich eine noch größere hinter ihnen auf. Das Hobie segelte auf der Vorderseite der Welle hoch, und mit Entsetzen dachte Adam, sie würden mit dem Heck voran überschlagen. Aber das Boot richtete sich selbst wieder auf, als die Welle wegrollte. Als Adam zurückblickte, sah er eine weitere Welle, die sich ihnen schnell näherte. Sie sah so hoch wie ein Haus aus. Ihre obere Ecke breitete sich federnartig gegen den Himmel aus und deutete an, daß sie gleich brechen würde. Adam sah, wie sich die obere Kante zu überschlagen begann. Indem er die Ruderpinne mit der einen und das Trampolin mit der anderen Hand festhielt, schloß er die Augen und bereitete sich innerlich darauf vor, untergetaucht zu werden.

Aber die Tonnen Wasser, die Adam erwartete, kamen nicht. Statt dessen schoß das Hobie mit einem erregenden Ausbruch von Geschwindigkeit vorwärts. Adam öffnete seine Augen und sah, daß sie vor diesem reißenden Berg aus weißem Wasser auf die Küste zurasten.

Bevor er verstand, was passierte, traf das dahinfliegende Boot die Rückströmung der vorigen Welle und schnellte in die Luft, wodurch er über die Seite ins Wasser geschleudert wurde. Er kam prustend wieder hoch, aber freudig überrascht, daß das Wasser nur hüfttief war. Alan war auf dem Trampolin des Bootes geblieben, an dem er mit einem Seil um die Brust festgebunden war, hatte sich aber um den Mast gedreht, so daß seine Beine über die Bordwand hingen. Adam ergriff das Boot und zog es zum Strand hin, wobei er sich gegen den Sog lehnen mußte. Der Ponton traf schließlich auf Grund, und Adam wartete auf die nächste Welle, bevor er das Boot auf trockenes Land hochzog.

Er ließ sich augenblicklich auf den Sand fallen, um erst einmal zu Atem zu kommen, dann fischte er seine Brille heraus und setzte sie auf.

Als er sich umsah, erkannte er, daß sie auf einem schmalen und ziemlich steilen Sandstrand gelandet waren, der mit allen möglichen Arten Schutt bestreut war. Eine Reihe alter Holzboote war von der Wasserkante hochgezogen und an die Stämme der in der Nähe stehenden Palmen angebunden worden. In der Dunkelheit der Bäume lag ein Dorf, das aus halbverfallenen Hütten bestand.

Ein Willkommens-Komitee von zwei mageren Hunden erschien am Rand des Strandes und begann, laut zu bellen. In dem am nächsten gelegenen Haus ging Licht an. Als sich Adam auf die Füße kämpfte, rannten die Hunde einen Augenblick lang außer Sichtweite, allerdings nur, um sofort danach wieder zu erscheinen und um so lauter zu kläffen. Adam ignorierte sie. Er band Alan los und brachte den Mann zum Stehen.

Alan hielt seine Hand, als Adam ihn den Strand hinaufführte. Gerade innerhalb des Schutzes der Palmen fanden sie ein baufälliges Haus, vor dem ein verbeulter Halbtonnerlieferwagen geparkt war. Adam spähte begierig in die Fahrerkabine. Keine Schlüssel baumelten vom Zündschloß. Er entschied sich, an die Haustür zu klopfen und es darauf ankommen zu lassen. Die Hunde bellten jetzt wie toll und schnappten nach seinen Beinen.

Als er die Stufen hochstieg, ging ein Licht an, und ein Gesicht erschien im Fenster. Adam kontrollierte seine Gesäßtasche, um festzustellen, ob seine Brieftasche in Sicherheit sei. Einen Augenblick später öffnete sich die Tür. Der

Mann, der sie öffnete, war bis zur Hüfte nackt und barfuß. Er hatte eine Waffe in der Hand, einen alten Revolver mit einem perlmuttbesetzten Griff.

»No hablo much español«, sagte Adam und versuchte ein Lächeln. Der Mann lächelte nicht zurück.

»Me puede dar un ride al aeropuerto«, sagte Adam, indem er sich leicht umwandte und auf den Lieferwagen deutete.

Der Mann sah Adam an, als ob er verrückt sei. Dann machte er mit dem Revolver eine wegwerfende Bewegung der Abweisung und begann, die Tür zu schließen.

»Por favor«, bat Adam. Dann versuchte er in einer Kombination aus Spanisch und Englisch schnell zu erklären, wie er auf See auf einem Segelboot mit einem kranken Freund den Kurs verloren habe und daß sie sofort zum Flughafen müßten. Er zog seine Brieftasche hervor und fing an, durchnäßte Geldscheine zu zählen. Das endlich zog das Interesse des Mannes an. Er steckte den Revolver in die Tasche und gestattete Adam, ihn zum Strand zu führen.

Mitten in seinem Versuch, das Interesse des Mannes zu gewinnen, hatte Adam eine Idee. Als er zum Strand kam, hob er die Bugleine des Hobies auf und gab sie dem Puerto-Ricaner in die Hand. Gleichzeitig bemühte er sich, dem Mann zu erklären, das Boot gehöre ihm, wenn er sie zum Flughafen bringe.

Der Puerto-Ricaner schien endlich zu verstehen. Ein breites Lächeln erschien auf seinem Gesicht. Fröhlich zog er das Boot höher auf den Strand und band es an einer der Kokosnuß-Palmen fest. Dann ging er ins Haus zurück, wahrscheinlich um sich anzuziehen.

Adam verlor keine Zeit, Alan in das Fahrerhaus des Lieferwagens zu setzen. Fast augenblicklich erschien der Puerto-Ricaner wieder mit am Finger schwingenden Schlüsseln. Er ließ den Wagen anspringen und warf Alan, der auf seinem Sitz zusammengesackt und wieder dabei war einzunikken, einen argwöhnischen Blick zu. Adam versuchte ihm zu erklären, sein Freund sei krank, gab aber bald auf und entschied sich, es sei leichter vorzutäuschen, auch er sei eingeschlafen. So saß er mit geschlossenen Augen, bis sie den Flughafen erreichten. Er deutete an, er möchte gerne am Abflugschalter der Eastern-Linie herausgelassen werden und begann, sich Sorgen zu machen, wie im Himmel er nur dem Ticketverkäufer sein eigenes und das Aussehen Alans erklären sollte.

Der Lieferwagen hielt an, und Adam berührte Alans Schulter. Dieses Mal war es leichter, ihn zu wecken.

»Muchas gracias«, sagte Adam, als sie ausstiegen.

»De nada«, sagte der Fahrer und donnerte von dannen.

»O.k.«, sagte Adam und nahm Alan am Arm. »Das ist die letzte Runde.« Er betrat die fast leere Abfertigungshalle. Ein paar Taxis und ein Krankenwagen standen am Eingang herum, aber es war zu früh für viele abfliegenden Touristen. Adam überblickte das altmodische Gebäude und setzte Alan auf den leeren Sitz eines Schuhputzers. Dann ging er zum Ticketschalter hinüber.

Als er einen Blick auf den Flugplan warf, stellte er fest, daß der nächste Eastern-Flug nach Miami in zwei Stunden gehe. Ein kleines Schild sagte: »Nach Schalterstunden Telefon benutzen.« Adam nahm den Hörer neben dem Schild ab. Der Schalterbeamte antwortete und teilte Adam mit, er werde gleich bei ihm sein. Und tatsächlich tauchte schon, als Adam den Hörer wieder auflegte, ein Mann in einer sauberen und gebügelten braunen Uniform aus der Tür hinter dem Schalter auf. Als er Adam sah, verschwand sein Lächeln augenblicklich.

Adam war sich tief seiner zerlumpten Erscheinung bewußt. Die Fahrt in dem Lieferwagen hatte seine Kleider fast trocknen lassen, aber als er die Reaktion des Ticketverkäufers sah, erkannte er, daß er sich besser eine gute Geschichte einfallen lassen sollte. Er zögerte nur einen Augenblick und startete dann mit einer langen Erklärung, in der eine Urlaubsabschiedsparty mit einer Menge Alkohol und eine Segeltour in letzter Minute eine Rolle spielten. Er und sein Freund seien Kilometer von ihrem Hotel entfernt an den Strand gespült worden und wären dann per Anhalter zum Flughafen gefahren. Adam sagte, sie müßten am nächsten Tag arbeiten, und ihr Gepäck würde ihnen nachgeschickt, wenn der Rest der Gruppe abfliegen würde.

»Das war ein unwahrscheinlicher Urlaub«, fügte er hinzu.

Der Ticketverkäufer nickte, als ob er verstanden habe, und sagte, es seien noch viele Plätze frei. Adam fragte, ob es irgendwelche früheren Flüge nach den Staaten gebe, und man teilte ihm mit, Delta fliege in einer Stunde nach Atlanta.

Nach Adams Ansicht war es besser, die Insel so früh wie möglich zu verlassen. Er bat um eine Wegbeschreibung zum Delta-Schalter, und man teilte ihm mit, er müsse in das nächste Gebäude gehen. Adam entschied sich, Alan sei am besten dort aufgehoben, wo er gerade war, und eilte zum nächsten Terminal, wo eine Reihe von Reisenden darauf warteten, sich einzuchecken.

Adam stellte sich am Ende der Reihe an. Als er zum Schalter kam, betrachtete ihn der Ticketverkäufer unsicher, aber Adam wiederholte seine jetzt schon geprobte Geschichte. Und wieder schien ihm der Schalterbeamte zu glauben.

»Erste Klasse oder Touristenklasse?« fragte er.

Adam blickte den Mann an und fragte sich, ob er vielleicht Witze machen wolle. Aber dann erinnerte er sich daran, daß Arolen seine Visa-Kartenrechnungen bezahlte und sagte: »Erste Klasse natürlich.«

Adam ließ seine Augen forschend über den Terminal schweifen, während der Mann die Tickets ausstellte, erblickte aber niemanden, der so aussah, als ob er von MTIC geschickt worden sei.

Als der Ticketverkäufer fertig war, sagte Adam: »Wir

könnten einen Rollstuhl gut gebrauchen. Mein Freund ist wirklich arg mitgenommen worden, als wir in der Brandung mit dem Boot umkippten.«

»Oh, mein Gott«, sagte der Mann. »Ich seh' mal, was ich tun kann.«

In weniger als fünf Minuten war er mit einem Rollstuhl zurück.

Adam dankte ihm und machte sich auf den Weg zum anderen Terminal zurück, um Alan zu holen.

☆

Von einem Überblickspunkt auf dem Zwischenstockwerk, von dem sie den Delta-Schalter überblicken konnten, hatten zwei in weiße Uniformen gekleidete Krankenpfleger beobachtet, wie Adam außer Sicht verschwand. Die Tatsache, daß er einen Rollstuhl schob, deutete an, daß Iseman nicht weit sein konnte.

Die beiden Männer stiegen schnell auf den Terminalboden hinunter und eilten zu ihrem Krankenwagen hinaus, wo sie dem Fahrer auftrugen, Mr. Burkett zu funken, das gesuchte Subjekt sei gesichtet worden. Der größere der beiden Krankenwärter, ein stämmiger Mann mit blondem Bürstenschnitt, zog zwei zusammenklappbare Rollbetten aus dem hinteren Teil des Krankenwagens, während sein Partner eine Reihe Spritzen in eine Medizinertasche packte.

Als sie wieder im Terminal waren, sahen sie die Flugsteignummer für den Delta-Flug nach Atlanta nach und machten sich auf den Weg zum Terminal B.

Als Adam zu dem Schuhputzersitz zurückkam, war er entsetzt, den Sitz leer vorzufinden. Außer sich rannte er mit dem Rollstuhl zurück zum Eastern-Schalter, wo er Alan fand, wie er mit dem Ticketverkäufer zu reden versuchte, der ihm gerade mitteilte, er befinde sich in Puerto Rico, nicht in Miami, daß er ihm aber eine Reservierung nach Miami geben könne, wenn er eine wolle.

»Er gehört zu mir«, erklärte Adam schnell, indem er Alan in den Rollstuhl half.

»Der Mann glaubt, er sei in Miami«, sagte der Ticketverkäufer.

»Er hat eine Menge mitgemacht«, sagte Adam. »Sie wissen, der Schiffbruch...« Er ließ seine Stimme verklingen und startete zurück zum Delta-Schalter.

»Was mache ich eigentlich in Puerto Rico?« fragte Alan. Obgleich seine Redeweise immer noch undeutlich war, war er so wach, wie er es nicht mehr gewesen war, seit Adam mit ihm in der Abfahrtshalle der *Fjord* gesprochen hatte.

Da es bis zur Abflugszeit nur noch zwanzig Minuten waren, schob Adam Alan in ziemlich schnellem Tempo vor sich hin. Eine Touristengruppe mit grellfarbenen Hemden hatte sich lärmend vor dem Delta-Schalter versammelt. Leute um sich zu haben, gab Adam das Gefühl von Sicherheit. Als sie die Sicherheitskontrolle passieren mußten, bevor sie das Flugzeug besteigen konnten, half Adam Alan aus dem Rollstuhl, damit er durch den Metalldetektor gehen konnte. Die Wache sah ihn argwöhnisch an, sagte aber nichts. Sobald sie das hinter sich hatten und auf dem Weg zum Abflugsteg waren, empfand Adam ein wachsendes Gefühl von Erregung. Er hatte es geschafft. In ein paar Stunden würden sie in den Staaten landen.

Der Boden des Fahrweges war abschüssig, und Adam mußte den Rollstuhl jetzt zurückhalten, damit er nicht aus eigenem Antrieb hinunterrollte. Vor sich sah er einen Springbrunnen und ein paar Toiletten, und Adam überlegte, ob er anhalten solle; sie hatten noch fast zwanzig Minuten zur Verfügung. Er bemerkte ein kleines Schild direkt neben der Herrentoilette, das angab, die Toiletten würden gerade gesäubert. Adam entschied sich, hier einen Schluck zu trinken und die Toilette auf dem Flugzeug zu benutzen.

Er hatte sein Tempo zu einem normalen Gehen vermindert und war gerade dabei weiterzugehen, als er aus dem Augenwinkel eine plötzliche Bewegung sah. Gerade als er sich umzudrehen begann, ergriff ihn jemand von hinten und quetschte seine Arme gegen den Brustkorb. Bevor Adam reagieren konnte, wurde er vom Boden hochgehoben.

Adam versuchte sich zu winden, während er schrie, aber man rammte ihn direkt gegen die geschlossene Tür der Herrentoilette, die er mit Brust und Stirn traf. Der Aufprall warf sie durch die Tür, und sowohl Adam wie auch sein Angreifer fielen kopfüber zu Boden.

Die Gewalt des Falles löste den Würgegriff des Mannes. Obgleich er benommen war, bekam Adam seine Arme frei und rappelte sich auf, allerdings nur um gleich wieder umgestoßen zu werden, als ihn der Mann an den Beinen faßte. Wieder fiel Adam hin, und sein Kopf sauste nur knapp an der Kante des Waschbeckens vorbei, aber dieses Mal waren seine Hände frei, so daß er den Fall abfangen konnte.

Adam war sich dunkel bewußt, daß hinter ihm Alan im Rollstuhl von einem zweiten Mann in weißer Kleidung hereingefahren wurde. Alan war wie Adam mit dem Rollstuhl gegen die Tür der Herrentoilette gerammt worden, und sein Kopf war beim Aufschlag nach vorn geworfen worden. Als die Tür nachgab, wurde er gewaltsam mit überstrecktem Nacken vorwärts gestoßen. Der führerlose Rollstuhl schoß weiter, neigte sich nach links um und kollidierte mit der Reihe der Pissoirs, wodurch Alan aus dem Stuhl geschleudert wurde.

Der zweite Mann drehte sich um, verschloß die Tür hinter sich und kam dann seinem Partner zur Hilfe. Zusammen warfen sich die beiden Männer auf Adam, überwältigten ihn schnell und drückten ihn zu Boden.

Indem er all seine Kraft zusammennahm, trat Adam mächtig aus, und es gelang ihm, einen Arm frei zu bekommen. Weit ausholend traf er das Kinn des größeren seiner beiden Angreifer. Der Mann schrie auf. Sein Partner sprang zurück und schlug Adam in einem Anfall von Wut hart in den Magen.

Adams Atem verließ mit einem hörbaren Geräusch seine Lungen, was ihn zum Würgen brachte und ihn augenblicklich hilflos werden ließ. Die beiden Männer hielten Adam mit ihrem vereinigten Gewicht zu Boden. Der kleinere Krankenwärter zog eine Spritze aus der Tasche. Mit den Zähnen entfernte er die Schutzkappe von der Nadel. Mit einer Hand strich er die Hose glatt, die Adams Schenkel überdeckte, und drückte dann die Nadel ganz bis zum Anschlag in Adams Fleisch.

Adam versuchte sich zu bewegen, aber ohne Erfolg. Der Krankenpfleger zog den Kolben zurück, um sicherzustellen, daß sich die Nadel nicht in einem Blutgefäß befand, ergriff dann wieder die Spritze und bereitete sich darauf vor, den Inhalt der Spritze zu injizieren.

Plötzlich hallte ein schrecklicher Schrei in dem gekachelten Raum. Der unirdische Ton lähmte die beiden Männer, die Adam auf dem Boden hielten, für einen Augenblick.

Alan umfaßte seinen Kopf, wie er es bereits auf dem Hobie-Cat getan hatte, und sprang auf die Füße. Seine Augen öffneten sich plötzlich ganz weit, und seine Lippen zogen sich zurück und entblößten seine Zähne. Mit einem reißenden Geräusch kamen seine Hände vom Kopf weg. Büschel Haare blieben in seinen Fäusten. Wie ein rasendes Tier sprang er von den Pissoirs auf die sich am Boden windenden drei zu. Er verschränkte seine Hände in Form einer Keule, schwang sie in hohem Bogen und ließ sie auf den Mann, der gerade die Spritze in Adams Schenkel gedrückt hatte, niedersausen. Der Schlag traf den Mann mit solcher Gewalt an der Seite des Kopfes, daß er von der Stelle, wo er rittlings auf Adam saß, in eine offene Toilettenkabine geschleudert wurde und dort mit einem schauderhaften Knirschen gegen die Trennwand schlug.

Der kleinere Krankenpfleger stand schockiert auf; seine Augen spiegelten das Entsetzen wider, Zeuge der Materialisation eines Monsters gewesen zu sein. Er trat einen Schritt zurück und hob die Arme, aber Alan war wie ein

Blitz auf ihm und biß blitzschnell den größten Teil seines Ohres ab. Das schiere Entsetzen ließ es dem Pfleger unmöglich werden, sich zu verteidigen. Alan ergriff seinen Kopf und begann, ihn gegen einen der Spiegel über den Waschbecken zu schlagen. Schaumige Spiralen von Blut schossen in graziösen Bögen auf das Glas. Der Spiegel bekam einen Sprung, zersplitterte und zerbarst dann in einer Kaskade von Scherben.

Adam war anfänglich auch von der unerwarteten Verwandlung Alans wie gelähmt gewesen, aber da er es schon einmal gesehen hatte, konnte er sich schneller erholen. Er riß sich die Spritze aus dem Schenkel und schätzte, während er auf die Füße sprang, schnell seine Chancen ab, an Alan, der weiterhin den Kopf des Pflegers gegen den Spiegel hämmerte, vorbei zur Tür zu kommen. Unglücklicherweise wurde gerade in diesem Augenblick der Körper des Pflegers schlaff und fiel zu Boden. Alan verlor augenblicklich jedes Interesse an ihm. Indem er den Kopf zurückwarf und wieder aufschrie, stürzte Alan jetzt Adam hinterher.

Adams einzige Zuflucht bestand darin, in eine Toilettenkabine zu springen und die Tür hinter sich zu verschließen. Alan gelang es jedoch, seine Hand um die Türkante zu bekommen, und er begann bereits, sich in dem anschließenden Schiebewettkampf durchzusetzen. Als Adam spürte, daß er den Kräftevergleich verlieren würde, hob er seine Beine gegen die Tür. Mit seinem Rücken gegen die Wand, trat er die Tür zu und quetschte Alans Finger an dem Türpfosten ein. Alan schrie neuerlich auf und zog seine Hand heraus.

Adam verriegelte die Tür und lehnte sich so gegen die Wand, daß sich die Toilette zwischen seinen Beinen befand. Sein Verstand überschlug sich, als er überlegte, was er tun könne.

Alan begann, seinen Körper immer wieder gegen die Tür zu werfen. Bei jedem Mal verbog sich der Riegel ein wenig mehr. Schließlich brach er ab, und die Tür sprang auf.

Adam schrie Alans Namen, aber Alan kam mit Pupillen so klein wie Nadelspitzen und wahnsinnigen Augen wie eine Lokomotive auf ihn zu. Mehr aus reiner Verteidigung als bewußt hielt Adam die Spritze vor sich. Alan lief direkt in die Nadel, die sich ihm in den Bauch drückte. Die Gewalt seines Ansturmes drückte den Kolben hinunter und spritzte das Präparat in sein Fleisch.

Alan spürte die Nadel nicht einmal. Er faßte Adams Kopf mit scheinbar übermenschlicher Kraft und hob Adam praktisch vom Boden hoch. Aber dann flackerten seine verrückten Augen, und seine Pupillen weiteten sich. Sein rechtes Auge wanderte wie das »faule Auge« eines Kindes, und sein linkes nahm einen fragenden Blick an. Sein Griff ließ nach, und er sank langsam auf die Knie. Schließlich brach er rücklings zusammen und schlug aus der Kabine auf den Boden vor den Waschbekken.

Einen Augenblick lang konnte sich Adam nicht bewegen. Er hatte das Gefühl, dem Tod nahe gewesen zu sein. Langsam senkte er seine Augen, um auf die Spitze der Nadel zu schauen, die sich immer noch in seiner Hand befand. Ein Tropfen Flüssigkeit hatte sich dort angesammelt und fiel jetzt hinunter. Adam ließ die Spritze los, und sie fiel scheppernd zu Boden.

Nachdem er aus der Kabine getreten war und die beiden Rollbetten zur Seite geschoben hatte, die im hinteren Teil des Raumes standen, kniete sich Adam neben Alan nieder und fühlte seinen Puls. Er war stark und normal. Zu Adams Überraschung gingen die Augen des Mannes flakkernd auf. In einem sehr undeutlichen Ton beschwerte er sich, daß seine Hände schmerzten.

☆

»Bei diesem Energieniveau gibt es keinen Zweifel, daß die Elektroden unseres Patienten bis zum Maximum stimuliert worden sind«, sagte Hofstra. »Das Ergebnis muß einfach verheerend gewesen sein.«

»Aber jetzt haben wir ein neues Problem«, sagte Dr. Nachman. »Wenn der Patient tot ist, darf niemand den Körper examinieren. Wir dürfen niemanden die Implantate finden lassen. Wir müssen ihn sofort finden.«

Das Telefon klingelte, und Dr. Mitchell antwortete. Nachdem er zugehört und mehrere Male »gut« gesagt hatte, drehte er sich mit einem Daumen-hoch-Zeichen zu Nachman um.

»Ihre Idee, den Flughafen zu überwachen, war gut«, sagte er. »Burkett sagt, der Patient und Mr. Schonberg wurden gesichtet und werden von den Ambulanzfahrern abgeholt.«

»Was ist, wenn sie bereits im Krankenwagen waren, als der Stimulus gesendet wurde?« fragte Nachman.

»Das könnte ziemliche Schwierigkeiten bedeuten. Ich glaube, wir suchen besser die Straße zwischen hier und dem Flughafen ab.«

Dr. Nachman warf die Hände hoch. »Wann wird das alles nur sein Ende finden.«

☆

Adam hatte keinen Zweifel, daß Alans psychotische Anfälle durch eine Stimulierung über Fernsteuerung bedingt waren, und er betete, daß sie sich, sobald das Flugzeug in der Luft sei, außer Reichweite befinden würden. Ihre einzige Hoffnung bestand darin, ins Ausland zu kommen, aber Adam fürchtete jetzt, sie sähen beide so schlimm aus, daß die Delta-Vertreter sie abweisen würden. Sie hatten nur noch fünf Minuten, bevor ihre Maschine abfliegen würde.

Adam wusch sein Gesicht und versuchte, Alans Hände abzuwischen, die mit Blut beschmiert waren. Schlimmer noch waren einige bloße Flecken auf seinem Kopf, wo Alan sich Büschel Haare ausgerissen hatte. Adam betupfte sie mit wenig Erfolg. Nun, da war weiter nichts mehr zu machen. Er hob Alan in den Rollstuhl und war schon dabei, ihn durch die Tür zu schieben, als er eine volle Spritze auf dem Boden liegen sah. Er hob sie auf; sie würde ihm sicherlich nützlich kommen, falls Alan noch einen weiteren Anfall bekommen sollte.

Als sie sich dem Flugsteig näherten, sah Adam, daß die meisten Passagiere das Flugzeug schon bestiegen hatten.

»Warten Sie«, schrie er. Zwei Delta-Vertreter sahen ihn neugierig an. Dann sagte einer von ihnen: »Sind Sie die beiden, die mit einem Segelboot gestrandet sind?«

»Ja«, sagte Adam, während er ihnen die Tickets gab.

»Der Ticketverkäufer hat Sie abgekündigt. Wir dachten, Sie hätten Ihre Meinung vielleicht geändert.«

»Beim Himmel nein«, sagte Adam. »Es ist nur etwas schwierig, meinen Freund zu motivieren.«

Der Angestellte der Fluglinie sah Alan an, dessen Kopf zur Seite hing. »Er ist doch wohl nicht betrunken, oder?«

»Aber nein«, versicherte ihm Adam. »Er ist ziemlich zerkratzt worden, als sich das Boot überschlug. Ich mußte ihm Schmerzmittel geben, und die scheinen ihn geschafft zu haben.«

»Ah, ich verstehe«, sagte der Mann und gab Adam die Bordkarten. Platz 2A und 2B. »Werden Sie auch in Atlanta einen Rollstuhl brauchen?«

»Das wäre nett«, sagte Adam. »Wir wollen von dort eigentlich nach Washington weiterfliegen. Könnten Sie das für uns einrichten?«

»Selbstverständlich«, sagte der Delta-Vertreter.

Adam rollte Alan mit einem Gefühl der Erleichterung den Flugsteig hinunter. Die Stewardeß war weniger als enthusiastisch, als sie sah, wie das Paar an Bord stieg, aber sie half Alan aus seinem Rollstuhl und hörte höflich zu, als Adam ein weiteres Mal seine Schiffbruch-Geschichte abspulte. Das Flugzeug war nur halb besetzt, und die meisten anderen Passagiere schliefen. Adam entschloß sich, gleichfalls die Augen zu schließen, und schlief den ganzen Weg bis nach Atlanta, abgesehen von ein paar Minuten, als er aufwachte, um ein Frühstück zu verschlingen.

Adam fürchtete den Transfer, da er glaubte, es könne Schwierigkeiten geben. Aber ein Delta-Vertreter stand mit einem Rollstuhl bereit und übergab ihnen die Tickets nach Washington. Die Pause betrug nur vierzig Minuten, aber das gab Adam eine Gelegenheit, Jennifer anzurufen. Glücklicherweise beantwortete sie das Klingeln selbst.

»Jennifer, es wird alles wieder in Ordnung kommen. Ich kann alles erklären.«

»Oh«, sagte sie vage.

»Versprich mir nur, daß du keine Abtreibung durchführen läßt, bevor ich nicht eintreffe.«

»Die Anhörung ist heute morgen«, sagte Jennifer, »und ich werde heute nichts mehr tun, aber wenn du morgen nicht hier bist...« Ihre Stimme verklang.

»Jennifer, ich liebe dich. Ich muß jetzt das Flugzeug bekommen. Wir fliegen gleich von Atlanta ab.«

»Atlanta?« sagte Jennifer verwirrt. »Und wer ist ›wir‹?«

☆

»Adam?« sagte Margaret Weintrob fragend, und ihre Finger hielten auf der Tastatur abrupt an. »Sind Sie das?«

Arm in Arm wie zwei Betrunkene wankten Adam und Alan am Schreibtisch der verblüfften Sekretärin vorbei.

»Adam!« rief Mrs. Weintrob und begann aufzustehen. »Sie können nicht in das Büro Ihres Vaters gehen. Er hat gerade...« Aber Adam hatte bereits die Tür geöffnet.

Die beiden gutgekleideten Männer, die Dr. Schonberg gegenübersaßen, drehten sich überrascht um. Für einen Augenblick sprachlos, blieb Dr. Schonberg hilflos sitzen, als Adam die Männer bat, eine Minute draußen zu warten.

»Adam«, sagte Dr. Schonberg schließlich. »Was um Himmels willen soll das bedeuten?«

»Hast du irgend etwas unternommen aufgrund der Beschuldigungen, die wir das letzte Mal, als ich hier war, diskutiert haben?« fragte Adam.

»Nein, noch nicht.«

»Ich bin nicht überrascht«, sagte Adam. »Du sagtest, du bräuchtest mehr Beweise. Nun, ich habe alle Beweise beschafft. Komm mal hier herüber und laß mich dir Dr. Alan Jackson von der University of California vorstellen. Er ist gerade von einer der berühmten Arolen-Kreuzfahrten gekommen. Und er hat eine kurze Unterbrechung im Forschungszentrum auf Puerto Rico gemacht.«

»Ist der Mann betrunken?« fragte Dr. Schonberg.

»Nein«, sagte Adam. »Er steht unter Drogen und ist ein Opfer von Psychochirurgie. Komm mal her.«

Dr. Schonberg näherte sich Alan vorsichtig, als ob er erwartete, der Mann könne plötzlich aus seinem Stuhl springen. Adam neigte sanft Alans Kopf, so daß sein Vater die kleinen Einschnitte sehen konnte, wo die Elektroden implantiert worden waren.

»Sie haben eine Art von Fernsteuerung eingepflanzt«, sagte Adam mit einer von Mitleid getönten Stimme. »Aber ich habe Alan herausbekommen, bevor sie ihn ›konditionieren‹ konnten. Sobald die Wirkung der Drogen nachläßt, wird er in der Lage sein, dir zumindest einiges zu erzählen, was geschehen ist. Und ich weiß, er wird zustimmen, daß man die Elektroden entfernt und untersucht.«

Dr. Schonberg blickte schweigend zu seinem Sohn auf, nachdem er die Einschnitte an Alans Kopf untersucht hatte. Dann wandte er sich zur Sprechanlage um und sagte: »Margaret, bitte rufen Sie Bernard Niepold im Justiz-Ministerium an. Sagen Sie ihm, es sei dringend notwendig, daß ich ihn gleich hier sehen könnte. Und rufen Sie das Bethesda-Naval-Krankenhaus an und bitten Sie sie, einen Patienten vertraulich in meinem Auftrag zu erwarten. Und ich möchte eine Wache rund um die Uhr.«

EPILOG

Jennifer war erschöpft. Trotz all der Schwangerschaftsklassen, denen sie beigewohnt hatte, war sie nicht auf das wirkliche Ereignis vorbereitet gewesen. Ein Kind zur Welt zu bringen, war sowohl schöner als auch schlimmer, als sie erwartet hatte. Kein Pensum an Lektüre oder Gespräche über die Erfahrungen anderer Frauen hätten sie auf dieses einzigartige und heftige Ereignis vorbereiten können.

Der Schmerz der Wehen war intensiv und doch seltsam erregend gewesen, aber wie die Stunden vergingen, hatte sie sich zunehmend erschöpft gefühlt. Sie fragte sich, ob sie noch genügend Kraft finden werde. Dann traten die Schmerzen häufiger und für längere Zeitabschnitte auf, bis schließlich von irgendwo tief in ihrem Wesen ein neuer Ausbruch an Energie kam. Sie spürte einen unwiderstehlichen Drang, halb freiwillig, halb unfreiwillig zu drücken und zu gebären. Ein Crescendo an Druck ließ sie fühlen, sie sei bis an die Grenzen gespannt, und doch drückte sie noch weiter und hielt den Atem an.

Plötzlich spürte sie eine fast sinnliche Befreiung, begleitet von einem Erguß an Flüssigkeit und dem aufregenden schrillen Schreien eines neugeborenen Babys, das zum erstenmal seine Stimmbänder benutzte.

Indem sie ihre Augen öffnete, ergriff Jennifer Adams Hand mit dem wenigen an Kraft, das ihr noch geblieben war. Als sie in sein Gesicht blickte, konnte sie sehen, daß seine Aufmerksamkeit direkt zwischen ihre ausgestreckten

Beine gerichtet war. Mit einem schrecklichen Gefühl von Angst beobachtete sie ihn. Kein Test hatte ihre Sorge über die Gesundheit und das Wohlergehen des Kindes in ihr zerstreuen können. Ärzte im Universitätskrankenhaus hatten die Amniocentesis wiederholt und berichtet, das Baby sei normal; aber nach all dem, was geschehen war, hatte Jennifer Schwierigkeiten, das zu glauben.

Sie beobachtete Adam, um festzustellen, wie sich der Anblick der Katastrophe auf seinem Gesicht widerspiegeln würde. Sie wollte ihm ansehen, wie ihr Kind war, und es nicht selbst sehen müssen. Wie sie erwartet hatte, lächelte er nicht und zuckte auch mit keiner Wimper. Nach dem, was ihr als eine viel zu lange Zeit erschien, senkte er seine Augen, um in ihre zu schauen, und nahm ihren Kopf in die Arme. Er sprach sanft, sensibel für ihre Empfindungen. Zuerst sagte er ihr, daß er sie liebe.

Jennifers Herz schien stillzustehen. Sie hielt den Atem an, obgleich der körperliche Schmerz aufgehört hatte, und wartete auf die unausweichlichen, gefürchteten Nachrichten. In ihrem Herzen hatte sie es die ganze Zeit gewußt. Sie hätte auf niemanden hören sollen, sagte sie sich jetzt. Sie hatte die ganze Zeit seit der Verwechslung im Labor der Julian-Klinik ein schlechtes Gefühl gehabt, auch wenn das damals mit Absicht geschehen war.

Adam befeuchtete mit der Spitze seiner Zunge die Lippen. »Wir haben einen schönen, gesunden Jungen, Jennifer. Glücklicherweise ähnelt er dir.«

Es dauerte einen Augenblick, bis Adams Worte sie wirklich erreichten. Als sie sie schließlich verstand, traten ihr Tränen des Glücks und des Dankes in die Augen. Sie versuchte zu sprechen, konnte aber nicht. Sie schluckte. Dann reichte sie hinauf und zog Adam herunter und umarmte seinen Kopf, so fest sie konnte. Sein Lachen gab der Freude und Erleichterung in ihrem Herzen Stimme. Das einzige, das sie tun konnte, war, Gott zu danken.

☆

Adam sammelte sich, glättete seine chirurgische Garnitur und trat aus dem Kreißsaal in das Wartezimmer der gynäkologischen Abteilung des Universitätskrankenhauses. Ein Blick war genug. Es war schwer zu glauben, aber die Nachricht, die er während der letzten Phasen von Jennifers Wehen bekommen hatte, war korrekt. In einer Gruppe von zukünftigen Vätern saß sein eigener Vater, Dr. David Schonberg.

Dr. Schonberg trat seinem Sohn entgegen, sobald dieser das Zimmer betreten hatte.

»Hallo, Adam«, sagte er in seiner gewöhnlich kühlen Art.

»Hallo, Vater«, sagte Adam.

Dr. Schonberg rückte seine Brille höher auf die Nase. »Wie ist es, wieder zurück im Medizinstudium zu sein?«

»Schön«, sagte Adam. »Ich bin so froh, weitermachen zu können. Das Aufholen im Pensum hat mir kaum etwas ausgemacht.«

»Gut zu hören«, sagte Dr. Schonberg. »Wie geht es Jennifer?«

Adam starrte seinen Vater an. Es war das erste Mal, daß der Mann Jennifer bei ihrem Namen genannt hatte.

»Es geht ihr gut«, antwortete Adam.

»Und wie steht es mit dem Baby?«

»Das Baby ist ein gesunder, schöner Junge«, sagte Adam.

Zu Adams absoluter Verblüffung sah er etwas, das er nie zuvor gesehen hatte: Tränen in den Augen seines Vaters. Bevor ihm der Schock ganz bewußt werden konnte, waren die Arme seines Vaters um ihn und hielten ihn fest an sich gedrückt. Ein weiteres »erstes Mal«. Jetzt umarmte auch Adam seinen Vater. Auch in Adams Augen formten sich Tränen, und die beiden standen da, hielten einander so lange, daß einige der Männer, die in Kürze Vater werden sollten, zu starren begannen.

Schließlich schob ein irgendwie verlegener Dr. Schonberg Adam zurück, hielt aber liebevoll dessen Arm fest. Sie sahen sich gegenseitig in die Augen und lachten dann beide.

»Ich habe nicht geheult«, sagte Dr. Schonberg.

»Ich auch nicht«, sagte Adam.

»Weißt du, was ich glaube?« sagte Dr. Schonberg.

»Was?« fragte Adam.

»Ich glaube, wir sind beide lausige Lügner.«

»Ich glaube, ich muß dir zustimmen.«

NACHWORT DES AUTORS

Seit ich im Jahre 1966 das Examen in Medizin machte, habe ich den Begriff »Krise der Medizin« so oft gehört, daß er für mich die Allegorie jenes Schäferjungen heraufbeschwört, der zu häufig »Wolf« rief. Aber bislang sind diese Krisen immer nur von besonderen Interessengruppen verkündet worden und stellten sich oft als widersprüchlich heraus: zu wenige Krankenhausbetten, zu viele Krankenhausbetten; nicht genügend Ärzte, zu viele Ärzte. Das alles reichte, um jeden verwirrt und apathisch werden zu lassen.

Aber jetzt bin ich zu dem Glauben gekommen, daß »Krise der Medizin« in einem wahrhaft allgemeinen Sinn anwendbar ist. Unglücklicherweise haben die Medien, weil in der Vergangenheit so viele Leute »Wolf« geschrien haben, erst jetzt damit begonnen, dieser sehr realen Krise ihre Aufmerksamkeit zu widmen. Wir erleben heute mit, wie Geschäftsinteressen mit allmählich zunehmender Geschwindigkeit in die Medizin eindringen. Man muß verstehen, daß das Denken der Gesellschaften an ihren Gewinnauswurf den traditionellen Aspekten des Altruismus, die das Fundament der praktizierenden Medizin gebildet haben, diametral entgegensteht, und diese Dichotomie zieht als Konsequenz eine Katastrophe für das moralische und ethische Fundament des Berufes nach sich. Die mächtige Industrie sieht den medizinischen Bereich als eine Investitionsindustrie mit hohem Umsatz, hohem Profit, geringem

Risiko und geringem Kapital an, die jetzt besonders reif zur Übernahme ist.

Ein Beweis für diesen Trend zu den Geschäftsinteressen im medizinischen Bereich spiegelt sich in der neuerlich ineinandergeschachtelten Eigentümerschaft von Krankenhäusern und Pflegeheimen, medizinischen Versorgungsunternehmen und einer Sintflut von anderen gesundheitsdienstlichen Organisationen wie Dialysezentren, chirurgischen Zentren, etc. wider. Selbst die Forschung ist in die neue Richtung der Geschäftsinteressen abgedriftet, wie die neuen biotechnischen Gesellschaften beweisen.

Die Reaktion auf diese Tatsache ist trotz der heimtückischen Wirkungen, die sie auf die praktizierende Medizin hat, überraschend gering gewesen. Professionelle Journale haben diesen Prozeß mit merkwürdigem akademischen Desinteresse betrachtet, Ärzte sind entweder auf den unternehmerischen Wagen aufgesprungen oder haben ihn ignoriert. Die Öffentlichkeit hat sich in Schweigen gehüllt, und die Medien haben jetzt erst begonnen, Artikel zu veröffentlichen, in denen Alarm geschlagen wird. Meine Hoffnung besteht darin, daß mein Buch helfen wird, die Aufmerksamkeit der Öffentlichkeit auf dieses Problem zu lenken. Indem dieses Problem innerhalb eines emotionalen Rahmens in Worte gefaßt wird, bringt es die Vorgänge in eine persönlich faßbare Perspektive und gestattet dem Leser, die Implikationen der Situation durch die Identifikation mit dem Hauptcharakter zu verstehen, was meiner Meinung nach einer der Schlüsselwerte der fiktiven Literatur ist.

Ich begann, das Eingreifen von Geschäftsinteressen in die Medizin aufgrund eines Briefes zu erkennen, den ich von einem Krankenhaus erhielt, in dem man mich informierte, ihr Zensus sei niedrig und ich solle deshalb mehr Patienten zur Chirurgie einweisen, als ob ich eine Reihe von Leuten im Wartezimmer sitzen hätte, denen notwendige Operationen vorenthalten würden. Dieser Brief machte mir mehr als jede andere Erfahrung bewußt, daß unser medizinisches System unbeabsichtigt darauf aufgebaut war, von der Überbenutzung von Anlagen und Dienstleistungen abzuhängen und sie zu belohnen, und dabei seine eigenen steigenden Kosten zu decken. Kein Wunder, daß das Interesse von Geschäftsleuten geweckt wurde.

Für *Pharmakon* wählte ich die pharmazeutische Industrie als Brennpunkt, nicht weil sie schlimmer als irgendeine andere Gruppe wäre, sondern weil sie schon länger existiert als die meisten anderen Industrien, die mit der Medizin in Verbindung stehen, und weil sie einen machtvollen und wachsenden Einfluß ausübt. Der entscheidende Punkt ist, daß die pharmazeutischen Firmen Gesellschaften sind, die nicht für das öffentliche Wohlergehen existieren, gleich wie sehr sie versuchen, die Öffentlichkeit eines anderen zu überzeugen. Ihr Ziel ist es, aus dem Kapital ihrer Investoren Gewinn zu erzielen.

Das vorrangig kommerzielle Interesse der pharmazeutischen Firmen wird durch den gottlosen Geldbetrag (Milliarden Dollar pro Jahr) unterstrichen, den sie zur Werbung für ihre Produkte verwenden, wodurch sie in erster Linie versuchen, den Arzt zu beeinflussen, der unglücklicherweise eine leichte Beute darstellt. Es gibt nur sehr wenige Ärzte, die nicht irgendein Geschenk oder einen Gefallen von der Pharmaindustrie angenommen haben. Ich besitze immer noch die schwarze Tasche, die mir als Student im dritten Jahr gegeben wurde, und ich habe einer Reihe von Symposien beigewohnt, die von einer pharmazeutischen Firma finanziert wurden. Die amerikanische Pharmaindustrie gibt jährlich augenblicklich mehr für Werbung und Verkaufsförderung aus als für Forschung! Laut *Pills, Profits, and Politics* beläuft sich dieser Betrag zudem auch auf mehr als die totale Summe, die für alle erzieherischen Aktivitäten ausgegeben wird, die von allen medizinischen Fakultäten in den Vereinigten Staaten zur Ausbildung von Medizinstudenten durchgeführt werden.

Es wäre unfair, andeuten zu wollen, die Pharmaindustrie habe nichts zur Gesellschaft beigetragen. Das aber ist das Nebenprodukt gewesen – nicht das Ziel. Und es hat Fälle gegeben, bei denen das Wohl der Öffentlichkeit ignoriert worden ist. Man muß nur an die Contergan-Katastrophe oder die DES-Katastrophe denken, um zu erkennen, daß die Palette bunt gestaltet ist und daß kommerzielle Interessen schreckliche Konsequenzen haben können. Pharmazeutische Firmen haben Produkte auf den Markt geworfen, von denen sie wußten, daß sie gefährlich oder unwirksam oder beides sein könnten, lediglich, um Profit zu machen.

Die medizinische Praxis, wie sie in diesem Land seit dreißig Jahren bekannt ist, verändert sich. Die Arzt-Patient-Beziehung war immer der Dreh- und Angelpunkt, sie verliert aber gegen die ökonomischen und geschäftlichen Interessen an Gewicht. Die Öffentlichkeit hat ein Recht und eine Pflicht zu wissen, welche Art System sich entwickelt.

Knaur

Medizin-Thriller

(1744)

(1745)

(2025)

(2045)

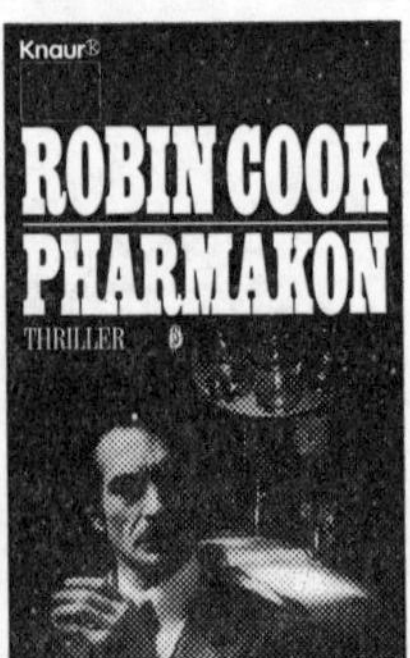

(2845)

(2938)

Knaur®

Romane von Dean R. Koontz

Weitere Romane von Dean R. Koontz bei Knaur:

Unter Beschattung (1775)

Mike Tucker (1699)

(1777)

(1779)

(1776)

(1781)

(1784)